乡村振兴
奋斗有我

湖南百名优秀农民大学生
逐梦纪实

主 编／杨 斌

湖南大学出版社
·长沙·

图书在版编目（CIP）数据

乡村振兴　奋斗有我：湖南百名优秀农民大学生逐梦纪实 / 杨斌主编. — 长沙：湖南大学出版社，2023.10

ISBN 978-7-5667-3132-6

Ⅰ.①乡… Ⅱ.①杨… Ⅲ.①农村—社会主义建设—研究—湖南 Ⅳ.①F327.64

中国国家版本馆CIP数据核字（2023）第133315号

乡村振兴　奋斗有我——湖南百名优秀农民大学生逐梦纪实

XIANGCUN ZHENXING　FENDOU YOU WO
——HUNAN BAIMING YOUXIU NONGMIN DAXUESHENG ZHUMENG JISHI

主　　编：杨　斌
责任编辑：陈建华　刘　旺
印　　装：湖南省美如画彩色印刷有限公司
开　　本：787 mm × 1092 mm　　1/16　　印　张：28.25　　字　数：460千字
版　　次：2023年10月第1版　　　　　　印　次：2023年10月第1次印刷
书　　号：ISBN 978-7-5667-3132-6
定　　价：80.00元

出 版 人：李文邦
出版发行：湖南大学出版社
社　　址：湖南·长沙·岳麓山　　　　　　邮　编：410082
电　　话：0731-88822559（营销部）　　88821174（编辑部）　　88821006（出版部）
传　　真：0731-88822264（总编室）
网　　址：http://www.hnupress.com

编委会

古语云："农，天下大本也。"

历史的经验告诉我们，农为根本，强国必先强农，农强方能国强。只有农业发展、农村稳定、农民富裕，社会才能长治久安，国家才能繁荣富强，才能真正实现中华民族伟大复兴。

党的二十大提出，巩固脱贫攻坚成果，全面推进乡村振兴。这是关系全面建设社会主义现代化强国的全局性、历史性任务，是新时代"三农"工作总抓手。乡村要振兴，人才是关键。2018年，习近平总书记参加十三届全国人大一次会议山东代表团审议时指出，要推动乡村人才振兴，把人力资本开发放在首要位置，强化乡村振兴人才支撑，加快培育新型农业经营主体，让愿意留在乡村、建设家乡的人留得安心，让愿意上山下乡、回报乡村的人更有信心，激励各类人才在农村广阔天地大施所能、大展才华、大显身手，打造一支强大的乡村振兴人才队伍。2019年，习近平总书记给全国涉农高校广大师生回信时，寄语高校要以立德树人为根本，以强农兴农为己任，培养更多知农爱农新型人才。

湖南开放大学作为一所以促进终身学习为使命、以信息技术为支撑、以"互联网＋"为特征，面向全省开展学历教育、非学历教育和提供终身教育公共服务的新型高等学校，坚持面向基层、面向行业、面向农村、面向边远和民族地区办学，充分发挥自身远程教育和体系办学优势，为湖南培养了一大批"留得住、用得上、干得好""永不撤退"的农村领军人才，是勇担强农兴农时代重任的高校典型。自 2004 年参加教育部委托国家开放大学（原中央广播电视大学）开展的"一村一名大学生计划"起，湖南开放大学已经连续 19 年开展农民大学生培养工作，累计培养"三农"适需人才 14.6 万余人，实现全省 2 万多个行政村全覆盖，农村留守率高达 93.7%。其中有 77.2% 的学员成长为村干部，55.6% 的学员成为致富带头人，这里面不乏党的十九大代表和全国人大代表、全国优秀共产党员、全国劳动模范等。相关教学成果获国家级教学成果奖一等奖 1 项、二等奖 1 项，获省级教学成果特等奖 2 项，产生了很大的社会反响。

为了总结农民大学生培养的工作经验，展现育人成效，湖南开放大学编撰了这本《乡村振兴　奋斗有我——湖南百名优秀农民大学生逐梦纪实》。书中所展示的 100 名学员，是从十几万名农民大学生中精心挑选的优秀代表。他们出身农村、反哺农村，努力奋斗、乐于奉献，既有脚踏实地的干劲，又有仰望星空的追求。他们是中国数亿农民中的普通成员，也是农村广阔舞台上闪亮的群星，他们的事迹充分展现了湖南优秀农民大学生的精神风貌和时代风采。

这本书的出版极富时代意义。它是新时代湖南乡村振兴人才培养工作的一个缩影，也是人们了解湖南推进"三农"工作高质量发展的一个窗口。这本书以鲜活的人物事迹、朴素的语言文字，真实展示了农民大学生在乡村产业振兴、文化振兴、生态振兴、组织振兴等方面作出的努力以及取得的成绩，生动演绎了湖南开放大学扎根湖湘大地，服务发展大局的时代担当。相信它的出版将进一步激发广大农民大学生干事创业的热情，激起更多农村青年求学深造的兴趣，激励更多优秀才俊投入到乡村振兴伟大事业、伟大奋斗中去。

著名教育家晏阳初先生指出："在谈及一个更好的世界时，我们的确是需要素质更好的人民。"乡村振兴是"三农"工作的重中之重，而人才振兴则是乡村振兴的重要支撑。因此，只有培养更多高素质农民，才能为乡村振兴事业提供持续的动能，"产业兴旺、生态宜居、乡风文明、治理有效、生活富裕"的总要求才能落地生花。

"胜非其难也，持之者其难也。"推动乡村振兴人才培养，需要持续发力、久久为功。相信在湖南省委省政府的正确领导和有关部门的支持指导下，湖南开放大学一定能够坚守初心，砥砺前行，慎终如始持续开展好农民大学生培养工作，为全面推进乡村振兴、实现"三高四新"美好蓝图贡献更多更大的力量。

是为序。

邬学桢

2023 年 10 月 9 日

目录

产业振兴篇

>>>>>>>>>>>>>>>>>

文化振兴篇

>>>>>>>>>>>>>>>>

生态振兴篇

>>>>>>>>>>>>>>>>

组织振兴篇

>>>>>>>>>>>>>>>>>

乡村振兴　奋斗有我

产业振兴篇

　　产业振兴是乡村振兴的重中之重，也是实际工作的切入点。没有产业的农村，难聚人气，更谈不上留住人才，农民增收路子拓不宽，文化活动很难开展起来。

　　要依托农业农村特色资源，向开发农业多种功能、挖掘乡村多元价值要效益，向一二三产业融合发展要效益，强龙头、补链条、兴业态、树品牌，推动乡村产业全链条升级，增强市场竞争力和可持续发展能力。

——习近平

戴蜜

人物简介

    戴蜜，湖南"农民大学生培养计划"岳阳分校 2017 级秋季农村行政管理专科专业学员，2020 级秋季行政管理（村镇管理方向）本科专业学员，华容县禹山镇八岭村党总支书记。

所获荣誉

    湖南好人、湖南省"十佳农民"提名奖、岳阳市巾帼英才、岳阳市"三八红旗手"、岳阳青年五四奖章、2021 年度岳阳市优秀科技特派员。

从打工妹到创建中药材王国的致富带头人

生活给你的，一定是你所能承受的。

不管多少苦雨凄风，

有了诚信的坚守，

勤奋努力、孜孜不辍，

终将走出阴霾，迎接璀璨的晴天。

岳阳市华容县禹山镇八岭村是有名的"中草药种植示范村"，目前中草药种植面积超过 1.3 万亩，每年创下约 4000 万元的经济收益，380 户农户靠着种植中药材走上致富路。而这一切的改变都源于一位年轻的 90 后农家女——因家庭变故辍学，外出打工后返乡创业，白手起家创建中药材王国的致富带头人、"湖南好人"戴蜜。

> 从打工妹到中草药种植户

因家里经济困难，戴蜜出门打工，多番奋斗后，终于在广东一家民企当上了人事部经理，当时月薪已超 5000 元，事业发展蒸蒸日上。2013 年，养育她长大的祖母卧病在床无人照料，戴蜜和丈夫毅然返回家乡，一边照顾祖母，一边创业。

之所以选择种植中草药，是源于她跟随丈夫回他的老家"中药材之乡"安徽亳州探亲。她发现，尽管当时土地租赁费用相当高，但农户种植中药材的收入相当可观。她满怀激情回到湖南老家，通过对土壤气候等因素的细致考察，发现中药材种植项目适合在当地发展。

2013 年，戴蜜一手创立了君山区戴蜜中药材种植专业合作社，在君山区钱粮湖镇牛奶湖村一组承包了 48 亩地，开始种植丹参、玄参、板蓝根等中药材。

> 从门外汉到行家里手

看似寻常最崎岖，成如容易却艰辛。戴蜜的创业路远没有想象中的那么顺利。地要刨多深？种苗要种下去多深？什么时候施肥？一开始的时候，对于种植药材，戴蜜和她丈夫没有经验，什么都不懂，每天一下地，就是十万个为什么。

2013 年的夏天是个干枯的季节，整整 3 个月，当地没有下过雨，戴蜜家的药苗死了一大半，第一年亏损 20 万元。"那个时候没技术，加上收成不好，我把所有的积蓄都花光了，太苦了，头两年，几乎吃饭的钱都没有了，特别艰难。"戴蜜回想起当年感慨道。

凭着一股不服输的韧劲，她从零开始，发起狠来将做事和学习融合在一起，勤动手、勤跑腿、勤用脑，不断解决一个个经营发展中的难题。

白天和丈夫一起下地种植药材，晚上抱起中药材的专业书籍努力地啃。请不到人耕田，她自学开耕整机，没人去拖中药材苗，她就一个人开着三轮小货车来回跑。

戴蜜（左二）查看中药材质量　图源：华容新闻网

戴蜜全权负责公司及合作社管理工作，只有高中文化水平的她埋头苦干、自学摸索时深感力不从心，如何突破中药材种植技术与经营管理等瓶颈成为最大的困扰，思索久久依然未果。在苦闷不已的时候，时任该镇组织委员的刘丰动员她参加湖南开放大学（原湖南广播电视大学）"农民大学生培养计划"项目学习。期间，她认真钻研生产经营管理知识，多次邀请省市县中药材种植专家到她的基地现场指导，积极主动向植保专家、农技专家请教，消化解决中药材种植过程中遇到的技术难题。2016 年，戴蜜夫妻种植的中药材喜获丰收，在家乡流转的 30 亩土地当年中药材种植收入达到 20 多万元。

每一滴汗水，都成为幼苗成长的见证。"你别看金丝皇菊、白芷、前胡个头不高，但它们金贵着呢，经不得晒，晒了半天就像无精打采的小孩儿蔫巴巴的了，得给它们定量浇水。它们的腿根儿脆，碰到梅雨季节，它们经不得猛水灌，根很容易烂掉……"经过多年的种植技术的摸索和经验积累，现如今的戴蜜说起中药材种植来头头是道，已经成为当地中药材种植的行家里手。

> 从一人富到全村富

戴蜜对中药材种植前景十分看好，一开始就成立了专业合作社，想带领全村人走出贫困的穷窝子。她一家一家地给父老乡亲做工作，出种子，教技术，包收购，签合同，让他们消除后顾之忧。

2015 年，合作社种植农户达到 40 多户，但与戴蜜签合同的，只有 10 来户新发展的种植户，其余 30 多户老种植户都凭着对戴蜜的信任，非但没有签合同，还主动扩大了种植面积，"只要戴蜜表个态，我们就放心了"，种植户都如是说。

戴蜜靠什么赢得了乡亲们如此大的信任？答案只有四个字：诚实守信。

刚开始种植药材时，由于缺乏经验，一些刚植下的药苗被缠绵的雨水浸泡，根很快烂掉了，苗儿病恹恹的，没卖上好价钱，一下子赔了 20 多万元。自己再怎么亏本也不能让老百姓的辛苦打水漂，戴蜜咬紧牙关，将打工的 15 万元积蓄全部拿出来给合伙人和村民付工资，该给的钱一分不少地给合作社的社员们。

2019 年，在中草药价格大跌的市场行情下，戴蜜仍坚守承诺，以每公斤高于市场价一元的价格收购贫困户的中药材，自己亏损 28 万元，成功帮助 62 名贫困户脱贫。其中一名 76 岁的贫困户胡友才，对于脱贫本没有什么指望，抱着试试看的心态，在戴蜜的支持下，种了 2 亩地，结果赚了 11000 元。"我一辈子也没见过这么多钱！"胡友才开心得不得了，把戴蜜当作亲生女儿看待，隔三岔五就从地里摘来新鲜蔬菜送给她。

"作为领头人，自己赚多赚少不是最重要的，关键的是要让社员们有信心跟着我一起干。"戴蜜说。这些年来，社员们的工资从没少过，村里的不少贫困户每年都稳定地赚到了上万元。看着社员们开心满意的笑脸，戴蜜也笑了。公司员工、合作社社员都称赞她作为一名 90 后女孩，讲诚信、有魄力，跟她一起经营，有干劲、有希望。

戴蜜（左二）坚持把会开到村民家里　图源：华容新闻网

有了种植户的信任和支持，戴蜜的中药材种植事业发展得红红火火。通过探索"公司＋合作社＋农户"的经营模式，专业合作社经营管理一步步走向了规范发展。2018年，她注册成立了湖南智宸药业有限公司并担任董事长。为了实现链条式发展，她添置了土地耕整机、挖药机、洗药机、烘干房、切药机等全套中药材种植服务及加工设备，形成了供种、育苗、栽培、肥料供应、病虫害防治、药材收割、交货、药材初加工、销售一体化产业链。她还请专门研发人员对产品进行初加工，包装了金丝皇菊、白芷、前胡等一系列产品。

2020年，戴蜜又迎来了一个新的身份。经过组织考察，她担任八岭村党总支书记，成为一名"90后"女书记，带领村民建设美丽乡村。2年里，她为村里争取了300多万元的资金，给村民修路、修桥、安装路灯，现在村民们的幸福感提升了不少。"村美了，村里老百姓日子好过了，近年返乡创业的人也逐年在增加，乡村振兴不是梦。"戴蜜自豪地说。

谈起未来，戴蜜信心满怀，今后将按照"品种多元化、布局区域化、种植标准化、加工规范化"的思路，依托中药材深加工，进一步延伸中药材种植、加工及配套服务产业链，辐射带动周边乡镇村场，将中药材产业发展成集中药材种植加工、旅游科普、休闲观光为一体的三产融合产业，争取5年内中药材种植面积扩大到10万亩，力争以药材种植为龙头，将华容县打造成省内知名的中药材种植、加工、集散、休闲体验基地。

李嘉亮

李嘉亮，湖南"农民大学生培养计划"郴州分校2019级秋季行政管理（村镇管理方向）专科专业学员，郴州市安仁县鑫亮粮油发展有限公司总经理，高级农艺师。

全国粮食生产先进个人、郴州市优秀青年科技创新人才，其创建的公司获"省级农业产业化龙头企业""高新技术企业""郴州市十佳科技创新团队""郴州市抗疫贡献奖"等荣誉称号。

神农故郡有新农

农为邦本,本固邦宁。奔走于科技兴农之路,痴心于粮油攻关之途,主持10多项粮油科研技改项目,获得近20项粮油专利授权。他是农民身份的知识分子,更是知识分子身份的职业农民。

湖南安仁县,素有"天下福地,神农故郡"之称。华夏始祖神农氏因天之时,分地之利,制耒耜,教民农耕,孕育了福荫八方、恩泽四海的神农文化。在安仁这块神奇的土地上,现代农业的发展如火如荼。

这里有一位科技新农人,名为李嘉亮,1983年生,中共党员。

李嘉亮2015年底回乡创业,2019年秋参加在职学习,2022年1月修完全部课程并顺利毕业。两年多时间,他不但系统学习了行政管理专业的理论知识,而且极大地提高综合素质。2020年,他依托创办的水稻合作社创建鑫亮粮油全程机械化栽培技术市级研发中心,2021年创建鑫亮粮油全程机械化栽培技术湖南省专家工作站,在几年时间里申报专利26项,获得专利授权17项,其中发明专利3项。鑫亮水稻合作社成为湖南省种粮大户协会副会长单位,鑫亮粮油公司成为省稻米协会副会长单位。

李嘉亮(左一)与农户交流种植技巧　图源:南国郴州网

他先后主持承担了省市科技部门的"稻稻油三熟制绿色高效模式创建及关键技术产业化开发""水稻印刷播种与无盘育秧栽培新技术研究示范与推广""优质稻高产栽培技术产业化开发"和"双季稻全程机械化生产关键技术优化、集成与示范"等科技开发项目，同时组织了"高钙铁锌儿童营养米开发""高人体必需氨基酸营养米开发"和"印刷播种与工厂化育秧配套技术研究与推广"等项目技术攻关，申报2项技术专利和绿色食品，其中授权技术专利11项，还申报了湖南省农业产业化龙头企业和高新技术企业。2019年开展了"工厂化集中育秧配套技术研究与推广"和"大米精深加工"2个项目技术攻关，申报专利技术3项，申报市研发中心，荣获国家高新技术企业认证和食品生产许可证。2020年组织展开了"优质稻全程机械化高产栽培技术产业化开发""大米加工技术研究"和"米粉加工技术创新"等项目技术研究，还承担了中央引导地方科技发展资金项目"优质稻高产栽培技术产业化开发"，申报专利技术1项，荣获国家绿色食品认证、知识产权管理体系认证。

他牵头的安仁县鑫亮粮油水稻全程机械化栽培科协创新团队被评为郴州市十佳科技创新团队，公司作为为产业扶贫作出突出贡献的企业被通报表彰，鑫亮粮油技术创新示范基地被湖南省老科协通报表彰。

李嘉亮（左二）和他的团队在安装植保无人机
图源：湖南省中小企业公共服务平台郴州安仁县窗口

为了提高粮食生产效率，李嘉亮提出了第一、第二、第三产业融合发展的思路，开展了代耕地、育秧、机插、机防、机收、烘干、清理、仓储、加工和销售的"十代"服务。他在粮油生产上有"三板斧"，一是对扶贫村开展"三送一包"服务——免机械作业费送服务，免费送优质稻种子，免费送优质高效栽培技术，包稻谷收购（比国家保底收购价高 20%）；二是对合作伙伴实行多种形式的利益共享；三是对广大粮农和种粮大户开展"十代"服务和粮食银行服务，让大家分享第一、第二、第三产业融合红利。

李嘉亮想让粮农得到更多的实惠，关键时刻他来到湖南农业大学谈合作，把优质稻生产基地建设成为南方粮油协同创新中心示范基地，同时加大技术创新力度，特聘邹应斌教授及其博士团队作为公司的合作研发团队，组建了鑫亮粮油技术研发中心。他深知科技才是第一生产力，只有依靠科技创新，才能不断推动公司发展，才能让跟着他种田的老百姓赚到更多的钱。

受邹应斌教授"三一栽培"技术启发，李嘉亮灵机一动，运用印染技术搞起了印刷播种，印刷播种专利技术与专利技术产品就这样问世了。这样不仅减轻了劳动强度，还显著提高了经济效益。在李嘉亮的带领下，公司不但拥有印刷播种、无盘育秧和营养基质等系列专利技术产品和与相关院所共同研究完成的高档优质稻新品种及生产配套技术，而且拥有营养健康的粮油新产品。

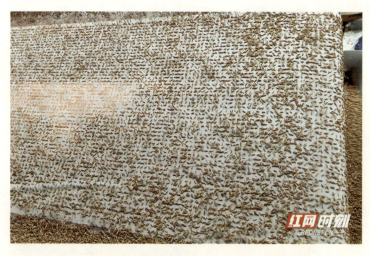

流水线上"印刷播种"　图源：红网

在专家的指导下，李嘉亮接着建起了全县最大稻谷烘干中心、全省最大的智能育秧工厂、日产 300 吨大米加工生产线、米粉加工厂等设施。李嘉亮决定针对婴幼儿、中老年人和身体亚健康群体生产营养健康的优质粮油新产品，在栽培和加工两个不同层面上同时发力，开发出一系列功能性营养健康粮油产品。

2021年公司资产总额17041万元，固定资产9483万元，利润611万元，科技研发投入836万元，经营范围涉及优质粮油生产加工以及产前、产中、产后专业化服务，通过"公司＋合作社＋农户"模式，吸纳周边入社农户3566户，辐射带动农户11174户，其中包括未脱贫农户2013户，未脱贫人口6987人，生产范围扩大到平背、承坪、牌楼、军山、洋际、金紫仙等13个乡镇，总承包耕地达到51967亩。

功夫不负有心人，农民大学生成长为优秀企业家。李嘉亮从当初艰辛创立鑫亮水稻种植农民专业合作社，到"十代"服务，到粮油种植、加工、仓储、销售一体化，再到后来的第一、第二、第三产业融合发展，不知凝聚了多少心血。李嘉亮是最美储粮湘军的代表人物，更是安仁农民致富的领头人。

李嘉亮团队，插秧也插出了气势　图源：红网

张昌元

人物简介

张昌元，湖南"农民大学生培养计划"常德分校 2013 级春季农村行政管理专科专业学员，常德市汉寿县昌元水稻种植专业合作社理事长。

所获荣誉

全国劳动模范、全国种粮大户、全国种粮售粮大户、全省先进种粮大户、常德市粮食生产大户、常德市第七届人大代表、常德市第一届高技能型人才、第一届常德市高技能型名师名家等。

把希望种在大地上

刀耕火种，温饱而已；科学种植，方为大道。专注于稻黍稷菽之道，深耕于科技赋能之程。他把希望根植于乡土之上，将传统耕种之道变成共同致富之路，生动地诠释着他作为全国劳模的英雄本色。

张昌元，1970 年出生于常德市汉寿县岩汪湖镇金盆岭村，他出身于农家，学于农校，从事农产，与粮食结下不解之缘。

2013 年，张昌元进入湖南开放大学"农民大学生培养计划"常德分校农村行政管理专科专业学习，于 2015 年毕业。系统的学习给他科学种粮的理想插上了腾飞的翅膀。

> 种稻有道　重在成效

2010 年 7 月，张昌元组建汉寿县昌元水稻种植专业合作社，注册资金 200 万元，发展社员 103 户。该合作社是湖南省先进示范性农民合作社，先后获得粮食规模、经营主体县、市十佳优秀合作社荣誉称号。张昌元精心组建专业机耕、机插和机收队伍，服务面积达 2 万亩；他积极参与良种繁育等科研项目，推广种植水稻面积 9 万亩；他依法履行代表职责，通过走访调研，提出了加强农村土地经营抵押贷款和加大对经营主体扶持力度的建议，引起市政府的高度重视；他关心群众疾苦，捐助汶川大地震灾后重建、资助贫困学子、救助孤寡老人、出资建设公路，为全镇 120 多名贫困人口输送物资和技术进行产业扶贫，10 余年来提供帮扶资金共计约 20 万元。

> 科学种田　起死回生

张昌元在政府相关部门和湖南开放大学的引导下，积极学习政策和技术。

2013年夏季，汉寿境内接连30多天高温无雨，给群众生产生活造成灾难性损失。当时张昌元在崔家桥乡大溪冲村承包了280亩稻田，这片田因缺水完全绝收。然而作为种粮大户，张昌元并没有灰心，他认真阅读《当前水稻抗旱陪管技术意见》，决定在这片已经绝收的稻田里重新补种秋玉米、秋荞麦等作物。2015年，张昌元在汉寿县大南湖乡蒋家山村种粮。面对繁忙的春耕，他改"掠夺用地"为"用养结合"，利用县农业局免费送的红花草籽种为耕地施肥。他流转的800亩水田在晚稻收割前就播种红花草籽，开春犁翻沤肥。"庄稼一枝花，全靠肥当家"，这个"肥"，就是指绿肥等有机肥。种红花草籽作绿肥，肥效长，作物产量高、品质好。张昌元田里的浅水泛绿，耕地吃上了最好的"营养餐"，由于补充了绿肥，水稻生长期均衡供肥，更能高产。

　　张昌元进行大规模种植，对农业保险的好处深有感触。2019年，张昌元为种植的1321亩水稻投了水稻保险。当年水灾后，张昌元有192亩水稻被淹，保险公司赔付了77592元。因赔款及时，张昌元损失不大。农业保险为大规模种植增添了信心和保障。

张昌元在田间劳作　本人供图

> 心系乡亲　共同致富

张昌元以水稻专业合作社为平台，热心带动周边困难农户共同致富成效显著。在他的带动下，100户农户年增收2000元以上，25户农户摘掉了贫困户的帽子。其主要做法是"三优惠、三优先、一解难"。"三优惠"，一是指生产资料优惠。张昌元利用承包面积大、与农资供应商联系密切的优势，将种子、农药、化肥、农膜等生产资料由合作社从一级批发市场购入，按需求配送到帮扶贫困家庭中，对比零售价优惠15%。二是指机械服务优惠。合作社拥有各类农业机械23余台（套），联合收割机10台（套），旋耕机5台（套），抛秧机2台（套），插秧机2台（套），无人飞机2台（套），烘干机2台（套），对所扶助的贫困户在机械作业收费方面，机耕优惠10元/亩，机插、机收优惠5元/亩。三是指产品收购优惠。在产品收购时，对帮扶贫困户的稻谷在同等质量情况下每百斤价格高2元。"三优先"，一是技术培训优先，基地每年举办2期优质稻生产技术培训班，不定期召开现场会，优先通知帮扶贫困户，并免费赠送技术资料。二是临田指导优先，张昌元利用在湖南开放大学所学的专业基础理论和多年从事粮食规模生产掌握的"稻-鱼""稻-虾"共生技术、以及优质稻种植经验，积极帮助周边农民解决生产实际问题。在临田指导时，对帮扶贫困户给予优先，并建设微信群随时解答生产问题。三是生产雇工优先。张昌元在粮食规模经营过程中，雇请大量劳动力时优先照顾贫困户。"一解难"，即主动纾困解难。贫困户缺少生产资金，张昌元为他们垫付资金采购每季所需的生产资料，帮助发展生产，在产品收购时抵扣垫付金；在贫困户遇到经济困难时，及时施以援手。

张昌元说："助力乡村振兴是责任，也是光荣。"他将多年的实干经验与学校所学理论知识融合起来，为乡村振兴开创了广阔的天地。

余小龙

人物简介

余小龙，湖南"农民大学生培养计划"湘西分校2018级秋季农业经济管理专科专业学员、2021级秋季行政管理（村镇管理方向）本科专业学员，龙山县印家界生态农业开发有限公司总经理，当地有名的"百合王子"。

所获荣誉

中国青年五四奖章、第十一届全国农村青年致富带头人、教育部"一村一名大学生计划"学生优秀创新创业案例二等奖、中国农村创业创新大赛国赛优胜奖、第三届中国创新创业大赛二等奖、湖南省十佳农民、湖南省自强模范、湖南青年五四奖章、感动湖南人物等。

"百合王子"身残志坚"感动湖南"

龙山小龙，心系家园，

似百合花般坚韧纯洁、百折不挠，

惊艳了时光，更惊艳了人心。

15年前，湖南龙山人余小龙在云南昆明做鲜花搬运工。多年后，小龙成了"百合王子"，拥有1500多亩百合地。他曾骄傲地对采访记者说："现在每天要挖2万公斤百合，2020年实现年产值达1600万元。"

他建立了世界百合博物馆，百合品种数量在湖南省乃至全国都位居前列。他创办的龙山县印家界生态农业开发有限公司成为湖南省唯一的百合种业公司。

> 与百合结缘，他3年挣了100多万元

1989年出生的余小龙皮肤黝黑，大络腮胡，眼睛不大，但目光如炬。他患有先天性血管瘤，四次手术后，右手留下累累伤痕。他身体虽然残疾，但从未向命运低头。

2009年，余小龙发现有不少出口的百合种球是从自己的老家龙山县进购的，价格十分不错，便产生了回家发展百合种植的想法。带着微薄的打工积蓄，他开启了"百合王子"的追梦之旅。

最初，他在自家地里试种百合。为尽快掌握种植技术，他向当地百合种植大户拜师学艺，亲自尝试开垦、购种、栽植、施肥等每个环节。辛勤的劳动换来了回报，这一亩百合第一年便实现了丰收。随后几年，在家人的支持下，他流转土地，雇用工人，扩大百合种植面积，到2012年累计获利100多万元。

> 遭遇危机，他走上求学路

种百合能挣大钱的消息不胫而走，当地村民纷纷加入种植大军，2014年，

龙山县的百合严重供过于求。看着自家百合一点一点烂在地里，余小龙的心渐渐变凉，这一年，他亏损300多万元。

面临巨大的危机，余小龙开始理智地分析百合市场。龙山县虽是百合之乡，但品种单一，难以形成完整的产业链。痛定思痛后，余小龙决定建立百合种质资源圃，发展百合种植。

余小龙开始在各地寻找不同品种的百合。他经常穿着迷彩服、解放鞋，手拿工兵铲、测量仪，独自钻进深山老林，一走就是几个小时，到处寻找野生百合。

创业是一项极具挑战的事业，一个人能在创业道路上勇敢前行，离不开心中的信念与坚持。

"作为一个大山里的人，虽然我身体素质不如他人，但我始终认为我并不比别人差，通过自己的双手同样能创造人生价值。"余小龙说。

余小龙的百合花海成为游客打卡地　图源：人民号

2018年，为提升专业技能，余小龙报读了湖南开放大学"农民大学生培养计划"湘西分校农业经济管理专科专业。他重新背起书包，迈入校园，走进课堂，用知识解决遇到的问题，用技能带动公司发展。

"开放大学的实用管理基础、农产品营销实务、创业实务、农业实用技术等课程很接地气，十分有用，对我帮助很大，不仅圆了我的大学梦，还圆了我的创业梦。"余小龙感激地说。

尝到学习甜头的余小龙于2021年又报读了"农民大学生培养计划"行政管理（村镇管理方向）本科专业。他对开放大学"让学习伴随一生"的理念和"技能培训、学历教育、终身学习"的三维培养路径十分认同。

他说："在开放大学学习，不仅可以终身接受新的思想、新的知识，还能让自己永远保持着一种学习的心态和状态。"

> 心系家园，他带领贫困户就业

种质资源，是农业的"芯片"，意义非凡。2019 年，在农业农村部、龙山县政府和学校的支持下，余小龙在龙山县洗洛镇欧溪村开辟试验地块，建设世界百合种质资源圃。到 2020 年，余小龙已收集和种植国内外百合种质资源 595 个。

随着产业规模不断扩大，越来越多的乡亲加入余小龙的百合种植基地。在他创办的公司里，登记在册的本地员工有 457 人，其中有 171 人是残疾人，工资日结，从不拖欠。为了让父老乡亲出行便利，余小龙还花了 100 多万元在老家龙山县农车镇塔泥村修建了两条上山的阶梯路和一座铁索桥。

"我自己也是残疾人，深知残疾人找工作十分不易，能帮点就尽量帮点吧。"余小龙说。

余小龙和他的百合花　图源：人民号

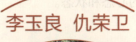

李玉良　仇荣卫

人物简介

　　李玉良，湖南"农民大学生培养计划"岳阳分校2009级秋季乡镇企业管理专科专业学员，岳阳市平江县莲花村原党支部书记、平江县中天园林工程有限公司总经理。

　　仇荣卫，湖南"农民大学生培养计划"岳阳分校2009级秋季乡镇企业管理专科专业学员，平江县中天园林工程有限公司财务主管。

所获荣誉

　　李玉良为岳阳市第七届人大代表，袁隆平科技致富能手、岳阳市科技示范先进个人；仇荣卫为岳阳市第五届人大代表。夫妻获平江县"书香家庭"荣誉称号。

举案齐眉　造福一方

白首齐眉鸳鸯比翼，青阳启瑞桃李同心；

求学征途，夫妻相濡以沫；

危难之际，老板垫资当支书，致富一方百姓。

中国革命发祥地之一、中国工农红军的摇篮之一的平江县是李达等革命前辈的家乡，是一块红色热土。李玉良、仇荣卫夫妻俩就成长于这片土地。

以前，莲花村负债累累，讨账人不断，村级工作一度瘫痪。

当时的李玉良早已是村里的养猪示范户，后来他发现园林苗木在当地市场竞争较小，当机立断于 2002 年转行种植花卉苗木，2003 年成立平江县中天园林工程有限公司。

2007 年，通过村民推荐，支部选举，组织任命李玉良为莲花村党支部书记。李玉良在村级负债 29 万元的情况下，在妻子仇荣卫的大力支持下，危难之时挑重担，毅然垫资走马上任。

在平江县、伍市镇党委的正确领导下，李玉良带领村、支两委围绕"林业带动经济"的总体要求，以当地的园林公司为依托，加强技术指导，谋求销路，以"公司＋农户"的方式大力发展油茶苗及各种花卉苗木。

他以村远程教育站点为支撑点和突破点，大力实施造富计划，引进多家企业和多个项目，村民生活水平明显提高。2009 年，村人均纯收入突破 8000 元。

李玉良兼顾村里与公司事务，寒暑六载，历经艰辛，村里偿还了所有债务。全村的村、组、户都通上了水泥路，新修水渠 2000 余米，改造了村莲花小学，新建了村办公楼。对村上每一个考取大学的孩子都给予奖励，困难户危房改造给予 1 万元的资助。

村民们尝到了甜头，全村干群勇于创新、勤奋开拓，彻底改变了该村的贫困面貌。

在李玉良的带领下，莲花村的各项工作突飞猛进，连年被评为平江县粮食生产先进村、新农村建设工作先进单位等。红色土地上的一个山清水秀、风景如画、宜居宜业的莲花村展现在人们面前。

2009年12月10日，时任中央领导李长春、刘云山在莲花村视察工作，对村上的各项工作给予了充分肯定和高度评价。李长春同志深有感慨地说："像李支书这样老板当支书的典型值得推介"。

同年，为提高学识素养，李玉良、仇荣卫夫妻双双报名参加湖南开放大学"农村大学生培养计划"岳阳分校乡镇企业管理专科专业的学习。

夫妻俩是当地好学上进的典型，一提起他俩，左邻右舍都竖起大拇指。夫妻两人互帮互助、举案齐眉，均被评为湖南开放大学"优秀学员"，其家庭被评为平江县"书香家庭"。

班主任徐老师至今仍记得非常清楚："李玉良总是非常虚心地请教与苗木种植和培育相关的知识。"

学历深造和农忙之余，李玉良、仇荣卫夫妻常常带领干部及群众参加村里组织的理论知识、蔬菜种植、苗木种植和养殖技术等培训班，带领家乡百姓兴办养殖业，带动了当地千余名农民致富。

夫妻俩常说："一家富不算富，大家富才是真的富。"这样朴实又真诚的一句话，深深打动了当时在莲花村挂点联系的岳阳市时任市长黄兰香。

2011年3月，李玉良所经营的苗木公司拥有苗圃600余亩，投资1200余万元。如今，公司规模逐步扩大，效益日益增加，带动了村民致富和当地的发展，使村民得到了实惠，看到了希望。村里养猪大户甘德胜，养猪规模由原来的几十头增加到了如今的300多头，积累了丰富的养殖经验。他以李玉良夫妇为榜样，将自己的养猪技能和致富经验毫无保留地奉献给了乡亲。

如今，李玉良将公司经营得有声有色。公司已拥有苗圃近1000亩，员工80余人，年产值1400万元以上。

谷友利

◤人物简介

谷友利，湖南"农民大学生培养计划"湘潭分校2018级春季工商管理本科专业学员，湖南湘之坊生态农业股份有限公司董事长，兼任湘潭市、县餐饮行业协会副会长，湘潭市青年企业家商会副会长、乌石镇商会会长。

◤所获荣誉

曾入选文化和旅游部乡村文化和旅游能人支持项目，曾获"湘潭最美新乡贤"荣誉称号。其创办的公司先后被国家科技部和湖南省科技厅授予"星创天地"荣誉称号，是湖南省乡村旅游区（点）四星级单位、湘潭市旅游协会理事单位和湘潭市餐饮协会副会长单位，"乌石情"系列腊制品还被评为群众最喜爱十大品牌农产品之一。

眼界·魄力·格局

海不辞水，故能成其大，山不辞石，故能成其高。立足家乡，放眼世界。胸中怀理想，创业有魄力，乡村振兴勇担当，共同致富显格局。哪怕是一片小小的天地，他一样能干得风生水起。

湖南湘潭县排头乡有个狮龙村，狮龙村有个"乡贤"谷友利。1996—2013年，他先后创办了湘潭市友利汽修有限公司、湘潭市宝塔农贸市场、湘潭羊村酒店、湘潭58酒店等。经过多年的摸爬滚打，积累了丰富的企业管理经验。2013年回乡创办湖南湘之坊生态农业股份有限公司（后简称湘之坊），担任董事长，后来又兼任湘潭市、县餐饮行业协会副会长，湘潭市青年企业家商会副会长、乌石镇商会会长等职。可见，是个厉害角色！

他兴业助农、志在千里，取得了非凡的成绩。

> 眼界：立足家乡看世界

谷友利是土生土长的当地人。高中毕业后的10多年，他在汽修、农贸、酒店等行业历练，也积累了一定的资本与人脉。然而，他一直在思考：乡亲们靠什么能脱贫致富？我们的优势在哪里？发展什么产业能带动一方？

为了开阔视野，找到家乡的致富路，他除了了解国家政策，到各地富裕村镇去考察；自己还报考了湖南开放大学，从学习的知识中获取创意、灵感；经常与老师、学友们交流、讨论；也走村串巷，跟乡亲聊天，更多的时间是自己在思考。他把自己所见所闻所思所想记下来，冥思苦想，渐渐地，他心里有了盘算。

他有了一个比较明晰的思路：是人都得吃喝拉撒。吃，是谁都需要的，别人要吃，我们自己也得吃啊！对对对，就从这里着手：充分利用当地旅游资源和优质农产品资源，以餐饮业和"乌石情"腊味加工为龙头形成规模销售，以此带动就业和种养业的发展。对，就这么干！既然立志改变乡村面貌，那就要因地制宜，利用自身优势，先打造一个农产品配送中心。

2015年春节间，湘之坊生态农庄正式开门迎客、"乌石情"系列腊制品面市。

开发"乌石情"腊肉的初衷，是要传承彭德怀元帅当年最爱吃的，也是深受老百姓喜爱的本地腊肉制作方法，让大众体验到儿时的味道、妈妈的味道、家乡的味道。谷友利为了打造湘潭乌石镇腊肉地方品牌，他探深山、拜名师、访高人、走四川、闯湘西，汲取精华，去其糟粕，找到腊肉的品质焦点，即优化熏料配方，用茶籽树、茶籽壳、果树、果壳、米糠等冷烟熏制而成。此法熏制出来的腊肉色泽明亮，腊味浓郁，口感肥而不腻，唇齿留香，纯正地道。他经过近10年的不断探索，革新工序，终于研发出"一种生态冷烟熏腊肉加工装置及方法"，成就了湘潭"乌石情"腊肉与众不同的品质和独特风味。目前拥有两栋熏房共11间，周期内可同时熏制腊味3万公斤，年产约25万公斤。该熏房及工艺在2021年4月获得国家发明专利，湘潭"乌石情"腊肉在2021年3月获得国家地理标志商标产。

"乌石情"腊肉　图源：新湖南

他的"乌石情土货进城去"配送中心，从2019至今已拥有客户1800余户，将特色农产品（腊味、鲜活、时令蔬菜、干货等）配送到湘潭市各地，同时充分利用线上微信、抖音商城、小程序、社群等销售渠道发展大众客户，将农产品快递到全国各地，既为城市输送了绿色食品又解决了农产品滞销的问题。

他定下了两条规矩：一是指导当地群众，特别是贫困户进行绿色种养，确保原材料质量。二是优先安排贫困劳动力就业。由于经营思路独特、服务优质、品质优良，湘之坊生态农庄和"乌石情"系列腊制品一炮而红，当年营业额达800多万元，带动当地群众增收600万元以上。

> 魄力：脱贫攻坚不畏难

随着精准扶贫由输血式扶贫向造血扶贫转变，谷友利也将扶贫的重点由就业扶贫、消费（农产品收购）扶贫向产业带动的扶贫方式转变，深度介入扶贫工作。2017年，谷友利自掏腰包购买了50多头仔猪、1000多公斤鱼苗和上千羽鸡苗免费送给贫困户饲养，并负责以高于市场价收购。谢智利是狮龙村的建档立卡贫困户，谷友利不仅安排她在湘之坊上班（月工资2000余元），同时给她家送出了8头仔猪和一批鱼苗。这一年，谢智利一家有了5万元左右的收入，当年摘帽脱贫。

2018年，湘之坊分别与排头乡狮龙村和乌石镇众兴村（省定贫困村）签订了产业扶贫协议，由公司负责两村部分产业扶贫项目的实施，项目覆盖两村100余户贫困户。2019年湘之坊产业扶贫范围又增加了排头乡的团结村（省定贫困村）和乌石镇的乌石村，覆盖贫困户200余户。

为帮助众兴村早日摘掉省贫困村的帽子，2018年，公司与众兴村合作成立了"乌石情"专业种养合作社，开启了"公司＋合作社＋农户"的产业带动就业扶贫模式。通过这种模式，众兴村这一年又有50多户贫困户摘帽脱贫，齐国宏就是其中的一户。齐国宏是一位哮喘病患者，谷友利不仅借钱给他承包了鱼塘，并送去了鱼苗、鸡苗等，这一年齐国宏家销售鱼、鸡、鸡蛋等的收入达3万多元，一举脱贫。到2019年底，众兴村142户贫困户382人中有138户378人（其余4户4人为财政兜底户）摘帽脱贫，其中少不了公司和谷友利的倾情付出。

> 格局：共同致富显身手

脱贫不是终点，共同富裕才是目标。谷友利坦言："并非自己多高尚、多伟大，而是我必须有这种责任感和使命感。共同致富也是我的目标，只有大家都富裕了，老百姓才有足够的购买力，我们才可能做大做强。"

2020 年，谷友利多次受邀到湖南开放大学举办的省创业致富带头人培训班讲课，分享返乡创业的历程与经验教训。近年来他在市县各种涉农培训班上分享创业体会 20 余次。他的湖南湘之坊生态农业股份有限公司已经发展成了一家以红色旅游、研学拓展、种养殖、农产品加工、餐饮于一体，助力乡村振兴的农业股份有限公司，直接带动从事农业生产、销售、运输配送劳力近 800 人，对乌石镇、排头乡等进行产业帮扶，向农户发放鸡苗、生猪、农用物资等，以及收购农副产品价值约 500 万元，搭建了适合现代人休闲生活的服务平台。

此外，谷友利也希望尽自己所能为家乡的发展提供更多有力的支持。

首先，在教育方面，他创设的湘之坊中小学生研学实践教育基地，可同时容纳 1800 人左右。可喜的是，基地于 2019 年接待 2 万人左右，2021 年接待 3 万人左右，2022 年接待 4 万人左右。研学项目主要有传统手工体验、传统农耕体验、红色文化课程、传统非遗文化课程等。其次，在支持生态旅游方面，湘之坊生态农庄每日可同时接待 600 人就餐。为提高整体旅游接待水平，基地另新建一栋文旅综合大楼，每日也可接待 400 人左右。

为了营造浓厚的农村文化氛围，促进邻里间的情感交流，湘之坊于 2015—2019 年连续举办了五届邻里节。除了带来多种形式的文艺表演之外，湘之坊还与乡民们暖心互动，例如请邻里用餐，给每家每户送鱼、灯笼、对联、礼品等。对于年迈的长者，湘之坊专程派员工上门慰问，并赠送"乌石情"特色农产品。在公司周围、腊肉车间创建红色文化长廊，粘贴宣传标语，使公司员工和乡村邻里形成了相识、相知、相助，团结，爱国、爱家的共识，成为"乡亲乡爱"的一家人。

李泽英

人物简介

　　李泽英，湖南"农民大学生培养计划"湘潭分校 2013 级秋季畜牧兽医专科专业学员，湘潭县泽英生猪养殖专业合作社理事长。

所获荣誉

　　湘潭县第八届政协委员、第九届和第十届政协常委、全国科技入户示范工程示范户、农村科技致富带头人、湖南省养殖业示范户等。

返乡创业　福泽桑梓

少小离家，懵懂不知。业成返乡，造福一方。她以坚毅不屈点亮人生道路，以科技创新引领前进方向。她的故事，不仅在家乡传唱。

在湘潭县谭家山镇，年过半百的李泽英，可是位响当当的传奇女杰，她用励志点亮人生，用科技引领方向，用创业改变命运。她情系家乡，福泽桑梓。

> 锦城虽云乐　不如早还家

20世纪90年代初，怀着对美好生活的憧憬，李泽英踏上了南下打工的征程。经熟人介绍，她进入一家制衣厂打工，初入服装行业，几乎什么也不懂，但是她对工作勤勤恳恳，任劳任怨，加上头脑灵活，虚心好学，不久就成为厂里的技术能手。勤奋、老实、技术熟练的她深得服装厂老板的赏识，很快就被提拔为领班，月工资也从当初的400元上升到3000余元。在常人看来，有一份高收入，在城市站稳脚跟，过上城里人的生活，实现了不少人梦寐以求的人生目标。虽然事业正处于上升期、赚的钱越来越多，但李泽英却无法真正快乐起来。因为"甜是家乡水，亲是家乡人"，所以她始终无法在一个陌生的城市找到家的感觉，她总是觉得自己的根在乡村，如果能在生养自己的家乡创业，用多年积累的经验、资金、人脉创出一番新业，既可实现人生价值，又可回报家乡父老，这样更有意义！

1995年初，在众人疑惑不解的目光中，李泽英辞掉工作，结束了打工生涯，回到阔别多年的家乡，开启了一段新的生命历程。

> 创业艰难　唯有坚强

刚回老家时，还是一片茫然。"在农村，一样可以创一番事业"，李泽英信心满怀。但是，选个什么项目？什么项目可持续发展？怎样做才能增收致富？

这些问题在她的脑子里反复打转。

经过市场调查与研究，李泽英想到了：养猪。养猪在农村一直被认为是一门技术含量低、工作环境差、风险高的行业，但是她认为，随着经济和社会文明的进步，传统的养殖方式必将淘汰，必须走科学化、规模化的道路。说干就干，她在很短的时间内就筹集到了资金，建起了自己的养猪场。但创业并不像她想象的那样容易。"看着人家经营挺容易的，但当自己干的时候还真不是那回事。"李泽英说，"由于缺少经验和技术，面对很多意外风险，自己感觉喘不过气来。"2007年初夏，高热病侵袭生猪领域，李泽英因初涉养猪业，经验不足，她家猪场也没逃过此劫，病死母猪、仔猪共100多头，经济损失7万余元。2008年，因冰灾造成电路起火，烧毁猪舍两栋，死亡母猪7头，仔猪60多头，造成经济损失10多万元……往事不堪回首，说起这些，李泽英多次哽咽，她都不知道这些年来是怎么挺过来的。

面对重重困难和市场风险，李泽英没有退缩，她始终坚守自己的梦想，不言放弃。为提高自身的养殖技能，她报读了湖南开放大学"农村大学生培养计划"湘潭分校畜牧兽医专科专业，成为一名农民大学生。在老师的指导下锻造技能，在浩瀚的书海中汲取营养。凭着一股韧劲，靠着一股钻劲，她逐渐摸索出了一套绿色科学养猪的实用技术，养猪事业在经历了一番风雨的洗礼之后，绽放出绚烂的光彩。目前，她的猪场面积达到2400多平方米，存栏母猪50多头，年出栏1000头以上，2017年创造经济收益40多万元。

> 感恩回馈　福泽桑梓

"感恩并回报社会"是李泽英一直所遵奉的人生信条。在李泽英看来，财富取之于社会，就要用之于社会，自己养猪富了，不能忘记周围的群众，不能忘记那些在致富路上奔走的老百姓。她毫无保留地"传、帮、带"，激发了群众的养猪热情，也正是因为她对养猪专业的苦心钻研，让人们看到了养猪产业的新希望。

2012年，为更好地发挥辐射带动作用，带动周边群众致富，她联合几家养殖大户，发起成立了湘潭县泽英生猪养殖专业合作社，主要为社员提供"统一供应仔猪、统一供应饲料、统一防疫管理、统一健全风险机制、统一组织销售"的五统一服务。专业合作社把养殖户带入市场，形成利益共享、风险共担的经营管理机制，采取以大带小、以强帮弱的方式，促使养殖户向标准化、规模化发展，逐步建成生猪品牌化、饲养科学化、管理规范化大规模的养猪专业合作社。至2017年底，专业合作社共吸纳会员142人，带动谭家山镇、中路铺镇、射埠镇等周边养殖户1200余户，年存栏母猪400余头、出栏生猪26000头。

正是凭着这种能吃苦、敢打拼的精神，李泽英由一名打工妹转型为家乡有名的养殖行家，并多次被镇、县、市评为优秀科技工作者、巾帼文明示范户。

目前谭家山镇不少村民受到李泽英创业事迹的影响，不再外出打工，纷纷加入养殖行业。周边养殖户越来越多，收入越来越高。科学养猪，既成了李泽英个人的事业，又造福了村民，并掀起了一股返乡创业热潮。

向铁青

▶ **人物简介**

　　向铁青，湖南"农民大学生培养计划"岳阳分校 2017 级秋季农村行政管理专科专业学员，岳阳汨罗市科龙水稻种植专业合作社理事长。

▶ **所获荣誉**

　　全国种粮大户，中华供销合作联社金扁担改革贡献奖，湖南省水稻集中育秧先进个人。其合作社获"全国农机示范社""国家典型示范社""湖南省百强联合社"等荣誉，其事迹先后被新华社、中央一套、湖南经视、《湖南日报》等媒体报道。

"兴"农首在"新"农

他是一个农民，像一颗种子，迎着新时代的春风，撒在家乡肥沃的泥土里，向下扎根，向阳生长；

丰收时节，稻浪飘香，籽粒饱满，处处洋溢着喜悦与自豪，涌动着美好与希望。

向铁青自称就是一个农民。但他凭着勤劳、坚韧的毅力、勇于开拓和创新的拼搏精神，带动一方，使乡亲们增收致富，使他的家乡改变了模样。特别是在湖南开放大学专业学习后，他更是开阔了视野，掌握了技能，所创办的汨罗市科龙水稻种植专业合作社风生水起，前途一片光明。

> 观念新，才能登高望远

父亲过早去世，年轻的向铁青扛起了家庭重担。2000 年前，刚刚 16 岁的他便外出打工。为支持妹妹读书，在随后的 10 余年里，向铁青打过零工，还拿过工程，直到妹妹大学毕业，才终于松了口气，开始认真思考人生。十几年的风雨历练，向铁青觉得自己的人生应该有一个长远的规划了。一个偶然机会，他在陕西杨凌区参观了农业高新技术博览会，现场高新技术展览让他深受启发。于是他放弃打工，下决心投资现代农机设备，要用新的种田理念发展产业。

接下来的几年，以向铁青为首的新兴职业农民，摒弃传统落后生产方式，向集约化、专业化、规模化生产发展之路迈进，从此，汨罗市罗江镇惠农服务中心在该镇开启了颠覆传统方式种田的崭新篇章。

2018 年，巴陵大地掀起深化供销合作社综合改革的大潮，机遇如期而至，在上级供销合作联社的大力支持下，以向铁青为首的新兴职业农民成立了汨罗市罗江镇供销惠农服务中心（由汨罗市科龙水稻专业合作社、汨罗市新生力农机专业合作社、汨罗市正源供销联合社、汨罗市火红供销有限公司、湖南谷成农业发展股份有限公司五家单位组成）。在乡村振兴过程中，惠农服务中心一路走来，在创新中发展，在发展中壮大，在集约化、专业化、规模化发展之路上迈出了坚实的步伐，社会化服务优势更加凸显；特别是开展水稻生产"代育、代耕、代插、代防、代管、代收、代烘、代加、代储、代销"十大服务，实现了农田增产、农业增效、农民增收。

科龙合作社的水稻丰收了　图源：汨罗新闻网

> 模式新，才能提质增效

中国是世界农业文明古国，但几千年过去了，虽然基本摆脱了刀耕火种、自给自足的生产方式，但农业生产效率并没有得到质的提高。要提质增效，就得创新模式。政府的农业政策，使向铁青眼前一亮。一方面，他带领自己的团队加大了土地流转与托管的力度。通过与农户签订托管协议，提供了"菜单式托管"，农民根据实际需要选择相应的服务项目，将生产经营全部或部分环节委托给合作社管理，包括育、耕、管、收、销售、农资供应等服务内容。另一方面，他创新地开展了整村土地流转。从2021年以来通过与村两委协商，将整村土地流转集中，与罗江镇石仑山村、黄市村、神鼎山双江口村委会签订了相关协议流转土地9810亩的协议，并协助平整和开展田间管理，合作社将土地托管收益的一部分返回村里作为集体收入。然后，他大力发展订单农业，合作社与汨罗市中粮米业签订生产订单，解决了粮食收割后的后顾之忧。

向铁青按照"合作社＋村集体＋农户"的模式，在农业社会化服务中，相继为周边农户提供就业岗位，尤其是优先贫困户就业。共为周边农户提供就业岗位 400 余个；引进良种种植，并辐射、带动周边农户连片种植优质稻近 5000 亩，促进农户亩增产 70 多公斤，亩增收 160 余元；吸收 232 户种田大户为合作社会员，并签订 8610 亩的种植合作经营协议，按照"三降两减"（即降低了机械规模作业费用成本、农资采购成本、农民务工投入成本，减少了化肥用量、减少了农药用量）原则，每亩为农户节约成本约 200 元，仅这一项就为会员们实现每户平均增收 7400 元；2019 年与罗江镇政府签订了产业帮扶协议书，出资 156 万元用于帮扶指导贫困户发展种养产业，签订帮扶贫困人口 521 户共 1704 人，带动贫困户年平均增收 620 元。

> 技术新，才能持续发展

向铁青遵循科技创新，带领自己的团队，先后实施了频振式杀虫灯、绿色诱杀虫、猪沼稻生态种养、稻草还田、测土配方施肥、使用生物农药控制病虫等先进的配套技术，引进推广无公害优质稻新品种 3 个，推广无公害水稻标准化种植技术 5000 亩，新品种、新技术普及推广，标准化生产率达到 88%。近两年完成农业废弃物回收地膜、大棚膜、抛秧盘、秧盘 3460 公斤，实施畜禽粪污染资源化利用项目，购置污水泵车 3 台，消纳畜粪污还田 18000 亩。

促进农业现代机械化。合作社自成立以来，多次承担完成了各类农业、农机示范推广项目任务。2012 年承担了省农业厅工厂化大棚育秧项目，开启了汨罗市机械化育秧的先例；2015 年承担省农业综合开发项目和 1.2 万亩优质稻扩建项目；2016 年承接了全国保护性耕作实验示范项目 5000 亩示范面积农机作业任务；2018—2019 年承办了湖南省大型农机耕作现场演示会；2020—2022 年承办了省、市有序抛秧现场演示会；被定为湖南省农民田间学校示范校、汨罗市水稻育秧基地、新型职业农民培育实训基地。

利用无人机，建立专业化飞防植保。在为农服务的道路上不断探索和创新，2017 年他与湖南农飞客达成协议，引进极飞 P20 植保无人机 10 架，开创了汨罗市植保无人机统防统治的先河。目前合作社拥有 76 人的飞防团队，植保无人机 106 架，维修服务点 2 个，高效植保无人机作业信息指挥平台 1 个，固定基站 3 个，标准化村级服务站 21 个，设有湘北地区最大的飞防服务保障中心，维修能力覆盖湘北地区。植保飞防作业区域覆盖全市水稻种植区及河南、新疆等地，截至 2022 年 7 月，植保飞防作业面积累计达 159 万亩，植保作业量处于全省领先地位。

大棚高效利用，实现经济效益最大化。专业合作社大棚为早稻集中育秧提供有力支撑，大棚育秧不受恶劣天气影响，既安全又稳定可靠。目前罗江镇供销惠农服务中心大棚面积达 10000 平方米，春耕时节，除满足惠农中心 12000 多亩水田需求外，还向广大种田大户小户提供秧苗。早稻育秧季节性强，向铁青介绍，为了不让大棚闲置，就循环利用大棚，发展其他产业，早稻育秧结束后，如每年 4—7 月，是大棚种植西瓜的好时节。大棚西瓜又大又甜，西瓜丰收的时候，亩产达到 3000 公斤以上，实现经济收益 140 余万元；每年 8 月至次年 2 月，大棚接着种上高档红椒。辣椒生长过程全都通过专业设备监控管理。辣椒生长三四个月，就可上市，正赶上传统节日春节，将极大丰富节日菜市场。辣椒品质优良，深受广大商家和消费者青睐。大棚栽培的辣椒品质好产量高，亩产达 3000 公斤以上，估计有望实现经济收益 150 余万元。为进一步做大大棚经济，罗江镇供销惠农服务中心正在筹备再建两个 10000 平方米的大棚。

据向铁青介绍，惠农服务中心各种农机设备齐全，拥有大型拖拉机、旋耕机 15 台，机械化育秧设备 3 套，插秧机、抛秧机 11 台，收割机 16 台，烘干设备 10 套，其他各类机械设备 48 套。每到春夏播种秋收时节，农机在广袤的田野上大显身手，深度参与生产各个环节，为周边 3000 多户种田大户、小户提供服务。

> ### 农民新，才能农村、农业新

向铁青深知：一枝独秀不是春，百花齐放春满园。在这场史无前例的新农村建设中，必须有更多的、新型的职业农民。向铁青通过创办农业技术培训中心，聘请市高级农艺师或有丰富经验的农业专业技术人才，采用理论与实际相结合、课堂与田间相结合的教学模式进行授课，受培训的农民综合素质明显提升。近两年来，举办培训班 14 次，培训学员 396 人，其中有 23 名学员成为种田大户，115 人成为农机操作手，67 人获得植保无人机操作证书，这些学员成为服务"三农"、促进乡村振兴的骨干力量。

　　这些年来，向铁青凭着自己的勤劳苦干，执着追求，敢为人先的创业、创新精神，一分耕耘，一分收获，在振兴乡村建设中逐渐成为当地推进农业现代化建设的示范带头人。他先后被新华社、中央一套、湖南经视、《湖南日报》等媒体报道，农业农村部原副部长张桃林、省委原副书记乌兰、原副省长隋忠诚等领导在该合作社调研和视察时，也给予了高度评价。

易强强

人物简介

易强强，湖南"农民大学生培养计划"娄底分校 2018 级秋季农业经济管理专科专业学员，冷水江市芊炎种养专业合作社总理事。

所获荣誉

第七届中国国际"互联网＋"大学生创新创业大赛银奖、第十三届"挑战杯"中国大学生创业计划竞赛银奖、第二届"湖南省乡村振兴青年先锋"、第十届"挑战杯"湖南大学生创业计划竞赛金奖、湖南省普通高校优秀大学生党员。

用小菌子支起大舞台

4 年探索，800 多次试验，2 万余个对照组，他让羊肚菌在三湘大地安家落户；

5 个乡镇，10 多个村，123 户农户，在他的带领下脱贫致富；

在青春的赛道上，他逐光前行，不负时代。

习近平总书记曾勉励广大青年："不负韶华，不负时代，不负人民，在青春的赛道上奋力奔跑，争取跑出当代青年的最好成绩！"作为一名 90 后共产党员、中国首批农特微商实践者之一，易强强以羊肚菌为载体，产业兴农，生动地诠释了"请党放心，强国有我"。

> 情定羊肚菌

党有所呼，我有所应；国有所需，我有所为。

2013 年，23 岁的共产党员易强强积极响应党和政府的号召，返乡创业，成立锦升程网络科技有限公司。创业之初，他去炎陵县考察了黄桃，去江永县考察了沃柑，也接触过云耳的种植……历经辗转，他始终未能找到心中满意的项目，公司只能勉强维持。

机会总是留给有准备的人，2015 年，中央政府工作报告提出要"打造大众创业、万众创新和增加公共产品、公共服务'双引擎'"，国务院于同年印发了《关于支持农民工等人员返乡创业的意见》，易强强从中看到了机遇。这一次，他将自己创业的目光聚焦到了高端餐饮的佼佼者——"羊肚菌"的栽培上。在深入调查中，他对羊肚菌的营养价值、经济价值、市场需求量等产生了浓厚的兴趣。他先后前往四川贡嘎山、牛背山等地寻找合适的羊肚菌菌种，重金聘请了农业专家团队，成立实验室，并将全国 300 个羊肚菌品种在实验室进行分离培养、驯化栽培，对比试验。

功夫不负有心人。历时 4 年，经过 800 多次试验，共 2 万余个对照组，通过认真分析菌丝成长的每一个阶段，详细记录每一项指标，最终易强强的团队成功研制出了适合湖南地区种植的羊肚菌，并将它命名为"芊炎一号"。"芊炎一号"具有个头大、产量高、易采摘、高营养等特点，一面世就受到了当地餐饮企业的推崇喜爱。易强强给自己的项目也取了一个贴切又响亮的名字——雷霆万"菌"。

> 情系千万家

作为中国首批农特微商实践者之一，易强强紧紧抓住"双创"重大机遇，积极争取"互联网 + 农业"政策支持，依托当地的山水资源和惠农政策，在团队成员和各级党委政府的大力支持下，建立了"互联网 + 合作社 + 基地 + 农户"的农产品产业营销新模式，投资成立了娄底市冷水江市芊炎种养专业合作社，并担任总理事。

近年来，合作社发展势头良好，先后与冷水江市银禾农业开发有限公司、冷水江市绿丰种养专业合作社、冷水江市鸿发家庭农场等 23 个合作社签订了合作协议，有力地推动了冷水江羊肚菌生产加工、专有装备制造创新、特色食品开发、餐饮和休闲旅游业的发展，促进了食用菌产业结构调整，加快了当地第一、第二、第三产业融合转型发展。

易强强始终牢记自己是一名共产党员，共产党人的初心是为中国人民谋幸福，为中华民族谋复兴，只有把青春奋斗融入党和人民的事业，方不负党员的身份，不负伟大的时代。在易强强的带领下，芊炎种养专业合作社始终紧紧扎根广阔农村，时时心系乡亲父老，建立了"两送一包"产业扶贫新模式，为有志从事羊肚菌种植的村民送菌种、送技术，还包销售，成功带动 5 个乡镇 10 多个村 123 户农户种植羊肚菌，盘活了大量的荒田荒地，使参加种植的农民年收入大幅增加，为当地打赢脱贫攻坚战、加快乡村振兴作出了积极贡献。

2020 年，芊炎种养专业合作社被评为冷水江市"优秀农业企业"和"示范农业合作社"。市领导带队来合作社调研时，给予了雷霆万"菌"项目高度肯定，指出其对推动冷水江产业转型、带动农户持续增收致富具有重要意义。

> **不忘来时路**

在创业的过程中，易强强越来越清晰地认识到知识的力量。2018年他通过湖南开放大学"农民大学生培养计划"成为一名农民大学生，主修农业经济管理专科专业。在校期间，他在专业教师的帮助下，将羊肚菌项目不断向前推进。雷霆万"菌"项目先后获得第七届中国国际"互联网+"大学生创新创业大赛国赛银奖、第九届"创青春"中国青年创新创业大赛国赛铜奖、第十届"挑战杯"湖南省大学生创业计划竞赛金奖，他个人入选第二届"青春正当时 三湘追梦人"湖南省高校大学生就业创业优秀典型人物。

易强强（右）参赛留影　图源：新湖南

回望来时路，他希望能够带动更多的乡亲走上产业致富的道路。于是毕业之后，他主动联系母校湖南开放大学，请求将自己的基地作为学校的实训实习基地，为农村培养更多的实用型人才。基地挂牌后，他充分发挥基地作用，先后邀请20多名专家，为农户举办讲座和培训80期次，为学校的农民大学生进行实习讲座20余场次，累计培训600余人，免费发放了各类羊肚菌种植资料上千份，并下派技术指导人员30人次，为农户提供了产前、产中、产后系列化服务，使农户种植羊肚菌的能力大幅提升。

此外，他还注重与高校合作，建立"产教融合实训基地"，让雷霆万"菌"成为"创业示范基地"，为大学生提供社会实践平台和勤工助学岗位。

在易强强看来，新时代赋予青年的，不仅有强健的体魄、殷实的生活，还有"会当击水三千里"的壮志豪情、"天生我材必有用"的广阔天地、"不拘一格降人才"的发展际遇，只有将小我融入大我，以青春之我、奋斗之我，激扬奋发有为的志气，在拼搏中释放激情、追逐理想，为祖国建设添砖加瓦，才能更好实现人生价值、升华人生境界，这才是青春最美的模样。

袁国宏

◢ 人物简介

　　袁国宏，湖南"农民大学生培养计划"张家界分校2020级秋季行政管理（村镇管理方向）专科专业学员，中国农村青年致富带头人协会会员，张家界小背篓原生态种养专业合作社理事长。

◢ 所获荣誉

　　湖南省非公有制经济组织和社会组织优秀共产党员，张家界市最美家庭、文明家庭，张家界市武陵源区第六次党代会代表，国家开放大学优秀学生干部，国家开放大学2022年经济管理类案例设计与分析大赛全国一等奖。

小背篓背向大世界

　　每个人的世界都是一个圆，学习是半径，半径越大，拥有的世界越广阔。已过不惑之年迈上创业路，学习就是最大的底气。背起小背篓，他心中的大世界已辽远无际。

　　"小背篓，圆溜溜，歌声中妈妈把我背下了吊脚楼……"袁国宏是土生土长在张家界武陵源大山里的孩子，从小在背篓里面长大，背篓里面装着乡亲们对他的教导和童年的故事。他有一个梦想，就是用小背篓把家乡绝美的山水和大山里的好东西背向全国、背向世界，带领乡亲们共同过上好日子。

　　谋定而后动，知止而有得。43 岁的袁国宏重返校园学习，44 岁创办小背篓原生态种养专业合作社，45 岁合作社年销售额已突破 100 万元。

> 骄傲成为国开学子

　　2020 年，43 岁的袁国宏报读湖南开放大学"农民大学生培养计划"行政管理（村镇管理方向）专科专业学习。他热爱"三农"，满怀感恩之情，无论平时多忙，都对每一门课仔细钻研，他立志要让自己学有所成，学以致用，自己致富，带动一方。

　　袁国宏在校学习期间各科成绩优良，不仅积极参加学校布置的各种实践活动和线上线下教学活动，还认真开展学习交流和分享实践体会。身为班干部，他带领同学参加"牢记初心使命，永葆奋斗精神，做新时代的奋斗者"专题学习，组织大家前往株木岗村实践教学基地开展实践教学活动，积极参加国家开放大学湖南分部办学评估工作，等等。

　　越了解，越喜爱。与开放大学亲密接触后，他深刻感受到这是一所充满梦想、生机和活力的大学。"开放大学以自学为主、网络面授辅导相结合的学习模式，满足农民一边忙农活一边提升知识水平的需要。课程实用、接地气，还有专家线上指导，真是雪中送炭。"袁国宏感慨道。

有了这一段在开放大学学习的经历，袁国宏开阔了视野，拓展了思维，学到了技能，还找到了合作伙伴。

2021年，袁国宏创办了张家界小背篓原生态种养专业合作社，合作社利用张家界武陵源独特的地理资源优势大力发展种养殖业和农产品深加工，特别是通过种植红心薯推进当地农产品第一、第二、第三产业融合发展，因地制宜探索出了产业发展的好路子，带领乡亲们共同致富，受到时任湖南省委书记许达哲接见和称赞。

> 学以致用 创新发展

每一份成绩都离不开个人学识学养和辛勤奋斗。小背篓原生态种养专业合作社发展初期并非一帆风顺。

当面临着农村没有劳动力、只有留守老人的尴尬困境时，袁国宏创新性地通过"合作社 + 家庭农场"培育方式巧化危机。他先吸纳留守老人就业，再以留守老人的家庭成员为单位孵化他们成立自己的家庭农场，然后以家庭农场正式加入合作社，合作社为家庭农场提供种苗、有机肥、机耕作业、技术指导、电商销售等服务。该方式整合了资源，极大地调动了乡亲们的积极性，合作社种养殖业得到快速发展。

袁国宏还建立小背篓农产品加工中心，对合作社农产品进行深加工，提高产品附加值。本地红薯原材料是7毛钱一斤，制作成红薯干后软糯香甜，市场售价是30元一斤，很受消费者欢迎。除了把红薯加工成红薯干，他还开发了红薯糍粑、红薯泡菜、红薯罐头、红薯丝、红薯粉、红薯酒等多种产品，还用红薯叶养猪。

让袁国宏引以为豪的是，在武陵源区首届十大名菜名厨名店名小吃评选活动中，小背篓开发出的产品红薯干和红薯糍粑双双荣获"十大名小吃"称号，并得到了湘菜大师许菊云的青睐和肯定。

张家界是旅游城市，袁国宏利用专业所学，针对城里人追求健康和养生的需求，线上策划"我在武陵源有一亩三分田"的活动，积极发展订单农业；线下策划小背篓乡村体验游＋武陵源核心景区游，提供吃住行游购娱一条龙服务；他还为自驾车客人量身打造了后备厢特产计划，让客人尽兴来游，满载而归。

2022年，袁国宏根据自身创业经历撰写的论文荣获国家开放大学经济管理类案例设计与分析大赛一等奖。他还向国家开放大学、中央财经大学等专家学者分享了大山深处的创业故事。

2023年3月16日，国家开放大学党委委员副校长范贤睿、湖南开放大学校长杨斌等一行专程前往小背篓公司调研指导工作。张家界开放大学授牌小背篓实践教育基地，小背篓基地建好后，将与国家开放大学3700多所分校联合开展乡村振兴研学实践。

谈到未来的发展目标时，袁国宏说，党的二十大报告指出，在全面推进乡村振兴进程中发展乡村特色产业、拓宽农民增收致富渠道。今后他将继续扎根农村，践行开放大学"让学习伴随一生"的校训，利用所学致富一方。他计划到2028年，以张家界为核心，在背篓文化覆盖的湘鄂川黔地区发展合作社联合体1000万亩以上，通过品牌战略、纵横联合、村企合作等实现线上线下销售目标1亿元，带动1000人就业。

谭智奇

人物简介

　　谭智奇，湖南"农民大学生培养计划"湘潭分校2013级秋季药学专科专业学员，2016级春季工商管理本科专业学员，湖南美达农业发展有限公司董事长。

所获荣誉

　　湘潭市农村创业创新带头人。

易俗河十里飘香

他是药田里长大的孩子，怀揣梦想回乡创业；

他用 24 年坚守，换来一片天；

他有一个梦想，让全世界都飘起中药材的香。

湘莲、玉竹、黄精……一个个优雅又动听的名字，如果你没有跟中草药打过交道，你一定不会知道它们都是药材名。如今，在湘潭县茶恩寺镇，返乡创业"领头雁"谭智奇在荒山和闲田种上了这些中药材，数千亩的药材基地阡陌纵横，产业发展得风生水起。

> 潜移默化　钟情中草药

谭智奇出生于 1980 年，是土生土长的湘潭县茶恩寺镇人。幼时，家庭条件较差，收入来源就是几亩药田。耳濡目染下，他在心里种下对中药材关注与热爱的种子。1994 年，做药材生意的父母，由于经营不善，一下亏损 50 万元，从此家里债台高筑。为替父母减轻负担，谭智奇带着妹妹卖冰棒、捡废品挣钱，一家人千方百计还债。经过多年的努力，家里才把所有的债务还清。

谭智奇 1997 年中专毕业后，在湘潭县易俗河镇一家中药材店打工，后又到邵东药材市场务工。他勤奋好学，不仅在中药材店努力干活，挣钱替家里还债，还挤时间参加药学类自考，钻研中药材生产和加工知识，细心了解中药材市场信息，不断充实各方面的知识技能。

2001 年，谭智奇决定回家做药材生意。他从收购周边农户零散的黄精、木瓜、黄栀子等起步，逐渐将视野扩大到外地，生意越做越大。次年，谭智奇在常德、益阳等地收购土茯苓卖到广州，赚了 50 多万元，赚得人生"第一桶金"。还清家庭欠债后，他在茶恩寺镇、中路铺镇陆续开了几家药店。

> 自强不息 事业越干越大

谭智奇思维开阔，目光长远，敢想敢干。2003 年，他在茶恩寺镇东山村流转了 100 亩山地，全部种上黄栀子苗，3 年后喜获丰收。每年采收时，全部用自制土窑烘焙加工，可日出干货 100—200 公斤。虽然辛苦，但收入可观。从 2013 年开始，谭智奇与他人合作，陆续在常德、益阳、衡阳、郴州等地流转土地 1000 余亩，累计投资 1000 多万元，种植中药材玉竹、黄精、枳壳等，共约 20 个品种。为了提高经营管理水平，他分别于 2013 年 2016 年报读了湖南开放大学药学专科与工商管理本科专业。

2016 年，谭智奇响应茶恩寺镇政府的号召，怀揣梦想返乡创业，用自己的经验、技术带领周边农户种植中药材。2018 年，他注册成立湘潭县谭智奇中药材种植专业合作社，在中路铺镇、茶恩寺镇流转耕地和荒山坡共 3000 余亩，种植湘莲、玉竹、枳壳等。其中，柳桥村种了 1000 余亩枳壳，竹冲村种了 500 亩玉竹。2019 年，他又在中路铺镇投资修建了标准化生产加工厂房，添置了全套机械设备，实现规模化、标准化生产，完善了产、加、销全产业链，随后他又注册了农业公司。

谭智奇给中药材称重　图源：搜狐网

> 不忘初心，真情付桑梓

"蛋糕要一起分着吃才香！"谭智奇深知，一个人富不算富，带着大家一起富才是真正的富。于是，他积极发挥"领头雁"效应，辐射带动周边乡镇共同发展产业。截至2022年，谭智奇帮助35家合作社和企业免费开展技术培训，种植药材3800余亩，实现营收5000余万元，利润达200余万元，带动周边500余农户就业，年发放工资525万元，支付土地流转费272万元，电商平台年销售额超过500万元，使农户收入由原来单纯的农业生产收入转变为"土地流转收入+劳务收入"。

谭智奇是个有心人，他总是尽力帮助别人，回报社会。从2014年起，他资助了两名贫困家庭大学生完成学业。中路铺镇有位老农民20多年前种植了上千棵杜仲树（树皮可入药），一直苦于找不到买主。2016年，谭智奇了解情况后，主动上门收购。近几年，每逢重阳节、春节他都要给茶恩寺镇的部分老人或贫困家庭送去慰问金。

敢想敢拼的谭智奇走出了一条返乡创业的新路子，并以朴实情怀带动乡亲们增收致富，谱写了新时代新型农业发展的新篇章。谭智奇有一个宏伟的梦想：扩建万亩中药材种植地，带动更多人致富，把高品质的中药材卖到更多更远的地方，让全世界都飘起易俗河中药材的香。

邓建红

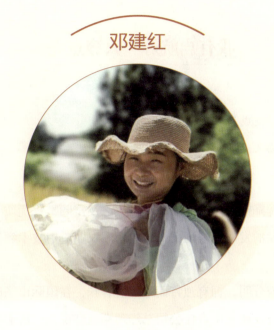

▶ 人物简介

邓建红，湖南"农民大学生培养计划"株洲分校2018级秋季行政管理（村镇管理方向）专科专业学员，株洲香之优农业科技发展有限责任公司总经理。

▶ 所获荣誉

获授权国家发明专利2项，制定技术标准2项，发表论文5篇，2019年获"湖南省百姓学习之星"荣誉称号。其公司荣获国家高新技术企业、市级农业产业化龙头企业、株洲市基层科普先进单位等荣誉称号。

我有启航灯　只等点亮

她深耕农业科技成果转化沃土，

只为一粒富硒米，

5 年追硒之路，农民增收，农业增效。

一种富硒富锌降镉增产的优质稻生产方法及富硒富锌优质营养稻米获得国家知识产权局颁发的发明专利证书，成为株洲农业应用技术领域获得的首个国家专利。

"这种米颗粒分明，拥有独特而浓郁的香味，在国际市场颇受欢迎。"株洲香之优农业科技发展有限责任公司总经理邓建红说，"富硒米生产除了技术创新，品种选择也是关键。"

> 遭遇难题，高端大米售价过高市场遇冷

2018 年，邓建红创办企业，以绿色营养特色农业发展为目标，致力于功能农业技术创新、集成技术高效模式研究，以及富硒高档功能农产品开发。

她通过组织多点示范与技术培训，培养了一批农民技术员；注重通过技术创新引领行业发展，开展创新研发；通过订单生产与一站式技术承包服务，最大限度地保护农民的利益；通过合作创新，帮助其他企业或合作社开展了蔬菜、水果的富硒技术研究。

秉承科技是第一生产力的发展思路，她带领团队累计开展创新研发 12 项。如稻米富硒精准控制核心技术（即定向含有技术）、硒蛋白高效转化核心技术、富硒锌铁多维功能稻米集成技术、绿色富有机硒功能稻米集成技术、富硒炒米和富硒脆锅巴无损加工技术、富硒米酒高硒含量酿制技术、富硒冻干米粥加工技术等原创技术，居国内先进或领先水平。

然而，技术成果转化和市场占有率并非一码事。一个尴尬的现状是，株洲富硒米并未飞入寻常百姓家，市场认可度无法与其产品品质匹配，在田间推广过程中也面临考验。

"货压了一大半，灰尘能擦出一指。"望着堆积如山的成品米，邓建红眉头紧锁。

在香之优公司富硒米生产车间，经过挑选去壳，长条形的米粒缓缓爬上生产线，真空包装后被挤压成规格统一的"小方砖"。墙角处，包装朴素的成品码放得整整齐齐，足足有半层楼高。

定价过高是主要原因。与市场上售价6元到10元每公斤的普通大米不同，富硒米批发价每公斤50元，零售价每公斤要达到70元，是普通大米的5倍以上，以致很多消费者望而却步。

为解决危机，邓建红参加了湖南开放大学"农民大学生培养计划"，成为株洲分校2018级秋季行政管理（村镇管理方向）专科专业学员。她工学结合，调查研究，虚心请教，掌握了打开销路的钥匙。

> 推动高端大米销售，外地有经验可循

在产粮大省黑龙江，当地一家公司推出土地众筹、产品众筹、个性化众筹三款众筹产品，让消费者提前进入高端大米生产全流程。对此，该公司斥资重新整理土地，建设智能车间，建立起有机水稻质量安全可追溯系统，提高消费者参与度。如今，该公司电销网络越织越密，产品销售持续火爆。

在北京，硒米到家科技有限公司与水稻产区开展战略合作，一手建设高标准富硒水稻基地，一手发起实施全国连锁富硒胚芽米机项目，打造富硒大米社区直销平台，颠覆传统的高端大米销售模式。

调查显示，高端大米市场潜力巨大，预计2023年我国高端大米市场规模将达到约600亿元。

目前，发展富硒功能水稻，已被列入株洲市"十四五"发展规划。邓建红觉得，尽管眼下处在艰难的转型期，但功能农业是朝阳产业，尤其连接这沉甸甸的"米袋子"。

> 富硒米需要打好差异牌

在标准上，富硒米从育种、种植、收割、加工、储存等各个环节，都有明确标准，就是为了保证大米吃到消费者口里还有稻米的清香。在保证品质的同时，还需要在产量上做好文章，筛选出不同等级的米，进行梯级定价，满足不同群体的消费需求。

在包装上，对于"一分钱一分货"的高端大米而言，根据消费者所需求的规格不同，在大米包装时推出小包装产品，实现化整为零、以量取胜，且小包装米销售有旺季，是逢年过节称手的小礼品。

在渠道上，大米销售主要集中在社区粮油店、大型商超等地，随着电商平台和直播带货的兴起，越来越多的高端大米打通了"线上＋线下"销售渠道。

功夫不负有心人。2021年的中国农民丰收节上，香之优公司生产的"珍熹丰"富硒香米，以94.67分的高分摘得"全国美味大米"银奖。

邓建红还长期坚持参加各类公益活动，兼任株洲湘江义务救援协会成员、湖南省儿童权益保护性教育公益讲师、株洲市芦淞区个协枫溪分会会长、株洲市瑜伽协会培训学习瑜伽教练等，着力推进家庭教育、青少年活动，关注特殊儿童、湘江防溺水等社会服务事业。

易永强

人物简介

易永强，湖南"农民大学生培养计划"怀化分校2016级秋季农村行政管理专科专业学员，洪江市吉喔喔生态养殖专业合作社董事长。

所获荣誉

第二届教育部"一村一名大学生计划"学生优秀创新创业案例二等奖，其合作社被评定为"湖南省农民合作社示范社"。

从白领到"鸡司令"

他扎根家乡，铸造梦想，

坚持生态养殖，凭借品质取胜，

紧紧抓住"鸡"遇，带领乡亲共同致富。

今年41岁的易永强，原本可以在外谋得一份不错的工作，但他的根在农村，他的心也未曾离开过家乡，新时代的阳光照遍三湘四水，他毅然放弃白领生活，当起了"新农人"，成了"鸡司令"。

> 心系桑梓　返乡创业

2014年以前，易永强一直在广东打工，从员工、班组长一直做到了经理的职位，收入水平也得到了较大的提升。但每次回到家乡，他看到村庄的发展与沿海大城市的差距，看到勤劳朴素的乡亲们依旧贫穷，逐渐萌生了返乡创业带动乡亲脱贫致富的想法。经过市场调查，他决定发展以国家地理标志产品雪峰乌骨鸡为主，金秋梨、太子参、金银花等为辅的生态循环种养事业。2015年，他在洪江市洗马乡大塘村创办了洪江市吉喔喔生态养殖专业合作社，采用生态放养的方式养鸡，鸡白天自由采食山间虫草等，傍晚适当补饲谷子、玉米等杂粮。所以他家喂养的鸡，与市场普通家禽产品相比，在外观、口感和营养价值上有着明显的优势，深受市场青睐。

> 愈挫愈勇　越做越大

创业的路上，总是伴随着艰辛与失败。一开始，易永强技术不过关，鸡场总是大批量死鸡。他心里很不服气，心想非要把技术学会不可。为此，他在2016年参加了湖南开放大学"农民大学生培养计划"，系统地学习了专业养殖知识。在老师的帮扶指导下，他逐渐掌握了养鸡技术，鸡的成活率越来越高。他也逐渐成长成一名专业的养殖技术科技员、乡村产业发展指导员，并为 22 个乡镇的养殖产业提供创业指导与技术指导。

有一次他在送货过程中，由于天黑看不清，车倾翻在了路边，幸好人没事。还有一次，下起了大雪，他家的养殖棚被大雪压垮了，压死了 1000 多只鸡，损失几十万元，挖了几天的坑，才把死鸡都埋好。自此以后，他对各种养殖风险就格外留意，专门设计砖混结构的养殖大棚，提高基础建设的实用性。

现在，吉喔喔生态养殖合作社拥有种鸡孵化场 1 个、生态养殖场 6 个、栏舍 12 栋，年出栏商品鸡约 15 万羽。注册商标 6 个，养殖技术已获得实用新型专利 1 项，固定用工 60 人，灵活用工 5000 人次 / 年，带动周边村民 68 户 248 人联合创业发展吉喔喔乌骨鸡。

> 创建品牌　共同致富

为了扩大吉喔喔的市场销售，易永强发现仅靠走超市、农贸市场的传统销售渠道是不够的。他知道，随着人们生活水平的提高，人们对饮食方面的要求越来越高，尤其是在城里生小孩、坐月子都有吃"月子鸡"的习俗。为此，他决定借助淘宝、抖音等网络平台，推出"月子鸡"和"月子鸡蛋"，他打造的"黔阳洗马"高端乌骨鸡品牌和"吉喔喔"中端乌骨鸡品牌，在当地名气很大。

"自己发展起来了，不能忘记还未富裕起来的贫困户。"易永强说。他采取"公司＋合作社＋基地＋农户"的生产模式，邀请周边村镇的贫困户到养鸡场务工，同时，为周边养鸡户提供鸡苗、饲料、防疫、养殖技术指导，并负责销售。曾经的贫困户易传令，在易永强的全方位扶持下，成功脱贫出列，家里养的鸡现年出栏量稳定在 4000 羽左右，纯利润可达 25000 元。目前，有周边村民 68 户 248 人加入合作社进行联合创业，联合养殖的村民户均增收 4 万余元。

当前，易永强最大的梦想就是希望能利用好家乡的生态资源，通过自己的示范带动作用，让更多外出务工的年轻人回来一起建设家乡。他坚信，梦想能够在家乡飞翔，未来一定会越来越好。

陈春香

▶ 人物简介

陈春香，湖南"农民大学生培养计划"衡阳分校2006级农村行政管理专科专业学员，衡山县展江麻塘村党支部书记、主任，瑞田生态农业科技有限责任公司董事长。

▶ 所获荣誉

全国科普惠农兴村带头人、湖南省农村巾帼带头人、湖南省优秀女村党支部书记、衡阳市脱贫攻坚先进个人、衡阳市优秀致富带富党员、衡阳市"十佳学用个人"等。

巾帼英雄的科技致富经

从土专家到科技养殖户，

从自己富到带领大家一起富，

她把根扎进大地，把心交给人民。

她凭勤奋好学的干劲、敢闯敢拼的韧劲，

实现了一个农家妇女的精彩人生。

南岳衡山之麓麻塘村的小山坡上，数千只湘黄鸡或悠然踱步，或在树丛间飞跃。因为吃的是谷糠，喝的是山泉水，这种鸡肉质细腻鲜美，已畅销到周围省市的各大超市和餐馆。

统领这些"手下"的"鸡司令"是一位勤劳朴实的农村妇女，凭借着对家乡的热爱和一股子敢闯的韧劲，她一肩挑起了家乡致富发展的重担。她是衡山县养鸡协会会长，衡山县长江镇麻塘村党支部书记、主任陈春香。

> 坚定养殖 做乡村致富带头人

陈春香的家庭是一个很普通的农民家庭，人口多，孩子们上学负担重，种田只能养家糊口。为了另谋出路，陈春香想在家里做养殖，可家人认为养殖投入较大，风险也大，既没有经验和技术，又没有销路。陈春香抱着"我就不信我干不成"的信心，顾不上家人的反对，东拼西凑了1500元钱，从外地购进1000只湘黄雏鸡，在自家后山上围上了网格、搭起木棚，虚心请教本县其他乡镇的养殖户。4个月后，第一批鸡出笼，她赚了2600元。良好的开头给了她莫大的鼓励，也得到了家人的支持。她一步步地扩大自己的养殖规模。1994年7月，26岁的她开设了全镇第一个湘黄鸡饲养场。就这样，陈春香在她的饲养场挖到了第一桶金。

> 坚持充电　做科技致富示范员

第一桶金是有了，但是她并没有满足。看着始终上不去的成活率，她开始意识到，规模上来了，饲养技术的要求也就越高。她接触的这一批土专家和土技术还仅仅处于一个"小打小闹"的层面。湖南开放大学"农民大学生培养计划"的实施，给陈春香带来了新的希望。得知消息后的她立马报名，成了衡阳分校的学生，主修农村行政管理专科专业。

在衡阳分校老师的悉心指导下，陈春香系统地学习了科学养鸡技术、饲料与饲养、养殖场管理、病毒防疫与治理等课程，掌握了饲料配制、病情防疫以及现代化的养殖专业实用技术。更重要的是，通过衡阳分校提供的学习环境，陈春香结识了更多像她一样想创业的农村实用人才，掌握了更多获取资源和信息的渠道。她常说"学而不思则罔"。学校组织他们开展社会实践活动，到其他县市区的养殖基地参观学习，她从没有错过任何学习交流的机会，了解到了养殖场的建设、运营和管理等方面的实际问题，学到了他人的成功经验。为了鼓励和支持陈春香，培养出更多的农村实用人才，衡山县远程教育办公室还给她配备了电脑，她开始利用网络进行自主学习，掌握了更多的行情信息。

2007年，陈春香通过湖南开放大学的老师"搭桥"，邀请到了湖南农业大学动物科学院曲湘勇等专家到养鸡场系统传授湘黄鸡养殖技术及防病治病方法，现场指导如何进行种鸡的繁育和提纯复壮。这次学习使陈春香成功地实现了由"土专家"向"科技养殖户"的转型。鸡苗成活率一次比一次高，效益也越来越好。如今的她，已经拥有了投资60余万元的种鸡场和孵化场。

> 坚守乡土　做科学养殖组织者

陈春香的事业红火了，但她没有忘记乡亲们："自己富还不算富，大家一起富才是真的富。"2008年5月，陈春香组织养殖户成立了长江镇养殖协会，并被推选为会长。为了更好地引导农民热心参与养鸡行业，依靠科技致富，陈春香组织有养殖意愿的农户，到自己家进行参观、考察，介绍养殖方法、市场需求和销售技巧。她将自己多年摸索总结出来的一些养鸡经验，编印2000余份《湘黄鸡养殖基础知识》小册子，免费发放给养鸡户。村里远程教育点开通后，她组织养殖户到网上学技术。陈春香通过网上搜索资料并结合自己的经验，成功研制出一种新的湘黄鸡饲料配方，不但鸡喜欢吃，还节约了成本。村上养殖户纷纷感叹地说，还是要学知识，要相信科学。通过亲自示范、上门推广、出资扶助等形式，一年多时间里，陈春香先后在本村和邻近村发展"衡山黄鸡"养殖户300余户。麻塘村成为当地有名的养鸡专业村，陈春香由此成为远近闻名的科技致富的"鸡司令"。

中央电视台、《人民日报》、湖南卫视、《湖南日报》等多家媒体通过专题专栏报道了她的典型事迹。

黄财文

▶人物简介

黄财文，湖南"农民大学生培养计划"郴州分校2016级春季法学（农村法律事务方向）专科专业学员，资兴市唐洞街道大王寨村党总支副书记，大王寨村村民委员会监督委员会主任，资兴市稻丰现代农机专业合作社法人代表、理事长。

▶所获荣誉

农业农村部"新型职业农民"、资兴市第十八届人大代表、资兴市优秀人大代表。

人生在泥土耕耘中闪耀

不惑之年，获评郴州市首个乡村振兴农艺师；

科学种养，解决粮食生产"靠天吃饭"难题；

所学所悟，毫无保留服务邻里乡亲。

这个新型职业农民有点强。

2022年11月6日，一份快递送到了湖南省资兴市大王寨村邓家组村民黄财文手中，这是郴州市职称改革工作协调小组寄来的专业技术职称证书。翻开证书的瞬间，黄财文激动地说："农民也可以评职称了！"这位湖南开放大学的农民大学生，成为郴州市首个乡村振兴农艺师（农业系列中级职称）。

＞ 抢抓机遇兴产业

黄财文是土生土长的大王寨村人。2015年，他在对政策分析和市场前景进行研判后，果断在当地流转300亩抛荒土地，种植优质水稻和麒麟西瓜、豆角、甜玉米等绿色果蔬，当年喜获丰收。因为是生态种植，通过订单销售和电商推销，产品供不应求，他从抛荒地里刨出了第一桶金。他乘势而上，成立了资兴市窑上财文家庭农场，继续发展现代生态农业。近年来，农场的发展风生水起，影响不断扩大，他的农场先后被评为2017年度资兴市示范家庭农场、2018年度省级示范家庭农场、2019年度资兴市首届"十佳"家庭农场、2022年度湖南省重点支持省级示范家庭农场。2019年，黄财文入选湖南省"千人境外培训计划"，赴日韩参加农业农村发展培训学习。

＞ 科学种养增效益

黄财文说："向书本学，向同行学，科学种养，科技增产，这是我的致富经。"

　　为了破解发展瓶颈，提高种粮效益，2017 年，财文家庭农场联合其他 3 个家庭农场和 3 个种粮大户成立农机合作社，共同出资建设粮食烘干中心，解决了阴雨天气合作社成员粮食烘干问题，粮食脱水不再靠天吃饭。为了解决种粮缺水问题，他对可灌溉水稻基地的山塘、水库经营权同步流转，实行雨季蓄水防洪养鱼，旱季开闸放水保粮，实现了鱼、稻双收，解决了靠天保障水稻种植水源的难题。

　　他依托农业科学，大力发展订单农业。农场承包耕地 605 亩，实行水稻油料轮种，轮种模式能够有效防治病虫害，同时推广大豆玉米带状复合种植，实现了全程机械化作业，订单化安排生产。农场连片开发了 200 多亩订单常规稻优质品种种植基地，实行鱼塘养殖肥水与水稻一体化灌溉，通过管道把鱼塘的肥水与稻田连接，既减少了稻田施肥和人工灌溉成本，又提升了水稻产量。农场投入 4 万多元建立智慧养鱼系统，利用手机 APP 随时调控鱼塘的水温、水中含氧量，20 多万条鱼儿的生长概况触屏皆知。农场还连片开发 100 多亩的蔬菜和瓜果种植基地，全面实行水肥一体自动化滴灌，按订单要求种植夏收豇豆，秋收甜玉米等农作物。农场采用太阳能杀虫灯进行绿色防控，安装了远程监控设备，通过手机云端远程监控农场，农业生产过程使用电子监控管理设备全程记录，做到追根溯源，科学管理。

黄财文驾驶旋耕机在药材基地劳作　图源：红网

　　此外，他还依托机械作业，努力节本增效。早在 2017 年，黄财文牵头创办资兴市稻丰现代农机专业合作社，注册资金 300 万元，财文家庭农场作为农机合作社的主要成员之一，由此跨入了现代农业发展的新征程，家庭农场依托农机合作社提供的仓储、机耕、机插、无人机植保、机收、粮食烘干等农机作业服务，极大地节约了成本，提高了种植效率，尤其是提高了水稻种植收益，2022 年仅水稻种植业产值达 90 万元。

黄财文蔬菜基地　图源：红网

> 不忘初心为乡亲

黄财文说，要用自己所学所悟的经验，服务好邻里乡亲。为实现农村劳动力稳定就业和解决农村劳动力老龄化问题，科学应对农村劳动力荒，他结合农场特点，优化产业布局，实行稻、油、蔬、渔产业同步发展，统筹管理，确保在农场务工的劳动力全年有事可做，促进共同富裕。在农闲和水稻生产空档期，家庭农场大力发展蔬菜种植产业，吸引劳动力就业，同时结合现代农业发展要求，农场积极进行多方面改革，实现农场增效、农民增收。目前，家庭农场实现年产值 200 万元以上，每年为当地村民，尤其是留守妇女提供就业岗位 39 个，帮助 9 户村民脱贫。65 岁的大王寨村脱贫户曹晓明，在窑上家庭农场负责水稻病虫害防治和水肥管理，月均工资 2000 元。复垦抛荒土地 300 亩，每年为村民直接创收 40 余万元，实现了以点带面、共同致富的良好局面。

踏上新征程，黄财文信心满满地说："党的二十大报告指出，全面推进乡村振兴，坚持农业农村优先发展，这句话进一步激发了我的创业激情。"他将把握新的机遇，带动更多村民发家致富。

张妹

◢人物简介

张妹，湖南"农民大学生培养计划"常德分校 2017 级秋季行政管理（村镇管理方向）本科专业学员，湖南玖源农业发展有限公司总经理。

◢所获荣誉

湖南省市场监管系统小微企业个体工商户专业市场"优秀共产党员"、常德市最美扶贫人物、最美安乡人，安乡县创新创业促进就业优秀带头人、安乡县三八红旗手、安乡县科学技术进步二等奖等。其创建的"玖源农业星创天地"获评国家级"星创天地"，玖源农业公司获评"湖南省农业产业化龙头企业""常德市农业产业化龙头企业"。

傲霜红梅尽芬芳

小小女子，承载家乡重任，

心中梦想，打开乡民振兴。

她奉献给梅家洲的，

如此炽热，如此纯真，

我们都明白。

张妹，湖南省安乡县三岔河镇梅家洲村人。她是一位自信、文静的80后，同时也是执掌公司的女强人。她于2014年5月起任湖南玖源农业发展有限公司总经理，在她亲切的微笑中我们看到的是一份历经万苦的从容。

> 深爱着这片土地　吃苦耐劳造福一方

"生我的是这片土地，养我的是这片土地，我们深深地爱着你。"这首耳熟能详的歌，唱出了张妹的心声。张妹1981年出生在贫瘠的梅家洲村，因为家境贫寒，从小养成了吃苦耐劳的个性。

在成长的过程中，她曾在制帽厂做过长时间的流水作业，感受过药店经营管理的不易，也体验过餐饮行业从高峰到低谷的艰难。这让她懂得人情冷暖与生活的难处，但她从来没放弃过学习。2005年，当时只有高中学历的张妹进入广洋泰金属制品有限公司，职位是前台文员。从长远看，张妹认为提升学历是十分重要的，学到的知识也将受益一生。2007年她报读了广州开放大学行政管理专科专业，经过2年的努力，2009年拿到了大专毕业证。这段学习历程对于张妹来说十分珍贵，她在原公司升职为管理课长，这为后来的工作打下了坚实基础。

2014年，在党和国家政策指引下，农村产业化迅猛发展。舅舅梅培元先生回到家乡创办湖南玖源农业发展有限公司，任命她为公司法人和总经理。作为公司负责人和一名新型职业农民，她发挥吃苦耐劳的个性，将从学校里学到的知识积极运用到实践中，用爱心引领企业发展，造福社会、造福乡亲、造福地方。

一分真诚、一分付出，一分收获。4 年来，作为玖源公司的当家人，张妹得到了大家的认可与拥护。是生活的艰辛铸就了她不怕困难的秉性，是丰富的阅历激发她一往无前的勇气，是大学的学习提升了她为人处事的境界，她就像傲雪的红梅，绽放芬芳。

＞ 怀揣美丽梦想　带领群众共同富裕

在梅家洲这块红色土地上土生土长的张妹，对这方热土充满深深的眷念。从小她就有一个梦想——就是通过自己的努力，带领梅家洲群众走上富裕之路。

前些年，眼见农业发展缓慢、农民收入低下、抛荒甩亩现象时有发生，当父辈们选择回乡创业时，她毅然返家，扛起玖源农业公司发展的重任。

公司成立之初，她苦于不知如何更好地去经营公司，于是决定继续深入学习。2017 年，她报读湖南开放大学"农民大学生培养计划"常德分校的行政管理（村镇管理方向）本科专业，其间，她严格要求自己，努力积攒知识，提升学习能力。在湖南开放大学领导、老师的辛勤教育指导下，她明确了自己人生发展的目标：用知识改变命运，努力学习，带领群众共同富裕。通过本科学习，她对自己的定位更加精准：做一个爱农业、懂管理、会经营的现代企业家。为此，她积极推动公司现代农业生产，走产业发展之路。公司每年示范种植 1200 亩有机稻，同时与当地农户签订生产 2000 多亩水稻合同，为当地人民带来了良好的经济效益。

张妹（右一）在北京三农优选节目推介玖源大米　本人供图

公司实行专业化、规模化、标准化生产，种植有机水稻余赤、玉针香、农香 32 等优质稻品种。经过近 10 年的发展，玖源农业公司的产品有机鱼、有机大米先后取得了有机产品认证和绿色食品认证。随即，她又主持建成了大米加工与粮食储存中心，为村民提供了从稻谷种植、加工、销售全产业链服务，并带来了良好的经济效益。

> 坚持产业引领　做好精准特色发展

水是安乡的魂，红色是梅家洲的精髓。玖源农业公司立足梅家洲，坚持产业引领，做好梅园旅游文章。在旅游规划、景点布局、风格定位等核心区打造上，张妹充分考虑了生态、自然，以及具有梅家洲历史传承和民俗风味的水乡特色，大力发动群众参与梅家洲生态公园建设。

现在，梅家洲生态公园全面规划、高端策划，突出"梅、水、稻"主题定位，做好了旅游规划设计、产业规划设计、旅游产品规划设计，打造"以梅花为主，以兰、竹、菊为辅"的四季景观生态公园。她坚持企业主责、市场运作、产业支撑的运营模式，规划好了观光区、有机产业示范区、游乐区等各大板块。旅游产业引领梅园发展，梅园引领玖源发展。

工人采摘青梅　图源：红网

在她的带领下，玖源农业公司坚持走产业化、生态化发展之路。目前公司投资达 1.5 亿元，致力发展有机农业，改善当地生态环境，提升农产品品质，增强本地农产品对外的综合竞争力。2017 年，公司被评为市级龙头企业，同年，梅家洲村被评为省级"美丽乡村"示范村。2018 年"玖源农业星创天地"取得省级和国家科技部门的认定。一项项荣誉，见证了张妹与玖源农业公司一帮人开拓奋进的足迹。

　　谈到学习，她说："只要想学习，什么时候都不晚，开放大学的学习模式，给像我这类条件的人创造了学习机会，理论和工作实际的结合，让我受益匪浅。"在展望未来时，她表示："只要和群众心连心，带领公司员工同甘共苦，努力奋斗，虎渡河畔充满活力的玖源，明天一定会更美好。"

杨昌宏

人物简介

杨昌宏，湖南"农民大学生培养计划"怀化分校2016级秋季农业经济管理专科专业学员，通道黑老虎电子商务有限公司董事长。

所获荣誉

中国农村电商致富带头人、共青团湖南省委"乡青创"青年创业导师、2021年通道侗族自治县新时代向上向善好青年、怀化市首批中药材产业发展乡土专家等。

"黑老虎"显神通

返"湘"创业锁定"黑老虎"，

开大教育"流动课堂"显神通，

科研之花结出丰收硕果，

他牢记嘱托。

会长、创始人、董事长……这几年，杨昌宏被赋予了多重身份，但他更愿意被人称为学习者、行动派、创业者。一只"黑老虎"，带富一方人，他是湖南通道农业科技服务有限公司创始人，通道黑老虎电子商务有限公司负责人。在他的带领下，黑老虎种植专业合作社已发展到 13 个。

＞ 返乡创业开启"黑老虎"梦想

80 后青年杨昌宏来自湖南怀化通道侗族自治县。因为家里穷，杨昌宏很早就外出务工，辗转于浙江、江苏、上海等地谋求发展，后来成为阿里巴巴的一名销售人员，在杭州打拼几年后实现了爱情事业双丰收。几年前一次回乡，童年玩伴看他日子过得越来越好，于是开玩笑说："哥，你在浙江发展得那么好，能不能回来带我们一起赚钱呀？"

"我们县是真穷，30 多岁男青年娶不上媳妇的大有人在，外面的女孩子娶不进门，村上的姑娘也一心想要嫁出这穷山沟。"小伙伴的一句玩笑话，杨昌宏却认了真，"留在浙江发展可能会生活得很安逸，但那不是我想要的。"

2014 年，杨昌宏果断辞职回湘。杨昌宏将创业目标锁定在通道老家深山上的"黑老虎"。其实，神秘的"黑老虎"是一种具有药用价值的野生水果，果实味道甘美，全身亦可入药。于是，杨昌宏带着全村走上了"黑老虎"专业化种植的道路，并根据自己在阿里巴巴的工作经验建立起电商销售渠道。很快，"黑老虎"种植和销售有了一定的规模。

杨昌宏和他的"黑老虎"   图源：星辰在线

> 返校"充电"赋能"黑老虎"产业

"'黑老虎'产业发展很快，但如何走得更远是我要不断思考的。"2016年，杨昌宏报名参加了湖南开放大学"农民大学生培养计划"农业经济管理专科专业，继续为自己"充电"。在这里，他系统地学习了经济、金融、管理等理论知识，又接地气地学到了农村电商实务、农村创业实务、农业实用技术等有用技能，有力助推了"黑老虎"产业发展。同年，杨昌宏带着项目"一枚黑老虎的梦想"参加了长沙市"中国创翼"创新创业比赛，并荣获二等奖。

"带领更多人脱贫致富是我对书记的承诺。"2019年10月，时任湖南省委书记杜家毫曾来到杨昌宏所在的黑老虎中药材专业合作社，详细了解"黑老虎"种植与深加工流程。现代农业最终要靠爱农业、懂技术、善经营的新型农民。杜家毫嘱咐杨昌宏好好经营产业，帮助更多的村民脱贫致富。

> 学思践悟发展"黑老虎"事业

"在开放大学学习，不仅学习方式灵活多样，学习内容丰富实用，而且学习安排、学习进度完全自主可控，有学理论的'智慧课堂'、学实操的'田间课堂'，以及方便实用的'流动课堂'供你选择，平时还有学校老师几乎24小时在线为自己答疑解惑。"提到在湖南开放大学的学习，杨昌宏很是感激。在老师的指导下，杨昌宏已将发展重心慢慢向产品研发倾斜。目前已拥有"黑老虎"臻果酒、"黑老虎"面膜、"黑老虎"贴膏等21项发明专利。2019年，"黑老虎"果酒、面膜等深加工产品在电商平台上累计销售12.4万单，在线交易额460万元。

2019年10月，时任湖南省委书记杜家毫与杨昌宏亲切交谈　图源：红网

杨昌宏表示还要不断学习，与时俱进，用科技赋能产品，才能让品牌走得更远。未来，他希望将"黑老虎"产业做成上市企业，让"黑老虎"产业帮助更多的从业者致富。

邝卫华

▮人物简介

　　邝卫华，湖南"农民大学生培养计划"株洲分校2009
级秋季乡村企业管理专科专业学员，株洲炎陵王子黄桃种植
专业合作社理事长。

▮所获荣誉

　　"中国青年五四奖章"提名奖、全国农村青年致富带头
人、湖南十大杰出青年农民、湖南省青年星火带头人标兵、
湖南省十大农业经济创业模范、株洲市劳动模范等。

桃界"贵族"

希望的田野上，他决心改变家乡贫困面貌，

科技种植引领发展，

"金果子"创造脱贫奇迹。

家家建起"致富园"，

户户铺就"小康路"。

邝卫华，株洲市炎陵县中村瑶族乡平乐村人，担任株洲炎陵王子黄桃种植专业合作社理事长，他身边的人亲切地称呼他为"黄桃王子"。20 年间，他带领几百户农民种黄桃脱贫致富，从几十亩到上万亩，从几万元到过亿元，彻底改变了家乡贫穷落后的面貌。

> 勤奋自强，坚定拼搏方向

20 世纪 70 年代初，邝卫华出生在一个普通的农民家庭。这里距县城 70 多公里，平均海拔 950 多米。他的父母起早贪黑在贫瘠的土地上辛苦劳作，却填不饱一家人的肚子，所以，要彻底摆脱贫困的梦想在儿时就已深深埋进了邝卫华的心底，他暗暗发誓：一定要改变家乡贫困落后的面貌。

1995 年秋，一个偶然的机会，他从朋友处得知上海农科院锦绣黄桃推广项目，家乡炎陵的自然地理条件非常符合该品种的生长要求。几经思索，多方考证，他最终决定充分利用家乡高寒山区的资源优势，发展山区黄桃种植业。1996 年春，他赶赴上海学习了种植技术后，在门前的十几亩荒山上一锄头一锄头地种下了 260 株从上海农科院引种的锦绣黄桃和新世纪梨树苗。

万事开头难，他碰到的第一难事是缺技术。邝卫华不得不订阅大量的科技书刊，多次赴上海学习，并想方设法参加省、市、县举办的各级实用技术培训班，用学到的技术在果园里反复实验。功夫不负有心人，他终于找到了在果园套种药材、高山果蔬和饲养生猪的办法，初步建成了"猪—沼—果"一体的立体科技生态种植园，基本解决了种植黄桃的难题。1999年8月，果园的黄桃树上结出了丰硕的果实，试种黄桃成功了！接下来的几年里邝卫华凭借着一股韧劲，起早贪黑每天窝在果园里。他的果园被县、乡认定为"平乐乡农业科技示范园"，这是对邝卫华努力的认可，也是他带领群众走向共同富裕跨出的第一大步。

> 深入电大学管理　学以致用谋发展

在享受初步成功的同时，邝卫华开始思考怎样彻底改变偏远高寒山区闭塞贫困的落后面貌。于是他把自家苗圃培育的苗木优惠提供给周边的农户，还亲自到田间地头现身说法，手把手地教村民修剪、拉枝、防病等。为了畅通销售渠道，2005年，邝卫华注册了炎陵县仙坪绿色农产品开发有限责任公司，逐步改变了村民们分散种植、各自销售的状态。2008年，邝卫华担任平乐乡果蔬协会会长，负责全乡黄桃、新世纪梨等农产品的开发和销售。2009年3月，在各级政府的关心下，他组织成立了炎陵县平乐黄桃种植专业合作社，并担任理事长。

要当好理事长，既要有技术又要懂管理。当年，他主动找到株洲炎陵县电大，报读了"农民大学生培养计划"乡村企业管理专科专业。在强大的网络和不断更新的课程内容支持下，他按照自己的学习需要、学习进度等灵活安排学习计划。在学习过程中遇到困难，他就去学校的学习网站上寻求帮助，也常常给老师发邮件求教。通过2年的学习，他学到了实用的经营管理技能，还充分利用电大网络教育平台，自己创建网站。网站集科技培训、信息传递、品种开发、市场营销于一体，把平乐水果——炎陵黄桃推向市场。

> "金果子"创造脱贫奇迹

邝卫华结合所学及实践为公司建立了"公司＋专业合作社＋基地＋农户"的经营模式，公司通过合作社组织采购、供应基地和农户所需的生产资料，组织收购、销售基地和农户生产的产品，开展运输、贮藏、加工、包装等服务。炎陵黄桃也因为其独特的口感和丰富的营养，受到消费者的青睐。

2013 年，平乐乡投产黄桃 4200 亩，总产 3500 多吨，产值 7000 多万元，黄桃种植成为炎陵县脱贫致富支柱产业之一，平乐乡被授予"中国优质黄桃之乡"。在邝卫华的示范带动下，全乡有 700 多户参与种植，种植规模增大了，工作条件改善了，销售渠道畅通了，外出打工人员减少了，全乡家家建起了"致富园"，户户筑起了"小康路"。

看着自己的愿望一步步变成现实，邝卫华打心眼里高兴。"没让大家失望，我也松了一口气，下一步合作社将继续扩大黄桃种植面积，同时，我们正积极筹划建立黄桃产品加工厂，真正将炎陵黄桃产业做大做强，建立起一个带领大家致富的'王国'……"对于未来，邝卫华信心十足。怀揣造福家乡的梦想的他，将引领村民们在乡村振兴的道路上创造出一个又一个奇迹。

熊丽艳

◤ 人物简介

　　熊丽艳，湖南"农民大学生培养计划"怀化分校2017级秋季农村行政管理专科专业学员，妹叽嘎种养专业合作社社长。

◤ 所获荣誉

　　怀化市第五届妇女代表大会代表、湖南省阳光文化志愿者、湖南省农民大学生创新创业大赛一等奖、青年创业者主播一等奖等。其组建的妹叽嘎种养专业合作社被评为怀化市巾帼脱贫示范基地、怀化市先进创业合作社。

铿锵玫瑰

她谋新图变、锲而不舍，把手机变成新农具，让直播变成新农活，力邀云端客，广交四方友。

她是乡村振兴奋进曲的演奏人，她是乡村振兴路上的铿锵玫瑰，她在时代前进的大江大河中激扬巾帼之志，绽放夺目光彩！

> 开办村里第一个电商平台

熊丽艳曾是一名旅游从业者，在多年职业经历中，她发现乡村旅游不仅需要良好的自然风光和特色文化，也需要特色旅游产品来拉动当地经济。随着网上购物的兴起，她深觉电子商务行业前景广阔。于是她在 2015 年开始尝试从事电商销售，以视频直播的形式，向全国各地推荐美丽乡村和洪江古商城的文化，以及当地的特色农产品和美食。但是由于缺少电商的相关知识和经验，销售额一直上不来。

2017 年，熊丽艳报读湖南开放大学"农民大学生培养计划"，重回校园，在老师们的指导下，开办了茅头园村的第一个电商平台，组建了妹叽嘎种养专业合作社。

在创业过程中，她学电商平台操作，学网络宣传营销，一步步扩大影响，打开销路，带领村民将柑橘等农产品卖到了全国各地。通过几年的直播，线上线下销售农产品 500 多万元，帮助 1000 多名村民实现创收，吸引了 3000 多名游客来洪江旅游。

她的事业也获得长足进步。妹叽嘎种养专业合作社以"种养＋销售＋农旅"的模式通过农旅直播增加人流及粉丝，通过电商带货拉动经济，通过绿色通道加快物流。目前妹叽嘎种养专业合作社已经拥有 200 平方米的直播带货仓库，并且与中国邮政签署了专门的物流合作协议，加快妹叽嘎种养专业合作社的产业建设。目前通过妹叽嘎种养专业合作社创造就业岗位 200 多个，帮扶助农 1000 多人，合作社集合全村之力帮助当地农户增收创业，实现共同进步的目标。

熊丽艳（右）通过手机直播帮助贫困户推介扶贫产品　图源：澎湃新闻客户端

> ## 学习促进事业成长

从一开始的茫然无知到现在的硕果累累，过程中也经历了多重险阻。熊丽艳对此有着清醒的认识："我们需要清晰自己的定位、优势以及劣势，从而更好地制订后续的发展计划，一味地学习他人的成功案例并不能帮助本村建设专属的电商网络。"

在经过"农民大学生培养计划"学习后，她开始尝试优化电商渠道。一来可以绕过经销商进行销售，同时也能解决信息不对称导致的压价现象。但是，如何进行网店搭建、如何吸引粉丝群体及用户群体等问题让刚开始接触电商的熊丽艳感到压力巨大。"我把这些情况在课程讨论中反映给指导老师，指导老师给我提出了很多好的意见，最终我们确定了妹叽嘎种养专业合作社作为我们的产业形象，立足当地优质的柑橘产出，通过直播形式吸引粉丝及潜在客户，这样不仅可以解决柑橘滞销的危机，更能帮助本村发展乡村旅游经济。同时我们还尝试百度竞价、直通车以及关键词条等方式拓宽宣传发展渠道，打响了妹叽嘎种养专业合作社的品牌形象。"

度过成长期的艰难后，妹叽嘎种养专业合作社发展步入正轨，已经带领全村 300 多户橘农通过电商平台卖柑橘，每年销往全国各地的柑橘达 100 多吨，创造的价值和利润达 100 多万元，还解决了当地许多人的就业问题，也优化了当地经济环境。

熊丽艳还在积极探索更为合适的运营模式，目前妹叽嘎种养专业合作社与当地的农户和政府有了固定的合作模式，保证了后续运营的稳定性和集成化。合作社从一开始的聚焦于柑橘产业到现在发展柑橘种植、苗木、养鸡等多元化产业，一直都在不断地进步中。

熊丽艳通过手机直播推介当地土特产和旅游景点　图源：新湖南

许明曙

▶ 人物简介

　　许明曙，湖南"农民大学生培养计划"岳阳分校2010级秋季农村行政管理专科专业学员、2019级秋季行政管理（村镇管理方向）本科专业学员，岳阳县毛田镇党委委员、武装部部长、副镇长。

▶ 所获荣誉

　　湖南省脱贫攻坚先进工作者、全省扶贫攻坚先进个人、岳阳县优秀人大代表。

用大爱扶真贫

　　山风轻吟，幽幽相思山上，高山峡谷瀑布实景音乐剧浓情上演；草木葳蕤，彩绘石溪谷边，远离城市喧嚣邂逅一地花草的香甜。

　　他，把这片避世养生的桃源之地从幕后带到了台前；他，更把好日子带给了村民。

> 唱响旅游歌　　走活扶智路

　　许明曙 2011 年起担任原相思乡河山村党支部书记。2016 年，原相思乡、毛田镇、云山乡合并为毛田镇。同年，原相思村、河山村、同乐村、大冲村合并为相思村后，许明曙担任相思村党总支书记。相思村位于湘北第一高峰相思山山腰，辖 35 个村民组，649 户 3285 人，是一个"犬吠一声听两省，雄鸡一鸣闻三县"的边界村，地处偏远，交通条件差，基础设施落后，村民收入低。相思村老弱、病残、鳏寡对象多，贫困人口的精准识别及脱贫致富难度大。许明曙知道只有真正了解村情，实现精准识别，才能找到脱贫致富之路，让村民过上好日子。于是他深入了解全村每个家庭的劳动力、收入、大病、送读、住房、灾情等情况，做到一户一摸底，一户一台账。在充分掌握情况后，严格按照程序，精准识别建档立卡贫困户 61 户 195 人。

　　相思村土地贫瘠，地势陡峭，不宜耕种，村民大都外出务工维生。而相思山久负盛名，旅游业发展却一直不温不火。怎样利用已有优势，提高村民收入的问题，一直萦绕在许明曙心头。2016 年并村后，村委班子力量更强了，各村的旅游资源得到统一整合，市、县扶贫部门也提出实施"百千万"产业扶贫工程。许明曙认为发展的机会来了。于是，他积极寻找旅游业发展与扶贫工作的结合点，带领村委班子"四措并举"，兴旅游富村民。一是推进道路建设，共维修拓宽景区道路 12.7 公里，新修村道 6 公里。二是发展农家乐餐饮，全村 23 家农户从事旅游接待业务，实现了农户每年增加接待纯收入 5 万余元，并带动黄精鸡、黄精酒、干菜等附加产品的销售。三是积极与相思园山庄对接，安排 8 户贫困户就业，每户平均增收 1 万多元。四是积极打造文化扶贫，带领相思园景区的老板赴广东招商引资，洽谈园区拓展业务，扩建完善了水云轩高山峡谷瀑布实景音乐剧《相思恋》基地，安排 130 多名男女群众参加业余演出，其中大部分都是建档立卡贫困户。每场表演，村民们能有 70 元到 120 元不等的收入，相思园景区正在打造成为湘鄂赣三省闻名的旅游基地。

> 大手牵小手——爱心助学

"不让孩子输在起跑线上，尽力阻断贫困代际传递"治贫先治愚。成立教育基金会，兴教扶贫是以许明曙为首的相思村委班子的又一共识。农村发展需要一批敢想、敢拼、敢干且能干成事的年轻人。对于这一点，许明曙深有体会。许明曙联系单位的几位退休干部，先后到广东省、长沙市、岳阳市，多次拜访从家乡走出去的企业家、领导、知名人士，创建了关心下一代教育基金协会，筹集教育基金 235 万元。每学期期末，对贫困学生、优秀学生给予一定经济资助；对优秀老师、尊师重教人士适当给予奖励。该基金自设立以来，受益学生达 200 余人次，奖励老师 10 余人次，打造了良好的学风和教风。

许明曙从事基层工作以来，为村组、贫困户、贫寒学子倾注了全部的心血，他的工作也得到了上级的充分肯定和百姓的一致拥护。

李珏

▶ **人物简介**

李珏，湖南"农民大学生培养计划"郴州分校2018级秋季农业经济管理专科专业学员，资兴市果农富农业科技有限责任公司总经理。

▶ **所获荣誉**

湖南省最美阳光致富带头人、湖南省百名阳光致富带头人、第17届湖南青年五四奖章、湖南省残疾人自强模范、新时代郴州好青年等。

助残　逐梦　同行

> 宝剑锋从磨砺出，梅花香自苦寒来。
>
> 自强不息，身残志坚，
>
> 逐梦同行路上，
>
> 一个也不能少。

1989年出生的李珏是资兴市清江镇黄桥村人。2岁时，他不慎从二楼摔下来，落得左手和左腿残疾。经过不懈的努力与奋斗，他现在是资兴市果农富农业科技有限责任公司总经理。

> 苦涩种子"萌芽"——寻梦

谈起童年时，他说，自己还是经历了不少的坎坷和风雨。因为身体残疾，长大成人后，为了寻找谋生之路而四处奔走，却屡屡被人嘲笑，到处碰壁。现实的残酷，使他痛定思痛，并立下誓言，要过和正常人一样的生活，实现和正常人一样的梦想——靠自己的双手创造出属于自己的未来。

一次看见邻居把刚打了农药的桃子拿去市场上卖，随后想起一则农药超标导致合同销毁造成重大经济损失的新闻，李珏下定决心要自己创业来研发可以有效替代农药的生态防虫产品，绝不能让类似的事件再次发生。

通过近10年的摸爬滚打，李珏自主研发的太阳能杀虫灯和粘虫板等绿色防控产品，于2014年正式投放市场，受到广大橘农的好评。2015年4月，李珏多方筹资、贷款，建立了资兴市首家绿色防控产品销售公司——果农富农业科技有限责任公司。

清江镇临湖昼夜温差大，造就了清江柑橘甘甜可口的好味道。为了利用好本地资源优势，发展更多的原生态绿色果业，2016年5月，李珏又投资创立资兴市首家绿色农产品供销合作社——资兴临湖柑橘专业合作社。柑橘收购不难，难的是销路。为了拓宽柑橘销售渠道，他只身前往上海、杭州等地的水果市场寻找客户，拿到订单后立刻组织柑橘收购、加工包装、发货，想方设法解决橘农的后顾之忧。

> 身残志坚连爱心——追梦

由于李珏自己是残疾人，非常了解残疾人求职的不易，因此，只要有残疾人找他求职，他都欣然答应。合作社在刚刚成立时，他就请了本地 28 名残疾人从事选果、分果、打蜡、包装等工作。如果有残疾人想自食其力，但因身体不便无法前往的，李珏都会开车去接他们。然而，东江湖柑橘加工销售的工作只发生在柑橘成熟季，周期性很强，其他时间他们便无事可做。

为了让残疾人多一份收入，李珏多次前往深圳、东莞等地的电子厂承接简单的原料加工订单。2017 年，他投资 80 多万元，新建了一个大型厂房，解决了 56 名残疾人的就业问题；2018 年，他又投资 170 万元，建起了东江湖库区最大的水果销售基地，不仅方便了家乡残疾人就业，还集结了周边多个乡镇的残疾人一起创业。

> 知识武装增实力——圆梦

"虽然事业规模越来越大，但由于自己书读得少，在基地创建之初可是吃了不少苦头！"李珏笑着说。

认识到知识的重要性后，李珏报读了湖南开放大学"农民大学生培养计划"郴州分校农业经济管理专科专业。"开放大学的学习方式灵活，非常适合我们这些利用业余时间进行学习的农村学生，开设的课程实用性强，给我的工作提供了很大的指导和帮助，如饥似渴学习的感觉是我之前从未体会过的。开放大学这个大家庭也为我提供了广交朋友的平台，为事业发展集聚了更多的力量。"李珏这样说。

这些年李珏在发展绿色防控、生态农业的同时，力所能及地帮助、带动更多的残疾人创业、就业。现在绿色防控产品生产线的很多工种可以用机械来代替，这样经济效益更好，但李珏始终没有引入机械化。不仅如此，他还争取各种资源为当地残疾人做技能培训。抱着"让残疾人不仅可以拥有一份工作自力更生，而且重拾对生活的信心"的初心，在李珏的带动影响下，他的合作社和公司前后又有6人报读了湖南开放大学，从技能培训到学历教育，再到终身学习，他们一直在学习的路上，永不停歇。

宾益衡

人物简介

宾益衡，湖南"农民大学生培养计划"湘潭分校 2016 级春季农村行政管理专科专业学员，开放教育 2021 级春季行政管理本科专业学员，湘潭县农家汇蔬果种植专业合作社负责人。

所获荣誉

共青团中央全国农村致富带头人协会理事、湖南省青联第十一届委员会委员、政协湘潭市第十三届委员会委员。获首届"湘潭青年五四奖章"、"湘潭县劳动模范"等荣誉称号。

红色热土酿出甜"猕"事业

他从企业高管，转行成职业农民，

职业在变，但初心不变，

他用实干担当，抒发故土之情。

在即将迈入新千年之际，他怀揣梦想，离开家乡，到改革开放的前沿阵地深圳闯天下，成为一名成功的企业家。进入新时代后，他响应国家号召，投身"三农"事业，成为一名新兴职业农民，带领乡亲们一起奔小康。他就是湘潭青年劳模、国家开放大学"希望的田野"奖学金获得者宾益衡。

> 放弃高薪　逐梦乡土

"我是农民，对脚下这片土地充满感情，希望能在乡村振兴的征程中尽自己的一份力量。"宾益衡在 1999 年初中毕业后南下闯荡，通过自己的不懈努力，成为知名连锁餐饮店的总经理。2014 年，他第二次创业选择了回湘潭县茶恩寺镇老家，带领家乡群众种植水果。他先后前往陕西周至、四川浦江、河南大别山、湖南湘西等猕猴桃主产区实地学习，并多次向湖南农业大学知名教授请教。为了系统掌握农业知识，他报读了湖南开放大学"农民大学生培养计划"农村行政管理专科专业。这让他在湘潭发展好猕猴桃产业有了信心和底气。

2016 年，宾益衡亲自动手改良 160 多亩土地，完善全自动灌溉和排水等基础设施，开始现代化科学种植。他给园区所有果树都做了"身份证"，每棵果树的生长状况都有详细记录。不管刮风下雨还是酷暑难耐，他都坚持每天观察猕猴桃溃疡病发病情况并认真研究防治方案。经过长期反复实验和探索，他发现采取中医药物防治红心猕猴桃溃疡病效果明显，采取上喷下盖的方式能顺利克服猕猴桃在低海拔和高温季节的不良表现。这使猕猴桃产值从亩产 1 万元，

提高到了亩产 3 万元。2019 年，他种植的红心猕猴桃为合作社创造总产值达
650 万元，利润达 270 万元。

　　目前宾益衡发展带动了岳塘、梅林农业示范园、花石、韶山、谭家山、等
15 个红心猕猴桃种植基地，并免费为他们提供技术服务，为当地农业供给侧
改革和土地结构调整起到很好的示范作用，使长株潭地区猕猴桃产业增收 5000
万元以上。

宾益衡精心呵护猕猴桃　图源：搜狐网

> 抱团致富　合作共赢

　　"要做大做强，就必须摒弃'闷声发财'的思想，联合起来应对技术、市
场的挑战。"宾益衡在农业产业经营过程中发现，单打独斗已经成为特色农业
发展的瓶颈。他说，党的二十大报告指出，要巩固和完善农村基本经营制度，
发展新型农村集体经济，发展新型农业经营主体和社会化服务，发展农业适度
规模经营，"这就给农业产业发展提供了全新的动力"。宾益衡介绍，农民合
作经济组织联合会（以下简称"农合联"）是由农民合作经济组织和各类为农
服务组织（企业）组成的农民合作经济组织的联合组织，是为党和政府联系基
层合作经济组织和农民群众的桥梁纽带。2018 年至今，湘潭市共建成市级"农

合联"1家、县级"农合联"4家、乡镇"农合联"41家，三级"农合联"吸收会员单位超过2000家。他说："我们现在就是需要发展壮大这样的组织，为农业抱团取暖提供平台。"

> 不忘初心　造福家乡

"只有在家乡打下一片天地，带动更多乡亲走上致富路，人生才更有意义。"富起来的宾益衡始终把家乡和村民放在心间，竭尽全力为家乡服务。2016年，他带头出资1万元积极组织协调村民，修建了人形桥。2017年10月，金茶公路建设期间，他多次参与协调工作，并筹资4万元修建了青坪村连接镇上的第二条重要通道。他积极投身脱贫攻坚一线，2017—2020年，为54位贫困村民制订帮扶计划，免费指导培训红心猕猴桃种植技术，定期走访贫困对象，以保底价回收贫困户产品，使贫困户年人均增收4500元以上，为脱贫致富起到很好的示范作用。2020年初新冠肺炎疫情期间，他带头成立基层志愿者疫情防控工作组，筹集物资近2万元，为村民免费发放口罩和消毒水，并为村民讲解防疫知识。

如今，梦想的种子已开出绚烂的花朵，结出胜利的硕果。但是，宾益衡并不满足。在乡村振兴的大潮中，他相信只要敢想敢闯，还会遇见更为广阔的天空。

赵叶朋

▶人物简介

赵叶朋，湖南"农民大学生"培养计划邵阳分校2020、2023级春季行政管理（村镇管理方向）专科、本科专业学员，隆回县司门前镇东山村党支部委员、邵阳市隆回县超级杂交水稻高产攻关基地负责人。

▶所获荣誉

邵阳市第十七届人大代表，其组建的隆回县水牛农机服务专业合作社被评为湖南省"百千万工程"现代农机合作社、湖南省现代农机专业合作社示范社。

在绿色的田野上书写人生的华章

他是 90 后，却已在水田里摸爬滚打 14 个年头；

他一步一个脚印，从打工仔一跃而成为水稻专家；

他有一个梦想，就是把袁老的"禾下乘凉梦"变成现实。

位于隆回县羊古坳镇西南部的雷峰村，面积不大，名气不小，因为这里有袁隆平院士的超级杂交稻高产攻关科研基地。早在 2011 年，这里就创造了亩产 926.6 公斤的世界纪录；2022 年平均亩产突破 1138 公斤，创造了全国籼粳杂交稻百亩高产攻关最高纪录。

在袁老的身后，还有一个矢志追随的工作队伍，赵叶朋就是其中的一员。从 2009 年返乡挽起裤腿下田从事农业，赵叶朋投身超级杂交稻高产攻关工作已整整 14 个春秋。在袁老的感召下，他不断突破，把人生的华章写在绿色的田野上。

> 逆行的 90 后

赵叶朋出生于 1990 年，中专毕业后，进过厂，打过工。他目睹农村有文化的青壮年劳动力纷纷外出务工或向城镇集中，留守农村从事农业生产的大部分是文化水平较低、年龄相对偏大、体力不支的老弱病残，年轻人"谁来种田"成了他一直苦苦思索的问题。

2009 年，袁隆平超级杂交稻高产攻关科研基地因工作需要，面向农村青年招募技术员。得知这一消息，赵叶朋十分激动，袁老可是他从小崇拜的偶像啊。经过深思熟虑，他作出了人生中最重要的一个决定——返回家乡当农民，追随袁老种水稻。当他把自己的想法告知家人和同事们的时候，家人朋友不理解，周围一些人甚至冷嘲热讽。但赵叶朋不为所动，毅然踏上了归途。他用坚定和执着，打动了超级杂交稻高产攻关科研基地的负责人，顺利成为基地的技术员。

> 从"门外汉"到行家里手

刚进入超级杂交稻高产攻关科研基地的时候，赵叶朋面对陌生的工作确实有点茫然不知所措。但他不灰心，和当时的超级杂交稻高产攻关科研基地负责人王化永一道，拜羊古坳镇农业站肖利民站长为师，虚心请教，用心学习。乡亲们进入梦乡时，他却还在把水稻的生长情况、叶龄进度、病虫调查、水肥调控及产量构成一个个数据录入工作日志。截至目前，他已记下13余万字的水稻种植日志。

一分耕耘一分收获。经过刻苦学习、认真钻研，赵叶朋从一位农技"门外汉"成长为一名懂技术、爱农业、有情怀的农技员，现在还成了超级杂交稻高产攻关科研基地的负责人。在袁隆平院士和相关专家的精心指导下，他和肖利民、王化永等人一起，一次又一次攻克了超级杂交稻试验高产难关，分别于2011年、2015年、2022年实现了亩产900公斤、1000公斤、1100公斤的目标，为国家农业科技进步和粮食安全作出了贡献。

赵叶朋（左）与专家查看超级杂交稻丰产情况　图源：红网

> 科技种田的领路人

赵叶朋深知，要发展绿色农业，科技是根本。他以超级杂交稻高产攻关科研基地为科技示范平台，从事羊古坳、司门前等乡镇水稻新品种、新技术的推广和指导服务，先后推广2万余亩面积，带动雷峰、龙家湾村等5个村近300户通过发展优质水稻产业，实现脱贫致富。他牵头成立隆回县水牛农机服务专业合作社，率先在当地推广"以机代牛"耕作模式，不仅提高了作业效率，还降低了作业费用，有效缓解农村老龄化、种田劳动力不足的现实问题，让农民当上了"甩手掌柜"。

为实施水稻绿色、安全、优质的现代农业生产模式，赵叶朋组织流转1200多亩土地，建立"湘米工程""优质稻""玉针香""泰优390""隆晶1号"等种植示范基地，在获得高产的同时，更加注重农产品质量。"让人们吃饱更要吃好"正是他的追求目标。

> 农民大学生的楷模

2018年，赵叶朋经资格审查、选聘考核，脱颖而出，竞聘为隆回县农业技术推广中心特聘农技员。虽然是没有正式编制、没有职位职称的"乡土农技专家"，但赵叶朋十分珍惜这份信任。他把自己的手机号设为技术热线，24小时开机，随时随地为农民解决生产中的难题。从选种、育种、播种、插秧到植保、施肥、灌溉、机收，赵叶朋的身影始终出现在田间地头，现场为种粮户"会诊把脉"开"处方"。"小赵把我们贫困户当亲人，无论晴雨有求必应。我们产的稻谷，他以高于市场价收购，按品质论价，让我们销售无忧、种田增收。"雷峰村村民刘元升曾感慨地说。因为经常下田，赵叶朋的皮肤被晒成了古铜色，但他乐此不疲："我在基层从事农业生产与农技推广，虽然十分辛苦和劳累，但也苦中有乐。每当看到农民种植的水稻在我的技术指导下获得高产丰收，心里就十分高兴。"

2020年、2023年，赵叶朋受当地组织部门推荐，分别报读湖南开放大学"农民大学生培养计划"，所学专业均为行政管理（村镇管理方向）。赵叶朋特别珍惜难得的深造机会，在做好手头工作的同时，摆正位置当好学生。通过专业系统的学习，赵叶朋极大充实了农村行政管理理论知识，加深了对做好新时代"三农"工作的认识，献身乡村振兴事业的责任感、使命感不断增强。2021年3月，赵叶朋接过历史的交接棒，正式担任袁隆平超级杂交稻高产攻关科研基地负责人，还被选举为村里的党支部委员。11月，他当选邵阳市第十七届人民代表大会代表、农业农村委员会委员。

　　赵叶朋一直珍藏着几年前自己与袁老的一张合照，照片里袁老是那样的和蔼亲切，他却有些羞涩。现在袁老走了，但袁老的事业还在继续推进，他将始终牢记袁老"种水稻的论文是写在田埂上的"这个亘古的真理，为实现袁老"禾下乘凉梦"不懈努力。

赵叶朋（左）与袁隆平合影　图源：红网

胡自荣

▊人物简介

　　胡自荣，湖南"农民大学生培养计划"长沙分校2012级秋季乡镇企业管理专科专业学员，2015级秋季行政管理（村镇管理方向）本科专业学员，浏阳市胡记农林科技开发有限公司董事长，高坪镇商会党支部书记。

▊所获荣誉

　　湖南省文明办优秀志愿者、长沙市优秀义工、浏阳市优秀共产党员、浏阳市人民政府重教乐捐先进个人。

油茶"致富果"背后的故事

他在山旮旯栽下"摇钱树"，

走上了靠山吃山、兴山富民的康庄路。

油茶树上挂满的"致富果"，

见证了他不忘初心、自强不息的故土情。

"世界油茶看中国，中国油茶看长沙。"美丽的浏阳河水滋润着"长沙茶油"的品质，长沙拥有着"浏阳茶油"国家地理标志，并以浏阳市为重点，辐射带动其他区域油茶发展。浏阳市十大油茶工匠之一的胡自荣就是在山旮旯栽下"摇钱树"、精心培育油茶"致富果"的典型代表。

> 靠山吃山　情定油茶

大学毕业以后，胡自荣从大城市回到浏阳农村，他用敏锐的眼光和执着的精神，选准油茶产业作为自己的创业项目。油茶是一种能产生长效经济效益的树种，一次种植，多年受益，盛产期可达 80 年以上，经济、生态、社会效益显著，对群众增收致富能起到很好的促进作用。胡自荣凭着年轻人不怕苦、不怕累的本色精神，一步一步做大做强油茶事业。如今，他的公司拥有油茶基地 3 个、油菜基地 4 个，拥有茶油专卖店 6 家、茶油加盟店 15 个。近年来栽种油茶、油菜共 2000 多亩，每年可产 100 多吨茶油。

为了种好油茶，胡自荣先后在中国农业大学、湖南农业大学、浙江大学、华中农业大学等知名大学进行了多次专业知识的培训。2015 年，他还报读了湖南开放大学"农民大学生培养计划"项目，系统学习理论知识。他说该项目采取项目式、场景化教学方式，不但提高了他创业实践能力和管理水平，还帮助他理顺了公司发展的痛点和难点，找准了今后的发展方向。

胡自荣成为浏阳 80 后青年创业先锋，他成立的浏阳市胡记油茶种植专业合作社被评为"长沙市 AA 级农民合作社""湖南省质量信誉 AAA 级单位""湖南省级林业专业合作示范社"，他创建的浏阳市胡记农业科技开发有限公司被评为"长沙市农业产业化重点龙头企业""国家高新技术企业"。

> 不忘初心　共同致富

随着产业的逐步壮大，胡自荣从一名默默无闻的农村伢子，变成了周边村寨家喻户晓的致富带头人。他鼓励农户以闲置林地入股、劳动就业等形式参与发展油茶产业，带领乡亲们走上油茶种植的致富路，助推了当地的乡村振兴。目前，在油茶种植基地长期稳定务工者 40 余人，平均每年可以带动附近的村民 100 余人就业。入股的农户 100 余户，种植面积 1600 余亩。胡自荣还建成了扶贫车间，不管挂果多少都是合作社和农户四六分成。基地从 2015 年开始分红，合计分红现金达 170 万元。2022 年，仅在双江村，油茶种植就带动当地280 余户脱贫户增收，为 95 户村民提供了就业岗位。可以说，小小一颗油茶果，承载了村民的致富梦想。

> 大爱无疆　服务社会

胡自荣热心公益事业。2008 年汶川地震的时候，正是胡自荣铺开摊子创业，资金最短缺的时期。当看到电视画面上很多人踊跃捐款救灾时，他再也坐不住了，悄悄去红十字会捐了 3000 元。不为别的，就为自己心中那份心意。2010年青海玉树大地震，甘肃舟曲特大泥石流灾害，他积极捐款 4.8 万元。2010 年6 月，他发起成立"浏阳市土榨茶油行业爱心车队"，义务为莘莘高考学子送考。2011 年，他拿出 20 万元，以个人名义在市教育局备案，设立"胡自荣教育助学基金"，帮扶困难学生完成学业。2012 年，他积极参加浏阳电视台"公益浏阳，大爱桑植"爱心助学活动。从 2011 年他加入浏阳义工联，到 2022 年，胡自荣为社会各种公益事业累计捐款捐物达 65 万余元，胡自荣将个人大部分的业余时间奉献给了社会慈善公益事业，并在助残、助学、敬老、环保等方面作出了较大的贡献。湖南卫视、长沙晚报、浏阳电视台等媒体对其典型事迹报道

20 余次，胡自荣还多次受到浏阳市人民政府的嘉奖。

回到农村投身到发展油茶产业的事业中，胡自荣敢于冲锋、艰苦奋斗的身影在乡村振兴的战场上闪耀光芒。他说："我是个山里娃，如果不是党的改革开放好政策，或许我永远也走不出大山。我今天能拥有一份事业，既是荣耀，也是一份责任。"

李笃刚

▲人物简介

李笃刚，湖南"农民大学生培养计划"衡阳分校2013级秋季农村行政管理专科专业学员，常宁市常湘元农业开发有限公司董事长，常宁市兴泰农业机械专业合作社理事长。

▲所获荣誉

湖南省种粮大户，常宁市优秀共产党员，获国家开放大学"希望的田野"奖学金，被共青团常宁市委评为"农村青年致富带头人标兵"。

电商达人巧念致富经

广泛地学习知识，缜密地进行思考，踏踏实实地去践行。他的田野逐梦之路没有惊心动魄，伴随的是顺时而动、应势而为后的海阔天空。

"晚稻机械化工厂育秧""踏踏实实种好香瓜，做一个快乐的农村人"……在"常湘元农业"抖音号中，机械化种水稻、卖农产品成为视频作品中的绝大多数主题，抖音号的主人李笃刚也经常入镜，头戴草帽，向网友挥手打招呼，热情展示自己的香瓜田，揭秘新型密室催芽工厂化育秧技术，同名抖音农产品店铺还上架了湖南米粉、糍粑、剁辣椒酱等产品。这位衡阳伢子用信息技术知识开启了一条"互联网＋农产品"的创业之路，带领全村老百姓致富奔小康。

＞ 拥有一支"机械部队"的种粮能手

谁也不曾想到，如今地道农民模样的李笃刚曾经是城里头的"IT男"。2011年，他看到大批农村劳动力外出务工，土地荒芜，为了家乡发展，他毅然放弃了繁华的都市生活投入农村建设。李笃刚从兰江乡上庄村流转承租了110亩地，由于缺乏经验，这一年并没有赢得利润，但是一时的失利并没有打垮这个立志干出一番成绩的创业青年，他坚信凭借勤劳的双手和技术一定能够从土里刨出金子来。

从网上查找各种种田的文字和视频资料，刻苦钻研种田技术和技巧。功夫不负有心人，2012年，李笃刚种的519亩地共赢利11万元，尝到甜头的他，更加明白一个道理，种田不仅靠体力，还要靠脑力，要走农业合作化道路，要用新技术来科学种田。2013年，李笃刚报名参加"农民大学生培养项目"进行学习，并与人合伙投入资金100余万元成立常宁市兴泰农业农民专业合作社，并创建常宁市兴泰农业专业技术协会，建设高标准塑料育秧大棚，引进机械设备，打造种田"机械部队"。

现如今，放基质肥底土、消毒、播种、放盖土、摆盘……合作社通过新型密室催芽工厂化育秧，工人们在机器流水线上有序"播种"。在人机的有效配合下，一套播种流程迅速完成，一天可完成400亩秧田的播种工作。李笃刚说，工厂化育秧不仅效率高，还能根据天气变化及时调整棚内的温度、湿度，根据秧苗不同生长周期需要科学追肥、喷药。

李笃刚已经成为十里八村有名的"80后"种粮大户，种田面积达到1700亩，同时建成800亩种植示范基地、1500亩全程机械化高产水稻种植基地、日烘10吨粮食的烘干基地，以及200平方米的学习室，为全村人均增收5000元以上。

合作社播种流水线　图源：红网

> ### 致力于乡村扶贫的电商达人

李笃刚把自己的热情和干劲都用在种粮事业上，他不断引进新的耕种技术推动增产增收。2017年，李笃刚开始引入了粮菜复合种植模式，在自己承包的大量水稻田的田埂上让当地老百姓种植萝卜、辣椒、茄子等农产品。

农产品丰收了，销路却成了问题，爱琢磨、爱钻研的李笃刚又用自己所学的计算机网络和电商直播知识，开始了"互联网＋农产品"的创业之路。2017年开始卖的是萝卜干、干豆角、茄子干、干辣椒、笋干等农特产品，后来参加乡村扶贫，他灵活运用互联网各个销售平台，加大了产品的销量。

2018年6月，李笃刚创建常宁市常湘元农业开发有限公司。这是一家集农产品加工销售和电子商务于一体的"互联网＋物联网＋合作社＋基地＋农户"的现代化农业服务站点，公司通过淘宝、拼多多、微店、抖音等平台注册了农产品网店，帮合作社老百姓把种植的新鲜蔬果通过"互联网＋物联网"销售出去。

李笃刚接受采访，介绍蜜本南瓜的收益　图源：衡阳广电网

2019 年，李笃刚先后和兰江乡、白沙镇等几个乡镇的贫困村及贫困户签订了 40 多份农产品定向收购协议，收购产品总价值 110 万元，打通了农产品从田园到餐桌的最后一公里，为"万企帮万村"作出了自己应有的贡献。为了推广常宁本地特产，他运用网络平台销售常宁米粉，淘宝网上销量达到 300 万元，大大增加了老百姓种植水稻的积极性。

一人富不叫富，帮助大家富才算数。2020 年，当地一个水果种植大户家中的红心蜜柚因受天气影响严重滞销，果农急得到处找销售商，李笃刚得知后带领公司的电商服务团队立即展开帮扶工作，好几个主播一起在基地助农直播带货，5 天时间把所有红心蜜柚全部销售出去了，给种植大户挽回了 13 万多元的损失。

2021 年，李笃刚创办的常宁市常湘元农业开发有限公司网上农产品销售总额已突破 600 万元。凭借自己的技能技艺，他得到当地村民的广泛认可，并于 2022 年被认定为乡村振兴农艺师。他的日子过得蒸蒸日上。

李笃刚的脚步并未停歇，谈起未来的发展，他侃侃而谈："今后打算打造一个 20 人左右的电商团队，下沉到农村调研产品种植数据，建立一个常宁农产品大数据库，根据产品销售和种植的情况，设立一村一个品牌、一村一个产品种植、一村一个收购点。我还要建一个初级农产品仓储冷库，建一座蔬菜脱水烘干厂，为老百姓解决蔬果存储和再加工的难题，根据互联网上的订单量和合作社农户签订定向种植合同，大面积种植畅销作物。我将通过努力带动更多的老百姓共同致富，为美丽的中国梦共同奋斗！"

向永凡

人物简介

向永凡，湖南"农民大学生培养计划"湘西分校2015级秋季畜牧兽医专科专业学员，永顺县青坪镇太坪村村主任，永顺县茅岩河生态果业专业合作社理事长，永顺县毛坝亿利莓茶种植专业合作社、永顺县辉腾茶叶开发有限公司总经理。

所获荣誉

湖南省最美基层科协工作者、湘西土家族苗族自治州农业乡土人才、永顺县党代表、永顺县"脱贫路上最美人物"、永顺县"最美脱贫攻坚人物"等，连续两年获永顺县"精准脱贫攻坚先进个人"。

茅岩甘露　清香醇厚

他心系故土，返乡创业。

为了不断突破，他以学习为翅膀，

用实干和担当，成为脱贫攻坚和乡村振兴路上的一道光。

40 岁出头的向永凡，精神抖擞，言语间透出别样的坚毅与执着。他当过打工仔，干过村主任，他始终与新时代同向同行，凭借实干的作风，不断学习，开创事业发展新天地。

> 心系故土　返乡创业

向永凡是土生土长的湘西人，湘西虽然山好水美，但毕竟属于偏远地区，经济相对落后。高中毕业后，向永凡选择走出家门，到发达地区去闯荡。他有想法，有干劲，作风实，事业发展得不错。2013 年，习近平总书记到湘西视察，作出"精准扶贫"重要指示，湘西的发展掀开了崭新的一页。向永凡听到消息后，欣喜不已，毅然返回家乡，开始自主创业，带领乡亲们共同致富。2015 年，他成立永顺县茅岩河生态果业专业合作社，并担任理事长。同年，他当选太坪村村民委员会委员。面对太坪村几乎一片空白的脱贫产业，见过大世面的他开始寻找带领村民脱贫致富的路子。

> 以学促干　结缘开大

为了适应市场和产业发展的需要，寻找太坪村发展的出路，向永凡抓住机会参加各种职业培训，但总觉得知识的系统性不够，没有具体系统的实践教学，难以完善自己的知识结构。为了更加系统地学习技术，掌握好专业知识和基本原理，2015 年秋季，他报读了湖南开放大学"农民大学生培养计划"湘西分校畜牧兽医专科专业。在学习过程中，他处理好工作与学习的矛盾，坚持面授辅导、网上学习、自主学习相结合，按时完成课程作业，积极参加学校与班级组织的各种学习实践活动，顺利完成了课程学习任务，考试成绩优良。开放大学"农学交替、旺工淡学、线上线下、理实交融"的模式，真正切合向永凡这样的农民学员的实际和需求。通过开大系统的学习，向永凡畜牧兽医专业知识得到充实，可以为本村畜牧养殖户提供理论专业知识讲解服务，为本村养殖发展提供技术支撑。

> 壮大产业　当好头雁

学到了实用技术，向永凡的创业信心得到极大增强。他在原有产业基础上，进一步发展了100亩优质品种的李子种植，组织成立了永顺县茅岩河生态果业专业合作社，并担任湘西自治州科学技术协会州级项目负责人、永顺县兴农农业技术推广协会会长。随着合作社做大做强，他又先后发展壮大了苗木产业，黄桃、蜜柚等种植产业，以及规模化养牛、养猪等畜禽产业，其中生猪养殖存栏达到1000余头。他通过科学发展特色产业，助推太坪村脱贫摘帽。2018年以来，他带动农户发展时鲜水果种植上千余亩，为后续的乡村振兴产业发展奠定了基础。2022年以来，他被聘为永顺县毛坝亿利莓茶种植专业合作社总经理、永顺县辉腾茶叶开发有限公司总经理，种植莓茶780亩，年产值达600万元，带动就业人数70余人，为当地百姓人均增收8000元，巩固了脱贫攻坚成效。

谈起未来，向永凡信心百倍。他说，当前党中央高度重视农业农村工作，只要找对路子，发扬钉钉子的精神，就一定能在广阔的农村舞台上闯出自己的一片天地。

谢光明

▶ 人物简介

　　谢光明，湖南"农民大学生培养计划"常德分校 2019 级秋季行政管理（村镇管理方向）本科专业学员，常德市石门县—繁蜂顺养蜂专业合作社理事长，湖南省谢氏到家养老产业有限公司董事长、总经理。

▶ 所获荣誉

　　最美致富带头人、乡年度经济突出贡献奖，其事迹被湖南电视台、湖南电影频道、常德电视台等多家媒体报道。

花香蜂自来

写尽千山落笔是他，

望尽星辰璀璨是他。

"小蜜蜂"带来"大回报"，

他用热血、辛劳与汗水，

带来光明，照耀民心。

谢光明，80后，出生于湖南省石门县三圣乡一个普通农民家庭。这里最高海拔1128米，属于山地丘陵地貌，四季气候分明，花源丰富，特别适合养殖中华蜜蜂。

谢光明从小耳濡目染，接触到很多养蜂的蜂农。因为当时信息闭塞，家乡的蜂蜜虽然在外面是个好东西，能卖高价，但在当时当地却只能亲戚朋友间互相消化，价格也不高，每公斤只有120元左右。谢光明不甘心家乡的好蜂蜜被如此贱卖，他决定把自己家乡的蜂蜜拿到网上去卖高价，把家乡的风土人情到网上去推介宣传。

说干就干，2014年，谢光明解散自己在深圳的贸易公司，回到家乡发展。

> 一

有道是：万事开头难。要把家乡的蜂蜜高价卖出去，谢光明深知一点，酒香也怕巷子深！要想蜂蜜卖得好，要先把家乡这个不为人知的巷子宣传出去！谢光明自己作词，联络在外的家乡青年作曲，为家乡创作了一首叫《最美大三圣》的歌，并自掏腰包，组织团队拍摄了宣传家乡风景的MV。好山好水好蜂蜜，从源头宣传蜂蜜产品，一炮打响。电商销售家乡土蜂蜜每公斤达到200元以上，并且供不应求。

当地有一位叫曾宏杰的网友，自称是谢光明的小迷弟，自告奋勇要加入谢光明的销售团队。曾宏杰是一位残疾人，一岁多的时候就患上了脆骨病，也叫瓷娃娃，自小聪明，没有上过一天学，身残志坚的他却通过看电视学会了简单识字、手机打字等基本的知识。当谢光明得知这个情况后，很是震撼，主动上门看望曾宏杰，在网上通过公众号积极呐喊，寻求别人的支持，帮曾宏杰进行宣传，给他带来了第一批客源和销量。在谢光明手把手地指导下，曾宏杰第一年就销售蜂蜜等土特产 5 万元左右。曾宏杰，亲切称谢光明为幺幺（叔叔）。他在谢光明的帮扶下，他有了稳定的收入。他更换了沙发，新买了空调，并为上高中的弟弟存够了一年的零花钱。曾宏杰感慨地说，是谢光明用电商销售带他进入了另一个人生，开启了另一扇窗户。

经过一年多的发展，更多的人加入了谢光明的销售团队，从一个人的孤军奋战到一百多人的销售队伍，团队整合出来的力量既给家乡人民带来了就业增收的机会，也帮助当地的蜂农销售了更多的蜂蜜。但眼前一举多得的收获感和喜悦感却没有让谢光明高兴起来。让他深感忧郁的是，从事养蜂一直都是家乡老百姓的"副业"或老年人从事的老年事业，其中散户居多，他们靠着"天财自来"的传统技术，无法形成产量和质量并进，形成规模。因此，谢光明作出决定，自己养蜂，从骑着摩托车穿行几公里的山路拜访老师傅，到没日没夜在网上学习养蜂知识，从被蜜蜂蜇了就肿，肿后就痒，到一天被蜇几十次，蜇了不痛不痒，正是他咬紧牙关，克服了在养蜂过程中的恐惧和痛苦，通过不懈的学习和努力，掌握了活框养蜂的关键技术，并使该技术在当地的蜂农中得到了大规模的推广和应用。

谢光明在工作现场　图源：新湖南

> 二

2016 年，顺应发展需要，谢光明自任理事长，成立了石门县一繁蜂顺养蜂专业合作社。合作社社员 120 人，其中贫困户 60 人，养蜂总数量达到 10000 桶以上，年产蜂蜜量达 12 吨以上。在谢光明的带领下，合作社积极落实国家精准扶贫行动，先后在常德市石门县的三圣乡，壶瓶山镇上延河村，南北镇薛家村、大城村，磨市镇的白岩壁村，维新镇的范银湾村对贫困户进行养蜂培训，并通过产业帮扶政策为磨市镇白岩壁村，三圣乡彭家堰村、三圣庙社区、百红村、庚走山村、山羊冲村、白临桥村、象牙坪村、南岔村、花园台村、北流溪村、太清山村、两河村、刘家峪村，雁池乡重福桥村共引进 3200 余桶中华蜂，直接受益贫困人口 2000 人以上。

谢光明的事迹被常德电视台、湖南电影频道、湖南电视台宣传和报道。

谢光明被人们亲切地称为"蜜蜂哥"，但名气也意味着责任。石门县过去是省级贫困县，在扶贫主战场上，县委县政府精准施策，乡级党委政府落实行动，根据对贫困户的深入了解，找准致贫病因，对症下药。他们将一部分劳动力不足、年龄偏大的贫困户家庭挑出来，选择养蜂产业作为脱贫致富的门路，用产业帮扶资金托底为贫困户购买种蜂，由谢光明带领的合作社提供技术培训和支持，并一站式地收购包销，让脱贫户直接增收。

三圣乡百红村的吕爱清老人，是建档立卡贫困户，一家五口人，老婆和大儿子属于精神智障，小儿子无劳动能力，孙子还在读幼儿园。一家老小的生活开支全靠吕爱清老人在家操持农活来承担。随着年龄的增加，老人自身对繁重的体力劳动越来越无能为力，这让作为其帮扶责任人的时任三圣乡党委书记的陈军同志很是着急。陈军不停想点子、找路子，亲自下村到蜂农家里，了解蜜蜂养殖的特点及发展前景。最后与谢光明沟通，谢光明亲自上门送了 5 桶蜜蜂给吕爱清老人，并手把手地教吕爱清老人养蜂。过了大半年，到了取蜜的季节，谢光明又亲自上门帮助其一次性取蜜 21 斤，并全包收购，帮助其直接增收 2000 多元。取完蜜后，吕爱清老人提着沉甸甸的一桶蜂蜜，想到明年还能继续发展的甜蜜前景，很是高兴，除了感恩党的政策好，还不忘感谢谢光明的"小蜜蜂"所带来的"大回报"。

　　像这样通过谢光明的甜蜜事业带动贫困户脱贫的典型不胜枚举。比如患白血病的黎忠琼两口子,养蜂3桶,取蜜9.25公斤;失独家庭龙文亚老人,养蜂5桶,取蜜8公斤;丧偶的米兵香家庭,养蜂5桶,取蜜9公斤;等等。他们都是普通的贫困户家庭,由各种原因致贫,失去了家庭原本该有的生存能力,却因为党的好政策,因为谢光明的甜蜜事业,走上了脱贫增收的康庄大道。

　　谢光明带领乡亲们从事的甜蜜事业正乘风破浪驶进大市场,蜂蜜品牌伴随着养蜂规模的不断扩大而被不断擦亮。2020年,在石门县委、县政府的领导下,石门县荣获“中国五倍子蜜之乡”的荣誉称呼。2021年,石门县一繁蜂顺养蜂专业合作社投资100多万元建成的蜂蜜加工厂房,投入使用,一次性通过省、市级市场监管局专家组现场核查,获得生产许可证,使蜂蜜的附加值进一步得到提升,大大提高了蜂农的收益。2022年,谢光明结合对蜂蜜的了解,通过长时间的研发与投入,第一款蜂蜜发酵酒面市,甜蜜事业加上创新思维,使蜂蜜产品进一步升级换代,产品类别更加丰富,市场竞争力更强。

田秀芝

▶人物简介

田秀芝，湖南"农民大学生培养计划"湘西分校2015级秋季法学（农村法律事务方向）专科专业学员，古丈县妇联执委。

▶所获荣誉

湘西土家族苗族自治州第二届创新创业大赛二等奖、全州三八红旗手、湘西土家族苗族自治州"青年扶贫奖章提名奖"、第一届农业乡土人才，古丈县优秀村干部、巾帼脱贫能手、最美爱心人物。

巾帼赞

巾帼"牛司令"，志在带富梦，
创业路上，唯有初心不可负。
浓墨重彩的一笔绘就百花齐放，
谁说女子不如男。

> 女村官"牛"气冲天

"你家的玉米收得怎么样了？什么时候可以送来？"2022年7月16日，湘西至朴牧业股份有限公司总经理田秀芝正忙着给村民打电话。正是玉米成熟的季节，田秀芝正在按此前与村民签订的协议，约定收购村民家带须玉米的时间，"现在收购价是500元/吨，如果市场价格低于400元/吨，则按400元/吨收购。"除了带须玉米，村民家的稻草、红薯藤、花生秧等，田秀芝都收购。

田秀芝原来学的是家电专业，中专毕业后从事建材生意，所学并没有派上用场。2014年，田秀芝当选村主任后，思考最多的一个问题是如何把全村群众带上脱贫致富路。在一个极为偏远的山村，发展什么产业，如何发展，贫困群众如何才能积极参与，每一个都是难题。

经过反复考察思考，在各级领导和相关部门的大力支持下，村里最终确立足本村土地优势发展湘西黄牛养殖的项目，以此来带动贫困群众脱贫致富。"当时主要是看到村里有山有河有坡地，非常适合养牛，而且牛的价格也非常不错。"但老百姓怕亏本，都不敢养。田秀芝便带头养了60多头牛，但至于怎样扩大规模和发动老百姓一起养殖，确实感觉比较迷茫。

> 养牛倌"法力无边"

2015 年，田秀芝报读了湖南开放大学"农民大学生培养计划"湘西分校法学（农村法律事务方向）专科专业，立志成为一名养牛的"法官"。"我那时还是村干部，想着报读法律专业，这样方便更好地处理村里的纠纷。"田秀芝说，"开放大学这种'互联网＋职业教育'的教学模式十分灵活，对我非常有用，能够做到工作学习两不误。通过学习法律，我对农村政策法规和食品安全等相关法律条款有了更深的认知，做起事情来更明白需要遵守法律，用法律的思维武装头脑，为村集体经济和产业良性有序发展保驾护航。"

牛的养殖周期长，通常养殖 2 年以上才销售，田秀芝一直坚持用植物喂养，不用其他饲料来缩短生长周期。她说："销售的都是健康的公牛，老弱病残的都处理掉了，不赚黑心钱。"因此，田秀芝销售的牛在当地政府打造的销售平台上非常畅销，"很多人通过这个销售平台来找我们订货，我们就免费把新鲜牛肉送上门"。正因为知法守法，田秀芝哪怕牺牲自己的利益也要保证合作农户以及消费者的利益。8 年来，她的黄牛养殖场从几个小小的牛棚，发展成集产、供、加、销为一体的全产业链，建有标准化牛舍 8 栋、人工种草基地 1900 多亩、黄牛存栏 700 多头，带动 3 个镇 6 个村 300 多户 1000 多人共同致富。

田秀芝在养殖场工作　图源：搜狐网

> 小女人学业大成

"通过法律知识的学习，我更加明白诚信经营的重要性。只有诚信才能让企业活得更为长久，才能更好地带领村民共同增收。我们公司曾获得了湖南省肉牛标准化示范场、全县农业农村工作优秀农业企业、湘西州农业产业化龙头企业、万企兴万村先进企业的荣誉，特别是今年我还评上了乡村振兴农艺师中级职称，如果不是在湖南开放大学这几年的学习，我不可能发展得如此顺利，公司规模也不可能如此壮大，我更没有底气带领老百姓一起脱贫致富奔小康。"田秀芝由衷地说。

田秀芝（右二）"分贷统还"分红发放现场　图源：搜狐网

陶建华

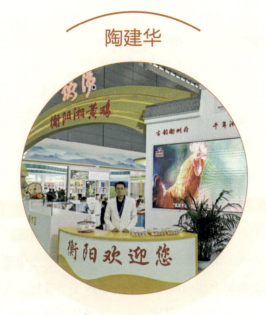

▌人物简介

陶建华，湖南"农民大学生培养计划"衡阳分校 2016 级秋季畜牧兽医专科专业学员，衡阳县建华农业生态发展有限公司董事长。

▌所获荣誉

衡阳市助力脱贫攻坚优秀个人、衡阳县第十一届政协委员、衡阳县劳动模范。

探索新"鸡"遇的"飞鸡哥"

山谷秘境，散养着致富增收的"金凤凰"。

他，带领着"金凤凰"走向全国，

他，成了乡亲们口中亲切的"飞鸡哥"。

2022年10月28日—11月1日，长沙国际会展中心，第二十三届中国中部（湖南）农业博览会上人声鼎沸、热闹不已。作为农博会衡阳展区的一大特色，衡阳湘黄鸡展区备受关注。衡阳县建华农业生态发展有限公司董事长陶建华为衡阳湘黄鸡代言，多次参加农博会的陶建华现场秒变"带货达人"，讲起自家的产品头头是道，吸引来自省内外的餐饮企业前来洽谈合作，现场交易额再创新高。

> 为衡阳湘黄鸡代言的"飞鸡哥"

2016年，陶建华成立了衡阳县建华生态农业发展有限公司，注册资金1000万元，主要从事衡阳湘黄鸡的绿色养殖、网上销售及"陶建华"衡阳湘黄鸡的品牌推广。

清晨的山谷秘境中，成群的湘黄鸡在林间觅食、追逐嬉戏。这些散养在林间的衡阳湘黄鸡，正是建华生态农业发展有限公司致富增收的"金凤凰"。衡阳湘黄鸡是衡阳市特产，养殖历史始于2000多年前的汉代，在明、清两朝更是被皇家列为贡品鸡。衡阳湘黄鸡黄毛、黄嘴、黄脚，体型矮小呈椭圆形，肌肉纤维细小，肉质嫩滑，肌肉紧密而有弹性，皮脆骨细，味道鲜美。1979年被国家外贸部评为"名贵项鸡"，2019年获国家地理标志农产品认证。建华生态农业发展有限公司目前有1个核心养殖基地、7个扶贫加盟基地、1条家禽屠宰自动化流水线、2万平方米分拣仓库。公司还注册了商标"陶建华"，年出栏衡阳湘黄鸡32万羽。

作为湘黄鸡养殖重点企业，建华生态农业发展有限公司采用公司化运作，通过"公司＋农户"模式辐射带动周边群众增收。目前公司拥有员工 150 人，带动就业 500 余人，带动上下游产业 5000 余人。2021 年，借助湘黄鸡产业省级农副产品供应基地（示范片）创建的契机，建华生态农业发展有限公司发起成立了湘黄鸡产业化联合体，集结散养农户、专业大户、屠宰加工龙头企业、电商流通、休闲餐饮等产业链各环节的主体一同分工协作。陶建华牌湘黄鸡成为衡阳湘黄鸡的代表，开始飞到全国各地食客们的餐桌上，陶建华本人也被亲切地称为"飞鸡哥"。

陶建华欣喜地展示湘黄"飞鸡"　本人供图

＞ 带领乡亲脱贫致富的"飞鸡哥"

陶建华将所学知识充分用于实践中。目前公司主要销售渠道是线上、线下认养相结合的模式，其中线下销售有各大商超、餐饮行业、养生会馆、月子会所、礼品定制，其中认养会员有 1700 余名。"原生态的地标农产品，还有最后 5 分钟，大家抓紧下单啦……"近几年来，通过抖音、快手、微商、达曼、自营系统（建华优品）等多平台线上销售，湘黄鸡市场知名度进一步打开，产业销售链打通。通过延伸产业链条，陶建华将自己的湘黄鸡延伸到相关产品的初、深加工，推出了"衡阳湘黄鸡油辣椒酱""盐焗衡阳湘黄鸡"等一系列深受市场欢迎与消费者喜爱的产品。

陶建华一直坚持绿色、健康、自然的养殖理念，全产业链标准化养殖湘黄鸡，走稳助农增收路。目前已经形成了以衡阳县石市镇建华家庭农场、湖南安华供应链公司、衡阳福农源生态农业公司、衡阳县建华生态农业发展有限公司蒸湘区分公司、飞鸡哥体验馆、陶建华衡阳湘黄鸡专卖店为主的产业体系，公司生产出来的产品深受广大消费者喜欢。陶建华牌湘黄鸡 2020 年取得国家绿色食品认证，2020 年获得西部农博会湖南省绿色食品网销量第一名，2021 年获评第十八届中国国际农交会"最受欢迎农产品"。2022 年陶建华接受央视专访，《致富经》栏目对其进行了专题报道。

陶建华也致力社会爱心事业。2020 年公司 2017 年被衡阳市授予"爱心企业"。新冠肺炎疫情期间，陶建华为抗疫一线的衡阳医护人员捐赠价值 25 万余元的"陶建华飞鸡蛋"。

探索新"鸡"遇，助力乡村振兴。陶建华充分发挥衡阳湘黄鸡品质优良、历史悠久的特点，大力发展绿色科学养殖，实现品牌化、市场化、公司化发展，带领乡亲们把脱贫致富的路越走越宽广。

刘永富

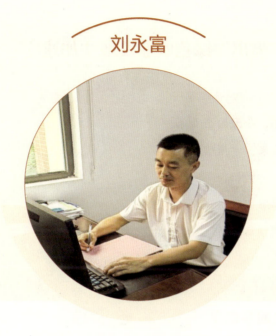

人物简介

　　刘永富，湖南"农民大学生培养计划"娄底分校 2017 级秋季农村行政管理专科专业学员，娄底市珍香绿色农业发展有限公司负责人，娄星区珍香蔬菜专业技术协会理事长。

所获荣誉

　　娄底市第八届农村科普典型，娄星区第二届优质农产品博览会精准扶贫最美致富带头人，入选娄底市科协系统专家库。

"喷出"绿色农业发展"加速度"

昔日的水电工，今天的企业家，

看花海，品瓜果，学微喷。

菜篮子基地一片繁忙，

生态发展扬起绿色风帆，

为村民致富"铺路架桥"，

他叫永富。

> 闯荡半生回乡创业

刘永富所在的梽木村过去属于省级贫困村，贫穷、闭塞是村里的两大"标配"。1992 年刘永富高中毕业后选择外出打拼，常年在建筑公司和房地产公司从事水电工作，逐渐成长为机电工程师、水电设计师、工程部经理兼物业工程经理。

2014 年，已经年过四十、小有成就的刘永富决定回乡创业。他意识到，虽然家乡经济贫困，但山美水美，土壤肥沃，发展特色优质农产品的生态环境条件优越，适合水果蔬菜的种植。为提升自己，刘永富 2017 年报读了湖南开放大学"农民大学生培养计划"娄底分校农村行政管理专科专业，为在家乡创业打下坚实的知识基础。在各级领导的大力支持下，通过几年的努力学习，刘永富在 2017 年成立了娄底市珍香绿色农业发展有限公司，并筹备成立了娄星区珍香蔬菜专业技术协会，经营蔬菜基地规模达 200 多亩，露天种植和大棚种植相结合，全部采用滴灌、微喷等设施浇水施肥。2018 年，为满足线上业务需求，刘永富成立了梽木村电商服务站。

> 科普助农共同致富

公司和协会成立后，刘永富不忘带领大家一起致富，积极致力于科普助农，为村民的脱贫致富"铺路架桥"。他向村民和协会会员发放了大量的种植养殖科普资料，并深入田间地头对村民和会员进行技术指导，组织邀请种植和养殖专家对村民和会员进行授课培训，积极向村民和会员推广蔬菜套种、不规则地形滴灌和喷灌的实施和无线控制、绿色液肥的配制等技术。同时，他还引进产量高、市场需求量大的优良品种，经基地试种后择优选择适合本地生长的品种，以成本价发放给有需求的村民和会员。

在刘永富的带领和帮助下，不少村民和会员实现了致富梦。他的珍香绿色农业发展有限公司成为助力当地脱贫致富的龙头企业，他本人于2022年被湖南省人力资源和社会保障厅评为乡村振兴农艺师，成为首批评上职称的新型职业农民之一。

> 担当作为大力扶贫

"现在我们荷包鼓了，精气神都足了。"这是桎木村脱贫户的普遍心声。国家实施精准扶贫战略，在桎木村建档立卡贫困户脱贫致富的事业上，刘永富贡献了不小的力量。

2019年，在娄星区万宝镇桎木村村支两委的邀请下，珍香绿色农业发展有限公司与桎木村建档立卡的87户242人签订产业帮扶协议，进行直接帮扶。帮扶期间，累计向建档立卡贫困户发放鸡苗2332只、鸭苗210只、仔猪3头，以及价值2万元的农药、化肥、种子，还邀请动物卫生监督所专家及农艺师授课指导，帮助销售，进行产前、产中、产后全方位的帮扶，使贫困户顺利脱贫。刘永富以实际行动为桎木村贫困户的脱贫致富承担了一份社会责任。

事业永不止步，责任永远在肩。刘永富说，未来公司计划再投入资金对蔬菜基地进行设施改建、扩建养鱼水面面积、改造养鸡场、改良水果品种等，增强市场抗压能力，带领村民一起通过市场调研，种植和养殖出更多优质的农产品，继续经营好线上线下的多种销售渠道，为美丽乡村建设和乡村振兴贡献力量。

崔俊兵

▲人物简介

　　崔俊兵，湖南"农民大学生培养计划"湘潭分校2015级秋季农业经济管理专科专业学员，三级（高级）花卉园艺师，湘潭县绿艺花卉苗木种植合作社理事长。

▲所获荣誉

　　湘潭市自主创业就业先进个人，湘潭市莲城工匠大师"花卉园艺师"职业技能竞赛三等奖，其花卉苗木种植基地获评湘潭市示范家庭农场、湘潭县科普示范基地。

田间地头走出来的土专家

在摸索与实践中成长，
在失败与教训里总结。
自学成才，农民口中的"土专家"，
无私奉献，脱贫致富路上的领路人。

> 摸着石头过河

崔俊兵 2010 年开始返乡创业。基于我国城市大规模建设和房地产开发需要大量花卉苗木来美化环境，以及随着人们生活水平的提高对各种优质水果的需求增加等因素的考虑，他选择了花卉苗木和优良品种水果的种植作为自己创业的方向。对于花卉苗木，他没有跟风去种植当时红得发热的大众品种，而是选择了有技术含量的造型树和一些新品种，水果也选择当时还很少有人种植的一些优良品种。日常生产管理中，他讲究精益求精，力求种植出来的花卉苗木每棵都是精品，种植出来的水果都达到绿色食品的要求。功夫不负有心人，他在花卉苗木和水果种植方面都取得了较好的收益。

都说每个创业的人背后都有一把辛酸泪，对于崔俊兵来说也是如此。创业之初，由于不懂种植技术，对各种苗木的生长习性不了解，他花费了大量人力物力，结果却是损失惨重。为了切实解决种植中遇到的各种难题，他一边努力向一些有经验的人请教，一边上网查询各种种植技术，了解不同品种的生长习性，还积极向省农科院的专家咨询。努力丰富自身理论知识的同时再加上自己不断地摸索，他逐渐成为当地人心目中的种植土专家。

> 致富不忘身边人

为了让周围的农户都能脱贫致富，不用离开家就可以赚到和外面打工一样多的钱，崔俊兵于 2012 年 9 月创立湘潭县绿艺花卉苗木种植合作社，发动周围的农户一起种植花卉苗木和优质水果。他免费带领农户外出参观学习，根据每个家庭的实际情况制订相应的种植计划，统一采购优质种苗，分发到每一个农户家里，还细致耐心地提供技术指导，积极为农户解决疑难问题。对于那些生活贫困的家庭，还为他们免费提供种苗。就这样，崔俊兵先后带动周围 100 多户农户加入水果种植和苗木种植中来，不但给他们带来了种植上的收入，还为周围农户创造了不少就业岗位，让他们在家门口就能就业。目前，合作社种植花卉苗木和水果面积约 500 亩，年销售收入 300 余万元，为附近农民创造季节性就业岗位 30 余个，每年为他们增加工资收入约 2.3 万元。

除了注重合作社自身的发展，他每年还会免费为附近乡镇的种植户们提供技术指导，基本做到有求必应，让大家都能分享自己的种植技术经验，一起致富。对于村组的建设他也是积极献言献策，出钱出力，不图回报。

> 学历提升助发展

为了提升自己的经营管理能力，弥补在生产经营管理能力上的不足，崔俊兵于 2015 年 9 月报读了湖南开放大学"农民大学生培养计划"湘潭分校农业经济管理专科专业。他系统学习了农村经济管理、创业设计与实务、农村政策法规、农产品营销实务、税收基础等 12 门课程。他说，3 年的系统学习，不但让自己丰富了农业经济管理方面的知识，还了解了很多关于农业和经营上的政策法规，避免了一些经营陷阱和误区，让自己在合作社的经营上更加得心应手。学习期间，崔俊兵先后荣获湘潭开放大学农业知识竞赛一等奖、湖南开放大学农民大学生创新创业设计竞赛三等奖、湘潭开放大学农民大学生培训计划"十年百佳"等荣誉。2022 年 9 月，崔俊兵参加湖南省乡村振兴技术技能人才高级研修班并顺利结业，经湖南省人力资源和社会保障厅认定，获得"乡村振兴农艺师"初级职称。

奋斗永远在路上，崔俊兵为家乡事业贡献力量的信念始终坚定。他说："回首过去，展望未来，我将继续扎根农村，为乡村振兴贡献出自己微薄的力量。"

李春龙

▶人物简介

湖南"农民大学生培养计划"郴州分校2016级秋季法学（农村法律事务方向）专科专业学员，宜章县惠富种养专业合作社理事长。

▶所获荣誉

政协宜章县委优秀政协委员、新时代宜章好青年，入选"宜章好人榜"。其合作社主打产品"五彩米"荣获郴州市"家乡味道·一乡一品"铜奖。

荒山荒田淘出金疙瘩

卖了房，贷了款，从城市回到乡村当起了职业农民，
通过绿色农业、生态养殖，硬生生把荒山荒田变成了创造财富的聚宝盆。
乡亲眼里的傻小子也是打造美丽乡村的领路人，
他是"紫米哥"。

"这方土地养育了我，我无法割舍对乡亲们和乡土的深深爱恋！"

这是宜章县惠富种养专业合作社理事长李春龙经常挂在嘴边的一句话。正是凭着一份热爱和执着，李春龙主动放弃较为优越的生活条件，当起了职业农民，带领村民向荒山荒田要财富，让家乡的荒山荒田变成了发家致富的聚宝盆。

> 乡亲眼里的"傻小子"

李春龙是一名典型的 80 后，个子不高，脑袋灵活，勤奋扎实。在成为职业农民之前，他跑过运输，经营过监控设备，承包过修路的工程，日子过得比较富裕。

一次偶然机会，李春龙回到村里，看到到处是被抛荒的山岭和田土，而乡亲们在抛荒后通过打零工谋生，难以致富，他心里很不是滋味。经过反复思考，他决心承包这些被抛荒的山岭和田土，带领乡亲们搞生态种养，让大家不出远门就能脱贫致富。

乡亲们都笑他傻："在外面混得好好的，非得花血本修路，承包荒山野岭。现在种田种土哪有什么效益？"

见过世面的李春龙对此不为所动，他顶住了各方面的压力，在 2013 年毅然回到家乡，投资 16 万元承包了村里的荒山荒田 160 多亩，自己开垦、修路。为了创业，他卖掉了郴州市的房子，又到农商行贷款 30 万元。

> 远近闻名的"紫米哥"

李春龙曾种过玉米和花生，有一定的种植经验。

2015 年，李春龙在广西看到当地人种植紫米和糙米，而紫米是较珍贵的水稻品种，营养价值和药用价值都比较高，被人们称为"补血米""长寿米"。出于新鲜和好奇，他动起了种植紫米的念头。

在与县农业局对接，经过土质、气候测量后，李春龙试种了 23 亩紫米。李春龙采用有机管理，引岩洞里的山泉水灌溉，用油菜秆作肥料，等苗快要结穗时，就在稻田里养鱼和鸭，全部采用生态杀虫、人工除草，保证是正宗的生态米。他还购买了犁田机、收割机、催芽机、插秧机、碾米机、烘干机等近 20 台农机设备，实现了现代化农业生产。结果当年就取得了良好的收益，不但收成不错，而且亩产利润较普通水稻高 2 倍，很多到农家乐游玩的游客慕名到他那里购买紫米。

随后他将紫米种植面积扩大到 200 多亩，成了当地有名的"紫米哥"。

李春龙成为远近闻名的"紫米哥"　本人供图

> 合作社里的"爱心大使"

率先在村里实现了发家致富的李春龙，时刻记着种植基地的土地是从村民手里流转来的，时刻想着如何带领村民共同致富。他联合 36 名农民成立了宜章县惠富种养专业合作社，主动邀请困难村民到基地工作，同时推出"公司＋专业合作社＋贫困户"利益联结模式，免费向村民发放谷种、传授技术，推广紫米种植。稻谷成熟后统一回收、加工、销售，带领他们通过发展产业致富。

2016 年，合作社成功注册紫米商标"宜山鑫"，合作社走上了品牌化发展之路。

近年来，合作社每年用工近百人，很多村民在家门口上班，既顾了家，又创了收，在合作社工作的乡亲年均增收也超过 1 万元。

此外，李春龙热心公益事业。2017 年至今，他先后向玉溪片区、迎春镇等地生活困难人口和残疾人捐赠大米近万斤，资助多名留守儿童的学习生活费用。在新冠肺炎疫情期间，他为在高速路口值勤值班的工作人员送去了价值上万元的大米等物资，并积极为湖北武汉、黄冈等地捐资捐物。

李春龙（左）为贫困户送慰问品　本人供图

> 学用结合的农民大学生

只有高中文凭的李春龙一直有一个心愿：有朝一日能够上大学。

2016 年，李春龙当时正处在事业开拓期，深深感到知识的不够用。当他得知湖南开放大学"农民大学生培养计划"既能让农民不出村子读大学，还有很多扶持政策时，就毅然报了名，选读法学（农村法律事务方向）专业。

通过系统学习，他学到了理论，开阔了思路，增长了见识，工作起来更加得心应手，特别是养成了时时处处学习的良好习惯。为了种好紫米，他曾专门跑到市里的一家农校培训半个月，学习和掌握有机农作物的种植和管理技术。2016 年以来，他先后参加了湖南省贫困村创业致富带头人"创业技术型"培训班、湖南省第二期大规模种粮大户培训班，以及湖南博航无人机技术有限公司组织的农用无人机操控技术培训班等，掌握了更多的现代农业知识技能，为事业发展奠定了坚实的基础。

2018 年入党时，李春龙曾感慨地说："过去我是凭感情做事，现在，我要以一个党员的标准做事。我要继续扩大规模，不但要让乡亲们脱贫，更要让大家一起致富。"他是这么承诺的，也是这么去做的。现在，当地乡亲一谈起李春龙，总是竖起大拇指，说他了不起。

李春龙（左一）被授予"新时代宜章好青年"   本人供图

张炎平

▶ 人物简介

　　张炎平，湖南"农民大学生培养计划"岳阳分校2018级春季行政管理（村镇管理方向）专科专业学员，2020级秋季行政管理（村镇管理方向）本科专业学员，岳阳临湘市炎平无花果种植专业合作社负责人。

▶ 所获荣誉

　　临湘市乡村振兴青年先锋提名人，炎平无花果种植基地获评湖南农民大学生创新创业示范实践基地。

无花果 "王子"

胸怀大业，他有自己的梦想，

初心不改，他在挫折中坚毅前行，

不见花开，却硕果累累，

"无花果" 开辟致富路。

> 返乡创业　艰难起步

张炎平所在的聂市镇同合村由原聂坳、同合、曹家、东港 4 个村合并而成，四村合一，区域面积 28 平方公里，辖 52 个村民小组，居住分散，交通不便，集体经济单一，缺乏收入来源，没有企业作支撑，缺少带头致富的能手。

把无花果事业做大做强，同时带动周边的人脱贫致富、共同富裕，是张炎平始终坚持的梦想。从 2003 年起就在外打拼的张炎平，经过十几年的摸爬滚打，有了一定的经济实力和见识，掌握了一手过硬的无花果选种、育苗、栽培和无花果干烘干技术，他也认识到无花果产业未来发展潜力巨大，是一条增加农民收入的好门路。2016 年，借着国家鼓励返乡创业的大好形势，秉持着对农村的热爱，对乡村美好生活的情怀，张炎平怀揣着无花果产业致富的梦想，毅然决定回乡创业。

当他满怀激情准备回村大展拳脚的时候，却遇到了重重阻碍，很不顺利。当时村里不重视，没有给予太多支持，左邻右舍也不愿意合作，土地流转不到位。面对创业的艰难，张炎平没有退缩，他深知自己的事业一旦成功将为社会创造巨大价值，因而他执着于自己热爱的事业。土地流转不到位，他就将自家田地栽满无花果，然后舍近求远在五里牌街道、江南镇等地流转土地搞种植，几经波折事业总算艰难起步。

> 初心不改　带头致富

同合村新的班子成立后，村干部对无花果产业的重要性有了充分的认识，上门找张炎平做工作，希望他在村里发展无花果产业，带动村民脱贫致富。就这样，看到希望的张炎平回家了。村里拿出 27 万元入股，并做好土地流转工作，他追加投入 33 万元，在村里建起了 80 多亩的无花果种植园。他还成立了炎平无花果种植专业合作社，通过发展无花果种植、育苗、鲜果销售和深加工，增加了集体收入，带动了村民就业，帮扶贫困户 100 人。村民们不但可以在家门口就业挣工资，每年还有分红。无花果树成了同合村的摇钱树，张炎平也成了远近闻名的乡村创业致富带头人。

随着休闲旅游产品的持续开发、产品加工线的建立，张炎平说将有更多的脱贫的困难户融入产业链，实现收入稳步提高。他说："我一定会坚持这个梦想，把这个无花果的事业做好，同时带动周边的村民一起来发展无花果，希望通过无花果事业改变家乡的一些现状。我一定会坚持下来。"

市民在炎平无花果果园采摘　图源：临湘市政府门户网站

> 大学充电　阔步前行

张炎平相信，更多的知识能够给自己的事业带来更好的发展，将更好助力无花果产业致富梦的实现。于是他在 2018 年报读了湖南开放大学"农民大学生培养计划"岳阳分校行政管理（村镇管理方向）专科专业，深入学习农业和行政管理知识。他说，通过农民大学生乡村行政管理的学习，自己进一步明确了人生规划和创业蓝图。他更加坚定地选择在农村搞种植业，发展无花果产业，努力让无花果产业成为临湘的农业支柱产业。鲜果采摘，带动旅游业，加工果干果酒带动加工业，通过互联网果品配送带动物流业……从而实现多元化多渠道发展。

张炎平（右二）在授牌现场　本人供图

他主动对接当地全域旅游基础项目，融入休闲农业产业布局，还建立了自己公司的网站，并与大型网购公司合作，建立全方位网络销售平台，整合网络营销优势，向电子商务方向发展。同时，他发展微信销售平台，吸引微商加盟经销。开通了淘宝店铺，和美团合作线上下单线下交易，与大众点评网开展战略合作，通过临湘在线、巴陵之音推广运营。

2020年毕业后，张炎平选择继续在湖南开放大学行政管理（村镇管理方向）本科专业学习深造。他说，知识学习不尽，要努力提升自己，抓住每一次实践的机会，他相信他的返乡创业梦想一定会成为他人生旅途中最美的一道人生风景线！

张澜宇

人物简介

张澜宇，湖南"农民大学生培养计划"株洲分校 2016 级秋季法学（农村法律事务方向）专科专业学员，2019 级秋季行政管理（村镇管理方向）本科专业学员，株洲融联商贸有限公司董事长，株洲市荷塘区开立伟业电子商务经营部法人。

所获荣誉

2022 年度株洲广播电视大学创新创业实践基地优秀负责人。

将个人发展融入乡村振兴大业

优秀主管，返乡创业，

助力脱贫，全情投入，

运用所学，扶危济困，

投身乡村振兴，奋斗驰而不息。

张澜宇高中毕业后选择跟老乡去深圳打工。1996 年入职深圳艾迪芙文化用品有限公司，他凭着一股初生牛犊不怕虎的干劲和对工作的敏锐思考，大胆提出改进公司管理和产品服务的新思路，仅用三个月时间就从印刷学徒工升到了部门副主管。他参与公司 ISO9000 质量体系创建，迅速破解了公司在管理上一些恶性循环的老大难问题。他所分管的部门年年都是公司的先进集体，他本人也多次被评为先进个人、优秀生产者，获得突出贡献奖、优秀人才奖。

> 从零开始返乡创业自己当老板

2006 年，张澜宇决定返乡创业。他与同伴合资成立了株洲市前沿科技有限公司，担任董事长，主要经营闭路电视监控、LED 电子显示屏、停车场管理系统、背景音乐、消防广播系统、门禁及楼宇对讲系统、校园一卡通系统等项目工程。尽管创业历程相对顺利，他赚到了人生的第一桶金，但想做大做强，实现新的提升的时候，总感觉知识匮乏，力不从心。

正当张澜宇苦恼的时候，机会来了。2016 年，听说在省委组织部的支持下，湖南开放大学正在面向农民开展"农民大学生培养计划"，张澜宇喜出望外，立即报名参学，并选择了自己感兴趣的法学（农村法律事务方向）专业。他说："开放大学有丰富的课件资源和雄厚的师资力量，是一个非常好的学习平台，在这里，我的视野开阔了，知识面拓宽了，我可以边学习边实践。"也正是这次学习经历，给了他新的启发，他决定将自己的事业向农村拓展。2017 年他创立株洲市荷塘区开立伟业电子商务经营部，致力于农产品、涉农产业的开发。经过几年发展，产业初具规模，依托互联网平台、直播带货等渠道，近 3 年累计实现各项休闲农业及农副产品销售收入 300 余万元。

＞ 无私奉献为乡村振兴贡献力量

"个人发展不是我的目标，作为湖南开放大学的毕业生，作为首届乡村振兴高级研修班学员，我将竭尽全力，为乡村振兴事业作出自己的贡献，向母校交一份满意的答卷。"张澜宇是这样说的，也是这样做的。

以自己的公司和种植基地为依托，张澜宇通过免费供苗、全程提供种植技术指导等多样化合作方式，与有土地资源的 22 户村民签订种植合同，参股各类水果种植基地 216 亩，带动就业 100 余人。他还用所学的法律知识为身边的群众提供免费的法律咨询和代写诉状、诉讼指导服务。近年来，他为群众免费代写诉状 760 余份，涉案标的近千万元，提供免费法律咨询 900 人次，为群众节约法律服务费 60 多万元，挽回经济损失 550 余万元。

实施乡村振兴战略，离不开人才支撑。2022 年，经湖南省人力资源和社会保障厅评定，张澜宇获得"乡村振兴农艺师"中级职称，其企业获评株洲开放大学优秀实践基地。为了搭建起新型职业农民沟通交流、合作发展、示范带动的平台，培养更多乡村振兴人才，张澜宇正联合株洲市一批取得乡村振兴农艺专业职称证书的朋友们，积极筹建株洲市新型职业农民协会，持续探索土地租赁、土地流转、风投融资等多种合作模式，进一步扩大种、养、休闲旅游产业规模，建设冷链存储及深加工基地，力图逐步打造一支株洲现代农业和乡村旅游发展的生力军，努力为乡村振兴事业作出更大的贡献。

文化振兴篇

推进农村现代化，不仅物质生活要富裕，精神生活也要富足。农村精神文明建设要同传承优秀农耕文化结合起来，同农民群众日用而不觉的共同价值理念结合起来，弘扬敦亲睦邻、守望相助、诚信重礼的乡风民风。要加强法治教育，引导农民办事依法、遇事找法、解决问题用法、化解矛盾靠法。农村移风易俗重在常抓不懈，找准实际推动的具体办法，创新用好村规民约等手段，倡导性和约束性措施并举，绵绵用力，成风化俗，坚持下去，一定能见到好的效果。

——习近平

王建平

人物简介

王建平，湖南"农民大学生培养计划"娄底分校 2009级秋季农村行政管理专科专业学员，娄底市新化县上梅镇三湾村原党支部书记。

所获荣誉

被追认为革命烈士，全省优秀共产党员。

永远活在村民心中

放弃优渥的生活，他带领着乡亲改变落后面貌，

开创"父子学习法"，两万字的读书笔记传为佳话。

抗洪抢险中献出宝贵的生命，

三湾村里，他用生命矗立起了一座不朽的丰碑。

王建平，娄底市新化县上梅镇三湾村原党支部书记，在 2010 年 5 月 6 日新化县特大暴雨抗洪抢险中，不幸因公殉职，壮烈牺牲。

> 舍小家为大家的村支书

1966 年 12 月，王建平出生于新化县上梅镇一个普通的农民家庭。高中毕业后，他一直在外从事基建工作，由于他懂技术、会管理，每年收入可观，家境优渥。2002 年，当他面对当时三湾村落后的面貌时，在乡亲们期盼的眼神下，他毅然放弃了丰厚的收入，以高票当选为三湾村村主任，2008 年，又被村民们选举为三湾村党支部书记。

在三湾村工作的 8 年里，王建平一心为公，带领全体村民谋发展，使三湾村发生了巨大变化。2002 年，在村里欠债 16 万元的情况下，王建平以个人名义借贷 8 万元，向上级争取资金 8 万元，凑齐了修路资金，用一条长 7.5 公里的高标准村级公路连通了三湾村家家户户。2004 年至 2008 年，他通过筹资筹劳修建水渠 8 公里；2005 年，他又筹资 30 万元新建了村级自来水厂，解决了村民 1200 余人的安全饮水问题。

在他的带领下，三湾村修建了小洋楼 20 多幢，改造危房 10 余栋，有线电视入户率达 100%，固定电话普及率达 90% 以上，90% 以上的村民参加了新型农村合作医疗保险，适龄儿童入学率达 100%，电脑、手机、冰箱、摩托车、小轿车、现代农机具进入了寻常百姓家。在王建平任职期间，全村基本无偷盗、

吸毒、重大刑事案件。该村连续 2 年被镇党委评为社会治安综合治理先进单位。

＞"父子学习法"的开创者

2009 年 9 月，年逾不惑的王建平自感知识不足，毅然报名参加湖南开放大学的学习，成为"农民大学生培养计划"农村行政管理专科班学员。在开学典礼上，他代表 2009 级新生做了热情洋溢的发言，他将这次学习比喻为自己人生的"第二春"，表示要珍惜这来之不易的学习机会，决不辜负党和人民的希望，一定克服学习和生活中的困难，争取学有所成，更好地回报社会和人民。

作为村支部书记兼村主任，尽管事务繁忙，但王建平从没因此耽误一堂课，他充分利用这难得的学习机会，认真听讲，如饥似渴地学习，全年做了近两万字的读书笔记，按时完成了各科作业，期末平均成绩达到 80 分。他的豁达、勤奋和刻苦给老师和同学们留下了深刻印象。尤其令人感动的是，在信息技术应用这门课程的学习中，他认为自己年龄偏大，记忆力下降，反应比较慢，加之完全没有电脑基础知识，一时难以消化老师课堂讲授的内容，于是将自己在外工作的儿子带来一同学习。在课堂上儿子可以手把手地教父亲操作，回家后儿子还可以根据老师的授课内容进行再次辅导，他这种"父子学习法"在同学中传为佳话。

王建平运用自己所学到的农业技术和管理知识，开展农技知识培训，推广优良品种，使全村稻谷增产近 4 万公斤，玉米增产 2 万公斤，新发展果林 130 余亩、苗圃 15 亩，年产值 15 万元，培育发展规模在 500 头以上的生猪养殖大户 2 户，300 头以上的 5 户，养猪、养鸡专业户共计 50 余户。村民们的年收入也由 2003 年的不到 900 元上升为 2009 年的 3200 元。

＞危难关头舍生死的英雄

王建平这位群众眼中的好领导、同学眼中的好榜样，却在 2010 年 5 月 6 日新化县特大暴雨抗洪抢险中，不幸因公殉职，壮烈牺牲。

那天深夜，新化县暴雨如注，洪水肆虐。地处炉观河、洋溪河、桃林河交汇处的三湾村，险象环生。境内的柳家水库水位急剧上升，人民群众的生命财产受到严重威胁。王建平首先想到的不是自己，不是家人，而是电灌站里那台关系全村 300 余亩农田灌溉的电动机的安全，他不顾妻子的劝阻，在电灌站第一层已经进水的情况下，不顾危险，独自去机房抢运电动机，不幸被洪水卷走，壮烈牺牲，献出了宝贵的生命。

噩耗传来，全村父老乡亲都沉浸在巨大的悲痛中，他的事迹引起了社会各界的高度关注，也感动着千千万万的人。人民网、新浪网、新华网、红网、网易、《湖南日报》、《娄底日报》等多家媒体进行了连续报道。2010 年 5 月 19 日，时任中共中央政治局委员、中央书记处书记，中央组织部部长李源潮作出重要批示：“湖南省新化县上梅镇三湾村党支部书记王建平同志，在抗洪抢险中壮烈牺牲，他为人民群众的生命财产安全英勇献身的事迹和平时工作的先进事迹，应及时总结宣传表彰。”5 月 29 日，中共湖南省委追认他为全省优秀共产党员，并立即在全省范围内开展向王建平同志学习的活动。7 月，湖南省人民政府正式追认他为革命烈士。

王建平同志用自己的血肉之躯捍卫了人民群众的生命财产安全，用自己的实际行动诠释了一个共产党员的优秀品质，他也用生命在老师和同学们心中矗立起了一座不朽的丰碑！

通过王建平的优秀事迹，我们感受到了在漫漫历史长河中形成的中华优秀传统文化和中华民族基因的精神力量。这种力量激励着一代又一代人团结奋斗，顽强拼搏。

粟田梅

▲人物简介

  粟田梅，湖南"农民大学生培养计划"怀化分校 2017 级秋季农业经济管理专科专业学员，国家级非物质文化遗产项目"侗锦织造技艺"传承人，通道侗族自治县牙屯堡镇文坡村原党总支书记。

▲所获荣誉

  中国共产党第十九次全国代表大会代表、全国三八红旗手、全国劳动模范等。

侗锦织出幸福花

她用四十年的时间传承两千年的侗锦技艺，

她用四十年的坚守带动了一项产业，带领 4000 多人走上致富路，

她让小山村的侗锦走出国门，向世界展示多彩的中国文化。

粟田梅双手在织机的经纬布线之间翻飞，一千多根丝线经过十几道工序后，飞禽走兽、瓜果藤蔓等充满民族风情的侗锦图案逐渐显现出来。

侗锦古称纶织，是由侗族女性世代相传的纯手工织物。侗锦织造技艺最早可追溯到春秋战国时代，两汉至唐宋时期，侗锦已发展成为我国著名的织锦。

> 传承手织侗锦的"织女"

"我还不知道非遗是什么的时候，就已经在传承了。"

粟田梅从小就跟随母亲学习侗锦纺织，15 岁创作了第一件作品。在之后短短几年时间，她又学会了整经、穿扣等编织技艺以及复杂的"八十八纱"纺织技术。

20 世纪 80 年代初，粟田梅进入通道织布厂，凭借精湛的技艺成为车间主任。后来织布厂在市场经济大潮的冲击下倒闭了。粟田梅割舍不下对侗锦的热爱，在镇上开了家侗锦小店，成为当地仅有的以侗锦织造为生的人。

2008 年北京奥运会向全世界展示了一个极具人文风貌的中国。这也给了粟田梅一个启示——民族的就是世界的。于是，她想方设法把当时仅有侗族人才会购买的侗锦纹样背包、服饰、头巾等产品推荐给国外游客。为了扩大规模，她又拿出自己的积蓄，办起了培训班，召集村里妇女，免费教她们织锦。

通道"侗锦织造技艺"被列入第二批国家级非物质文化遗产名录，2009 年，45 岁的粟田梅被选定为国家级非遗传承人。

> 把非遗变成产业的"带头人"

"如果把侗锦都卖到国外去，那织娘们的腰包不就鼓起来了？"2010年，粟田梅带着一些侗锦作品参加上海世博会展览。精美的侗锦深受外国游客喜爱，卖出了好价钱。粟田梅抓住了这个商机，带着大山深处的侗锦参加了大小20余个展览会，不断扩大侗锦的国际知名度。

为了扩大影响、提高产能、形成产业，她先后在通道牙屯堡镇文坡村、独坡乡、双江镇等地创办"通道雄关侗锦坊"，后定期举办侗锦织造培训班，把自己多年所学的侗锦技艺毫无保留地传授给村民，还帮助村民开办家庭侗锦编织坊，带领4000多人走上致富路。

有着两千多年历史传承的民族技艺在新时代焕发了新活力。2016年，文坡村还建起"中国侗锦传承基地"，成为集侗锦展示、织造、交易于一体的中心。在粟田梅的带动下，当地妇女都学会了侗锦纺织手艺，她们织出来的侗锦以纹理清晰、图案平整、工艺精湛而获得游客们的好评。如今，侗锦已经走出侗乡，远销英国、美国、法国等多个国家。

粟田梅说，侗锦纺织是我们老祖宗留下的手艺，不能丢了，它可以帮大家找到一条维持生计的路子。

培训现场　图源：旅游文化站点

> 把乡亲们放在心里的村支书

2011年，粟田梅被推选为村党总支书记。

为当好文坡村的"当家人"，2017年粟田梅带头在湖南开放大学怀化分校农业经济管理专科专业学习。对于这段学习经历，粟田梅说："通过在开放大学学习，我最大的收获是提高了文化水平，增强了带领村民脱贫致富的信心和本领，认识了一大帮朋友，大家结对帮扶，共同发展，实现了集体脱贫摘帽，走向了共同富裕。"

她边学边用，推行阳光村务，实行民主管理，及时公开党务、村务、财务等情况，明明白白告诉群众随时接受监督，让全体村民参与到管理中来，增加了工作的透明度。同时，她还非常注重群众的意见，经常召开村民代表大会，集思广益研究村里各项重大事情。

粟田梅和村支两委为村民们办了很多实事。他们多方争取，先后完成了村级组织活动中心、篮球场、团寨民族综合楼、人饮消防工程建设，新修机耕道和水渠2000多米，修建了500多米的青石板进户路。2016年，村里还建成了集篮球场、舞台、停车场于一体的700平方米的综合文体广场。

粟田梅当选为全国劳动模范　图源：旅游文化站点

李俊生

人物简介

李俊生，湖南"农民大学生培养计划"郴州分校 2008 级秋季畜牧兽医专科专业学员，郴州市宜章县家庭矛盾纠纷调解委员会副主任。

所获荣誉

全国优秀基层党组织书记、湖南省最美村官、湖南省优秀法律工作者、湖南省理论宣传先进个人、湖南省学以创业先锋、袁隆平科技奖学用典型等。

善治　达情　近人

以尘雾之微，补益山海；萤烛末光，增辉日月。

他以一生的实践，怀揣为民情怀与造福社会的志向，创造着不朽的成绩，这份坚守的初心和不变的深情令人动容。

在郴州市宜章县，近 60 岁的李俊生是闻名四乡八邻的能人。他当过律师、专职调解员、村支书，是大家心目中"干一行、成一行、精一行、红一行"的人物。不管岗位如何改变，李俊生关心百姓疾苦、情系百姓幸福的初心都未曾改变。

> 村民喜爱的法律工作者

20 世纪 80 年代，正是国家由计划经济向市场经济转型的初期，20 岁出头的李俊生找到了人生中的第一份工作，应聘到宜章县司法局中心法律服务所，专门从事法律服务和矛盾纠纷的调解。他以年轻人"初生牛犊不畏虎"的劲头，不怕烦、不嫌累，不怕恶人蛮人，敢碰硬，使许多不法分子胆怯而又敬畏。他作风正派、为人公道、清正廉洁。久而久之，请他打官司的、调处纠纷的村民越来越多。李俊生也成为大家赞不绝口的优秀法律工作者。

李俊生始终保持为民初心不变，持之以恒地做好法律服务和矛盾纠纷调处工作，协助司法行政部门先后组建了医调委、婚调委、联调委等多个各类矛盾纠纷调处组织，他本人也多次被市县纪检政法部门聘为执法监督员。

2021 年，李俊生调解纠纷的"精准分责法"被湖南省高院作为典型案例方法推向最高人民法院，得到省市县政法系统主要领导的高度肯定。

> 美丽乡村设计师

2000 年，在宜章县城从事 10 多年法律工作的 36 岁李俊生，怀揣改变贫穷家乡、造福父老乡亲的愿望，回到十涝九旱贫穷落后的石街头村兼任了村党支部书记。

回村后，他带领村里党员干部立下铮铮誓言："我们要同心同德齐心合力，争取用二十年时间把石街头村建设成为村在林中、人在绿中、行在画中、耕耘在公园里、生活在幸福里的靓丽村庄。"

他围绕勾画的社会主义新农村蓝图，一步一个脚印和广大村民一道奔跑在脱贫攻坚的道路上。他组织全村党员干部到外地邻村参观学习，选拔优秀年轻党员到党校培训学习，推荐优秀青年到国家开放大学学习，自己主动参加郴州开放大学宜章县教学点2008级畜牧兽医专科专业学习。他说，不断开阔眼界、解放思想、吸取知识、提高素质，大家才能心往一处想，劲往一处使。

李俊生（右一）查看河堤建设情况　图源：湖南省政府门户网站

在发展村产业方面，他带领干部把村集体的山岭土地承包给村民，鼓励发展企业，培植种养大户，在规划村庄改造建设时，他瞄准"石街头村的基础建设五十年不落后"的目标，兴修水利，畅通道路。同时，他非常注重规范村民文明行为，搞好村里的民主法制建设。

在李俊生的带领下，经过几年努力，大家齐心协力硬是把一个十涝九旱、脏乱差的贫困落后村建设成了远近闻名的美丽乡村。石街头村先后被评为"农业部粮食高产示范基地""全国妇联基层组织建设示范村""湖南省民主法制建设示范村""湖南省农村清洁工程示范村""湖南省农业生产全程机械化示范基地""湖南省党建示范点"等。时任湖南省委组织部副部长郭树人同志多次到石街头村驻点指导调研，并把李俊生担任支部书记的"四个三"工作方法作为典型案例报送中组部，时任中组部部长李源潮亲笔批示，要求向全国农村党支部推介李俊生的先进事迹。

> 好人协会筹办人

2015 年 10 月，51 岁的李俊生在工作岗位突发脑出血，经县人民医院抢救治疗脱险后，需要住院休息养病，不得已卸任了村党支部书记的工作。但闲不住的李俊生在养病期间又和几个志同道合的朋友谋划筹办宜章县好人协会。

2016 年 12 月，宜章县好人协会挂牌成立，5 年间发展会员 3.6 万人，形成了覆盖县、乡、村、社区居委会的组织结构，19 个乡镇分会、9 个行业分会、246 个村好人工作站、20 个社区居委会工作站、26 个团队单位相继建立。

5 年间，他动员好人协会会员走企业找老板，筹集款物 3000 多万元，直接对接完成了 749 户建档立卡贫困户的脱贫任务，帮扶了贫困边缘户 3850 户，助学助教 1200 人次，帮扶贫困、残病、重灾、退役、服刑人员，贫困家庭等 27997 人次。好人协会会员开展志愿服务、护林防火文明劝导、乡村洁净等系列工作，5 年累计达 9000 多万个小时。"好人讲堂""道德讲堂""扶贫讲堂"开讲 800 多场次，为传播社会正能量、弘扬道德风尚和传承中华传统文化做出了积极贡献。

李俊生（左二）和理事、会员在检测点值勤   图源：新湖南

此外，李俊生利用专业知识继续调处矛盾纠纷，为社会安宁、家庭和谐贡献力量。他常说："协会好了，社会好了，我就会更好！"在李俊生的带领下，宜章好人协会用行动收获感动，用感动引领行动，先后获得"感动中国之感动湖南人物""中国最美志愿组织""扶贫好人军团"等荣誉。

不管是村民喜爱的法律工作者，还是美丽乡村设计师，或者是好人协会创始人，李俊生不忘初心、牢记使命，在践行新时代乡村振兴战略的新征程中，用真心、爱心、恒心筑牢为民服务的"根"和"魂"，不断把造福人民的事业向前推进。

陈新望

人物简介

　　陈新望，湖南"农民大学生培养计划"长沙分校 2016 级秋季农村行政管理专科专业学员，湖南通达生物科技有限公司总经理兼党支部书记。

所获荣誉

　　湖南省抗洪赈灾先进个人、长沙市优秀共产党员，其所创建的企业被全国工商联评为抗击新冠肺炎疫情先进单位。

初心之心在于行

什么是人的初心，这是人心底最深处的一种善意本能；什么是共产党人的初心，这是全心全意为人民服务的至高信念。身为企业主，心系百姓安危，志愿服务，捐款捐物，灾害面前，总见他忙碌的身影。他用实际行动，生动地践行着一名共产党人的初心。

一个好人就是一面旗帜，一群好人影响一座城，1978年出生，长沙市望城区黄金园街道桂芳村的陈新望就是一面旗帜。他积极投身公益事业，在助力乡村振兴方面做了大量工作。

＞ 企业家的初心

陈新望摸爬滚打多年，不断学习，不断尝试。他自学汽车维修技术，创办了汽车维修厂。通过刻苦学习钻研，他的修理厂收带徒弟20余人，逐渐成为当时望城县最大的汽车修理企业，并得到交通管理部门许可，具备货运车辆维修保养合格证颁发资格，汽车维修生意可以说是做得风生水起。但后来由于身体不适，他不得不退出了这个行当。

2010年4月，他投资兴办了长沙奕辉农业科技发展有限公司，从事农产品生产经营。陈新望知道，现代企业最需要的是管理、技术人才。"打铁还要自身硬"，他积极学习各项技术知识，先后两次到湖南农业大学进修现代农业管理，参加了湖南省绿色食品办公室组织的赴台湾学习团和多项其他业务培训。

2016年，他报考了湖南开放大学长沙分校的农村行政管理专科专业，由于学习认真刻苦，两次被评为"优秀学员"，管理能力和业务知识水平得到极大提升。奕辉公司在他的带领下，先后取得无公害产品、绿色产品认证，一举成为长沙市农业产业化龙头企业，成为望城区农业行业的标杆企业。

大学学习使他开阔了眼界，提升了境界。2017年12月，陈新望又创办了湖南通达生物科技有限公司,从事农林业病虫害防治、消毒防疫工作。由于行业的特殊性,陈新望迫切需要各项学习来提升自己和团队。在他的带领和号召下,湖南通达生物科技有限公司先后派员到全国各地参加培训学习,取得各类培训资质证书 60 余本,获得国家高级水平的技术职称 20 余个,为公司的发展与壮大打下了坚实的基础。通达生物科技有限公司也成功获得有害生物防治服务国家 B 级、白蚁防治服务国家一级、公共环境消毒服务国家一级、林业有害生物防治乙级等资质。公司先后成功加入"全国物业管理协会白蚁防治服务专业委员会""中国卫生有害生物防治协会""住建部建设教育协会""湖南省卫生有害生物防治协会""湖南省林业有害生物防治专委会"等,取得国家发明专利 2 项、实用新型专利 6 项、软件著作权 2 项,通过安全生产标准化企业、国家高新技术企业、ISO 企业认证,公司一跃成为行业之翘楚。

办企业的初心,当然是以营利为目的,将企业做大做强才有能力承担更多、更大的社会责任。从这一点看,陈新望无疑是成功的。他用了将近 20 年时间,将几个企业都做到了相当规模。

> 共产党员的初心

作为一名中共党员,陈新望从没忘记自己宣誓时的誓词。2019 年奕辉农业科技发展有限公司成立党支部,他兼任党支部书记。这是他新的社会角色。

党务工作与办企业大不相同,上任伊始,困难重重。首先是由于设施用房审批受限,缺乏固定的党支部建设场地。陈新望主动将自己新建的一栋民宅进行改造。为确保党支部工作的正常开展,陈新望在合理分配好党员之间的工作任务的同时,几乎承担了支部全部日常管理工作。在入党积极分子的培养教育、党员的考核鉴定方面,为避免小公司小支部在党员发展对象考察和名额分配上的用人唯亲现象,他严格按照"坚持标准、保证质量、改善结构、慎重发展"十六字方针,做到成熟一个发展一个。

抓党建,促发展。公司坚持每年开办创业培训班,引进新技术新种苗,指导周边村民 20 余人通过开办农家乐、养殖场等创业致富,发展周边村民到公司从事种植、养殖工作,为当地新增就业岗位 60 余个,年发放工资 40 余万元;

历年来共筹资修筑、硬化道路 5000 余米，彻底解决了周边 200 余户村民出行难的问题；积极参与精准扶贫工作，为贫困户提供就业岗位 4 个，使其年增收 20 余万元。

陈新望任通达企业党支部书记期间，在积极落实支部建设工作的同时，投入资金 50 万余元对支部阵地进行了高标准的打造，将一楼临街门面结合四、五楼进行整体打包设计，升级改造为党建活动场地，夯实了基层党组织建设基础。为解决党员理论学习的问题，他建立了通达支部学习专用群；建立了健身运动群，要求党员职工每日跑步运动打卡，规定月运动量，采取激励措施督促大家坚持运动、强健体魄。支部还积极开展适合青年的各类活动，让年轻人感受到党组织的温暖，有多名优秀员工递交了入党申请书。

共产党员的初心就是为人民服务。但党组织是一个战斗的集体，首先要管理好党员，使全体党员都能成为百姓的模范与榜样，然后才能为人民服务，为老百姓谋利益。作为 2 个企业的党支部书记，陈新望深知，自己首先是一名普通党员，然后才是党支部的带头人。他没有愧对信任他的同志，也赢得了百姓的信任。

陈新望在办公　本人供图

> ## 党支部书记的初心

2017 年，长沙望城区遭受前所未有的特大洪灾。接到区应急救援协会紧急通知后，陈新望带领党员们前往乌山南中垸开展救援工作，驾驶冲锋舟搜救被困群众，营救出被困屋顶的群众3名、被困残疾老人1名，转移被困群众300余人、物资20余吨。陈新望还积极组织党员职工捐款捐物，向灾区捐赠各类蔬菜20余吨，矿泉水、大米等1.5吨。

2020年防汛期间，陈新望带领党员志愿者队伍，利用业务专长，义务为大众垸、苏蓼垸防汛值守人员提供灭鼠灭蚊服务。为达到最佳的防虫灭鼠效果，陈新望及党员志愿者们放弃夜间休息、克服高温困难，连续工作十几个小时。

2020年新冠肺炎疫情暴发，陈新望放弃休假，主动请缨，成立湖南通达生物科技有限公司党员公益消毒志愿队，迅速投入疫情防控一线，在全区范围内开展公益消毒工作。累计为全区包含企业、敬老院、幼儿园在内的各机关、企事业单位及部分建档立卡贫困户开展公益消毒志愿服务120余次，出动消毒工程车150余台次、消毒员300余人次。2022年疫情期间，陈新望再次请战，在全区范围内开展公益消毒工作，从3月27日起，持续为区政府公共区域、高速防疫执勤点等处实施公益消毒至新冠肺炎疫情结束。

陈新望带领的湖南通达生物科技有限公司党员志愿者公益消毒、抗击疫情的优秀事迹，被众多媒体纷纷宣传报道。望城区融媒体中心、望城党建＋公众号、长沙党建公众、掌上长沙公众号、《湖南日报》新湖南客户端、红网时刻等都曾发文盛赞。

陈新望任职党支部书记的十几年间，一直坚持教导党员要有爱心、要心怀公德。在扶贫帮困、爱心助学、公益培训等方面，为爱心扶贫、119消防演练、商会联谊植树、服务疫情防控等付出了大量心血，作出了显著的成绩。

党支部书记的初心就是率先垂范，带领党员始终走在为人民服务的路上。陈新望认为初心之心，就是实干！

邓志民

人物简介

　　邓志民，湖南村（社区）基层组织人才定向培养——娄底分校2020级秋季行政管理专业学员，双峰县景悦商贸总经理。

所获荣誉

　　获华为云"全国青年人工智能社会实践"项目"青年有为"称号、"第五届全国跨境电商专业能力大赛"三等奖。

心若向阳　目之所及皆是光

当疫情来临的时候，他义无反顾投身抗疫一线；

在家乡需要助力的时候，他一再慷慨解囊。

他爱老敬老，是乡亲们心坎里的"亲人"，

在民族复兴的新征程上，他甘愿做一缕微光。

能力有大小，奉献无止境。作为一名个体工商户，邓志民经营的门店不大，挣的钱也不多，但他总是想着为社会做点什么。多年来，他以自己的实际行动生动诠释了什么是"有一分热，发一分光"，自觉践行了共产党员为人民服务的庄严承诺。

＞ 投身疫情防控显担当

2020年初，新冠肺炎疫情突如其来，给广大人民群众生命安全带来严峻考验。

疫情防控，人人有责。当得知市区招募疫情防控工作青年志愿者服务队，身为共产党员的邓志民，都没来得及跟家里商量，就迫不及待地报了名。一接到任务，他就放下手头工作，投身"疫"线，在城区人流密集区域开展文明行为宣传劝导，在疫苗接种点进行秩序维护、咨询告知、引导服务、留观察看，走街串巷张贴海报，普及疫情防控知识，入户排查跨区域流动人员信息……这些工作看似很细小很容易，但都要冒着被病毒感染的风险。疫情暴发前期，一旦被感染，那就是一场生与死的考验。邓志民从未退缩，每次都是闻令而动、听令而行。

他心系老家洪山殿镇的疫情防控工作。听说镇里防疫物资十分紧缺，口罩更是一罩难求，他忧心忡忡地自掏腰包3000元，通过私人关系购置了近千个口罩，第一时间将其送到了洪山殿镇中心医院医务工作者手上，缓解了医院的燃眉之急。

> 助力乡村振兴暖人心

近年来，洪山殿镇深入实施乡村振兴战略，协同推进产业兴旺、乡风文明、基层治理和环境整治工作，一批批美丽乡村、秀美屋场、美丽庭院不断涌现。

邓志民虽然在城里工作，家也安在城里，但他生在农村，长在农村，对家乡有着难以割舍的感情。对于家乡的建设发展，邓志民总是密切关注。看到家乡越来越美丽，村里越来越富裕，他打心眼里高兴。在家乡需要他出钱出力的时候，他总是尽己所能，决不推辞。得知村里为了改善人居环境，正在实施卫生环境整治、村道亮化等项目，资金出现不足，他在不顾自身受疫情影响，并面临资金压力的情况下先后支援村里建设资金2万多元。

工作之余，他也会不时从城里返回老家，了解村镇的情况和困难，帮助献计献策，发挥热量。他不怕脏不怕累，不管是上山，还是下地，只要是自己能干的，都愿意去干。他多次参与涟水河新湖段河道清理工作，为守护好家乡的一江碧水贡献了一份力量。

> 关爱老年人群受赞扬

随着我国经济发展，城市化的快速推进，大量农村青壮年进城打工就业，老人留守和独居现象十分普遍。洪山殿镇新湖村也存在这样的现象。

由于邓志民十分关心家乡建设发展，新湖村村支两委特意邀请他在村里担任职务。邓志民从自身的工作和特长出发，主动请缨，担任新湖村老科协和教育基金会会计，一个是为老年人做服务，一个是与青年学生打交道，他觉得都很有意义。走马上任后，他经常进村入户，熟悉村里留守老人特别是独居老人的情况。他时刻挂念这个特殊的群体，知道他们生活非常不容易，但也能够理解这些老人儿女的困难。他想力所能及地为这些老人做些事情。每次返回村里，他都会走访几户，与这些留守在家的爷爷奶奶叔叔阿姨叙叙话，谈谈心，拉拉家常，帮忙打扫打扫卫生。每年重阳节，他会定期回到乡里，除了看望自己的父母，就是走访慰问这些空巢老人，给他们送去节日的问候和温暖。在这些老人的心里，小邓就是自己的亲人。

2020 年，经村支两委和基层组织部门推荐，邓志民成为湖南开放大学的一名农民大学生。他十分珍惜难得的学习机会，妥善处理学习与工作的关系，刻苦学习，积极钻研，做到了工学互促、学用结合。

邓志民谦虚地说，自己实在很平凡，能力也很有限，但他愿意为社会奉献出自己那一点微弱的光。他说，光虽微弱，总也有照亮别人的时候。

李星

人物简介

　　李星，湖南"农民大学生培养计划"株洲分校 2017 级秋季农村行政管理专科专业学员，开放教育 2020 级春季行政管理本科专业学员，株洲天元区雷打石镇先锋区域联村党委书记，伞铺村党总支书记、村主任、妇联主席。

所获荣誉

　　入选"湖南好人榜"，曾获株洲市"文明家庭""株洲市优秀党务工作者""创建全国文明城市工作先进个人""巾帼文明岗"等荣誉称号。

"拼命三郎"女支书

她是启明星，十年"唤醒"昏迷丈夫；

她是皓月，洒下希望和期盼，打赢抗疫大决战；

她是曙光，指引村民前行的方向。

2016年，株洲市天元区雷打石镇东林村和金塘村合并为伞铺村。在2017年村两委换届中，"霸得蛮""吃得苦""经得磨"的"辣妹子"李星高票当选为伞铺村党总支书记。虽然当时大家对李星的性格和品质比较熟悉，但对于李星能否当好合并村发展的"带头人"，也有不少村民持迟疑态度。面对质疑，李星没有过多的争辩，真诚地对村民说："给我半年时间，如果表现不好，我主动让贤，谁能谁上。"

为了使党群工作一条心，李星几乎走遍了伞铺村37个组的每家每户。仅两周时间，37个村民小组全部召开了小组会议，全面收集村民的诉求和建议。李星带着村干部一一梳理，能解决的及时解决，不能解决的及时向上级汇报。她通过分工把党小组、村民小组划分到每个班子成员工作职责上。原本乱如麻的工作很快被李星梳理顺畅了。

担任村党总支书记之前，李星一直在外务工，没有从事过村级工作，一下子要管理2600多人，角色发生了360度的大转变。李星深知打铁还需自身硬，她于2017年6月进入湖南开放大学就读于农村行政管理专科班，照着书本学管理，带着难题上大学，充分利用开放大学学习资源和网络学习平台，结合自身工作岗位的实际情况，认真学习农村行政管理中的各项政策法规和各种工作方法，也因此拥有了最有力的"武器"。

2020年2月，李星继续在湖南开放大学深造，攻读行政管理本科专业。通过不断学习和创新工作方式，在她的带领下，村级各项规章制度不断完善、党组织的战斗力不断增强、班子整体素质不断提高。5年时间里，伞铺村由软弱涣散村蝶变为优秀村，获得"市级美丽乡村""市级同心美丽乡村""市级最美庭院示范片区"等荣誉称号。在她的带领下，支村两委扎扎实实为老百姓做了很多实事，原来的质疑声都变成了拥护声。

大家眼中雷厉风行的女汉子李星，总有愧对女儿的时候。在 2020 年新冠肺炎疫情防控中，李星每天带领社区党员、志愿者坚守防控疫情一线，开展常态化巡查，并时不时到困难群众家中走访，解决他们日常生活的实际困难。大年初六是女儿的生日，因为没有好好陪伴她，女儿当天闹起了情绪："妈妈，你从年前至今天一直上班也不休息，请问谁在你心里最重要呀？"尽管对孩子有愧疚，但李星的回答依然是："工作中妈妈的职责和使命最重要，因为我是一名党员，回到家里你最重要。"

李星（右四）与工志愿者们日夜坚守在抗疫一线　图源：网易

李星（右三）与党员们为医护人员送新鲜蔬菜　图源：网易

　　在家里，李星却是贤惠的好妻子。2010 年，李星丈夫陈应龙在务工返家途中发生了车祸，情况十分危急。医生表示，要么做开颅手术，但很可能出不了手术室；要么保守治疗，但也许会变成植物人。李星决定选择保守治疗，"就算变成植物人，至少我能陪伴他一辈子"。接下来的日子，李星没有抱怨生活对她的不公，为长期昏迷在床的丈夫筹钱治疗，陪伴丈夫做康复训练。在她的悉心照料下，丈夫竟然苏醒过来并日渐好转。为了偿还治病欠下的债务，李星办起了养猪场，同时在家附近做零工。她用辛劳让这个家庭重新焕发了生机。目前，李星丈夫已能够做点简单的家务。陈应龙说："是我老婆给了我第二次生命，让我有活下去的勇气和信心，我永远支持她，她是我生命中最亮的一颗星。"夫妇俩相濡以沫的励志故事一直被传为佳话。

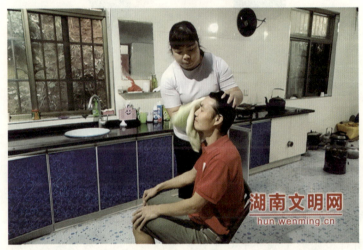

李星照顾昏迷后苏醒的丈夫　图源：湖南文明网

汤俊杰

▎人物简介

　　汤俊杰，湖南"农民大学生培养计划"长沙分校2021级行政管理（村镇管理方向）本科专业学员，长沙市天心区新村阳光志愿服务中心主任，长沙市天心区残残疾人专职委员。

▎所获荣誉

　　中央文明办见义勇为"中国好人"、第十三届中国青年志愿者优秀个人、湖南省优秀共产党员、 湖南省"最美文明实践志愿者"、长沙市第六届道德模范、长沙市"见义勇为先进个人"、长沙市优秀青年岗位能手。

生而弱者，却凝聚起滚石上山的力量

不幸降临他的门，但他帮别人打开了窗，

饱经人间的沧桑，戴义肢一身义气，

他向阳而生，温暖了人世间。

"只要我不患重病，我就会把志愿服务工作一直干下去。"

2017年10月的一个下午，长沙市天心区新村阳光志愿服务中心主任汤俊杰到南托街道融城社区蛋糕店买蛋糕时，闻到浓烈的煤气味。店主余群突然倒地，口吐白沫，不省人事。在汤俊杰的救助下，店主顺利脱离危险。

> 不平凡的遭遇造就"不平凡"的他

汤俊杰有一个特殊的家庭，奶奶彭爱华，听力障碍；父亲汤继伟，肢体残疾；母亲王艳红，视力残疾；妻子王霞，智力残疾；儿子汤凯瑞，自闭症。

1987年，汤俊杰2岁时被确诊为先天脊髓栓系综合征，后来病变成马蹄内翻足，行动不便。小时候的他一直是盘着双脚走路，双脚也经常严重溃烂，痛苦不堪。2006年底，汤俊杰装卸货品时，一辆疾驰的货车把他撞倒，身体受到了严重伤害，后来引发反复发炎及感染，不得不于2007年进行了双小腿截肢手术，为肢体三级残疾。当年，家里靠奶奶、母亲二人通过养猪、种田维持生计，生活十分贫困。2008年，汤俊杰通过政府购买项目，免费安装了假肢。假肢安装，让其燃起了生活的希望。之后，他每天打四份工，撑起了一个"残疾家庭"。他还是暮云街道怡海、卢浮、丽发、云塘、华月湖社区等5个社区的残疾人专职委员。他扶残助残，用自己的亲身经历来鼓励别人。他说："我要让广大群众都看到，残友们的生活一样可以'不平凡'。"

戴着义肢的汤俊杰　图源：中国政府网

> 残疾人朋友的"跑腿"小哥

安装假肢后，为感恩党和政府对自己雪中送炭，汤俊杰多次主动请缨，志愿加入抗洪抢险，负责转移居民到安全地点，看望守堤护堤的志愿者们，送上用手工义卖凑钱购买的慰问物资。2015 年任职残疾人专职委员后，他积极参加助残帮扶活动，帮助行动不便残疾人出行、就医等，照顾智障、精神病患者，发起"99 公益日"等公益众筹，通过资源链接累计为残疾人带来了 10 多万元的福利。在岗位上，他不仅经常开车接送残疾人参加各类公益活动，还鼓励他们主动融入社会，寻找就业岗位。他近 6 年穿坏了 6 副假肢，走入天心区内 1 千多位残疾人家里，为 200 余位残疾人送去了辅具、临时救助物资和就业岗位。他说："只要我还走得动，就会一直帮残疾人'跑腿'下去。"

> 阳光服务暖人心

2021 年报读湖南开放大学行政管理（村镇管理方向）本科专业后，汤俊杰为民服务的愿望更加强烈。他牵头成立了长沙市天心区新村阳光志愿服务中心。起初，汤俊杰花费大量的精力完善团队，还坚持自始至终参与团队的志愿服务活动。他看到许多残疾人买菜不方便，就把家里的蔬菜、食品送到残疾人家里。目前已累计服务残疾人 1200 人次，募集扶残助残帮扶资金 30 万余元。

他组织开展了一系列形式多样的扶残助困活动与乡村振兴活动。30 余位残疾人通过服务中心开展的"微心愿"实现了愿望。2000 余名中小学生参加了"小小菜农"义卖活动，为残疾人售出滞销农产品 10 万余斤；通过服务中心带货，为 18 户残疾人和建档立卡户年均增收 1 万余元，最多的达到 6 万余元。

新村阳光服务中心　图源：搜狐网

涓流虽寡，浸成江河；爝火虽微，卒能燎野。2020 年新冠肺炎疫情期间，汤俊杰组织志愿者加入抗击疫情阻击战中，他连续 60 个小时未合眼，用 4 万多元抢购了 1.6 万个口罩无偿捐给了社区、公益机构和困难残疾人；在居民购菜困难时期，他无偿捐出自家 300 多公斤蔬菜，还带动本地村民志愿者捐出了总计 2500 余公斤蔬菜。2020 年 2 月，他主动交纳党费 2000 元，向长沙市青少年发展基金会捐赠价值 3200 元的消毒液；发动服务中心的志愿者捐款捐物 3 万余元；组织了一支 10 余人的消杀队伍，为助残机构做消杀工作，累计服务时长达 3000 余小时。

聂理华

▶ 人物简介

聂理华，湖南"农民大学生培养计划"娄底分校2017级秋季农村行政管理专科专业学员、开放教育2021级春季行政管理本科专业学员，娄底市涟源市湖泉镇川门村党支部书记、村委会主任。

▶ 所获荣誉

湖南省第十二次党代会代表，曾获"涟源市三八红旗手""涟源市劳动模范"、涟源市"优秀共产党员"荣誉称号。

女企业家当上村支书　"穷"了自己"富"了乡亲

她丢掉"金钵钵"，端起"泥饭碗"。

她是"女汉子"，让落后村成为一张靓丽名片，

依靠顽强的斗争精神，她撑起了川门"半边天"。

生于 1978 年的聂理华，以 39 岁为界，她的人生可以分为两个篇章。39 岁以前，她是在异乡打拼的创业者，用 14 年的时间，一步步走到总经理的位置。39 岁以后，她回乡担任村支书，带领全村人共同致富。

＞ 商海弄潮巾帼志　致富桑梓女儿心

1997 年，年仅 19 岁的聂理华下岗了。这一年她与丈夫进城创业，先后在北京、长沙创办了湖南三耳重工科技发展有限公司，经过打拼，公司越做越大，拥有多项专利技术，产品畅销全国，并远销北美、中亚和东南亚各国。聂理华也被推选为湖南省五金机电商会副会长，成为大家眼里的女强人。

但一次看似平常的回家探亲，让她的生活轨迹发生了改变。2017 年春节，聂理华回家探亲，发现家乡川门村基础设施破旧，年轻人游手好闲，村干部各自为政，公益事业无人问津，川门已然成为全镇的落后村。面对此情此景，她心存愧疚，萌发了一个大胆的念头：回村里去，带领大家好好干，让家乡旧貌换新颜！

说干就干。她不顾家人的反对，放下公司所有的事务，将公司交给丈夫打理，毅然回到家乡，换下洋装穿蓑衣，脱下皮鞋换草鞋，接过了川门村党支部书记这个重担。

聂理华当选湖南省第十二次党代会代表　图源：中共涟源市委组织部公众号

> 因地制宜谋发展　文化兴村聚民心

作为企业家，聂理华深知，要想摘掉川门村的穷帽子，必须因地制宜，充分利用本地优势，以文化兴村，以教育强村，以产业促发展，带动全村脱贫致富。

为了发展产业，聂理华拿出当年干企业的拼劲，自费组织村里的能人去浙江、山东等地考察，引进新技术、新品种，成立了种养殖专业合作社。村合作社种植的黄金茶带动了村民就业，年人均增收 3000 多元，贫困人口全部脱贫。

她充分利用川门村的自然资源和特产，积极发展产业，成立种养殖专业合作社，栽种樱桃和黄金茶叶，注册了"川门黄金"商标，川门蜂蜜、川门茶油、川门樱桃、川门大米、川门谷酒等相继走向市场。同时，她以省级森林公园包围山为依托，利用盘古寨、溶洞打造乡村旅游文化；以老红军聂昭良出生地打造红色文化；以川门村独具特色的食材和风味打造饮食文化，助力产业发展，增加村级收入。

聂理华认为，村民富了，村容美了，但更重要的是在抓好物质文明的前提下，进一步搞好精神文明建设，以文化兴村，以教育强村，让村民的腰包鼓起来，让村民的脑子"富"起来。她牵头搭起了百姓大舞台，组建了新时代文艺宣传队，还专门创作了村歌《美丽川门等你来》。从 2018 年开始，每年举办村春节联欢晚会，全村男女老少齐上阵，表演形式丰富多彩，其中还穿插一些有奖问答活动，向村民普及防溺水、反电诈等知识，"川门春晚"成为名扬湘中的一张靓丽名片。2021年举办的庆祝建党百年的川门文艺晚会中，广大村民唱红歌，跟党走，唱响时代主旋律，展示了积极向上的精神风貌。她还定期邀请市镇宣讲团开展"涟水好故事""文明大宣讲"等活动。通过一系列的活动，她将全村人"拧"成了一股绳，激发出了勤劳勇敢、艰苦朴素、吃苦耐劳的"川门精神"。自此，她还在村里建立了村环境卫生工作常态化管理机制，禁燃禁炮，移风易俗。自此，社会治安明显好转，文明新风温暖全村。为了让山里娃在家门口就能够上好学，聂理华发起成立奖学教育基金会，自己带头捐资10万元，组织村里贤达人士捐款献爱心，实行奖教励学制度，全村奖学助学蔚然成风，川门小学的基础教育设施也"硬"了起来，方便了村里的小朋友们就近上学。

聂理华和村小学的学生一起包粽子、讲习俗　图源：搜狐网

> 撸起袖子加油干　攻坚克难有担当

川门村有一条长约4公里的环村土马路，年久失修，晴天灰尘滚滚，雨天宛如沼泽。聂理华多次请上级领导来村里实地考察，终于跑来了专项资金。为了早日把路修好，聂理华除了开会，一有时间就守在工地上，抢时间，抓质量，2019年春节前夕，环村公路终于得以硬化。

2020年，新冠肺炎疫情凶猛来袭。作为党支部书记的她一直冲在第一线，每天带领党员和"查防保"志愿服务队队员让"村村响"响起来、"村村通"走起来、村级微信活起来，把科学防疫的声音和知识传到了家家户户。当得知村里的五保户因疫情防控采购生活物资不方便时，她立即上门送粮油、衣服、水果等生活物资，给他们提供关怀与帮助。为了解决村里疫情防控经费不足的困难，聂理华将家中托朋友在国外买来的医用口罩用于村里的防疫工作，并带头捐款 3000 元。在她的号召下，短短几个小时内，村里就筹集了 9000 元，有效补给了村委的疫情防控物资。接着，她又把自己珍藏多年的价值 18000 元的宝石饰品在自己的朋友圈义卖，筹款 12000 元，全部捐赠给娄底市红十字会用于疫情防控工作。聂理华带领全村党员用脚力摸排疫情，用耐心说服群众，用真情组织抗疫，筑牢了疫情防控第一道防线，成功创建"无疫村社区"，她本人也上了抗击疫情"娄底好人榜"。

如今，川门村由穷变富了，贫困户由穷变富了，聂理华却由富变"穷"了，但聂理华无怨无悔，她觉得这样的"穷"，"穷"得心甘，"穷"得值。

叶世玉

▶ **人物简介**

　　叶世玉，湖南"农民大学生培养计划"怀化分校2012级秋季农村行政管理专科专业学员，怀化市辰溪县后塘瑶族乡丹山村党总支书记。

▶ **所获荣誉**

　　湖南省第十三届人民代表大会代表、湖南省优秀党务工作者、怀化市优秀村（社区）组织书记、第三届怀化市十大道德模范提名奖，入选"湖南好人榜"，被评为怀化市打好"三大攻坚战"和执行急难险重任务先进典型。

文明乡村的"三贴"书记

　　贴钱、贴工、贴命，他是群众心中的"三贴"书记；求知、敢拼、实干，他摸索出了山区发展的"丹山模式"。

　　瑶汉一家亲，团结心相连，他带领村民创造出了石榴一样红火的日子和甘甜的未来。

　　"爱国爱家，遵纪守法，弘扬正义，远离毒品……"走进怀化市辰溪县后塘瑶族乡丹山村这个瑶汉群众杂居的小山村，在任何一户村民家中，都会看到墙壁上贴着村里统一的家训。2022 年，这份全村共享的家训获得怀化市清廉家规家训评选活动一等奖，为这个先后获得过县市文明先进村、省民主法治示范村、省乡村振兴示范村、全国基层群众自治示范村等称号的山村新增了一项荣誉。

　　"能办事、肯办事，说话作数，群众信服！"村民提到丹山村的变化，总会说村里发展离不开历任村班子的辛勤工作，离不开叶世玉这位"三贴"书记的无私奉献。

　　2007 年就开始担任村支书的叶世玉因为工作上经常"贴钱、贴工、贴命"，被群众和媒体称为"三贴"书记。贴钱，自担任村支书以来，他为村集体公共建设项目先后垫资了近 100 万元、为公益事业捐款 6000 余元；贴工，为了节省村里的资金，他成为村里的义务卫生检查员、义务水渠管护员、义务水电维修工；贴命，在 2010 年 5 月的抗洪抢险和 2011 年 7 月的抗旱中，他都与死神擦肩而过。

　　发展乡村经济，建设文明乡村，光靠苦干可不行。这一点叶世玉在工作中深有体会。当他得知农民也可以读大学时，已年届 46 的他，坚决要求参加"农民大学生培养计划"。经县委组织部特批，叶世玉成为湖南开放大学怀化分校辰溪县教学点 2012 级农村行政管理专科专业班上唯一的超龄学员。入学之前，他几乎没摸过电脑，为了掌握上网学习技能，花了别的学员三四倍的时间摸索，硬是凭着一股不服输的蛮劲，在 2015 年 1 月以优良的成绩毕业，其思想认识、理论水平、管理技能都得到了同步提升。

"三贴"书记带头参与灾后重建　图源：湖南文明网

在抓经济发展上，他带领班子成员成功地摸索出了一条"以水稻种植为基础、以特色种养为驱动"多渠道并存的山区经济发展之路，形成了"丹山模式"。他先后五次组织干部群众共 70 余人次到溆浦、隆回、邵阳、广西等地考察学习种植、养殖技术。改良后的茶油、柑橘、药材、晒红烟种植已见规模效益，丹山短尾猪养殖已成地方品牌。同时以"公司＋农户"的形式成立了丹山村生态种养合作社，村民自愿加入。目前，合作社的中药材种植、700 亩原生态优质水稻种植、"莲＋鱼"套养 3 个项目初具规模，已见效益。村里还抓住"湖南思蒙国家湿地公园"建设的契机，依托"思蒙国家湿地公园"一衣带水的丹霞景观，联合邻村共同成立了旅游开发公司，共同发展乡村旅游。

在抓文化建设上，他带领村支两委运用民族团结攻心术，把 5 个自然村、12 个村民小组、叶米钟朱等 15 个姓的 1200 余名汉瑶村民紧紧地团结成一个和睦的大家庭，成功地消弭了与邻村存在的历史宿怨和隔阂；采取综合治理组合拳，通过"明晰责任—常态检查—客观评比—严格奖惩"4 个步骤，把综合治理、文明创建深入贯彻到村支两委的日常工作中，融入村民的日常生活中，实现了全村 10 年无刑事案件和目标。

在抓村容村貌治理上，他带领村民修筑连接辰溪县后塘瑶族乡至溆浦县思蒙镇的水泥公路，修通了青垌溪、姚家冲等 5 条机耕道，村组道路全面硬化；新建 4 座人行便桥、210 平方米的群众活动中心、800 平方米的群众活动广场，在村道及村内空闲坪地栽植景观树 1000 余株；固化成形村内排水沟 14 公里，修建 6 个垃圾池，实行垃圾集中处理；安装集中控制路灯 116 盏，实现了全村集中供水，建成沼气池 43 座。

教师节叶世玉慰问丹山村小学教师　图源：新湖南

叶世玉的号召力来自他的言行一致。从担任村支部书记伊始，他就向村支部党员和全体村民郑重地承诺：村支两委每年为村民办三件实事。10 余年来，在他的带领下，所做的承诺一件一件得以兑现。他在新农村建设、脱贫攻坚、乡村振兴中的突出表现，得到了组织的充分肯定。

石英超

◢ 人物简介

石英超，湖南"农民大学生培养计划"湘西分校2020级秋季茶艺与茶叶营销（茶叶评审与营销方向）专科专业学员，保靖县吕洞山镇黄金村党总支书记。

◢ 所获荣誉

湖南省优秀共产党员、湖南省三八红旗手、湘西自治州茶叶协会十佳制茶师等。

泥土地里走出"黄金"路

岁月酿成了茶的味道，茶散发出灵魂的清香。

她带着清新的茶香走来，不畏艰辛、敢闯肯干，从泥土地里走出一条"黄金"路。

她的盈盈笑脸蕴藏着喝过的茶、走过的路和读过的书。

"水也是路，山也是路，早起三点半，归来星满天。"这是流传在吕洞山下各村寨的顺口溜，也是百姓生产生活的真实写照。地理位置偏、基础设施差、产业发展弱等更是制约村子发展的主要因素。随着湖南"三高四新"战略的提出和着力打造湖南千亿级茶产业集群，黄金村作为湖南名茶保靖黄金茶原产地和主产区，石英超抢抓机遇谋发展，带领村民从大山深处的泥土地里走出一条"黄金"路。

石英超在茶园 图源：湖南开大学工心声

> 抢抓机遇，田间地头谋"生机"

2003年春节，回家过年的石英超偶然听家人说起，经过一批科研人员艰苦攻关，黄金茶大面积推广、种植成为现实。"家里原本就有几亩茶叶地，就从种茶、管茶、制茶开始做吧！"石英超放弃外地工作，把家中最好的田留出来种茶。2007年，保靖黄金茶叶有限责任公司落户黄金村，石英超认为这是黄金茶种植的重大机遇，她四处"走亲访友"流转土地，说服村民"让"出水稻田来种植茶叶。创业是一项极具挑战的事业，一个人能在创业道路上勇敢前行离不开心中的信念与坚持。石英超看好家乡的茶产业，敢想敢做，为和她一起干的乡亲们免费提供茶树苗，只要村民肯出力，所有风险她承担，卖苗的收益大家一起分。这样的诚意打动了大家，石英超种植黄金茶的面积一下子扩大到50亩，同时她买下了黄金村第一套茶叶加工设备。"看到种植茶卖得这么好，到种茶、炒茶过程中有不懂的问题都来问你，你都帮我们耐心解决了。我们都相信你。"这是村民对石英超的信赖。2021年，在全村乡亲的拥护下，石英超担任了黄金村党总支书记，为了让村民们都能够赶上茶产业发展带来的红利，但凡涉及茶园采摘、肥培、加工、病虫害防控等工作，她都亲力亲为。在石英超的示范带动下，村里的黄金茶进入快速扩张的"黄金期"，茶园种植面积由50亩发展到900亩。

> 勤学苦练，求知路上强发展

石英超为适应农村工作新形势、新要求、新特点，她始终坚持把学本领、强能力作为做好本职工作和带领党员群众共同发展的重要法宝。她自费参加各类培训，获得高级考评员和高级茶艺师资格证书，并于2020年报读了湖南开放大学"农民大学生培养计划"湘西分校茶艺与茶叶营销（茶叶评审与营销方向）专科专业的学习，再一次踏进校园。在这里，她进一步接受了茶叶种植、加工、销售等专业知识的学习，还依托学校的平台，参加农村致富带头人、村官示范、茶园培管加工技术等一系列培训班的学习。通过一次次充电，她实现了自身素质的快速提升，为引领党员群众走上高速发展之路夯实了基础，真正成为黄金村党员群众发展致富的"领航人"。她说："我希望活到老学到老，不断汲取新的理念和知识，更希望年轻人都能参与到学习中来。"在她的带领下，村里有相当一部分年轻党员群众也都积极参与学习，热爱学习，并能将所学知识运用到实践中。

石英超在庆典活动现场　图源：湖南开大学工心声

> 产业振兴，泥泞之中见"茶香"

创业从来都不是一帆风顺的，是在风雨和泥泞中一步一个脚印走出来的。石英超也曾碰上连月大雨导致茶树苗全部死亡的"天灾"。"从哪跌倒就从哪爬起""不要放弃，既然做了就要做好"，体现了石英超坚韧不拔的决心和持之以恒的毅力。随着政府产业扶持政策相继出台，基地迎来了新一轮黄金茶种植采摘黄金期，她抓住机遇，重整旗鼓，创办了"保靖县壤寨古茶坊家庭农场"，采用"党员干部＋合作社＋建档立卡户＋互联网"的模式，建设了一条半自动茶叶生产线，发展茶叶基地 500 亩，拥有入选省级非物质文化遗产代表性名录的 120 平方米的"保靖黄金古茶制作技艺"传习所 1 个、"保靖黄金古茶制作技艺代表性传承人"1 人，成功完成了茶叶类商标"领赛河"的注册，开始走品牌发展的道路。饮水思源，自身发展了的石英超，时刻心系广大的父老乡亲，带领黄金村村民，特别是 20 户 135 名建档立卡贫困人员，发展保靖黄金茶产业，使得全村 3000 多人走上了奔小康的致富路。农场于 2014 年被湘西土家族苗族自治州人民政府列为非物质文化遗产生产性保护基地，2018 年被评为湖南省省级示范家庭农场创建单位，2019 年被评为湘西自治州茶叶协会会员单位，2022

年被湘西土家族苗族自治州州委列为青年创新创业示范基地。

　　石英超常常带着农场社员辗转于各地举办的大型农产品交易会和茶业博览会，积极向外界宣传家乡特色优质农产品。对于未来，她满怀信心，希望可以带着自家产的黄金茶走出国门，走向世界。

陈各辉

人物简介

　　陈各辉，湖南"农民大学生培养计划"永州分校2018级秋季工商企业管理（乡镇企业管理方向）专科专业学员，宁远县高源舜陶作坊坊主。

所获荣誉

　　曾被中央电视台《行走中国》栏目、湖南卫视《午间新闻》等报道，是永州市"高源舜陶制作技艺"市级非物质文化遗产代表性传承人。

继绝学　谱新篇

怀揣崇高使命，他改行换岗，子承父业，

践行工匠精神，他遍访名师，矢志卓越，

他使高源土陶重现荣光，走向远方。

随着时代变迁，土陶生产早已淡出现代人的生活，很多时候只能在博物馆或文物市场依稀见到它的身影。而在宁远，却有这么一个人，他立志恢复和重现这门古老的生产技术，让中华陶艺在这片浸润了"舜文化"的土地重现辉煌。他，就是古陶生产工艺传承人——陈各辉。

> 接手传承

陈各辉，1983 年出生于宁远县天堂镇高源村。高源是个有着数百年制陶传统的村庄，村里至今还有老辈人遗留下来的数口百年陶窑。陈各辉就是该村自清朝至今祖上五代均为制陶农工商人的典型代表。

然而，陈各辉成为家族陶坊继承人却经历了一番波折。1999 年，他中学毕业后去了广东一家家具厂打工，凭着吃苦耐劳和勤奋钻研的精神，不久就当上了部门主管，有了丰厚的待遇。可每当逢年过节回家省亲时，他发现村里的制陶艺人越来越少，制陶业逐渐荒废，心里总不是滋味。他深知，手工制陶技术是祖先留下的智慧结晶，是数百年的非物质文化遗产，一旦失传将造成极大的损失。想到这些，陈各辉毅然决定放弃家具厂的丰厚待遇，立志担起传承这一非物质文化遗产的重任，回到家乡重振祖先的百年基业。于是，他主动从父亲手里接过了陶坊工厂的经营重担。

> 拜师学艺

万事开头难。刚接手时，陈各辉发现老工场规模小，地理位置偏，已经处于非常落后的状态，必须进行改造。于是他果断决定废旧推新，淘汰旧工场，新建窑洞，办起了高源舜陶作坊新工厂。

从古至今，手工制陶都是一门完全凭口传身授传承的生产技艺，工艺十分复杂。为了掌握手工制陶及烧制技艺，当好这个厂长，陈各辉首先艰苦求学了3年，四处走访县内外的老艺人和本地瓷厂（已破产改制）的老工人，并到长沙铜官窑和佛山石湾拜师学艺。

为了扭转使用土陶器的客户减少、日常土陶淡出人们生活的局面，陈各辉学成归来第一件事就是面向市场着手研发新产品，先使陶作坊工厂生存下来，再将土陶生产发扬光大。经细致考察，陈各辉决定把仿古陶作为主打方向。他从村里聘请3名有着40余年制陶经验的老师傅，从郴州聘请多位老艺人一同参与仿古陶的研制，还从佛山高薪聘请了陶瓷工艺师前来作技术指导。功夫不负有心人。经过反复练习和无数次炼制实验，他们终于攻克了选土、拉坯、加工、干燥、烧制等难关，掌握了仿古陶烧制技艺。2010年，当第一窑仿古陶烧制出来且成功率达80%以上时，陈各辉内心的喜悦无法言表。

经过多年的生产实践和不断的工艺改进，高源舜陶作坊工厂规模不断扩大。所烧制的仿古盆、瓶、钵、坛、瓮、壶等中小陶器，由于造型新颖美观，深受普通家庭的喜爱；高1.5米以上、一次成型的大型陶器也得到香港、台湾等客商的青睐。

陈各辉在搬运刚出窑的陶器　图源：新华社

> ## 申创非遗

高源土陶一步步的成功，引起了地方党委政府的关注和重视，经县、市非物质文化遗产保护中心的悉心指导与严格考核，2014年7月，高源土陶制作技艺成功申报为宁远县市级非物质文化遗产；2016年12月，陈各辉被授予高源土陶制作技艺市级非物质文化遗产代表性传承人荣誉称号。

为了传承和传播高源土陶技艺，在相关部门支持下，高源舜陶作坊从2017年开始，推出"土陶制作艺术特长学生采风实训"及"幼少儿亲子教育"2个项目。活动推出5年来，先后接纳20余批次高校师生、高考美术专业考生等前来参观学习、实践体验，产生了良好的社会反响。

2017年，陈各辉与本县另外2个非遗项目传承人毛刘军、唐杰在位置优越、交通便利的县城中心位置，联合社会力量投资建设，创办了"公共艺术惠民地"——宁远非遗馆。宁远非遗馆常年展出高源土陶制作技艺、九嶷木雕、蝴蝶画制作技艺、宁远篆刻、宁远竹编、石刻拓印技艺、珠算、剪纸等非遗项目相关道具、实物，及宁远籍书画名家的书法、美术作品；不定期举办土陶、木雕、蝴蝶画等非遗项目体验活动；举行国学、书法、美术、音乐、瑜伽、旗袍礼仪等公益培训，组织古琴、古筝等民乐欣赏音乐会与艺术沙龙，兼做艺术创作与写生基地，成为集创作、交流、展览、体验等于一体的公益场所。

高源土陶的名气越来越大，宁远、永州、湖南各级新闻媒体、电视台多次宣传报道，前来采风体验古代技艺的人越来越多，宁远非遗馆也一跃成为网红打卡地。

陈各辉在展示创作的精品陶器　图源：新华社

> **研发墨陶**

在耀眼的成绩面前，陈各辉始终保持清醒的头脑。他深刻地认识到，土陶技术要传承，陶坊要生存发展，陶艺要具有长久的需求魅力，就必须研发新产品。为此，陈各辉经多方探访，有幸结识了宁远籍著名画家郑炎风。二人经过数月切磋琢磨，反复试验，共同研发了一种新的土陶艺术产品——墨彩土陶，并成功烧制出墨彩土陶器品。

无色处土味平和、有色处窑变多样的墨彩土陶，古朴、深沉、色彩绚丽，将传统制作和当代艺术融为一体，填补了土陶将国画融进大写意墨彩的空白。墨彩土陶的出现，在非遗和当代艺术天空里，画出了一抹独特亮色。

2018年9月，经宁远县委组织部推荐，陈各辉成为湖南开放大学的一名农民大学生。2021年1月，他顺利毕业。他发自内心地感恩母校。通过2年多的系统学习，他的知识水平、思想境界有了新的飞跃，他站得更高了，看得更远了。现在的他有一个梦想：那就是要研制生产更"高大上"和"精细好"的新陶器，与宁远文化产业更好地结合起来，让这门古老的手工业非物质文化遗产与本地文化旅游共同发展，走出湖南、走出国门，走向世界！

黄翠兰

人物简介

　　黄翠兰，湖南"农民大学生培养计划"永州分校2019级春季农业经济管理专科专业学员。瑶族织锦研究基地负责人、江华瑶族自治县古瑶工艺品公司创始人、湖南科技学院美术与艺术设计学院外聘教师、江华大路铺镇鹅塘村妇女主任。

所获荣誉

　　瑶族织锦第五代传人、市级非遗项目代表性传承人、永州市民间文艺家协会会员，作品《繁花似锦》荣获湖南省第一届少数民族传统工艺品大赛一等奖，作品《蓝调调》获得江华瑶族自治县最巧织娘比赛一等奖。

在文化传承中找寻共同致富的密码

守艺还需传艺，作为民间"守艺人"，以其灵慧与责任心，传承民族技艺，赓续文化血脉；物阜必要富精神，作为农民知识分子，她以其坚韧与担当，带领村民共同走上致富路。

黄翠兰自幼跟随瑶族织锦大师黎柳娥学习瑶族织锦，她始终牢记着一位民间"守艺人"的初心和使命，用真情和汗水保护、传承、推介瑶族织锦。

＞ 我是"非遗"守艺人

江华瑶族织锦"八宝被"是我国民族织锦工艺的精品，工艺独特，蕴藏着瑶族人民的精神理想和追求，具有丰富的文化价值，被誉为"少数民族织锦的活化石"。瑶族织锦"八宝被"制作技艺在 2016 年 5 月被列入湖南省省级非遗项目。

黄翠兰从小就对织锦刺绣感兴趣，11 岁便开始跟随母亲学习织锦刺绣，后拜织锦大师黎柳娥为师，专心学习瑶族织锦技艺。为了更好地学习传承瑶族织锦技艺，她还多次主动外出参加培训学习，开阔眼界，学习经验，弥补不足。看到传统技艺不断流失，她深感不安，利用有限的资金收集瑶族织锦老物件 160 余件，整理归纳传统图案近百种，抢救收购了 20 多台老式原始织锦机，为瑶族织锦"八宝被"制作技艺研究保留了原始资料。

功夫不负有心人。在黄翠兰的辛勤付出和不懈努力下，她的织锦技艺不断提高，为江华瑶族织锦传统技艺的传承和发扬作出了不小的贡献，2019 年被认定为瑶族织锦市级代表性传承人。其创作的《繁华经锦》等作品在省市各种比赛中多次获得一等奖，制作的瑶族织锦《八角花》收藏于湖南省艺术职业学院，八宝花带《莲年有余》收藏于湖南省文化馆。她先后参加"第二届长江非物质文化遗产大展""2018 年湖南省传统工艺振兴成果展览"等展演，及《帮女郎之守艺人》《非遗瑶锦》《永州江华瑶锦》《走出中国》《江华之瑶族织锦》《文明大动脉湘江之永州江华瑶锦》等省台和央视的节目录制，为宣传推介瑶族织锦"八宝被"制作技艺不停奔走。

黄翠兰（右）跟随瑶族织锦大师黎柳娥学习瑶族织锦　图源：江华融媒

> 守正要创新，守艺需要更多传承人

因为有着较高的文化水平，黄翠兰学习织锦技艺速度较快，并且有自己独特的理解。在作品的款式、图样上经常创新，使传统技艺有了新的活力，作品更具有艺术性和市场潜力，也因此吸引了不少年轻人学习。

她创办了江华瑶锦传习所，每年都在传承基地开展两期培训班（每期学员120多人），带领织娘们传承传统技艺。她还加盟"边远山区人才文化志愿者"队伍，带动大家继承发扬传统手艺，培养出黎花秀、黎雨轩、黄倩莲、苏远香等几十个小小织锦能手，播下了瑶族织锦"八宝被"制作技艺的种子。

黄翠兰接受记者采访　图源：江华融媒

2020 年，黄翠兰受聘为湖南科技学院美术学院外聘教师，开辟了瑶族织锦传承创新的新道路。从传统织机的织锦织造，到民族纹样提取，再到文化创意产品的设计，黄翠兰将"活态传承"与"设计创新"相结合，通过"非遗"进课堂的教学模式，让学生近距离接触永州非遗文化，激发学生的学习兴趣，既提高了学生的专业技能，又为瑶族织锦的传承培养了后备力量。

> 在文化传承中找到共同致富的密码

作为省级非遗项目名录瑶族织锦的代表性传承人，文化振兴的主力军，黄翠兰有着自己的一份使命和担当。她更明白，其实带领乡亲们共同致富的密码，自己心心念念要传承的民族文化中就有，只要方法得当，"织锦传承"就是一个极好的文化项目。因此，她主动服务国家精准扶贫和乡村振兴战略，为乡村振兴贡献自己的力量。

2019 年，黄翠兰创办江华古瑶工艺品有限公司，为提高文化水平和管理水平，还报读了湖南开放大学农业经济管理专科专业。公司积极融入当地天河瑶寨旅游景区的整体性发展中，主动与村党总支合作，按照"农户 + 基地"的运作模式生产经营，常年吸收本村及周边村贫困户 30 人，分散用工 100 人以上，全年用工量达 1000 余人次，增加当地农民务工收入总计 20 万元以上，带动 15 户建档立卡低收入农户通过从事乡土特色产业脱贫致富。

同时，黄翠兰不断开发新品种，开展瑶族乡土特色的工艺研究，持续开展图案、材料、样式等的创新，做成适销对路的产品引领示范，面向留守妇女免费开展技艺培训，带领更多乡亲在共同富裕的道路上前进。

时光正好，路也正长。祝愿黄翠兰和她的乡亲们越走路越宽，明天会更好！

肖俊

人物简介

　　肖俊，湖南"农民大学生培养计划"常德分校 2017 级秋季行政管理（村镇管理方向）本科专业学员，常德澧县司法局城头山司法所所长。

所获荣誉

　　司法部"新时代司法为民好榜样"、湖南省"人民满意的公务员""湖南好人"、湖南省见义勇为先进个人、常德市第四届道德模范、常德市十佳政法干警、常德市"崇义友善好青年"，被湖南省司法厅授予二等功，获"常德青年五四奖章"。

救人于"水火"的基层公务员

不惧寒冬，

救出冰水久泡的父女。

村民纠纷"火气"十足，

冲锋调解在一线。

他是乡亲们的"求助热线"，

司法徽章因他熠熠生辉。

"我有个信念：作为共产党员，要干出点样子；作为基层公务员，要尽力在司法为民中实现人生价值。"澧县司法局城头山司法所所长、四级主任科员肖俊在接受记者采访时坚定地说。

肖俊在办公室　图源：红星网

> 群众生命危难时刻，他不曾犹豫

36岁的肖俊因一次见义勇为成为百姓心目中的"英雄"。

那是 2019 年的一个冬日，天寒地冻，下午 5 时左右，肖俊开车去澧县司法局途中，经过梦溪镇缸窑村路段时，看到一群人围在池塘边，隐约地听到有人喊着："车里还有人没有救出来！"

显然是有车落水了。肖俊停好车，疾步"飞"到池塘边，毫不犹豫跳入刺骨的水中。他艰难地蹚着齐腰深的水，向落水的车子靠近。他试了多种办法，车门总是打不开。此时，他的双腿已经被冻得不听使唤。

紧急时刻，肖俊灵机一动，让围观群众寻来一把锄头。他哆嗦着双手费力将车玻璃砸破，成功地将被冷水久泡、快要冻僵的父女二人救出。

离开事故现场后，肖俊才发现，自己的手指在砸车窗时被划伤，衣服胸口处被鲜血染红。

因见义勇为，他成为百姓心中的英雄。

肖俊在表彰会现场　图源：潇湘晨报

> ### 矛盾纠纷发生之时，他冲在一线

工作以来，肖俊先后参与调处矛盾纠纷 400 余起，涉案金额高达 480 余万元。

他记不清，多少个周末和通宵身处矛盾纠纷调解一线。

2020 年 2 月的一天，"肖所长，快来！不然他们就要动手了！"，肖俊接到调解申请电话后，立即赶往事发现场。

考虑到疫情期间人员不能聚集，肖俊便给围观村民做好思想工作，现场只留下双方当事人、村民代表和村干部。

"这条路都走了几十年，他们两家这么一闹，春耕机器没法下田，我们一家人可就指着这田吃饭呢！"村民代表焦急地说道。

春耕道路不通，影响的是附近十几户村民一年的生计。

肖俊先来到矛盾涉及的土地进行勘察，和村干部一起丈量土地面积，记录相关数据。在了解清楚事情的来龙去脉后，肖俊心里渐渐有了解决问题的思路。

"拿不到属于我的六分地，你们谁也别想从这块地上过。"兄弟双方各执己见，言辞激烈。

鉴于双方无法控制情绪，肖俊将积怨已久的两兄弟分开，向他们详细讲解土地继承和流转的相关法律法规，同时，也对双方进行了警示教育，任何人不能擅自堵塞农用道路，绝对不能影响村民春耕。

经过肖俊的耐心解释，两兄弟的怒气慢慢平息，心态也逐渐平和、理智。

6个多小时，肖俊同现场8位人员，沟通13次。最终，双方在土地面积等方面均作出让步，达成一致意见并签了调解协议。一次矛盾化解，换得群众一年丰收，旷日持久的纠纷，在他坚持不懈的努力下终于得以圆满解决。

肖俊（左三）在调解现场　图源：常德市司法局官网

> ## 教育帮扶矫正对象，他尽心尽力

农村社区矫正对象的管理是个大难题。但肖俊"偏向虎山行"，对不同矫正对象实施精准监管教育，尽自己所能帮助他们顺利回归社会。

胡某就是一块难啃的"硬骨头"。

2017 年 4 月，胡某因犯开设赌场罪被人民法院判处有期徒刑 3 年缓期 5 年执行。刚入矫时，他思想消极，总是以腰疼背痛为由躲避公益劳动。

肖俊看在眼里急在心上，他找了个合适的时机，单独为胡某开了个思想"小灶"。经过一番交流，他得知胡某原本长期在广州做旅游生意，一直顺风顺水，误交朋友才导致今天的结果。进入社区矫正后，胡某在澧县一直找不到合适的工作，没有收入来源，闹得家庭不和，他本人对未来感到十分迷茫。找到"病因"后，肖俊将胡某列为重点帮扶对象，经常到他家走访，帮助他逐步去除了思想疙瘩，重拾了信心。

2018 年，肖俊了解到小龙虾养殖前景不错，有个朋友刚好有技术和渠道。在肖俊的帮助下，胡某与亲友合伙在澧县县城周边租赁了 100 亩水塘养殖小龙虾，当年每亩收益就达到 3000 元。

"我们刚刚从外面回来，对澧县的资讯也是一无所知，要不是肖所给我们帮助，我们确实找不到这个地方，也不可能把这个产业做得这么好这么大。"胡某万分感激地说。

胡某的生意有了起步，没有了思想疙瘩。不久，他由社区矫正监管后进变成了先进。

2019 年，肖俊调任城头山司法所所长。他依然坚守一线，冲锋在前，为群众排忧解难。2022 年春天，国富村几位村民到城头山司法所反映，该村想对一片 100 多亩的稻田修建机耕道，但被一处老屋场挡了路。肖俊用两天时间做通了老屋场主人的工作，为机耕道建设扫除了障碍。

"感谢'英雄所长'，咱们村有 10 多户农户耕田用上了旋耕机。"70 多岁的村民肖永庆说。

肖俊说："司法行政的基层岗位平凡而伟大，我将继续践行司法为民理念，用热血擦亮司法徽章。"

龙艳洲

▎人物简介

　　龙艳洲，开放教育邵阳分校 2010 级秋季学前教育专科专业学员，"农民大学生培养计划"邵阳分校 2020 级春季行政管理（村镇管理方向）本科专业学员，新宁县水庙镇枧杆山村党支部副书记。

▎所获荣誉

　　湖南好人。

致富女能手的"亏本买卖"

扶贫车间里，有她忙碌的身影，

老人病床前，有她连日的照拂，

学校操场上，有她谆谆的嘱托，

她用浓浓的爱燃烧自己，温暖他人，

她是乡亲心里的贴心人，是"湖南好人"。

她是村里人眼中的"女强人"，曾经是村里最早的万元户，买了村里的第一台中巴车，盖起了村里最漂亮的楼房，现在经营着1个合作社、1个家庭农场、1个农业公司、2个养鹿场，年产值超过200万元。然而她当了村干部后，却甘愿做起了"亏本买卖"。她就是新宁县水庙镇枧杆山村党支部副书记龙艳洲。

龙艳洲在办公室   图源：潇湘女性网

> 为村集体企业义务打工 报酬分文不取

龙艳洲于2008年主动竞选村干部，谈到当初的选择，她脱口而出："当村干部可以帮助更多的人，所以我去竞选了。"

　　从最初担任村妇女主任到现在成为枧杆山村党支部副书记、党建专干、扶贫专干，龙艳洲一干就是 15 年，她也从风华正茂变成了双鬓染霜。然而变的是容颜，不变的是最初的坚守。龙艳洲一直都在践行当初的诺言，帮助更多的人。

　　她在自己的企业招聘 26 名村民长期务工，其中贫困户 21 名，女员工 20 名，每年发放务工工资超过 40 万元，帮助村民实实在在增收。她帮助 5 户（其中 3 户为贫困户）村民发展养鹿产业，免费提供技术指导，帮忙联系收购商，每户每年因此可增收超过 3 万元。

　　她帮助村集体企业扶贫车间运营，义务担任车间管理人员，将自己创办企业的经验和就读行政管理专业学到的管理方法带到了扶贫车间，还亲自教村民缝纫技术，分文不取报酬。在她的带领下，扶贫车间迅速进入运营正轨，村民稳定务工。

龙艳洲在车间工作　图源：华声在线

　　龙艳洲将大部分时间和精力花在了帮扶村民身上。"她来当村干部，家里的产业就都得请人去搞，在经济上是亏本的。"村支书杨忠祥介绍道。村干部的工资不到 2000 元一个月，但聘请幼儿园的园长就得花 5000 多元一个月。现如今，年过半百的龙艳洲本可以在家里当个老板娘，安心带孙子，到处旅游安享晚年了，然而，她不走寻常路，在村党支部副书记这个岗位上乐此不疲。上班最早的是她，下班最晚的是她，周末加班的还是她。"心里惦记着村民们的事情，放心不下！"龙艳洲如是说。

担任村干部期间，龙艳洲充分利用自己创业的经验和优势，协助长沙理工大学扶贫工作队成立合作社，建成脐橙种植基地、水稻种植基地、大棚种植基地、高山生态养殖基地、扶贫车间、光伏发电站，打造了可持续发展的产业基地，增加了村民的实际收入，帮助全村 456 名贫困人口全部脱贫。

龙艳洲在赶制军训服装　图源：搜狐网

> 为留守儿童办幼儿园 学费只收三分之一

由于位置偏僻，枧杆山村的留守儿童上幼儿园距离远、费用高，为解决这个难题，龙艳洲克服重重困难，自筹资金开了一家规模较大、设施完善的私立幼儿园。刚开始，村民们看到这么好的幼儿园，担心价格太高，都不太敢将小孩送去，但后来发现费用只有城市幼儿园的三分之一。"现在我的小孩在幼儿园不仅可以学文化知识，还可以学舞蹈、绘画、钢琴等，而且还有校车接送，这样我在外面打工就很放心！"村民权利芝谈到幼儿园，非常高兴地说道。

"因为我们投入太大了，而且农村幼儿园收费不高，勉强没亏，像 2020 年新冠肺炎疫情期间啊，还要亏。"虽然开办幼儿园不是个"赚钱买卖"，但能让村里的孩子就近入园，像城里的孩子一样享受好的教育，龙艳洲觉得这是在播种和传播爱，一切都很值得。

为了让幼儿园能够跟上城市的教育理念和管理水平，龙艳洲连续 5 年到全国各地考察学习，并在邵阳市大祥区又创办了一家城市幼儿园。这样，既可以依托城市幼儿园的资源优势提升村幼儿园的教育理念和教学水平，同时还为村幼儿园提供了资金保障。如今村里的幼儿园，不仅让全村的适龄留守儿童全部入学，而且也吸引了全镇其他地方的小孩前来上学，连续多年获得"新宁县优秀幼儿园"荣誉称号。

> 为孤寡老人盖房　自掏腰包 7 万元

贾美蓉是村里年近 90 岁的孤寡老人，患有精神病，生活不能自理，无依无靠。从 2015 至 2020 年的 2000 多个日日夜夜，龙艳洲一直义务照顾这位非亲非故的耄耋老人，给老人洗衣服、送饭、剪头发、洗澡、打扫卫生，带老人去医院看病……她承包了老人家所有的日常开销，比亲闺女还要亲。

"老人住的是木屋，雨季时'屋外下大雨、屋内下小雨'，家里没有一件像样的家具，敬老院都不愿意接收有精神病的老人。如果我不去帮忙，那真的不知道怎么办！"谈到照顾老人的初衷，龙艳洲眉头紧皱，透露出怜惜之情。

时任村妇女主任的龙艳洲向县住建局争取到 2.9 万元，并自掏腰包 7 万元，为老人新建 120 平方米的瓦房。很快，房子盖起来了，但是村里的闲言碎语也流传出来了："她这么帮别人，肯定是想占老人的宅基地。""自己的父母都照顾不过来，还照顾她？"大家都不相信还会有如此奉献不求回报的村干部。

面对风言风语，龙艳洲起初也会解释，到后来，她看淡释怀："父母是退休工人，生活还算宽裕，他们喜欢帮助别人，也教育我乐于助人；现在父母生活在长沙，身体挺硬朗，暂时还不需要我们子女照顾。"

2019 年底，贾美蓉不小心摔了一跤，瘫痪在床。"帮人帮到底！"自此以后，龙艳洲一日三餐给老人送饭、喂饭，洗尿片、洗衣服，照顾她的饮食起居。"她经常大小便失禁，把整个屋子搞得非常臭，搞起卫生来非常麻烦。"龙艳洲说："照顾贾美蓉花的时间和精力比照顾自己公公婆婆还要多。"

2020 年老人去世后，龙艳洲给她办了葬礼并送她下葬，陪伴老人走完最后一程。

如今的枧杆山村，已经摘掉了贫困村的帽子，全村年人均收入 8000 元以上。做好脱贫攻坚和乡村振兴有效衔接，实现全村共同富裕，成为荣登 2021 年度助人为乐"湖南好人"榜的龙艳洲当前的新事业。"要将人才引进来，要把我们村年轻有技术的人才召集回来，全面提升文化和教育水平，我们村才能真正地富裕起来，才能越来越好。"

何文军

人物简介

何文军，湖南"农民大学生培养计划"岳阳分校 2018
级秋季行政管理（村镇管理方向）专科专业学员，岳阳市君
山区广兴洲镇联合村扶贫专干。

所获荣誉

岳阳市君山区广兴洲镇人民政府年度脱贫攻坚先进个
人、年度综合工作先进个人。

"平凡"中见"不凡"

仿佛一阵细雨，洒进了贫困群众的心中，

你始终站在扶贫工作第一线，

不忘初心，服务百姓。

岳阳市君山区广兴洲镇联合村扶贫专干何文军，这位三十出头的青年汉子，一度协助驻村工作队认真宣传党和国家有关农村扶贫开发的重大方针政策，深入走访了解，分析致贫原因，做好贫困户建档立卡动态管理工作，制订有针对性的脱贫计划，根据不同贫困户的家庭情况制定脱贫措施，精准扶贫，精准施策，受到了当地群众的一致好评。

联合村联合七组通往承包田的主机耕路泥泞不堪，尘土飞扬，村民出行难，遇到下雨天，农用车前行受阻，庄稼不能按时收获，灌溉水渠年久失修，每逢大雨，因排水不及时，农田被淹，农作物减产、失收。何文军了解情况后，联系联合七组党员薛云义逐家上门做工作，讲解修路的重要性，分析庄稼减产、失收的原因，动员大家一起想办法，集资修路疏渠。何文军自己垫资 2 万余元，在他的带领下，村民集资 1.3 万余元将联合七组宽 5 余米、长 300 余米的田间主机耕路铺成了漂亮的砂石路，后来又铺成了硬化路，将灌溉水渠加宽至 2.5 米、长 2500 余米。

联合村三组儿童田浩，懂事乖巧。父亲早年因犯罪入狱，母亲也弃他而去，幼年的他只能与爷爷奶奶一起相依为命。而家中无劳动力，爷爷奶奶年事已高，仅靠几亩薄田维持生活，田浩面临辍学的困难。何文军知道这一情况后，迅速向上级反映，为他跑民政、写材料、打报告，申请民政资助和困难儿童学生救助，还为他申请了农村低保。现在，田浩一家生活有了保障，上学也有了资助，解决了后顾之忧。何文军对田浩的关心和帮助，在当地传为佳话。

联合村农科三组未脱贫户乐志勇的妻子因病过世多年，他自己于 2018 年 7

月因脑出血中风导致左边身体瘫痪，丧失劳动能力，生活陷入困顿，而子女均在外地打工，难以照顾老父亲。何文军平时经常去乐志勇家了解情况，并经常与乐志勇在外地务工的子女联系，给他们讲述乐志勇生活近况。2019年6月27日，何文军得知乐志勇病情加重、厨房雨天漏水等情况后，即刻为乐志勇取款500元生活费，并协助区联点单位——区法院、驻村工作队解决乐志勇的饮食和卫生问题，并深夜联系社会爱心人士泥瓦师傅黄贞嘉为乐志勇翻修厨房屋顶。他自己则连续十几天为乐志勇送餐、送水，并修理了电视机，与乐志勇谈心，消除他的担心与顾虑。乐志勇由衷地说："感谢党的好政策，感谢政府和驻村干部无微不至的关怀，感谢村委会对我的关心，感谢何专干对我的照顾。"

何文军（右）当年走访贫困户场景　本人供图

扶贫工作一直在路上。何文军始终把脱贫攻坚当作头等大事来抓，严格要求自己，及时让各项扶贫政策落到实处，切实让贫困户受益。他始终站在扶贫工作第一线，为群众做实事，做好事，让群众满意。参加湖南开放大学行政管理专业的学习后，他把扶贫工作中的心得总结出来。2020年4月，撰写的《稻虾套养"套"出创业新机遇》荣获全省"农民大学生"创新创业设计竞赛一等奖；2021年撰写的《稻虾牵手无人机，谱写科技兴农新篇章》荣获第六届中国国际"互联网+"大学生创新创业大赛全省开放大学系统选拔赛集体二等奖。实践、学习、总结、再实践，他始终牢记使命、不忘初心，以人民群众的利益为先，深入基层为人民办实事，办好事。

曹培顺

人物简介

曹培顺，湖南"农民大学生培养计划"郴州分校 2019 级秋季行政管理（村镇管理方向）专科专业学员，安仁县百晟农业开发有限责任公司总经理。

所获荣誉

郴州市优秀共产党员、新时代郴州向上向善好青年、郴州市农民大学生"创新创业"演讲比赛一等奖、郴州市十大乡村名匠，其创业故事入选由袁隆平院士作序的《如何在家门口创业赚钱》一书。

奋斗者正青春

"天行健，君子以自强不息"。

他以百折不挠的精神，迎难而上，

不惧挫折，千磨万击中历练。

他带领大家奔向致富路，

他的奋斗正青春。

19岁外出务工，28岁回乡创业，他几经失败的打击。面对一波三折的生活，他没有选择放弃，用不服输、不放弃的精神，靠着自己勤劳的双手，从一无所有的贫困户到年产值近百万元的专业合作社的领军人物。他的创业故事被收录到《如何在家门口创业赚钱》一书中，该书由袁隆平院士作序，在全国公开发行。他叫曹培顺。

曹培顺中专毕业那年才19岁，由于家境贫寒，他跟随本村的大哥、大叔外出打工。先后在建筑工地做过搬运工、泥水工、粉刷工，在鞋厂做过计件工，也曾租过摊位做批发生意。2015年底，恰逢郴州市委帮扶工作队进驻东桥村，鼓励外出务工的农民朋友回村兴办产业。他几经思考、衡量，最终决定：回村继续当农民，走产业致富之路。

> 百折不挠，意志更坚强

在穷乡僻壤兴办产业谈何容易，首先得选准一个适宜山区发展而又市场前景看好的项目。在外地打工的那几年，曹培顺有心留意到了养殖竹鼠这个项目非常适宜山区发展。于是，他毫不犹豫地跑到广西恭城拜师学艺。3个月后，他自认为学有所成，便回到村里与儿时的几位玩伴共同商议注册成立安仁县培顺生态养殖有限公司，专业养殖竹鼠。玩伴们很是认可曹培顺的想法，5位玩伴成为合作伙伴，曹培顺任董事长。大家商定，每位合作伙伴出资3万元，占

20% 的股份，5 人共出资 15 万元。起步资金有了，机构也设立了，可以破土兴建竹鼠养殖场的厂房了。厂房占地面积约 3000 平方米，正当厂房主体工程即将竣工的当口，一场突如其来的狂风暴雨将厂房主体工程彻底摧毁。厂房倒了，可以重建，若是人心散了，则回天无力。其他几位合作伙伴以开张不利，"彩头"不好为由，强行要求退社、退股、退钱。伙伴们不讲情面地退出，养殖场的所有重担就落在曹培顺一人身上。曹培顺能承受得了这个压力吗？回答十分肯定。因为他是农民的儿子，与生俱来便有一种百折不挠的倔强性格。他将父亲攒积多年的积蓄一分不少地拿了出来，再加上从农商行贷款的几万块钱全部用于退还合作伙伴的股金。

他没有埋怨，没有气馁，仍然像一头不知疲倦的耕牛，起早贪黑督工、监工。终于，凭一己之力将厂房顺利建成。紧接着，他在郴州市委帮扶工作队的大力支持下，从广西购进 150 对种竹鼠。竹鼠又叫竹溜，是一种喜阴畏寒、野性十足的亚热带动物，极难驯养，尤其是人工饲养的竹鼠过冬御寒是个大问题。尽管曹培顺做好了充分的思想准备，也采取了必要的应对措施。但是，北风呼呼一吹，竹鼠们还是一只只蹬腿西归。曹培顺心急如焚，情急之中，他将自己睡觉用的被褥搬进了厂房，捂着竹鼠睡。在他笨拙的照料下，幸有 50 多对竹鼠顽强地活了下来。初次试养，损失虽然惨重，但好在种竹鼠还有几十对。对仅存的这 50 多对种竹鼠，曹培顺当成宝贝婴儿一般，耐心、专心、细心侍候，生怕再出任何意外。不知他在竹鼠厂房里守候了多少个日日夜夜，也不知他有多少次被竹鼠咬伤手指而引发炎症。有一次，他不小心又被竹鼠咬伤手指，因伤口未处理而引发炎症，再加上连日劳累，他竟晕倒在竹鼠厂房里面，好在被及时救治而没有酿成不良后果。

全凭 50 多对种竹鼠，曹培顺苦心经营到现在。他以精准扶贫政策为基础，在发展壮大产业的同时，成立了合作社，带动周边贫困户和群众参与到特色养殖中来。曹培顺希望通过自己的带动，力争社员达到 150 人，让大家一起脱贫致富。合作社目前租用土地近百亩，建筑面积 6000 多平方米，流转毛竹山 300 多亩，长期聘请 5 位管理人员务工，另外年提供临时工作岗位 1000 余人次，现已经发展社员 102 人，其中贫困户 58 人，带动链接贫困户 144 户 573 人入股分红。这几年养殖场的种鼠和商品鼠远销广东、浙江、江西等省，销售额年近 100 万元，成了远近闻名的"鼠王"，曹培顺成功了。2016 年，他家也成功摘帽脱贫了，买了新车，日子过得相当滋润。2017 年，曹培顺的事迹被《湖南新闻联播》报道，并成为电影《圆梦 2020》的原型之一，养殖基地也成了电影的拍摄基地。如今合作社的竹鼠养殖规模已在郴州市数一数二。

曹培顺接受媒体采访　图源：魅力安仁微信公众号

> 求生存，再谋发展

2020 年新冠肺炎疫情暴发，按照"禁野令"要求，他把所有的竹鼠全部活埋。看着空空的厂房，他几天几夜都睡不着觉，心灰意冷，实在不知道出路在哪……

求生存，再谋发展。人可以悲，可以痛，但绝不能堕落！他决定响应国家号召转型转产，自救企业。他再次向亲朋好友借款 8 万元，发展土鸡和兔子养殖。由于转型仓促，虽然养鸡赚了些钱，但养兔子却亏了。不过，合作社资金总算周转过来，熬过了最困难时期。合作社也成为安仁县 19 家特种养殖唯一转型转产成功的企业。他把合作社更名为"安仁县百晟农业开发有限责任公司"，主攻红薯加工。

彩虹总在风雨后。公司自成立起，就得到了安仁县委县政府的大力扶持。2022 年，公司承包 300 亩荒地进行土地开荒、深挖，引进"商 19"红薯种苗新品种，种植红薯 500 余亩，生产红薯 75 万公斤，加工红薯粉 5 万公斤，种植果树 70 余亩，养殖土鸡 1 万羽、七彩山鸡 8000 羽，雇佣工人 22 人，其中脱贫人口 9 人，带动链接贫困户 144 户 573 人入股分红，按农事需要安排临时用工 3000 余人次，人均增收 5000 元。

目前公司已建成拥有占地面积 10 亩、建筑面积 3000 余平方米、红薯种植面积 500 余亩、红薯粉加工车间 5 间的规模。因突出的发展势头，和曹培顺的制薯手艺，公司获评"县级非物质文化遗产工艺""乡村振兴就业帮扶'十佳'车间""郴州市第一批就业工坊"、市级龙头企业、粤港澳菜篮子认证基地、郴州市放心消费企业、郴州市科技项目星创天地。

曹培顺说："我会继续在创业路上走下去，在乡村振兴的宏伟蓝图上画上自己应画的那一笔，让青春无悔，让人生精彩！"

曹培顺参加演讲决赛　图源：安仁教育微信公众号

朱洪辉

人物简介

朱洪辉，湖南"农民大学生培养计划"永州分校 2019级秋季行政管理（村镇管理方向）本科专业学员，江华瑶族自治县界牌乡贝芝头村党支部书记、村委会主任、民兵营营长。

所获荣誉

江华瑶族自治县第十八届人大代表，江华瑶族自治县人民代表大会教育科学文化卫生委员会委员，江华瑶族自治县"优秀共产党员""优秀人大代表"等。

坚守为民初心　彰显代表担当

当洪水来袭，他的足迹踏遍河堤；

当险情出现，他的身影突击向前；

他用行动告诉我们，谁是最可爱的人。

2022 年 "6·22" 的洪灾让江华经济社会遭受重创。灾情面前，朱洪辉奋战一线，率先垂范，与贝芝头村受灾人民群众同呼吸、共患难，在抗洪救灾一线彰显 "人大" 担当。

＞ 闻 "汛" 而动，战风雨

"我看到朱支书过来我就安心了，我晓得自己有救了！" 回忆起 "6·22" 洪水侵袭时的情景，江华瑶族自治县界牌乡贝芝头村 84 岁的黄奶奶仍旧激动不已。

2022 年 6 月 22 日，受强降雨影响，潇水河水位不断上涨，位于潇水河畔的贝芝头村抗洪形势严峻。责任在肩，不敢懈怠。朱洪辉看到此情景高度警惕，发布紧急通知，要求所有村干部组织临河低洼地区群众随时准备转移，同时组织人员开展风险隐患巡查。

"雨下得太大了，河水涨得比较快，请大家赶紧转移到高地，注意安全！" 在巡查中发现水位上涨越来越快了，有丰富抗洪经验的朱洪辉立马和村干部一起，冒着暴雨，挨家挨户转移低洼地区的群众，确保村民生命财产安全。

朱洪辉协助群众搬完物资回来，在清点人数的时候发现几位老人不在，立马带领村干部进村里再次搜寻。"我爸妈在家里搬东西，被洪水困住出不来了！" 一位村民焦急地向朱洪辉求救。这时水位已经涨到了胸口。"门口的水比较急，你就坐在我肩上吧，我背你出去。" 朱洪辉让正在发烧的蒋阿姨骑在肩头，蹚出洪水。

"当时水那么深又那么急，看到蒋阿姨坐在书记肩上出来，书记走得艰难又坚定，我们看到真的很感动。" 目睹救人全程的村民说道。

"这里是村尾，全村的水都从这里流出，水又急，人也站不稳，还有很多浪渣冲到身上，当时只想着救人，现在回想还有点后怕。"朱洪辉说。

放下蒋阿姨，朱洪辉又和村干部一起划着渔船，再次冲进被洪水浸泡的房屋进行搜寻。"快来救我啊！我在这里，我们出不去了！"顺着求救声，朱洪辉发现3名老人困在屋顶上，朱洪辉和村干部将3名老人一个一个背上船，转移到安全地带。

危难时刻看担当，朱洪辉用实际行动践行着共产党员的初心，带领村支两委一直冲在防汛救灾一线，在最短的时间内成功转移300多名受灾群众，救出30多名行动不便的老人，确保了人民生命财产安全，全村无一人伤亡。

洪水退后，朱洪辉又带领村民们清淤消毒，对冲毁的农田进行改制改种，减少村民们的损失。"大灾大难面前，我们更要彰显共产党员的担当，带领大家重振信心，重建家园，绝不让一名村民返贫。"朱洪辉对重建美好家园充满了信心。

洪水来袭，朱洪辉在转移群众　本人供图

> 爱心筑未来，暖心伴成长

"向前看，齐步走！"江华瑶族自治县界牌乡贝芝头村的孩子们排着整齐的队列，迈着有力的步伐进行着防溺水军事夏令营演习。夏令营活动的组织者正是朱洪辉，2022年是他连续第五年个人资助并组织村里的孩子们开展夏令营活动了。在军事夏令营教学中，朱洪辉从培养孩子们的爱国情怀，提高协作能力、反应能力以及纪律性和执行力等方面入手，设置了军事队列训练、军体拳、单个军人战术、防溺水安全知识、消防安全知识、交通安全知识等科目。他不仅组织孩子们开展日常的防溺水训练和军事训练，还带着孩子们到红色教育基地听英烈故事，到消防队体验消防训练项目，让孩子们学会更多的防溺水自救、火灾逃生等安全知识，提高自身的应急救援能力。

朱洪辉组织村里孩子们参加军事夏令营　图源：永州人大网

2021年，朱洪辉牵头组建成立了贝芝头教育助学公益发展中心，每年对参加高考的优秀学生发放奖学金，鼓励本村学子好好读书。

"少年强，则国强。青少年是祖国的未来，是民族的希望，承载着每个家庭对美好生活的期盼。作为一名党员、一名人大代表，我有责任、有义务积极主动地做好中小学生的安全教育工作，让他们安全、健康地成长。"朱洪辉说。

胡菊芳

◢ 人物简介

    胡菊芳，湖南"农民大学生培养计划"张家界分校2015级秋季行政管理（村镇管理方向）本科专业学员，永定区西溪坪街道渡口社区党总支副书记兼妇联主席，张家界市心益行社会工作服务中心副理事长。

◢ 所获荣誉

    湖南省妇联第十三届妇女代表及执行委员会委员，湖南省社工协会优秀社工，张家界市第七届、第八届人民代表大会代表，全国社会工作师。

最是那贴心为民的深情

人大代表为人民，

群众冷暖挂心间，

满注一腔热情，

她是妇女儿童的贴心人。

胡菊芳担任社区妇联主席伊始，就建立了社区微信群。通过微信群，她第一时间向社区居民发布重要通知，并把社区居民的疑问或请求收集上来。为了让社区居民了解国家大事，宣传正能量，她每天都坚持在社区群里发送从中央到地方的各级新闻早报。为了帮助社区居民提供就业机会，她经常收集各种招聘信息，向社区居民推荐就业信息。通过这种信息化的管理和传播，社区居民及时了解了各种便民惠民政策，这让社区工作者及时掌握了居民的需求，拉近了干群距离，畅通了沟通渠道。

每年，她都在社区组织开展各种妇女儿童活动，促进了社区"好家风"建设。2019 年 3 月 7 日，她成功举办了社区三八妇女节特别活动"好儿媳"烹饪大赛，社区妇女踊跃参加。活动中，社区妇女用她们的巧手和爱心烹饪出一道道佳肴孝敬长辈，在社区居民中传递着"孝老爱亲"的暖流。为营造书香社区氛围，她多次为社区儿童举办亲子故事会，倡导家长和孩子都爱上阅读。

服务妇女儿童，她不留余力。对于妇女的需求和困难，她都想方设法解决。一位贫困学生考上了一本院校，母亲来社区咨询相关政策，她通过多方面的努力，帮这位贫困生拿到了助学金。一位 17 岁小姑娘来社区求助，父亲拒绝给她缴纳学费和生活费，胡菊芳一面介绍小姑娘去相关机构和社会团体担任志愿者，获得少量补助金，一面跟他父亲多次电话沟通交流，并登门拜访，推心置腹，晓之以理，动之以情，成功化解了父女之间的矛盾，小姑娘得以顺利入校学习。

她经常参加公益活动，积极组织居民开展志愿服务活动，将公益和社区工作相结合，提高居民的素质文明，打造社区文化。她兼任张家界市爱心联盟公益小天使服务部部长，她几乎每个星期都会组织公益活动，并发展更多的青少年践行雷锋精神，参与到志愿服务活动中来。

作为张家界市第七届、第八届人民代表大会代表，她利用基层工作的优势，认真倾听百姓心声，为百姓的权益呼喊，为解决百姓的困难奔走。她提出的《关于加强留守儿童心理健康服务的建议》，被市人大常委会列为重点督办建议。她本人长期结对资助桑植一名家庭贫困的留守儿童，除了资助钱、物，还定期到留守儿童家中走访，了解其生活和学习情况。同时，她多次将关注的目光投向困难群众，并帮助解决实际困难。张家界的椪柑滞销，她在张家界市第七届人民代表大会第三次会议上，向领导反映该情况，并呼吁相关部门解决好椪柑滞销的问题。当天下午，张家界市人大常委会就组织召开解决椪柑滞销问题的专题会议。她还多次列席张家界市人大常委会，参与建议及各种调研活动四十余次。

她热爱学习，希望通过学习提高自己的能力，当好新时代的社区服务工作者，因此，她报名参加了湖南开放大学行政管理（村镇管理方向）本科专业的学习。她自学社工专业知识，拿到了全国社会工作师资格证书。如今，她在社区工作中如鱼得水，得到了街道党工委和社区广大居民的认可，当好了社区的服务者，成为群众的贴心人。

在习近平新时代中国特色社会主义思想的指引下，她认真践行一名市人民代表大会代表和社区妇联主席的责任和使命，关注、关心、关爱妇女儿童等弱势群体，为他们的幸福生活与建设和谐社区贡献自己的智慧和力量！

沈恒新

▌人物简介

　　沈恒新，湖南"农民大学生培养计划"株洲分校 2019 级秋季行政管理（村镇管理方向）专科专业学员，神农茶叶种植专业合作社创建人及法人代表。

▌所获荣誉

　　其合作社被评为"湖南省巾帼脱贫示范基地""株洲市巾帼现代农业科技扶贫示范基地""株洲市农业产业化龙头企业""炎陵县农民大学生创新创业示范基地"等。

山字诀

时代到处是惊涛骇浪。

你埋下头，

甘心做沉默的砥柱。

一穷二白的年代，

你挺起胸，

成为家乡最大的财富。

沈恒新，是炎陵县中村瑶族乡梅岗村农民。乡村有言"女长十八足，男长三十六"，虽是戏说男女身体发育的俗话，却也说明男人 36 岁，正是年富力强干一番事业的时候。

2009 年，刚过 36 岁的沈恒新辞去了在乡罗浮江电站已干了 13 年的稳定工作，成为神农茶叶种植专业合作社创建人及法人代表。

自打高中毕业去往广东打工，看到了沿海城市的繁华富庶，他就一直在思考：为什么内地经济会落后沿海城市这么多？有没有可能在自己的家乡也找到致富的道路？

> 靠山吃山

多年来，沈恒新看到村里没有产业，附近没有厂矿，村民没有事做，经济非常困难，梅岗村是省贫困村，内心非常忧虑，想为村民做点实事。但是做什么产业呢？

沈恒新深知要想"富口袋"得先"富脑袋"，选准方向是至关重要的，选择对了，事半功倍。他四处走访、调查，向专家、教授请教，去有关部门了解国家的农村产业政策，他记录下从各种渠道获得的自认为可能有用的信息，苦苦地思索着。

老话说："靠山吃山""一方水土养一方人"。炎陵县是全国最美生态示范县、中国十佳绿色城市、中国生态魅力名县。这里地处罗霄山脉东南部，毗邻井冈山，自然环境得天独厚，山地小气候明显，是茶叶、水果种植的理想地域。当时恰好国家鼓励发展产业，带领百姓脱贫攻坚奔小康，县委县政府也鼓励发展"特色农业基地"。如何摆脱传统小农经济技术落后、效益低下的状况？如何把村里的产业做起来？深思熟虑后，他把目光瞄准了茶。他打算以此为方向，先干起来！

说干就干！他投资 200 余万元，建成标准化茶园基地 300 多亩。其间，面对资金短缺、技术缺乏、村民种植管理水平不高等问题，他到处奔波、拜师学艺，解决技术难题和资金难题，通过开展科技培训，改变农民传统观念、提高农民科技素质。他自己更是忘我地学习和工作，积极参加有关种茶、制茶技术培训学习，参加湖南开放大学"农民大学生培养计划"学习。功夫不负有心人，多年苦练内功，他成长为一名集种植、管理和加工制作技能于一身的农业专家。

> 山窝里长出了金疙瘩

沈恒新抓住契机，付诸行动，立足当地交通便利、生态资源良好、劳动力充足的优势，带头发展茶叶种植产业。大力推广了龙井 43、黄金茶等优良茶叶品种，以及单条栽和双条栽茶叶种植技术，实施了 300 余亩茶园的标准化种植、改造和管理。有得天独厚的地理环境，现代信息技术整合的各种社会资源，再有科技力量的加持，他的茶叶种植产业发展势头很旺，一路高歌，产品销往全国各地。

这看起来不起眼的茶叶，成了山窝里长出的金疙瘩。茶叶产业的兴旺，也解决了周边农民的就业问题，解决了不少家庭的生活问题，使许多原本还想着外出打工的乡亲纷纷留在家里，加入沈恒新的茶园生产劳动中，减少了"留守儿童""空巢老人""望夫妇女"的。就业的人数多了，也改变了人们的生活观念：一是何必舍近求远？二是在家乡也能脱贫致富。沈恒新给了大家信心，带动周边百余农户发展茶叶种植 3000 余亩。

沈恒新（右三）带给村民良好的经济收益　本人供图

沈恒新健全了"企业＋合作社＋基地＋农户"的"产、供、销"一条龙服务体系。他的创新创业，为茶叶基地和附近茶农的茶叶加工提供了保障，产生了很好的经济效益。目前，有300余亩茶园进入盛产期，每年茶园采茶和培管期间，每天带动村民就业近200人，年带动务工上万人次，实现了年人均增收2000多元，先后帮扶28户贫困户脱贫致富。帮助梅岗村村民，特别是为留守的老弱妇女提供了在家门口的就业机会，促进了乡村社会和谐发展。她们日均收入从靠卖小菜的10多元提高到现在的50—100元。茶叶基地项目给乡亲们带来了良好的经济效益和社会效益，巩固拓展了脱贫攻坚成果。

凭借优越的地理环境、优质的茶叶品质、优良的售后服务，湘炎春茶多次受到《湖南日报》《株洲日报》的推荐和报道，产品远销省内外市场，深受顾客的喜爱和好评，也获得了不少荣誉和奖项。2017年荣获中国（上海）国际茶业博览会"中国好茶"评比银奖，2016—2019年连续荣获四届湖南茶业博览会"茶祖神农杯"名优茶评比金奖，2020年湘炎春红茶在中国茶叶学会全国性的茶叶评比中荣获四星名茶殊荣。

沈恒新（前排左一）与获奖代表合影　本人供图

> 绿水青山就是金山银山

沈恒新深知："一花独放不是春，万紫千红春满园。"在商言商，他得考虑如何扩大规模。只做种植，没有自己的茶叶加工厂，为人作嫁，是没有多大前途的；就算种植，品种单一，也是难以做大做强的。他相信：这绿水青山就是金山银山。于是，他先注册了"湘炎春"商标，2016 年新建了有千多平方米的标准化茶叶加工厂房。2016 年，"湘炎春"茶叶获得了省级 SC 食品生产许可证和绿色产品质量认证。为提高湘炎春茶叶加工制作技术，沈恒新还自主开发了"湘炎春"茶系列产品。2018 至 2019 年，他先后取得了茶叶加工等级证书和"一种茶叶烘焙机""一种红茶发酵机""一种茶叶烘干设备"等三项实用新型专利证书。

2018 年，沈恒新的神农茶叶种植专业合作社被评为"株洲市农民合作社示范社"，2019 年被评为"株洲市巾帼现代农业科技扶贫示范基地"，2020 年被评为"湖南省巾帼脱贫示范基地""株洲市农业产业化龙头企业""炎陵县农民大学生创新创业示范基地"。

自从 2019 年参加"农民大学生培养计划"学习后，他更是立足梅岗村当地的特色资源，致力于创新创业，打造具有生态、社会和经济效益的现代农业项目。为巩固拓展脱贫攻坚成果，有效衔接乡村振兴，助推美丽宜人、业兴人和的社会主义新乡村建设作出了贡献。

完成大学学业后，沈恒新思考得更远了。他要将农业项目与旅游开发有机融合，带动乡村振兴。中村瑶族乡梅岗村依托村内及周边红色旅游资源，打造"红军村"，已成为炎陵党性教育培训点，村内恢复"红军井"、长寿泉，建设红色讲堂、军事训练场等，吸引大量人员前来开展党性教育。沈恒新把茶叶、水果种植项目融入村里的红色旅游开发，开发生态观光农业采摘休闲项目，让游客前来体验茶叶、水果采摘乐趣，观赏茶园、果园美景。在休闲观光和红色旅游带动下，村民开办了农家乐和民宿，村里的农副产品比以往卖得更好。村里的茶叶、油茶、黄桃、奈李、白鹅等特色产业搞得有声有色，有力地推动了乡村振兴。

屈国增

▶人物简介

屈国增，湖南"农民大学生培养计划"张家界分校2018级秋季行政管理（村镇管理方向）专科专业学员、开放教育 2021 级春季行政管理本科专业学员，张家界市慈利县零阳街道青山村党支部书记、村委会主任，张家界市慈利县金慈街道商会会长。

▶所获荣誉

张家界市慈利县第十一届党员代表大会代表、慈利县脱贫攻坚优秀干部。青山村获"张家界市全民健身示范村""张家界市集体经济发展示范村"荣誉称号。

不负青山绿水的"硬核"村支书

从经济能人到硬核村支书，他成立文明实践站，举办首届农民运动会，村风民风焕然一新。

从一人富到全村富，他建立百果采摘园、打造滨河景观道，村民幸福生活节节高。

他是乡风文明改革排头兵，他是带领村民致富的领头雁，他是让群众满意的新时代乡村振兴试卷答题人。

"居家隔离的人员，如果出现发烧等症状，立即与我们村干部联系……""现在是特殊时期，大家莫出去逛，莫出去转，没叫你出去，你就在屋里待着，莫出去给社会添乱……大家一定要记牢哦！"2021年，红网以《慈利县青山村：村书记"土味"喊话 硬核宣传防疫情》为题报道了一位着急上火通过大喇叭强硬喊话的村党支部书记。这位"硬核"村支书便是屈国增。

1966年出生的他，参过军，当过工人，是慈利县城有名的经济能人，既是开发商合作伙伴又是建筑商，同时还是金慈商会的会长，年纳税额达几百万元。

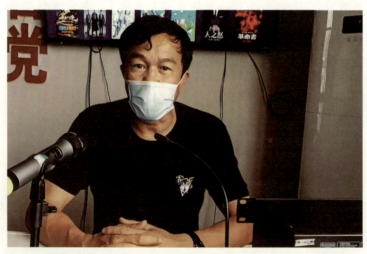

屈国增"土味"喊话　"硬核"宣传防疫工作　本人供图

2017 年在全村村民大力推荐下，他本着富不忘根的初心，接手了当时的"软弱涣散"村，成为青山村党支部书记。隔行如隔山，为了尽快进入角色，提高村书记专业综合素质，他于 2018 年 9 月开始了长达近 5 年的专、本科学习，并于 2023 年 3 月被慈利开放大学评为"优秀班干部"，本科即将毕业。

> 敢抓敢干的"硬核"村支书

青山村党支部曾因班子配备不齐，支部书记长期缺位，村级基础设施建设滞后，村级矛盾纠纷问题突出等，被评为"软弱涣散"党组织。屈国增上任以后常常自嘲："做起生意来如鱼得水，做起群众工作来焦头烂额，群众工作可比赚钱难。"

刚上任的屈国增本着"勇于迈出第一步，才有机会找到破解路子"的信念，用一双脚走遍了所有住户，靠一张嘴访遍了所有农户，哪里需要调解他必亲自到场，哪里工作推不动他必亲自过问，以心交心，不久便积累了广泛的群众基础。他直面问题，积极开展"六个一"整顿工作，仅用一年的时间就甩掉青山村"软弱涣散"的帽子。同时，他狠抓党建引领工作，创新开展了丰富多彩、形式多样的主题党日活动，通过与结对共建的党组织慈利县养老保险服务局开展"双联""双结对"活动，取长补短，夯实党建工作基础；举办龙舟赛、首届农民运动会等群众文体活动，营造积极向上的风气；成立"青山村新时代文明实践站"，宣讲正能量、引领新风尚；移风易俗，制定村规民约，引导广大党员群众讲道德、树新风。

以前的青山村是远近闻名的"软弱涣散"村，屈国增上任后急群众之急，想群众之想，时刻把老百姓的事当作自己的事，通过他的努力，近几年全村无一群众上访，村风民风已焕然一新。

> 心系乡亲的能人支书

"基层工作虽苦亦有乐，老百姓满意，便是我最大的欣慰。"屈国增生于农村，成长于农村，从小继承了父辈吃苦耐劳、坚韧果敢、脚踏实地的优良传统美德和乡土情怀。他一直热爱公益事业，将家乡发展与带动村民共同富裕记在心里。没在村里任职的时候，也曾多次向村里捐款，支持村里的道路建设、老年协会、舞蹈协会等公益性群众活动，多年来累计捐款近 20 万元。

上任以来，他因地制宜规划出青山村大美蓝图，加大基础设施建设力度，帮助解决群众生产生活中用水、用电等突出问题。同时他利用自身资源吸引投资，投入 200 多万元建成村级综合服务平台，为群众提供优质服务，做到便民利民惠民；建设篮球场、文化广场、文化墙、小花园，打造高质量文化广场，全村的主干道和组道实现了水泥路全覆盖，并安装了 200 多盏太阳能路灯；连续 5 年多，他把党员的组织活动、退伍军人的活动、重阳节活动都举办得红红火火，让群众享受新时代丰富的农村文化生活。

> 会抓经济的带头书记

"只要干不死就往死里干"，为壮大村级集体经济，他敢于吃苦，勇于担当。

2019 年村里投资约 70 万元的农家乐综合服务大楼落成，现每年可招租 3 万元。

2020 年，屈国增抓住"村社合一"项目机遇，经多方论证，思考出走"百果采摘园"的道路。百果采摘园在建立之初，遇到了大大小小不少阻碍，但办法总比困难多，他又抓住机遇，想思路，谋发展，投资 60 余万元建成一栋物流仓库（现每年招租 4.8 万元）。不仅如此，经过数月的群众工作，他再流转村民土地 50 亩，又整合了村庄北部果园，打造了集蜜桃、青枣、香梨、西瓜等水果产品的特色百果采摘园。因发展初期水果滞销，他学习了抖音带货，带头搞宣传，并利用自己的人脉关系亲自搞推销，保质、保鲜送货上门，打出青山百果园的名气。去年，在发展百果种植的同时，他依托澧水资源，打造了滨河景观道，发展田园骑行、徒步游览等项目，以人流量带动销售量，尽可能做到水果就地采摘。村集体经济增收、村民日渐富裕的愿景正在一点点实现。当前，青山村青山农庄、百果采摘园、物流仓库等集体经济项目，2023 年集体经济收入预计可达 20 万元。

在他的带领下，村里各项工作始终走在全县、全街道的最前列。青山村党支部连续 4 年被评为先进党支部，屈国增连续 4 年被评为优秀党支部书记，青山村也获得"张家界市全民健身示范村""张家界市集体经济发展示范村""溇澧红领新村""文明村"等荣誉称号。

　　"我的家乡是个美丽的地方,我要把这里打造成尽人皆知的美丽村庄、安居乐业的理想之所。"如今的青山人民正逐步走上更加富裕的道路。然而屈国增并没有满足:"自己做的工作还很不够,离党和人民的要求还有很大差距,我将持续以实际行动为群众多办实事、办好事,为老百姓的幸福生活奉献我的一切。"

屈国增(左三)宣传推介果园蜜桃　本人供图

乡村振兴　奋斗有我

生态振兴篇

必须摒弃竭泽而渔、焚薮而田、大水大肥、大拆大建的老路子，实现农业生产、农村建设、乡村生活生态良性循环，生态农业、低碳乡村成为现实，做到资源节约、环境友好，守住绿水青山。

——习近平

乡村振兴了，环境变好了，乡村生活也越来越好了。要继续完善农村公共基础设施，改善农村人居环境，重点做好垃圾污水治理、厕所革命、村容村貌提升，把乡村建设得更加美丽。

——习近平

黄华明

　　黄华明，湖南"农民大学生培养计划"益阳分校2016级秋季茶艺与茶叶营销（茶叶评审与营销方向）专科专业学员，安化县新坐标旅游开发有限公司董事长，黄石茶叶专业种植合作社总经理。

▶ **所获荣誉**

　　其合作社获评全国供销社系统"国家级示范社"。

同心茶园"万人迷"

他倾其所有，启动生态旅游，

阳光穿过薄雾，照在片片嫩叶上，

翠绿蜷曲的茶叶一点一点舒展，

清透的茶汤里氤氲着淡香。

黄石村位于益阳市安化县江南镇西南，是一个美丽的小山村，也曾是个贫困村。2015年春天，黄华明回村的消息打破了安化县黄石村的平静。

黄华明曾在外务工，凭着过硬手艺和管理能力，组建施工队，赚了些钱。

2015年，省委统战部帮扶工作队进驻黄石村，一直在外打拼的黄华明归家的心思愈发强烈。带着过好日子的决心和多年的积蓄，黄华明回了村。

2014年前，该村第二、第三产业发展不足，年人均收入不足2400元，村民收入主要来源是种田和外出打工。

黄华明向驻村帮扶工作队的同志表明决心，拿出全部积蓄50多万元，和村民一起因地制宜种植安化茶叶。

驻村帮扶工作队帮助黄华明牵头成立了茶叶种植专业合作社。

为了学习茶叶种植，黄华明在驻村帮扶工作队的引荐下跟专家学理论，跟有经验的种植户学技术。

2016年，经扶贫工作队推荐，安化县委组织部审批，黄华明成为湖南开放大学"农民大学生培养计划"益阳分校茶艺与茶叶营销（茶叶评审与营销方向）专业的一名学员。

通过3年系统学习，他掌握了茶叶市场营销、评审与检验、电子商务与网络营销、茶文化旅游和茶艺等专业知识和技术，结交了一群志同道合的朋友。

黄华明说："在开放大学的学习，让我学到了知识与技能，明白了创业过程中不能只低头拉车，还要抬头看路；不能仅满足于一片茶园，须抓住机遇带动整村的经济发展，与村民们共同致富。"

黄华明边学习边思考本村的发展问题。他认为，黄石村土地分散，不适合机械化农业生产，也不适合超大规模养殖，仅靠种茶卖茶，渠道太单一，难以做大做强，没法创造更多就业岗位，也就难以留住更多家乡人。

黄华明（右）与专家讨论产业发展　图源：中新网

在开放大学老师们的点拨下，他找准了自己的发展新路子——借安化发展全域旅游、茶旅融合的东风，融合发展第一、第二、第三产业，打造田园综合体。

有了目标和思路，黄华明干劲更足了，他不厌其烦地把从学校学到的最新惠农政策、茶旅融合发展态势等信息挨个向乡邻宣传，鼓励他们走出封闭狭隘的思维藩篱，搭上乡村振兴的快车，共同致富。

在他的努力下，村民们达成共识，2017年共集资200万元资金，正式启动了黄石村生态农业休闲旅游项目建设。

起初，黄石村村民还是不太信任黄华明，也不太理解合作经营模式。黄华明回忆，当时听的最多的话就是"谁会到这种鸟不拉屎的穷山沟来旅游，别把我们的钱骗到外面做生意去了"。

合作社成立初期需要流转土地，几乎没有人支持响应，话不多的黄华明只能挨家挨户做工作。

村里黄奶奶唯一的儿子在外打工，老人住在村口的老房子里，守着门前荒废的田和屋后杂乱的山。

几次上门劝说，黄华明都被黄奶奶给打了出来。

无奈之下，黄华明找到了黄奶奶在外打工的儿子，终于做通了黄奶奶的工作，将几亩山地流转给合作社种植经营。

对于合作社的运作管理，初入门路的黄华明并不在行。他砍掉山林用作茶园之用，却没想到导致水土流失，肥力下降，留下了一座座荒山。

黄华明在驻村帮扶工作队的指点下跑去省城，请了专家。

经过专家现场教授种茶技巧，黄华明夜以继日干，一年时间，荒山就长成了一片绿油油的茶山。

为了让茶园快速有收益，有的合作社成员提议给茶苗施化肥、打农药，使用除草剂来降低劳动力成本。

黄华明坚决不干，他决心要在这里培育出上好的有机茶。

"这些茶园，是我最重要的事业，全村人脱贫致富还指望它，我们不能自己砸自己的牌子，要种，就要种最好的有机茶，哪怕是收益慢点。"

在他的坚持下，合作社对茶园的培育管理按照有机茶园的标准进行，全部人工除草，每年挖沟埋青，施有机肥。

合作社流转来的 1100 亩山地整理完成，5 公里的观光游道完工，栽上了102 万株茶苗、5000 株名贵树苗，黄华明让黄石村变了样。

阳光下的黄石村山间茶园　图源：中新网

黄华明先后发起成立黄石茶叶专业种植合作社、新坐标旅游开发有限公司，投资 1000 多万元流转长期抛荒土地累计 1500 余亩，完成 600 亩高山有机茶园、

110 亩荷花鱼池、280 亩四季采摘果蔬园、3000 平方米接待服务中心及茶叶加工厂的建设工作。

他的合作社成员从最初的 16 户到如今的 120 户，规模越来越大。合作社不仅定期收购村民们手中的茶叶，还给村民们创造家门口就业的机会。茶忙时节，百余名村民上山采茶，月工资可达 3000 元，加上流转土地和分红，每年农户增收 5000 元以上。他公司旗下的果园基地被评为安化县重点产业扶贫示范基地。

在黄华明的带领下，村里又陆陆续续成立了花猪养殖、蜜蜂养殖等专业合作社，乡村旅游也同时发展了起来，荷花池、钓鱼台、大毛坪蔬果园、八卦玫瑰园、黄石漂流、农家乐……吸引着大批游客来访。

当初几次因流转土地将他骂出门的黄奶奶，现在逢人就说："华明伢子啊，现在是我们村的万人迷。大家都说他靠得住！我崽也从外地回来了，就在合作社做事，我不再是空巢老人，我的孙子也不再是留守儿童了……"

如今，黄石村已顺利脱贫，成了全国乡村旅游扶贫重点村、省级脱贫攻坚示范村、省级美丽乡村示范村。

黄炎辉

▎人物简介

　　黄炎辉，湖南"农民大学生培养计划"娄底分校2015级秋季农业经济管理专科专业学员，2018级秋季行政管理（村镇管理方向）本科专业学员，双峰县鸿隆种养农民专业合作社理事长，丫头山生态旅游开发有限公司董事长，双峰县蔬菜协会秘书长，洞东村村干部。

▎所获荣誉

　　湖南省优秀农村青年致富带头人。

多元产业托起致富梦　穷山窝巧变聚宝盆

　　翠竹摇曳，竹林下不断孕育新生机；梦想滚烫，山涧中持续生长新力量。步履不停、奋斗不止，梅龙山下的青年，誓要把这"穷山窝"变成"聚宝盆"，让梅龙山上的竹海沸腾起来。

　　如果想来场说走就走的魅力乡村游，不妨就到娄底市双峰县梓门桥镇涧东村。在这里，可以到竹海生态农庄露营、烧烤、垂钓，春天挖竹笋、夏天摘黄桃，饿了就在山庄的餐馆品尝地道农家菜，返程时还可以带上手工晒制的竹笋干、红薯干、干辣椒、萝卜干。不仅能欣赏梅龙山的竹海美景，还能享受温馨的亲子采摘时光，这么好的娱乐休闲方式怎能不让人心动？

　　昔日的穷山窝如今已变成聚宝盆，涧东村每年接待乡村旅游达 1.2 万人次，农庄年销售额达 500 多万元，黄桃种植基地、土鸡养殖场、休闲娱乐项目可以推动当地农户灵活就业，每年支付村民工资超 30 万元。

　　从无到有，从穷到富，从单一到多元，这一切的变化都离不开返乡创业新农人黄炎辉的艰辛付出。

＞ 撸起袖子加油干，泥巴都可以变黄金

　　1980 年出生的黄炎辉是个地道的农村伢子，从小生活在梅龙山下，18 岁职高毕业后和许多年轻人一样选择走出大山，到广东打工谋生。凭着在职高学到的电工知识和吃苦耐劳的秉性，经过 10 多年打拼，黄炎辉慢慢从一名电工变成了小包工头，日子逐渐富裕起来。

　　身处异乡却难舍故村的青山竹海。2016 年，黄炎辉关掉店铺，毅然带着妻子返乡创业，在梅龙山腰上承包林地，妻子最初可是不看好："山上的野草，长得比我还高！好日子不过，上山挖泥巴，真的挺离谱！"这个重返故土的山里汉却对未来有着异乎寻常的美好憧憬："带着村里人撸起袖子加油干，泥巴

都可以变黄金！"

黄炎辉（右）和妻子在竹园　图源：湖南日报

2016 年 10 月，黄炎辉融资 150 万元，创办了双峰县鸿隆种养农民专业合作社，在流转的 200 亩土地上种黄桃，带领村民一同创业。

黄桃产业园投入大，风险大，回报慢，还要熟练掌握种植技术。创办之初，黄炎辉吃尽苦头。村党支部书记黄映辉都看在眼里："每年省、市、县举办的致富带头人、领军带头人、果树栽培等各类培训班，他都自费参加。还在湖南开放大学深造并获得优秀学员称号，受到县委组织部奖励！"

由于勤奋好学，技术掌握了，思路打开了，黄桃产业也日益红火起来了。黄炎辉引来山泉水灌溉，全程套袋管理，剪枝培育，使用有机肥栽培。如今黄桃年产达 1.5 万多公斤，单果个头 80% 在 200 克以上，色泽鲜黄光亮，口感香甜，汁多脆爽。经过开发亲子采摘活动、多网络平台短视频宣传，黄炎辉种植的黄桃销售价格每公斤达 30 元，高出市场价格 50%，年产值达 60 万元。

腰包鼓起来了，他还不忘解决当地村民就业问题，带领大家一起致富奔小康。"在合作社长期做工的易地搬迁对象有 5 人，我也是其中一个。" 65 岁的黄明祥说，"我有两个小孩，女儿读初中，儿子患先天性心脏病。在合作社上班离家近，方便照顾家里，每月还有 3000 多元稳定收入。"村党支部书记黄映辉对黄炎辉赞不绝口："他帮助贫困户脱贫致富了，他是我村的大功臣呢！"

产业园的黄桃熟了　图源：娄底新闻网

＞学习改变思维，思路开阔眼界

看着一株株黄桃树成为摇钱树，黄炎辉满心欣慰，他对知识就是财富有了更为切身的体会，加强学习的步伐更加沉稳有力。

2018年，黄炎辉参加湖南开放大学娄底分校行政管理（村镇管理方向）本科专业学习，他创办的企业在湖南开放大学校领导、老师的扶持和指导下，在当地相关部门的指导支持下，结合本地优势资源，紧扣第一、第二、第三产业发展主线，延伸产业链，提升产品附加值，获得了长足的发展。

现如今，黄炎辉靠山吃山，立足本地资源发展的多元产业全面开花。他建成了双峰县竹海生态农庄，从事绿色休闲旅游、餐饮、特色种养等；建成200亩黄桃、猕猴桃种植基地，13亩水面钓鱼基地，1000亩竹林示范基地，并在竹林里套种竹荪、放养土鸡，进行立体种植和养殖；还引入食品加工设备，雇用村民加工竹笋干、红薯干、干辣椒、萝卜干等农产品，并组建了营销团队，对农产品实行线上、线下销售。

在黄炎辉的带领下，梅龙、涧东、山田3村的200余名村民参与农村综合经营活动。

黄炎辉感慨道："学习改变思维，思路开阔眼界。"学习经历伴随他成长和蜕变的全过程，他也不仅仅是当地返乡创业的新农人，更是乡亲们致富的引路人。谈到未来发展，爱折腾的黄炎辉壮志满怀："我赶上了乡村振兴的好政策，要把穷山窝变成聚宝盆，带领邻里乡亲一起致富，让梅龙山上的竹海真正沸腾起来！"

刘准

◢ 人物简介

刘准，湖南"农民大学生培养计划"衡阳分校 2011 级秋季农村行政管理专科专业学员，衡阳县西渡镇梅花村党总支书记，衡阳县优质稻产业协会会长，湖南省首批乡村振兴农艺师。

◢ 所获荣誉

全国劳动模范，全国种粮售粮大户，湖南省第十二届、第十三届、第十四届人大代表，第十四届省人大常委会委员。衡阳县西渡镇梅花村党总支被中共中央授予"全国先进基层党组织"称号，刘准作为代表在人民大会堂领奖，受到习近平总书记等领导同志会见。

开大培养新农人　梅花香沁新农村

小小"村官"，心中怀有宏愿，
广袤乡村，念念不忘人民。
他如临霜傲雪的梅花，
在共同致富、乡村振兴的光荣大道上尽情绽放。

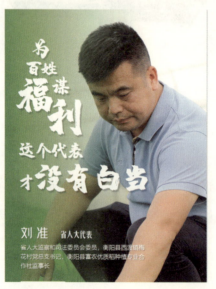

刘准在查看水稻长势　图源：湖南人大融媒体中心

> 创优乡村稻产业　当好致富带头人

2010 年，刘准牵头组织创办衡阳县富农优质稻种植专业合作社，开启创业之路。为了更好地提升土地的经济效益，经营好农民专业合作社，他报读了湖南开放大学的"农民大学生培养计划"农村行政管理专科专业，参加了创业致富带头人培训班，通过技能培训、学历教育，他成长为一名"新农人"。学习期间，刘准坚持边学边干边发展。通过技术加持与个人努力，他本人实现种粮年纯收入 120 余万元。在他的示范和帮助下，合作社先后吸引 200 余户农户加入，培育 500 亩以上的种粮大户 10 户，为当地农民提供就业工日 4.5 万个，年人均增收 1500 元。2015 年，刘准发起成立了衡阳县优质稻产业协会，带动周边农户扩种优质稻达 30 余万亩，种粮农户亩均增收 300 余元。

> 开拓村级发展路　当好兴村责任人

刘准充分利用湖南开放大学的终身学习平台，不断学习，与时俱进，苦练"村官"本领，谋划梅花村的长远发展。他团结带领村支两委班子和党员、群众，利用全村较为丰富的水田和山地资源，通过推行项目兴村、产业强村、文化活村、环境美村的"四村发展战略"，在 2021 年创办了梅花村集体经济股份合作社和梅花村特色水果种植合作社，引进梅花小镇、田园沐歌、尚绿生态等 8 个乡村旅游、餐饮项目，总投资额达 5 亿元。

刘准召集梅花村协和组村民召开恳谈会，让村民参与决策和治理
图源：湖南人大融媒体中心

> 争做建言智慧星　当好群众代言人

当选省人大代表以来，刘准始终牢记"人民代表为人民"的思想，坚持利用空余时间进村入户，在深入调查研究的基础上，先后撰写《加大对农民专业合作社支持的力度》《引导农民有序建房，适度集中居住》《支持农网改造升级》

《易地扶贫搬迁后续工作有关建议》等多个议案、建议，为民代言，造福百姓。他的议案建议得到省人大常委会、省人民政府及相关部门的高度重视和大力支持，争取到各级财政资金2500万元，修建了村组道路、机埠、渠系、田间机耕道路等设施，为发展粮食产业打下坚实基础。

　　作为梅花村的领路人，刘准和他的伙伴们不仅使梅花村成了一块金字招牌，更是引得十里八乡的人们争相到梅花村来取经。

周长友

人物简介

周长友，湖南"农民大学生培养计划"永州分校2016级秋季法学（农村法律事务方向）专科专业学员，永州市冷水滩区牛角坝镇麦子园村党支部书记、村委会主任。

所获荣誉

第十四届全国人民代表大会代表、全国优秀农民工、湖南省扶贫先进个人、湖南省青年五四奖章获得者、湖南省第十三届优秀人大代表、永州市优秀共产党员、永州市最美农民大学生等。

麦子园里躬身行

他，曾舍弃他乡优厚待遇，

也曾放下打拼多年的事业，

当打之年回村当支书，

只因一句，

"大家富才是真的富"。

周长友，1982年出生于永州市冷水滩区牛角坝镇麦子园村。

2001年，周长友中专毕业，怀揣着借来的150块钱离开家乡到沿海地区打拼。从砖窑搬运工、流水线工人到车间主任，再到生产厂长，他学到了先进的管理经验，申请国家专利7项，年薪达到了10万元。

"他乡纵有千般好，不如家乡一缕烟。"在2014年清明"恳谈会"上，永州市委、市政府号召广大有志青年"回故乡、建家乡"。事业有成的周长友响应家乡号召，毅然辞去高薪工作，怀揣乡情和梦想回到永州，成立了一家包装袋企业，解决了当地不少农民工的就业问题。目前企业年产值已逾亿元、年缴税收上千万元，获得湖南省"'小巨人'企业""湖南省重大创新企业"等多项荣誉称号。

羁鸟恋旧林，池鱼思故渊。企业办得红红火火的同时，周长友没有忘了自己的初心。能不能为家乡做点什么？这个想法萌生后，就一直在他心里萦绕。2015年6月，麦子园村和周长友都迎来了各自的转折。时任牛角坝镇党委书记的王付荣找到周长友，提出请他回乡当村支书的想法："麦子园村需要你这样懂家乡、爱家乡的人回来为她服务！"那时的麦子园村是个贫穷闭塞、村容凋敝、矛盾频发的软弱涣散村。而周长友不到33岁，在生意场上正是当打之年。家人和合伙人极力反对，他却没有打退堂鼓，反复给家里人做思想工作："一个人富不算富，大家富才是真的富。"他毅然决然地将自己的企业交给了哥哥，不顾家人的劝阻，回到村里参加竞选。同年，周长友全票当选为麦子园村党支部书记。

"带领家乡脱贫致富，让乡亲们共同富裕！"这是周长友在当选麦子园村党支部书记后的唯一想法。但当时的麦子园村戴着"省级贫困村"的大帽儿，空心化严重，产业滞后，人均纯收入不到5000元，村集体收入几乎为零。

要想富，先修路。周长友知道，农村的路好走了才能发家致富。接下来的几年里，他带领村支部一班人，多方争取、筹措资金。他不仅把自己担任村干部的工资全部投入村公益事业，还积极为区、镇、村争取资金将主干道"白改黑"，并把家家户户串到一起。

同时，周长友带头创建乡村振兴示范村，带领村民在麦子园村先后修建村级活动场所、修水库山塘、打通机耕道、开展房前房后清洁行动等，让村容村貌取得巨大变化，成功实现了美丽蝶变。2019年，麦子园村荣评"永州市文明村""湖南省集体经济示范村"；2020年，获评"湖南省文明村""全国脱贫攻坚先进集体"等。

周长友参加全国人民代表大会　图源：潇湘晨报

在改善麦子园村生产生活条件的同时，周长友还将工作重点放在了生产经营方式、种养殖技术的变革与提升上。在外打拼多年的周长友深刻明白"知识就是力量""活到老学到老"的道理。"在管理方面我还是有一定的经验，但在农业养殖技术方面，我这个中专生就要挠头了。"2016年，周长友在村委会看到了湖南开放大学"农民大学生培养计划"项目的招生简章，他毫不犹豫地报了名，成为法学（农村法律事务方向）专科专业的一名新生。

在开放大学学习期间，周长友感觉自己打开了一扇新的窗户。他尤其珍惜每一次去学校面授的学习机会。2年多的时间里，他不仅掌握了农业实用技术，而且基层纠纷调解能力和经营管理水平都得到很大提高。通过学习、思考和实践，村里合作社的管理和技术难题都迎刃解决，他本人也被评为"永州市最美农民大学生"。目前，全村已发展成立了8家农业公司，3年土地流转分红近200万元，支付劳务工资300多万元，全村人均增收12000元以上。新生产经营模式的强势注入，改变了村民的传统思维，麦子园村大跨步地走上富裕之路。

周长友（右二）听取群众的意见　图源：冷水滩区融媒体中心

一路艰辛一路歌。周长发是平凡的农民、普通的创业者，但干出了不平凡的事业，让人感动、令人敬佩。多年来，他始终植根于永州这块红色的土地，保持劳动人民的朴实本色，用实际行动诠释了自己对家乡的热爱；他始终如一、无怨无悔，用一颗感恩的心坚守了带领群众脱贫致富的忠诚，也实现了自己的人生价值。

杨娟娟

人物简介

　　杨娟娟，湖南"农民大学生培养计划"娄底分校2011级秋季农业经济管理专科专业学员，娄底市新化县科头乡副乡长。

所获荣誉

　　第十二届全国人民代表大会代表。

把山乡的声音带到北京

她爬过山坡、蹚过溪水，几乎走遍了新化县的每一条山路；

她走村串户，收集基层的声音，把它带到北京；

她关注乡村产业、留守儿童，建言献策，认真履行了一名人大代表的职责。

2013年3月6日，在第十二届全国人大第一次会议上，时任国务院副总理李克强参加湖南代表团讨论。作为来自基层的代表，29岁的新化县展望村村主任杨娟娟被安排在第一个发言，实现了她把基层声音带到北京的愿望。

杨娟娟推介新化县"三黑"产品　图源：中国青年网

> 干实事的村主任

"我现在最想做的就是多做事来回报社会，回报父老乡亲。"

在2011年的新化县曹家镇展望村村委选举中，村民看中她年轻、有干劲，且出去闯荡过，见识较广，高票支持她当村主任。

面对村民的信任，杨娟娟上任后做的第一件事就是走村串户，了解村情民情。

"展望村的条件差，主要体现在道路不通、没有自来水。很多村民都是到一口公用的井里挑水喝。下雨之后，井水就会变得很浑浊，要沉淀两天才能用来煮饭。了解到这些情况，我感到十分痛心，并且下决心要为村民们做一些改善生活条件的实事。"看到这些情况，做事果断、雷厉风行的杨娟娟立刻着手推动村里的公路修建。那段时间，她疏通相关部门联系渠道，争取政策倾斜支持；找企业、找老板，四处筹措修路资金，发动各方物力投入。经过几年的努力，展望村已经投资100多万元修通了毛坯路，然后又争取数百万元的资金对公路进行了硬化。近几年来，全村共硬化公路12.5公里，修建公路护栏6.3公里，公路绿化9.8公里。除此之外，还新建了一处饮水工程，解决了全村1800多人的饮水安全问题。她还联系修建了一个移动基站和联通基站。短短数年展望村基础落后的状况就得以改变。

在几年的村主任工作中，杨娟娟对于上级党委政府安排的工作任务，从不打折扣。对于村里的工作，只要研究决定了的，从不欠时间账；对于棘手的难事，她不回避，不推卸。她工作中又有细腻温柔的一面，对待每一个有困难的村民，她都热情有加，关怀备至；对待有不同意见的村民，她循循善诱，以理服人，用女性特有的柔和去感染人，从不打官腔，不说重话。杨娟娟还特别关注妇女发展，积极推动妇女工作和妇联改革，保障妇女健康、助力妇女增收致富，为妇女儿童撑起安全伞，是妇女姐妹心中信赖的"娘家人"。

> 心系乡村发展的好代表

2013年，杨娟娟当选为第十二届全国人大代表，成为湖南最年轻的人大代表村主任，也是新化县20年来唯一的全国人大代表。

在享受着巨大的个人喜悦与荣誉感的同时，杨娟娟也意识到自己在履行全国人大代表职责的过程中可以为乡村的发展争取更多的资源、创造更多的机会。

在2013年第十二届全国人大召开前夕，杨娟娟经过广泛调研，认真思考，对于参加会议有了充分的准备。"我深知基层的问题很多，我个人的能力有限，但作为人大代表，我有机会把农民的心声反映出来：希望强农富农惠农的政策再多些，力度再大些，落实再彻底些。我带来了几个建议，一是关于改善农村基础设施建设；二是关于扶持特色农业产业；三是关于农村留守儿童。如果道路、水利等基础设施建好了，农村经济效益发展了，就不会有那么多青壮年外出务工，留守儿童和空巢老人的问题也自然缓和些。"

第十二届全国人民代表大会代表杨娟娟接受红网记者采访 图源：红网

担任人大代表后，杨娟娟的目光始终没有离开乡村发展。

她建议支持大力发展"三黑"产业。在杨娟娟看来，新化黑茶、黑米及黑猪在该县已初具产业化经营规模，形成了新化县的"三黑"产业。"三黑"产业应成为新化农业提质增效、农民增产增收的重要途径和县域经济的新增长点，同时，这也是解决贫困地区留守儿童、空巢老人等突出社会问题的一条重要途径。

她特别关注乡村教育。在广泛深入调研的基础上，杨娟娟提出了优化师资办好农村教育，加大对贫困地区农村教师周转宿舍建设扶持力度，提高边远地区教师待遇，降低特岗教师和男教师考试门槛，保障农村孩子就学，扶持农村大学生就业等方面的建议。

她还先后提出了加大对贫困地区交通、水利项目的投入，完善新型农村合作医疗制度，提高看病补贴标准，重视和保障失独家庭生活，将新化安化茶马古道列入世界非物质文化遗产申报范围等建议。

杨娟娟说，因为提了建议，她接到了很多相关职能部门的回复，"感觉大家越来越重视农村的工作，都在努力改善农民生活"。

宋海晏

人物简介

　　宋海晏，湖南"农民大学生培养计划"长沙分校2006级农村行政管理专科专业学员、2009级行政管理本科专业学员，先后担任长沙县金井镇金龙村村主任、金龙村党支部书记、金井镇副镇长、金井镇党委副书记、开慧镇镇长等职务。

所获荣誉

　　全国十大巾帼带头人，湖南省第九届、第十届党代会代表，湖南省新农村建设百姓心中十佳村干部，全省创先争优优秀共产党员，省优秀女支部书记，湖南省先进工作者，省电大英才，市三八红旗手，市优秀党务工作者，市优秀政协委员，市电大英才等。

乡村建设的女当家人

百姓眼中百里挑一的好书记，

一片爱心磁针石，不指南方不肯休。

春种一粒粟，秋收万颗子，

"龙头""龙尾""龙趾"成就金龙腾飞。

宋海晏是名副其实的乡村建设当家人。从长沙县金井镇金龙村村主任、金龙村党支部书记，到金井镇副镇长、金井镇党委副书记、开慧镇镇长等职，宋海晏一干就是 28 年。宋海晏将美好的青春年华都奉献给了乡村建设。

> 一个信念：给信任自己的乡亲一个好的交代

1967 年出生的宋海晏高中毕业后教过书，当过万松园村妇女代表大会主任兼计划生育专干。2004 年村级区划调整，长沙县金井镇万松园村和凤形山村合并成了今天的金龙村。时年 37 岁的宋海晏，被党员、群众以高票推选为金龙村党支部书记。从当选村支书的那一刻起，她的心中就只有一个信念：尽可能地给乡亲们一个好的交代。

上任之初，金龙村的情况让她内心焦灼：村级欠债 10 余万元，农业税陈欠 7 万多元，村干部 3 年工资未到位，矛盾纠纷众多，遗留问题亟待解决。面对困难，她没有畏惧、没有退缩，更没有放弃。为了收缴陈欠款项、处理矛盾、解决问题，上任伊始，不论白天还是黑夜，宋海晏前往家家户户做工作，几乎每晚都是 11 点后才回家，尤其处理复杂问题时，她总是坚持硬骨头、疑难杂症亲自上，有效保障了矛盾纠纷不出村，营造了风清气正村民村风。有好几个夜晚，她骑着摩托车连人带车摔倒在水沟里和田坎上，就是凭着这样一股韧劲与真诚，凭着对工作的执着与热爱，宋海晏感动了金龙村的乡亲们。

为了这份信任，她以村为家，全年出勤 350 个工作日以上，无暇顾及丈夫、老人和孩子。她全身心投入工作中，从村级发展规划到每一项工作的具体开展，几乎面面俱到；幼儿园从建园报批到人员安排，她都亲力亲为；村里每年大大小小有 20 多个项目，每个项目从晚上开户主会启动到实施，她都亲临现场，坐镇指挥；就连星沙广场节目表演，从策划到排练，她都自始至终亲自指导。

> 一份答卷：打造出秀美金龙村

作为金龙村的带头人，宋海晏想方设法帮农民谋发展。不到 1 年时间，她就还清了原村级债务 10 余万元。为了不断改善村民的生活生产条件和促进全村的发展建设，她还筹资 7000 多元修好了竹叶坡桥；筹资 3 万多元修复了竹山坝；争取投资 600 多万元的土地平整项目，新增耕地 155 亩；几年来实施民生实事项目 20 多个，争取资金几千万元。

此外，她决定分"七步走"来助力金龙村的经济发展，并实现了从输血到具有造血功能的转变：一是引进企业，解决农民就业难题。先后引进隆平有机、华创蔬菜、中南炉业和银峰合作社等企业。二是服务工业企业，充当企业发展的及时雨。三是壮大农业产业，目前全村已经建成 1000 亩有机农业蔬菜基地、1000 亩高档优质稻示范区、2291 亩生态有机茶园。四是实现土地流转，目前已经实现 1800 亩耕地和 3000 多亩土地流转，在流转过程中，保证农民"失地不失权、失地不失利、失地不失业"。五是走合作社经营路子。六是发展开拓劳务经济。七是利用本村金龙铸造实业有限公司、金井茶厂、迪瑞特服装有限公司三家大企业的优势，发展村企联营模式。几年间，全村 600 多户农家中，有 200 多户在企业上班，村党支部还创建 100 个以上的茶叶美化、绿化、创收的示范家庭，帮助这些家庭在茶叶种植业上致富。经过 10 年的奋斗，该村集体经济实现了从零到百万元的华丽蝶变。

为了提升自己，2006 年，宋海晏报读了湖南开放大学"农民大学生培养计划"农村行政管理专业，2009 年获得大专文凭后，她又继续攻读开放大学的行政管理本科专业。她运用所学知识高标准规划村级城镇化建设，按照"宣传发动、深入调研、走访调查、尊重民意、遵循自然"的宗旨，以"简洁、现代、自然"

的理念打造秀美金龙村。按照城乡统筹规划，她在 5 年时间内新建 100 栋农户新居，改建 400 栋农户旧居，按照一区、两线、三点、四园、五片的格局，将金龙村打造成金龙腾飞、龙凤呈祥的宜居福地，真正成为社会主义新农村建设的典范。

一区：指以村部为中心形成集政治、经济、文化于一体的功能齐全的公共活动中心区。两线：指围绕村内主要景观及特色产业形成两条参观路线。三点：利用周边几千亩生态有机茶园拓展招商渠道，引进外来投资者，打造集赏茶、品茶、体验茶生活为一体的农业生态观赏区；利用村域东南部约 200 亩的蔬菜基地，借助隆平高科 1000 亩无公害蔬菜基地，打造集住宿、活动会所于一体的接待中心；利用金开片区地理优势和村民集中居住优势打造城乡一体化示范区。四园：建设高标准无公害蔬菜园约 1000 亩、生态有机茶园约 1500 亩、高档优质稻园约 1000 亩、生态体验园约 500 亩。五片：打造村域内主要的农民小康居民点，形成"江南秀美村庄"简洁素雅风格。莲花片区、田里片区、花园片区主要以改建整治为主，金开片区以新建和改建相结合，石碧湖片以新建为主。

她推进城乡一体化房屋改造和集中片区新建工程，进行莲花片区、金开片区 478 户民居的立面改造和绿化，石碧湖片区和金开片区集中居住点建设，并利用城乡一体化建设契机，根据现实特点，因地制宜，创新亮点。她常说：要以金龙村村部为"龙头"，凤形山为"龙尾"，驻村企业为"龙趾"，真正实现金龙腾飞、龙凤呈祥的喜人局面，让生活在这里的百姓"宜居宜业、民富民安"，成为城里人也向往的地方。

> 一种情怀：对别人好，就是对自己好

宋海晏视群众如亲人，全力为民。她经常以串门子、拉家常等形式走进群众中，听取老百姓的意见，掌握动态，聆听诉求，老百姓也是大小事找她倾诉，真正和她做朋友、做知己、做亲人。她常说：对别人好，就是对自己好，要做群众的朋友、知己甚至亲人。哪家孩子少了学费，她给垫上；哪家困难户养猪没有本钱，她就叫丈夫打好饲料送去；哪家突遭意外，她就第一时间赶去并送

上慰问金。汶川地震她悄然捐款 4000 多元，党员应急救助基金会她又带头捐了 2000 元。这些她从未计算过，但是受过她帮助的人心中有数。大家都说：我们的宋书记是善谋敢闯、敢想敢干、是百里挑一的好书记呀！

　　20 多年的基层工作，宋海晏有奉献，也有回报，她所在的金龙村先后被评为全国文明村、全国生态村、全国巾帼示范村、湖南省长沙市长沙县三级新农村建设示范村、湖南省长沙市长沙县三级先进基层党组织、湖南省"五个好"党支部、湖南省魅力村庄、省两型示范村、省级卫生村、长沙县人民满意村等。

刘星

刘星，湖南"农民大学生培养计划"邵阳分校 2019 级春季行政管理（村镇管理方向）专科专业学员。邵阳市城步苗族自治县汀坪乡隘上村支委委员、团支部书记，共青团湖南省委副书记（兼），城步县青年创业协会副会长，城步苗族自治红薯妹农业科技发展有限公司法人，城步青青缘薯类种植专业合作社法人。

所获荣誉

共青团第十八次全国代表大会代表、湖南省五四青年奖章获得者、湖南省优秀共青团员、湖南省最美农民工、邵阳市最美妇联人和最美扶贫人物、邵阳好人等。

"红薯妹"闯出了新路子

她以弱小的身躯，担起了家庭和社会责任。坚持绿色发展道路，奋力共赢造富乡邻。小小"红薯妹"，坚毅地绽放着属于自己的靓丽青春。

城步苗族自治县汀坪乡隘上村有一位90后的苗族姑娘刘星，被乡亲们称为"红薯妹"。

2015年底，刘星返乡创业，从摆地摊起步，2016年7月成立城步红薯妹农业科技发展有限公司。2017年7月，刘星担任汀坪乡隘上村团支部书记、计育专干及妇联副主席；2018年6月当选为共青团第十八次全国代表大会代表；2021年12月当选为邵阳市第十七届人民代表大会代表，后又当选民族华侨外事委员会委员；现担任共青团湖南省第十六届委员会兼职副书记，汀坪乡隘上村支委委员。

> 一

和许多农村青年一样，刘星很早就外出打工。但她醒悟得也许比一般的人早。20岁那年，她便毅然决定：返乡、创业！她先是卖自己做的手工布鞋，之后用摆摊赚来的1000元作为启动资金，在村里开了一个很简陋的电商工作室，从事电商业务。

创业艰难，她是有心理准备的。她不断寻找创业方向和项目，推演了无数次，最终选择从事农业红薯种植与红薯产品深加工。

她仔细钻研红薯干的传统制作手艺，不断研制出一款款新的产品，提高了农产品的附加值，她用一台智能手机，成功地将红薯干等农产品打入市场，让苗乡的红薯干走向了全国各地。

创业的成功体验让刘星更加坚定了扩大红薯生产、扩大经营范围的信心。

往小了说，只有许多人帮你赚钱，才能赚更多的钱；只有帮你赚钱的人都赚到了钱，才能做大做强。往大了说，只有当地经济发展了，乡亲们都富了，才会有真正的新农村。她有了更高的目标：带领乡亲们共同致富。

2016年她成立了城步红薯妹农业科技发展有限公司，坚持走绿色发展道路，不断开发纯天然健康食品。刘星带领广大农户对红薯等特色农作物进行加工，帮助村民实现家门口就业，在互联网上广开销路，助力村民卖了很多存在家里的"干粮"，让农户们过去吃不完、卖不掉的农产品变成了真金白银，带动了当地2000多名村民增收。由于影响力不断扩大，刘星成了苗乡群众口中的"红薯妹"。于是，她注册"红薯妹"商标，成为城步红薯产品的"代言人"，开创了城步"互联网＋红薯"现代乡村小微企业的新篇章，为乡村产业振兴走出了新路子。

2017年，她组织村民成立了城步青青缘薯类种植专业合作社，发动村民将闲置的土地种植红薯，雇佣留守妇女加工红薯干，让村民在家门口实现就业增收。合作社以签约合作的形式带动农户种植，根据其种植面积配发红薯种和化肥，对产品以保护价格收购。周边6个村的500余户，含400多名贫困人口的剩余劳动力被激活，农户年均增收0.5-3万元。刘星用"公司＋合作社＋家庭农场＋农户"的合作生产经营模式，将农村剩余的劳动力盘活，有效地增加了农民收入，为当地产业振兴贡献了力量。

习总书记说："要像保护眼睛一样保护生态环境，像对待生命一样对待生态环境。"生态持续改善给农村绿色产业发展带来了更大的空间。刘星的红薯产业坚持绿色发展理念，严格按标准种植和挑选原材料，在南山国家公园700—1800米高海拔区试验纯生态种植，不用激素化肥，不用除草剂，远离化学污染。2020年公司所种植的红薯成为有机转换食品。加工的红薯干和蔬菜红薯叶子挂面，2021年获得湖南省文化旅游商品大赛铜奖。刘星带动村民，把红薯做到精致，红薯、红薯叶做成了红薯干、红薯面、芝麻薯片、红薯糍粑、红薯叶子牛肉挂面等十余款薯类健康食品，销售至全国各地，助推乡村生态和产业振兴。

苗乡村民的幸福生活，就是对她最好的鼓励。五团镇的残疾青年张某清，因肢体残疾不能外出工作，过去全靠政府救助艰难度日，加入合作社发展红薯种植后，年收入增加了 2.6 万元；74 岁的贫困村民李大爷通过红薯种植每年增收 7000—10000 元；56 岁贫困户李大婶握着刘星的双手，含着热泪说："我现在平均每月有 2000 多元的收入，这是我过去都不敢想象的事，真是太感谢你了啊！"看到村民的口袋里有钱、脸上有笑容，刘星动情地说，我的十年青春奉献是有价值的，值得的。

> 二

随着产业的不断扩大，刘星深深地体会到，要使家乡脱贫致富，必须把人力开发放在首要位置，让人愿意留在乡村、建设乡村，培养一支强大的乡村人才队伍，乡村振兴才能可持续发展。

早先，她留下了乡村青年陈昌客，动员他返乡合作创业，做振兴乡村、脱贫增收的创业人，几年的艰苦奋斗，陈昌客成长为公司的总经理。为带动农村青年返乡创业，让留守妇女在家能有一技之长，刘星开展蔬菜水果种植、网上销售等技术培训，参加学习的村民达到 256 人。

为呵护留守儿童健康成长，多方面培养儿童的兴趣爱好，刘星作为基层党员干部，于 2021 年 7 月牵头成立了隘上村青少年留守儿童暑假免费辅导班。隘上村支两委共同努力，请来 6 名在读大学生和 2 名书法教师，免费为隘上村的 70 名儿童上课。因为此项工作成效突出，在市民政局的大力支持下，隘上村新增了 1 名童伴妈妈，协助管理留守儿童。

在抗击疫情中，刘星无私奉献，不仅每天与其他基层干部轮流在岗值班，还将公司生产的价值 5 万余元的紫薯面、红薯面打包成 2000 余份，送到城步苗族自治县疫情防控指挥部，发放给全县的乡镇和医疗应急机构；她主动将公司无尘车间仅有的 1000 余个口罩和 200 双橡胶手套捐赠给汀坪乡政府、派出所、村支两委第一线的工作人员和有需要的村民；她个人通过捐款、站岗值勤、宣传动员等形式，尽己所能支援防疫工作，为当地打赢疫情防控阻击战贡献了力量。

2020 年以来，刘星还通过联谊形式，与邻近乡村党、政、团、妇联等组织和团体实行生产经营互联互通、互帮互助。通过自家的电商平台帮助邻近合作社销售农家大米、山茶油、新鲜红薯近百吨，为响应"乡村振兴"的号召起好了步，带好了头，做出了示范。

> 三

刘星在扶贫攻坚、乡村振兴的路上迈开了坚实的步伐，党和人民给予了她坚定的支持与鼓励。

2019年，刘星光荣地加入了中国共产党组织。刘星的成长，离不开各级党、团组织的亲切关怀与培养，省、市、县各级团委都时刻给予帮助和指导，城步苗族自治县委书记余勋伟同志亲自为刘星的产业振兴乡村把脉规划，邵阳市委书记严华同志在五四青年节座谈会上听取了刘星的汇报发言，并亲切地称呼她"红薯妹"，鼓励她再接再厉，再创新功。

陈良凯

▌人物简介

　　陈良凯，湖南"农民大学生培养计划"常德分校2016级秋季行政管理（村镇管理方向）本科专业学员，常德市鼎城区草坪镇三角堆村党总支书记、村委会主任。

▌所获荣誉

　　湖南省第十二次党代会代表、湖南省劳动模范、湖南省脱贫攻坚先进个人、湖南省优秀党务工作者、常德市最美扶贫人物、常德市优秀党务工作者等。

执好三支笔　绘就美丽乡村新画卷

放弃高薪回乡创业，校长变身村支书，抵押房产先行先试，红心火龙果成为致富"金宝贝"，他手执画笔，带领村民绘就了一幅"产业兴旺、生态宜居、乡风文明、治理有效"的美丽乡村新画卷，奏响了幸福生活新乐章。

暖暖远人村，依依墟里烟。漫步在杜鹃湖堤畔，路旁一丘丘稻田与湖旁的杜鹃花相映成趣，平坦的柏油路蜿蜒成优美的曲线，串起窗明几净的农家小院，生动靓丽的文化墙绘让人眼前一亮……春日的常德市鼎城区草坪镇三角堆村处处充满勃勃生机。

很难想象，如此精致、整洁、有序的美丽新农村，在 2016 年以前竟然是省里"挂号"的贫困村，短短 7 年间已发生了翻天覆地的变化，集体年收入从零跃增到现在的 50 万元以上，不仅顺利脱贫摘帽，还先后被评为全国乡村治理体系示范村、国家森林乡村、湖南省美丽乡村示范村。这骄人成绩的取得离不开该村 80 后村党总支书记陈良凯的奋斗和付出。他紧握党建引领之"笔"、产业兴村之"笔"、争先创优之"笔"，绘就一幅美丽乡村新画卷。

> 紧握党建引领之"笔"　为新农村建设"打底色"

陈良凯大学毕业后，2004—2016 年一直在自主创业，他担任常德市神州电脑科技学校校长，从事职业技能培训，年收入三四十万元，日子过得充实富足。2016 年，三角堆、稻罗岭两村合并，经当地党委反复考察、家乡父老乡亲的多次邀请，在外担任培训学校校长的陈良凯毅然放弃高额年薪，应邀返乡担任村党总支书记，挑起了带领群众脱贫致富的重担。

作为一个村的领头人，陈良凯如饥似渴地学习习近平新时代中国特色社会主义思想和习近平精准扶贫重要理念，并通过入读湖南开放大学常德分校行政管理（村镇管理方向）本科专业，将学到的知识积极用于新农村建设实践。

这些年，陈良凯积极带领村干部加强"智慧党建"建设和支部"五化"建设，通过"慧眼望乡"工程和"智慧党建"系统，把在外的党员也凝聚了起来，真正做到了阵地建设规范化、工作制度体系化。通过抓党建，党总支部的凝聚力、战斗力明显增强。无论是脱贫攻坚工作，还是农村人居环境整治，三角堆村都走在了全镇前列。仅仅用了 1 年时间，2017 年三角堆村成功摘掉了贫困村的帽子，2019 年被评为湖南省美丽乡村示范村。2019 年 11 月 26 日，时任湖南省委书记杜家毫莅临视察，对三角堆乡村的治理给予高度赞扬。

陈良凯（左一）宣讲湖南省第十二次党代会精神　图源：红网

> 紧握产业兴村之"笔"　为乡村振兴"添本色"

乡村振兴，产业兴旺是重点。上任之初，陈良凯根据三角堆村区位特点，提出因地制宜发展火龙果种植。然而，很多村民对这种并不多见的热带水果不了解，也不买账，陈良凯寻来的致富项目遭受冷遇。

为了打消村民的疑虑，他到银行用自己家的房产，抵押贷款 25 万元带头先行先试。就是凭借这种敢闯敢拼的精神，陈良凯让这种在常德乡村并不多见的热带水果变成了三角堆村村民脱贫致富的"金宝贝"。

现如今，三角堆村已拥有火龙果园 20 余亩，能够为村集体和"入股"农户带来一笔可观的收入。同时，立足火龙果基地和农耕博物馆，该村还积极发展农旅产业，通过引进康辉旅行社合作成立杜鹃湖农旅公司，打造乡村振兴培训、特色水果采摘、农耕体验、乡村观光、乡村农家乐等多种旅游形式，每年吸引游客 1 万多人次。

除了大力发展红心火龙果种植及乡村旅游，陈良凯带领村支两委，从本村实际出发，稳步发展了一批集体经济产业：以"公司＋合作社＋农户"的模式，先后成立了杜鹃湖果蔬专业合作社和三兴农业发展有限公司，建立了优质稻、黄花菜、新造油茶、水蜜桃等产业基地。通过统筹兼顾各类农户利益，健全产业扶贫利益联结机制，重点促进贫困户增收，集体经济产业发展形成一定规模，成效明显。三角堆村集体经济年收入达 50 多万元，每年提供务工岗位近 2000 个，为当地村民提供务工收入达 20 多万元。

陈良凯（左二）参加别开生面的"屋场会"　图源：法周融媒

> 紧握争先创优之"笔"　为提升人居环境"提成色"

农村基础设施薄弱、人居环境不优，严重影响了村民的幸福感和获得感。"老百姓心里装着明镜。给他们办实事，他们就支持你。"陈良凯感慨，一定要改变居住环境，让老百姓住得舒服、住得顺心！

陈良凯多次外出考察学习，争取项目和资金，改善基础建设、提升公共服务，成效显著。目前，全村通组道路硬化率达 100%，极大地方便了群众出行和农产品运输；全村共 50 多口山塘，对近万米沟渠进行了整修加固，确保了农田水利灌溉；全村高低压电网进行了改造，村民用电保障水平进一步提高；全村所有农户自来水供水入户；全村 500 多户进行了"厕所革命"，生活污水达标排放率 90% 以上；全村积极开展丰富的群众文化、体育活动，形成了积极向上的良好风气。

"看到家乡变化越来越大，我们在外发展的人也更愿意回乡发展。" 在外地创业的闵译军捐资 1000 多万元修建村文化广场，带动了三角堆村不少能人返回家乡、建设家乡。

2021 年 6 月 22 日，时任湖南省委副书记乌兰、副省长隋忠诚带领全省农村人居环境整治暨厕所革命现场推进会与会人员来到三角堆村，对三角堆村人居环境整治和改厕等工作给予了高度评价。

"乡村治理之路，没有终点；幸福的追求，没有止境。"陈良凯说，他将一直奔跑在新农村建设的道路上，为广大人民群众在乡村振兴中有更多的获得感、幸福感而不懈努力！

蒋阳秋

人物简介

蒋阳秋，湖南"农民大学生培养计划"永州分校 2018 级春季行政管理（村镇管理方向）本科专业学员，永州市零陵区菱角塘镇文雷村党总支书记。

所获荣誉

全国抗击新冠肺炎疫情突出贡献农民、湖南省先进党务工作者、"五四"湖南侨界优秀青年，永州市第六次党代会代表。文雷村被表彰为全国侨联系统优秀"侨胞之家"、文雷村获评"湖南省脱贫攻坚先进集体"。

村支书的美丽乡村梦

仁心馈乡梓，大爱泽山乡，

怀揣对家乡的满腔热爱，

循梦而行，向阳而生。

心中有美丽风景，定能花香满径，

他终将儿时的美丽乡村梦照进现实。

小时候，母亲问："你的梦想是什么？"他脱口而出回答："让家乡变得更美丽！"

16岁，他离开家乡走南闯北拼搏创业。他到山区抢修过铁路，到矿区从事过矿产开发，他还挖土方、修公路、盖高楼、开酒店、办餐饮，产业遍地开花，事业蒸蒸日上。他是远近闻名的创业名人、农民企业家，还当选了湖南省侨商会理事、永州市侨联委员、零陵区侨联副主席。

2017年，41岁的他回到自己的家乡担任村党总支书记。他说自己想改变家乡落后面貌，帮村民脱贫致富，带领大家奔小康，实现儿时的美丽乡村梦！

他就是湖南省永州市零陵区菱角塘镇文雷村的村党支部书记蒋阳秋，带领村民奔赴一场建设美丽乡村的圆梦之旅。

> 创新发展　带领村民奔小康

文雷村地处零陵区城郊东北部，距城区约3000米，交通便利。由于依托青石江水源，土壤肥沃。怎样发挥地域优势，带领主要靠种水稻和外出打工谋生的村民摆脱贫困，这是摆在蒋阳秋面前的头等难题。

"首先是成立专业合作社，把土地全部整合，流转到村里，再由村委会统一安排、统一规划种植。其次是升级大棚，建立现代化的供水系统，并邀请省内专家到村里进行技术指导。"蒋阳秋一上任，便开始对村里蔬菜基地进行大刀阔斧的改革。他自己更是主动参加了湖南开放大学行政管理（村镇管理方向）本科专业学习，邀请农技专家到村为村民开展蔬菜瓜果种植现场教学。

蒋阳秋参加永州市第六次党代会　图源：红网

在蒋阳秋的带动下，文雷村发展水稻种植大户 20 余户，稳定了全村的粮食生产基本盘。因地制宜发展蔬菜水果产业，采取"公司（合作社）+ 农户"模式，新建蔬菜大棚 560 余个，面积 200 余亩。通过反季节蔬菜种植，在蔬菜地里套种贡柑、火龙果等水果的方式，拓宽了村民脱贫致富的渠道。当前该村的蔬菜已经占到了整个零陵区蔬菜市场的三分之一。文雷村正逐渐成为永州中心城区的"菜篮子"。

多年来，除了大力发展蔬菜水果产业，他还带领全村创办了集体企业文峰德盛生态农业有限公司，引进了文峰温氏养猪场、永珍生态农业发展有限公司、电商服务公司，建设了蔬菜、大型种鸽繁育、沃柑、皇帝柑、黄桃等示范基地。其中投资 400 万元建设的温氏养猪场，年出栏生猪 6000 余头，村集体每年分红 10.4 万元；投资 400 万元建设的永珍鸽场，村集体及 6 户贫困户每年定额分红 5.5 万元；发展工厂式高密度流水养鱼，村集体每年定额分红 1.8 万元；通过招商引资成功引进了投资 3500 万元的广州凯峰皮革加工企业……实体经济涵盖了水稻、蔬菜、畜禽养殖等行业，产值超过 2000 万元，2021 年村集体经济利润超过 20 万元。

文雷村多次获评湖南省脱贫攻坚先进集体，零陵区小康示范村、科技示范基地、脱贫攻坚先进贫困村等。2021 年，文雷村被确认为湖南省乡村振兴重点帮扶村。

蒋阳秋（左）走访永珍鸽养殖基地　图源：红网

> 为民服务　要当美丽乡村"设计师"

蒋阳秋亲民近民，又雷厉风行，既有想法点子，又踏实肯干，在带领村民脱贫致富的同时，致力于"打造零陵第一村"，在改善人居环境方面花了很多心思。

在蒋阳秋的大力倡导和全村的共同努力下，近年来，文雷村以"一拆二改三清四化"为抓手，投资上百万元完成了"绿化、美化、亮化""三化"工程建设。拆除村里"空心房"5000 平方米，整修沟塘 12 处，硬化道路15000 米，安装路灯 246 盏，升级改造厕所 480 座，村辖 20 个自然组实现了自来水全覆盖。村内主干道和小游园还栽种了 400 余棵桂花树、樟树及月季、丁香等。

绿树红花掩映的小洋楼、清澈的溪流、漫山遍野的果园，还有小游园里纳凉的人群和玩耍的孩童们发出一阵阵笑声，一幅恬然和谐安逸的美丽乡村画卷徐徐展开。

＞ 艰苦奋斗、吃苦耐劳　愿做群众贴心人

新冠肺炎疫情防控期间，蒋阳秋离开父母妻儿和温暖的家，毅然选择"逆行而上"，奋战在抗疫一线，当好群众的"贴心人"。

他及时安排部署，当好"调度员"；落实摸排工作，当好"服务员"；加大宣传力度，当好"宣传员"。他坚持 24 小时值班制度，身着志愿服，劝散、劝回、劝防，宣传疫情防控知识，并积极为参与值班的村民发放福利，送水解渴、送鸽子补身体。在抗疫形势最为紧张、物资最为紧缺的时刻，蒋阳秋以个人名义向菱角塘镇文雷村村部捐赠了口罩、酒精、消毒液、电子测温枪等价值10000 余元的抗疫物资。

曾经对种植蔬菜大棚持反对态度的村民李军辉，通过在基地里承包大棚，收入增加了好几万元。他高兴地说："跟着蒋支书是走对路子了！"村里种植能手唐绍青在蒋支书带领的村委召唤下，回乡投资 300 万元打造了四季特色水果采摘园，国内种有黄桃、白桃、阳光玫瑰葡萄、夏橙等 10 多种水果。"每当双休日，城里的客人就纷纷来采摘，吃农家饭。"

梦想就是最好的信仰，指引人们向前不会彷徨。现如今，村里的环境美了、产业旺了、村民富了，乡亲们的笑容常在脸上绽放。蒋阳秋儿时的"让家乡变得更美丽"的梦想一步步变成了现实。

蒋阳秋指着村里的一个个产业信心满怀地说："乡村振兴，大有可为。我们在做优做强'菜篮子''果园子''鱼场子'等产业的基础上，打造青石江沿江风光带，大力发展乡村旅游、亲子旅游，推动农旅一体化融合发展，让希望的田野更有希望，让家乡更充满生机活力。"

杨军

▎**人物简介**

　　杨军，湖南"农民大学生培养计划"常德分校 2016 级秋季行政管理（村镇管理方向）本科专业学员，常德市武陵区芙蓉街道落路口社区党委书记、居委会主任。

▎**所获荣誉**

　　全国抗击新冠肺炎疫情先进个人、湖南省优秀城乡社区工作者、常德市武陵区第十八届人大代表。

社区群众的贴心"守护人"

　　穿紫河畔，他是一道红，在社区基层治理中践行着一名共产党员的为民初心。

　　抗疫前线，他是一束光，在大街小巷间照亮基层疫情防控的前行道路。

　　人民至上，生命至上，他是社区群众的贴心"守护人"，他在平凡中铸就非凡！

　　杨军，男，1977年11月出生，中共党员。他扎根社区23年，"知难而进、迎难而上、破难而行"，急难险重任务中始终冲锋在前。他探索创新"党建引领、精准服务、协商共治"的基层治理机制，用实际行动书写着对党和人民的忠诚，体现了一名共产党员的责任担当。

杨军被评为全国抗击新冠肺炎疫情先进个人　图源：民生在线

＞ 疫情防控作表率

　　新冠肺炎疫情发生后，在省市启动一级响应前，杨军带头取消休假，同时要求社区工作人员从大年初一起取消休假，严格落实 24 小时值班和领导在岗带班制度，动员群众减少聚集性活动，并紧急设立了 17 个疫情监测点。他带领社区工作人员，从守路口、测体温、轮班巡逻，到逐户排查、贴告知信、消毒杀菌，先后开展 7 次全面排查行动，完成入户调查 19376 户次，实现防疫工作"零漏排""零扩散"。他主动与辖区内快递站协调，租赁 5 辆电动三轮车为居民配送物资，累计配送有机蔬菜 2.5 万多公斤，大米 300 余包，食用油600 余桶，并多方筹措防疫物资，免费发放口罩 7000 余个，消毒液 1 万多公斤。他还创造性打造"细胞工程"，以楼栋为单位建立 75 个"楼栋细胞"，由社区干部、物业工作人员、楼栋长充当"细胞核"组成志愿者队伍，每日定时开展"三问一报"的摸排、巡查，形成了联防联控、群防群治的有效工作机制。

疫情期间，杨军在值班   图源：常德市卫生健康委员会官网

> ## 基层治理聚民心

为更好地服务社区群众，杨军建立了"四位一体"社区服务体系，即以党建为引领、以公共服务为依托、以便民服务为载体、以志愿服务为补充。首先，他推动公共服务全覆盖，打造党务、居务、商务"三务合一"的综合受理平台，对 99 项政务服务实现线上受理，并对老年人、残疾人、孕妇等群体实行"民事代办、民情代诉"的"双代"服务。其次，实现服务群众"零距离"。他针

对社区新建楼盘多、新居民多的情况，收集楼盘周边生活信息制作成便民手册在小区内发放；打造护苗网吧，周末在"社区书吧"开通面向青少年的非营利性网吧，配备专职管理人员及义务辅导员，为辖区学生的学习生活提供便利。此外，打造志愿服务"新格局"。招募少年"小管家"对小区不文明现象进行劝告和制止，并给志愿者颁发荣誉证书；组建由社区老党员、文艺爱好者组成的"美丽家乡"志愿服务团，每周五晚上在小区以文艺活动形式宣传环保、垃圾分类、敬老爱幼等社会美德，为构建和谐社区打下坚实基础，赢得了广大群众的一致好评。

＞ 除夕夜里巡查忙

"帅哥，这里不准燃放烟花爆竹……"一个身穿红马甲的工作人员快步跑上前去阻止准备燃放烟花爆竹的市民。农历 2022 年除夕夜，在杨军的号召下，13 名社区工作人员放弃与家人们团聚的机会，在辖区内联合相关部门巡查劝阻市民燃放烟花爆竹。13 名社区工作人员分为两组在辖区内进行全域性实时巡查，他们从晚上 7 点一直巡查到次日凌晨 1 点，劝阻燃放烟花爆竹 20 余起。

工作中，杨军以行动践行初心，以担当诠释使命，在平凡的岗位上坚守和奉献，他以严格的纪律、务实的作风、热情的态度一心扑在社区的大街小巷，服务群众，筑牢防线，用自己的实际行动成为广大群众的贴心"守护人"。

罗建权

人物简介

罗建权，开放教育湘潭分校 2015 级秋季行政管理专科专业学员、"农民大学生培养计划"湘潭分校 2018 级秋季行政管理（村镇管理方向）本科专业学员，湘潭市幸昭蜜蜂养殖专业合作社负责人，湘潭市蜂业协会支部书记、副会长，湘潭市科学技术协会科普宣传员，湘潭市岳塘区科学技术协会第四次代表，湘潭蓝天卫士大队队员。

所获荣誉

获"湘潭市十佳新农民"荣誉称号，获湘潭市"农村实用型人才"资助。创办的合作社被中华全国供销合作总社认定为"农民专业合作社示范社"，获"湖南省蜂业协会蜂业先进单位""湘潭市级示范社"荣誉称号。

坚持梦想　唯有奋斗

梦想，不经风雨，只能是幻想；奋斗，不能坚持，永远半途而废。他以独到的眼光，找到了致富之路；又以坚毅刚强与宽广的胸怀，救治了自己的贫乏与山村的落后，成为乡村奋斗者的典范。

＞ 创业艰难百战多

出生于贫困的残疾人农民家庭的罗建权是一名 80 后，中共党员。

20 世纪 90 年代末，只有 17 岁的罗建权便担负起了家庭的重担，不得不走出贫瘠的村子谋生。他曾做过杂工、当过保安、摆过地摊，也在民营企业、国有企业和事业机关当过司机，承包过客运车辆。他很早就明白，外面的生活很精彩，外面的生活也很无奈，他迟早都得回到自己的家乡。如果说人生需要靠山，那么生于斯长于斯的老家乡村就是他最大的靠山。

2011 年，他终于不再等待，毅然回到昭山老家，用多年积攒的 20 多万元钱加上在银行贷款的 10 万元一起，投资建起了猪舍，办起了养殖场。

这对于一个从农村走到城市又从城市回到农村的 80 后来说，是相当有压力的抉择，当时就遭到亲戚和朋友的反对，更受到乡邻的冷眼和嘲笑。没有养殖技术和实践经验，若是没有赚到钱或赔了本，一家人的生活没了着落，怎么办？这是最现实的问题，他不得不认真考虑。于是他一边在城市务工，一边在乡下创业，利用下班后和周末的时间学习养殖技术，遇到不懂的就自己上网学、向他人学，不辞劳累，什么脏事累事都是亲自动手，晚上没灯就打着电筒做事，常到夜深。

但随着城市规划的变化，昭山地区发展成了"两型"社会改革实验区"绿心区"，养殖场就显得不那么协调。罗建权不得不分析形势，权衡利弊，重新考虑自己的发展路径。受家庭环境影响，罗建权有着一股吃苦耐劳、永不服输的奋斗精神。为不影响生态环境，他经过多方调研、考察，终于下定决心，转型养蜜蜂。

> 为谁辛苦为谁忙

昭山是长株潭城市群生态"绿心"，森林覆盖率达 70%，植被保护良好，有着相当好的蜜粉源优势，特别适宜生态养蜂项目。于是罗建权便组织成立了湘潭市幸昭蜜蜂养殖专业合作社，这是当地第一个养蜂专业合作社。

罗建权创办的合作社主要以组织成员进行蜜蜂养殖技术推广、中华蜜蜂和意大利蜜蜂养殖、种蜂繁育，收购销售成员养殖的蜂产品，购买与销售养蜂生产资料为主。通过发展社员的模式，积极带动昭山示范区原建档立卡贫困户发展生态养蜂，助力产业扶贫，同时通过蜜蜂授粉又有利于山林作物多样性发展，农作物增产增收，维护大自然的生态平衡。此外，他结合生态发展战略和昭山美丽乡村建设规划，根据实事求是、因地制宜、分类指导、因户施策、精准帮扶的指导思想，探索多种帮扶模式。例如，合作社通过帮助生产资料购买、技术培训、委托管理、农产品回购、支付工资、入股分红等模式，积极帮扶有意愿、有条件、有能力的贫困户发展养蜂事业。此外，他还不断研发新产品，如他研发的中华蜜蜂蜂蜜逐渐成为现代人欢迎的自然保健品。

为提高养殖技能促进增产增收，他组织养殖大户去浏阳、湘西学习现代活框养殖技术，到三峡学习传统养殖技术。为解决蜜蜂养殖过程中病虫害防治和优良种蜂培育方面的问题，他积极与市科技特派员探索研究、走村入户，培育出抗病能力强、产蜜多的良种中华蜜蜂蜂王。通过努力，合作社现已经建成规模以上养殖基地 4 个、流动养殖基地 1 个，培养养蜂能手 6 人，带动 20 户农户加入蜜蜂养殖专业合作社。通过合作社培养的养蜂能人带动周围村镇有养殖意愿的农户参与到生态养蜂队伍中来，这一举措得到了村民朋友的一致称赞和湘潭市各级政府部门的关心支持，取得了良好的生态效益、经济效益和社会效益。合作社目前经营状况良好，拥有注册商标"绿心蜜"。合作社 2019 年被市农业农村局评为湘潭市农民专业合作社示范社，2020 年被评为中华全国供销合作总社示范社，2020 年被湖南省蜂业协会评为湖南省蜂业先进单位。合作社还是湘潭市 2019—2020 年农业科技特派员单位，2022—2023 年农业科技特派员单位，第二届湘潭市蜂业协会副会长单位，湘潭市农村经济组织联合会会员单位，昭山电商协会会员单位。合作社已探索出一条以"公司＋合作社＋基地＋协会＋村委会＋电商＋养殖户"为特色的产业化经营模式。

罗建权查看蜂蜜采集情况　图源：湘潭日报

> 欲穷千里目　更上一层楼

当蜜蜂事业做得风生水起、有名有望的时候，罗建权有了新的思考：在全面推进乡村振兴的大背景下，没有知识技能就没有力量、没有发展。原本职高没有读完的他深知，要想有新的发展，必须不断为自己充电。于是，罗建权经过刻苦努力，成为湖南开放大学一名合格的农民大学生，也圆了自己的大学梦。他积极参加各种专业知识的培训和学习，通过湘潭市人社局举办的技能培训考取了花卉园艺师证、农村经纪人资格证。通过培训学习，他还成为湘潭市工会心理咨询师协会会员，经常参与志愿者服务活动，让心理健康知识走进农村农户。同时，他还现身说法，以自己的经历和感悟，号召本村同龄的村民代表和乡村创业者加入农民大学生学习中来，提升综合素质和技能水平，争做新时代新型职业农民。

合作社里开展的研学活动　本人供图

　　目前，罗建权既是合作社负责人，又是湘潭市蜂业协会的支部书记，还是一名蓝天卫士、环保志愿者。村里的环境卫生优化、人居环境整治、三格式化粪池改造都牵动着他的心。哪里有焚烧秸秆杂草现象哪里就有他的身影，他会第一时间扑灭火源并给村民做好细致的解释工作和蓝天保卫战政策宣讲，带动邻里共同维护良好的村容环境。此外，他多次沟通对接湖南高速公路管理处，解决了多年遗留下来的高速公路路面两侧组道道路没有硬化的问题。他支持鼓励及帮助在外务工人员返乡创业，帮助同村的厨师协调解决了房屋、电、自来水等问题，让厨师成功地在家门口开起饭店来。为发展村集体经济，通过党建助力乡村振兴，他还把湘潭市蜂业协会党支部建在合作社，召集同村 5 位乡村青年成立农业发展有限公司，承担村里的耕地抛荒治理、村级道路清扫和垃圾清运等其他乡村治理任务，成为带领村民发展生态养蜂产业和生态环保事业的领路人。

罗立人

▲人物简介

　　罗立人，湖南"农民大学生培养计划"衡阳分校 2009 级秋季农业经济管理专科专业学员，衡山人和竹木制品厂厂长。

▲所获荣誉

　　湖南省第十一届党代表，获衡阳市第十七届"衡阳青年五四奖章"、衡阳市"十佳农民大学生创业能手"、衡阳市"身边雷锋·衡阳好人"、衡阳市"最美执委"等荣誉。

翠竹筑就幸福梦

乡村振兴需要因地制宜。

在她的手下，青青翠竹变成了精美的器物；

在她眼里，满山翠竹可以编出乡亲们的幸福梦；

在她的心里，共同致富才是真正的富裕。

衡阳市衡山县长江镇柘塘村六组村民罗立人是远近闻名的能人。

她在2003年创办了衡山人和竹木制品厂，经营竹木床、桌、椅等多种产品，因成绩突出，社会反响好，其事迹还被《人民政协报》、《湖南日报》、衡阳电视台等媒体报道。

罗立人在竹制品加工区   图源：红网

> 知识创造财富

创业之前，罗立人当过村小学代课教师，从事过客车营运。2000年，不甘平淡的她经过仔细思考决定回乡创业。

经过市场调研后，罗立人决定走"生态＋产业"的模式，充分利用衡山盛产楠竹的区位优势，生产竹木制品。依靠勤劳的双手、聪明的才智和艰苦创业的拼劲，她白手起家，创办衡山人和竹木制品厂，在家乡打拼出了一片天地。

随着经营规模的逐步扩大，问题也接踵而至。竞争的激烈、经营管理知识的贫乏让她有一种力不从心的感觉，也让她体会到"知识才能创造财富"的道理。

2009 年，罗立人参加湖南开放大学"农民大学生培养计划"的学习，就读农业经济管理专科专业，弥补了高中毕业后未能上大学的遗憾。"因为小时候家里条件的限制，我没能继续学习。农民大学生培养计划的学习，不仅为我带来了新思路，实现了工厂的转型升级，更让我结识了一大批致力于农村发展、带动乡亲致富的同路人！"学习期间，她通过老师讲解、自学以及与同行交流，扩大了眼界。

从党的政策到新农村建设，从全国经济发展到全球经济发展走向，从个人创业到农村青年如何推动农村经济社会发展，她通过不断的学习和实践，收获了很多有用的知识、技术和经验，这也坚定了她扎根农村的信心。

＞打造品牌扩大市场

通过学习，罗立人不断改进产品制作工艺，调整营销策略，竹木制品迅速在市场上打开销路。

她利用所学知识积极打造"衡山竹木加工"品牌，生产经营的产品种类由单一的竹木床扩大到竹木床、桌、椅等多种产品，产品款式也从"大众口味"发展为"私人定制"，产品销售从建立实体店到在互联网平台"安家落户"，产品销售范围从本地扩展到广东、湖北、江西、浙江、河南、山东等十几个省市。2014 年，工厂生产的产品还出口到马来西亚。

质量是品牌的根本。为了保证质量，罗立人将生产的产品先给朋友们试用，积极收集反馈意见。"不能让辛苦打开的市场因为产品质量问题丢了"，她根据客户反馈的问题，带领团队不断改良工艺，优化工序，提高产品质量，赢得了客户的信任，扩大了销路。

罗立人在打磨竹制品　图源：搜狐网

> 共同富裕才是真的富

创业有成，罗立人没有满足于个人的成功。

她把大家共同富裕视为真正的富裕。每当钻研出新产品时，她总是毫无保留地给乡邻们讲解技术，培训工人。在罗立人的带领下，如今的柘塘村竹木市场里共有大大小小工厂、门店 40 多家，竹木产业年销售达 4000 多万元，柘塘村真正实现了共同致富。

罗立人还积极参与各项公益活动。她注意到竹木市场里的居民一直喝的是"回笼水"，饮水困难，她马上在离竹木市场 1000 多米的半山腰打了一口直径 3 米、深十几米的水井，为村民送上了甘甜清凉的山泉水。村里的小学要维修时，她主动捐出 1000 元，她还组织同学筹措资金 15000 余元为长江中学捐赠了 100 台风扇。

罗立人以诚立业、真诚助人，真心实意地帮扶乡里、造福社会，赢得了村民们的尊重与信任。

赵子军

▶人物简介

赵子军，湖南"农民大学生培养计划"湘潭分校2016级春季畜牧兽医专科专业学员、2020级秋季行政管理（村镇管理方向）本科专业学员，湘潭县源远茶亭生态种养专业合作社理事长，"韶河生态循环生物链种养"模式创始人，中国竹元素养生酒创始人。

▶所获荣誉

"湖湘最美新农人"、湘潭市优秀蓝天卫士、湘潭市"十年百佳"优秀农民大学生、湘潭大学"翼飞支教"优秀志愿者等，曾获国家开放大学"希望的田野"奖学金。其创业项目获得"湘潭十佳创业项目"。

竹酒"鸡司令"

"云湖天河"下，生态养殖"鸡格格"，

学以致用，科研攻关。

"种"入竹子的药酒，

醉了贵妃鸡、珍珠鸡，

更醉了数百亩韶河生态园。

在 320 国道 1207 公里处，雄伟壮观的"云湖天河"韶山灌渠渡槽下，绿色盎然的韶河生态养殖农庄坐落于此。"养鸡致富，以诗抒怀，以酒会友"，农庄的生活听起来很浪漫，但对于农庄主人 80 后小伙子赵子军而言也是巨大的考验。

"最大的挑战是要耐得住寂寞，只有长久地坚持，不断摸索改进，才有可能在创业大军中脱颖而出。"回想起一路走来的艰辛，赵子军感慨良多。

> 电子白领返乡创业遭遇挫折

10 多年前，赵子军"脱"去深圳创维电子"白领"身份毅然返乡创业。创业初期，鸡仔成长过程中，尽管赵子军对鸡仔的防疫保健及空间水暖食丝毫不敢马虎，然而，一场大雨损失了上千只鸡仔，一次慢性呼吸道疾病又感染了一屋原本已经可以出栏的鸡。最可怕的是 2011—2013 年连续 3 年禽流感病毒来袭，养鸡市场销路不畅，防疫变得更加复杂，禽病高发，导致养鸡创业遭受重挫。赵子军意识到仅凭兴趣爱好不行，自己专业知识的匮乏，是此次创业失败的根本原因，也是创业路上最大的绊脚石。"人生就是要经得起打磨，耐得住寂寞，扛得起责任，肩负起使命，才能创造价值。"

> 求学、科研、借药酒扭转"乾坤"

遭受创业失败的赵子军，正一筹莫展时，"农民大学生培养计划"给他带来了新的希望，点亮了他心中的灯火。2016年，他有幸成为湖南开放大学"农民大学生培养计划"湘潭分校畜牧兽医专业的一名学生。

"畜牧兽医专业开设的课程非常实用，学习方式也特别灵活，既有激发斗志的思政课，又有招招管用的技能课，还有终身可学的拓展课；既可以上网学，又可以现场学，还可以交互学，让人感觉特别爽。"赵子军高兴地说。

在学习过程中，开放大学的领导、老师给予赵子军极大的关心和支持，彭瑛等专家通过线上线下的方式指导他学习和创业，扶志、扶艺又扶学，还多次到基地来讲学，解读最新政策，提出合理化建议，并在湘潭成立湖南首家"农民大学生专业学习社团"，搭建起科研立项、项目融资、创新创业等方面的交流合作平台，帮助学员学以致用。

"感谢开放大学，让我圆了大学梦、创业梦。知识的积累让我倍感充实，学历的提升让我更加自信，终身的服务让我无惧未来，这对我的一生都将产生重要影响。"赵子军充满感激地说。

在专业老师不厌其烦的讲解下，赵子军如饥似渴地学习养禽技术、动物常见病防治、动物检疫技术等课程，从不落下一节课。他一边学一边开始"重操旧业"，采取一种全新的方式来养鸡，运用所学的动物营养、生态农业等知识，放开胆子改革养殖方式。

他探索出"农场种植稻谷—稻谷初加工原生态米—米酿酒浸泡药酒—药酒'种'入竹子—竹子药酒喂鸡—鸡粪发酵养蚯蚓—蚯蚓做饲料喂鸡—蚯蚓鸡粪作肥料种植无花果和水稻"这种循环农业模式，初步形成"韶河生态循环生物产业链种养殖模式"，他也因此成为药酒养鸡第一人。为了更好传承祖传药酒秘方，鸡取得成功后，赵子军遵循"土得上档次"的宗旨，采用鲜竹筒包装，酿成湖南古方竹膜酒。

> 最美"新农人"打造韶河生态园

2017年，中央一号文件提出建设"田园综合体"，赵子军顺势而为，运用所学，推进农村供给侧结构改革，发展新型农业产业，着力打造了湘潭首个"韶河生态田园综合体"，探寻了一种可持续发展模式。他不断挖掘有效资源，进一步延伸、完善产业链，努力开创特色养殖产业生态发展之路，积极推动美丽乡村建设。特别是发酵鸡粪养殖蚯蚓，蚯蚓消耗鸡粪及其他废弃物过腹还田，解决养殖粪便污染问题，带动蔬菜种植、水产养殖提质增效，还有效改善土质，可谓一举多得。

虽然赵子军是一名普通农民，但为了自己的梦想，他甘之如饴。多年来，他在"农"字上做文章，获得"湖湘最美新农人"称号；他的创业项目获得"湘潭十佳创业项目"。如今，赵子军创办的"韶河生态田园综合体"，总占地近百亩，带动周边40多户农户发展特色种养业。目前主要产品有湘潭地标农产品药酒土鸡，首创竹元素药酒，在韶河流域种植"毛阿米"，注册商标"韶河"。他遵循农业"一村一品，一村一特"的方针，用"互联网＋"的思维做品牌营销推广，深受百姓喜爱，也引来央视1套《生活早参考》、央视4套《发现之旅》节目组的关注，《科教新报》《湘潭日报》《湘潭晚报》，以及红网、湘潭在线、村村乐、金农网、凤凰网等媒体竞相报道。

对于未来，赵子军的回答很朴实，他说："我没有想过要赚很多钱，我只是想做自己喜欢做的事情。"

龙明望

▲人物简介

　　龙明望，湖南"农民大学生培养计划"湘西分校2009级秋季设施农业技术专科专业学员，保靖茗旺黄金茶产销专业合作社理事长，湘西小背篓爱心助学协会副会长。

▲所获荣誉

　　其合作社被评为"全国农民专业合作社示范社"。

"黄金茶"画出最美同心圆

以茶养心，

不改初衷。

以心护"芯"，

涵养公益助学情。

"野泉烟火白云间，坐饮香茶爱此山。岩下维舟不忍去，青溪流水暮潺潺。"唐代诗人灵一的这首《与元居士青山潭饮茶》，似乎是对保靖黄金茶原产地吕洞山的真实写照。龙明望就出生在这里。巍巍的苗家吕洞圣山，造就了他不屈不挠的性格。

> 勤钻研　心系"黄金茶"

1996年，看到村民因缺乏农业技术而家境贫寒，龙明望暗自发誓要带领大家致富。他大胆吃螃蟹，率先种植3亩保靖"黄金茶"。3年后，他成为村里致富带头人。

他依托"黄金茶"产业资源，率先用自己的稻田兑换承包了208亩荒山种植"黄金茶"。他到湖南农业大学自费学习茶叶的栽培加工技术，2009年他还报名成为湖南开放大学首届"农民大学生培养计划"设施农业技术专业学员。该培养计划主要采用网络教学、集中面授、个别辅导等方式进行教学。学校开放式教学方式、现代化教学手段、丰富实用的教学资源深深地吸引了他。

在老师的悉心指导下，龙明望经过2年的学习，知识面更广，视野更宽，特别是植物生产技术以及园艺设施两门课对他启发最深。他进一步了解了茶叶的栽培管理，学会了网络应用技术，足不出户就能调查市场行情，结交四方朋友。

在他的带领下，许多农民先后种植了"黄金茶"，他便成了大家的义务技术员。

龙明望说："茶叶栽培技术是一门很严谨的技术，光靠自己的短期学习是不能全方位了解和运用的，需要持之以恒、不断更新、终身学习。"

＞"黄金茶"心连心

2008年，龙明望带领村民自发组建了保靖茗旺黄金茶产销专业合作社、保靖县天成黄金茶产销专业合作联社。

合作社以优良的茶叶品质、精湛的加工技术、优质的服务营销理念赢得了消费者的青睐。茗旺黄金茶产销专业合作社成员达125人，有机茶园基地2590亩，年总收入达320余万元，2012年获得"全国农民专业合作社示范社"荣誉称号。

目前，国茶村已成功建成万亩生态保靖黄金茶园，成为保靖县保靖"黄金茶"产业专业村。最让龙明望感到欣慰的是，合作社里拥有13名熟悉茶叶生产和茶叶营销的经纪人，其中一名正攻读博士学位，高级茶艺师和高级评茶师各有一名。

雨润千山时节，国茶村野樱竞开，茶树吐绿，风光旖旎，保靖县葫芦镇吸引了大批游客前来踏春。

站在茶叶项目区的一个山坳上，放眼望去，群山连绵起伏。从山腰直至谷底的梯土里，种植着一行行、一垄垄的黄金茶叶树。山风送来茶叶清香，让人陶醉。保靖黄金茶以其独特的品质和舒适的口感远销国内外，成了保靖县脱贫攻坚的一张靓丽名片。

＞初心不改　公益助学

兼任湘西小背篓爱心助学协会副会长的龙明望热心公益，一心挂牵孩子们的求学之路。

2020年9月中旬，湘西地区连续下了一个多星期的大雨，龙明望带领志愿者们一行冒着瓢泼大雨，准备翻山越岭到花垣县补抽乡牛角村进行爱心助学活动。

爱心车队缓慢前行，昔日清澈见底的小溪突然暴涨洪水，不断疯狂拍打着沿途的堤岸，意外发生了，前往牛角村的一段路突发山体滑坡。

为安全起见，当地管理局要求爱心车队原地待命。局长电话协调当地的铲车师傅清理路面石头，得到的答复是要在下午才能过来。时间不等人，龙明望带领志愿者们手拿肩扛，将稍大的石头一块块清理出路面。

龙明望不顾个人安危，带头将装载爱心物资的车辆开过滑坡点，随后的爱心车队依次通过。车辆安全通过滑坡点后，龙明望又再次返回洪水对岸，把志愿者和爱心人士一个个背过来，感动了在场的每一位。

龙明望带领大家来到牛角村，看望了孩子们，为他们送去了生活物资与资金，详细询问了他们的生活、学习情况和家庭状况，勉励他们克服困难，磨炼意志，始终保持勤奋拼搏的精神和吃苦耐劳的品质，树立远大理想，立志成为栋梁之材。

"做公益是一件很开心的事情，不管你去做什么，只要帮助到别人就好。尤其是当我看到孩子们脸上洋溢幸福开心的笑容的时候，我内心呀，也开心得不得了。"这是龙明望近几年做助学公益后的感想。

张前顺

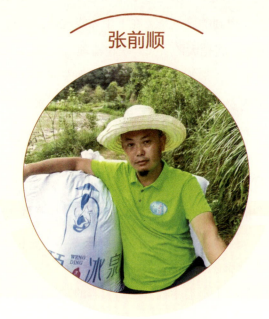

▶人物简介

张前顺，湖南"农民大学生培养计划"怀化分校2012级秋季农业经济管理专科专业学员，2018级春季行政管理（村镇管理方向）本科专业学员，会同县翁顶生态水稻种植专业合作社负责人，会同县农村青年致富带头人协会党支部书记。

▶所获荣誉

其合作社被评为2019年省级扶贫示范合作社，项目"粟裕故里，冰泉涌福——新型HRITS生态立体综合体"在第六届中国国际"互联网+"大学生创新创业大赛省校选拔赛中荣获一等奖。

冰泉吟

将军故里心系百姓，抗洪抢险无人伤亡；

合作社里，冰泉稻香鱼肥瓜果飘香。

他是冰泉最美新农人。

粟裕将军故里会同县有个翁顶村，海拔平均在 500 米以上，翁顶村共有稻田 1584 亩，山林 2.3 万多亩，侗族、苗族人口占 95% 以上，村寨居民以传统农业生产为主要收入。

翁顶村昼夜温差较大，雨量充沛，植被繁茂，生态良好，气候适宜，较高的海拔孕育了独特的高山冰泉水质。翁顶村土种多为黄泥、青泥，磷、钾及微量元素含量较高。水稻生产期长达 150 天左右，以水温低、水质优良的高山冰泉水灌溉，加上森林茂密，稻田害虫的天敌种类多、数量大，无须施肥打药，种植水稻具有天然优势。

> 洪灾面前显书记本色

2010 年，因经营管理不善，翁顶村人均纯收入仅 2200 元，村集体经济负债达 5 万元，老支书退休时，无人敢挑起村党支部书记这一重担。于是，在外生意做得红红火火的张前顺被全村党员推选担任村党支部书记。

2017 年 6 月，会同县境内持续暴雨，翁顶村位于会同县东北方向，海拔较高，道路蜿蜒于山体之间，多处塌方，交通全部中断，受灾人数达 800 人，损毁道路约 1.8 万立方米。张前顺书记心里记挂着每一名村民，道路塌方，他一个人坚守在塌方处，午饭都没吃，等到村里人都回到了家才放心。

2017 年 6 月 30 日，雨势越来越大，村内溪水上涨了 2 米多。有村民反映，尖峰头一座水库发生泄水情况，而水库一边还住着 7 户人家。张前顺顾不上换下湿透的衣服，与村组长绕道一条废弃已久的山路，徒步 2 个多小时，不顾林深草密，坡陡路滑，赶到水库。仔细检查水库险情后，泄洪降低水位，带着村干部将水库附近 30 名村民安全转移。

村里的杨道信老人发自内心地为张前顺点赞，只有真正为老百姓做实事的人才能让老百姓由衷地竖起大拇指。

> 翁顶冰泉贡米特色品牌问世

怎样因地制宜，大力发展优势产业，成为村支两委一班人面临的问题。张前顺咨询农业专家，检测出翁顶村水土富含锌，获得适宜种植优质有机稻米。

张前顺大胆尝试种植优质有机稻米，套养冰泉稻花鱼。2014 年，他种植的 20 亩水稻总产量达 5000 多公斤，稻花鱼也收获 2500 公斤，刚一进入市场，便被消费者一抢而空，总收入达 15 万元。

稻花鱼在水沟里嬉戏　图源：怀化新闻网

2015 年，他开始流转土地，采取五统一的模式进行规模化种植，即统一供种，统一耕田，统一田间管理，统一收割，统一销售。他坚持在水稻全生育期中不施用化肥、不喷洒农药，以自然规律和生态原理为基础，用丰富纯净的山泉水灌溉，种植生态环保的有机大米。

尝到甜头后，2017 年张前顺和志同道合的 16 名返乡青年把村里 30 亩稻田集中起来，投资成立了以农户土地入股形式的会同县翁顶生态水稻种植专业合作社，创建"翁顶冰泉贡米"特色品牌，大力发展有机水稻，种植基地一度扩大到 100 余亩，贡米年产量达到 5 万余公斤，年收入在二三十万元。

合作社通过建立"农户＋合作社＋公司＋电商"经营模式，发展集优质大米生产、储运、销售、餐饮及稻鱼共生的立体生态农业经营体。依托生产优质有机稻米、养殖鲜美稻花鱼，村民们腰包日渐鼓了起来，日子越过越红火。

中国水产养殖网、《湖南日报》《怀化日报》、怀化新闻网等多家媒体对项目有关产品进行了宣传和报道。

"要想脱贫致富，关键要对症下药，不能蒙着头把钱往泥滩子里砸。"挑起千斤重担的张前顺，放弃了红火的生意，一心扑在了村集体的发展上……每次走过家乡那山那水，他时不时会想起曾看过的一篇文章里写的袁隆平"胸怀天下心忧苍生"的大仁与大爱。

> 线上线下打造差异化品牌

2018年，张前顺主动让贤，推荐同为湖南开放大学农民大学生的同学曾美君，担任村务专干兼主任秘书，自己继续进行传帮带，探索线上线下营销模式，推动乡村治理和经济发展，并着眼形成长效机制。

线下营销的思路，一是与旅游公司合作，带游客前来游玩，亲自体验稻田抓鱼，免费试吃，从而拉动顾客消费；二是到店推广，安排专人到市里和县里的酒店餐饮、超市商场、批发市场、下游企业去进行推广和宣传，争取更广的销售渠道；三是与当地乡镇政府合作，开展多种形式的技术培训和广告宣传活动，争取当地政府的政策支持，加大对合作社的宣传力度；四是团购，合作社生产的稻花鱼和翁顶冰泉贡米品质高、口味好，符合高端消费人群对农产品的要求，团购或将成为合作社发展的重要营销渠道之一。

稻田里，游客抓鱼　图源：怀化新闻网

　　线上营销的思路，一是在淘宝、拼多多、京东等综合电商平台上开设网络店铺进行销售，扩大营销渠道；二是在惠农网等专业电商平台上进行产品销售；三是在微信、QQ、抖音等社交软件上进行推广和销售。可通过微信朋友圈、视频号、微信公众号进行推广和宣传，也可通过抖音助农直播卖货和带货，从而拓宽合作社产品的宣传和营销渠道。

　　2022年，不安于现状的张前顺积极开发新的种植品种，他与同乡5个合伙人共同种植西瓜，返乡创业的青年人带资金带（市场）资源回来与合作社合作，这种模式效果好，而且风险也低。他们利用翁顶村得天独厚的环境种植高山西瓜，西瓜种植总面积达120亩左右，一亩地的产量有1000公斤左右。翁顶村地势海拔相对较高、生态环境良好，生产的果蔬无公害，味道格外甜美。

　　"我们做的这个产品是差异化的，分成几个档次，因为一般的西瓜零售价也就是两块五，这是天花板了。我们想把高山黄土西瓜做成一个区域品牌。"张前顺胸有成竹地说。

旷树红

人物简介

旷树红，湖南"农民大学生培养计划"衡阳分校2016级秋季农村行政管理专科专业学员，衡山县开云镇建胜村党支部副书记。

所获荣誉

湖南省第十二次党代会代表、衡阳市优秀党员、衡阳市委组织部聘任党员教育培训师资库讲解员。

黄桃熟了

当官只为民做主，

他发展产业，结对帮扶，

黄桃、黑米、湘莲、生态旅游，

乡村振兴路上逐梦前行。

　　在衡山县开云镇建胜村，有一位农家汉子，村里的老百姓对他的评价是："敢想、敢干、善于钻研。"这位农家汉子叫旷树红，是村里的党支部副书记，是县里的党代表，也是衡山县鳌江生态农庄的负责人。他经常挂在嘴边的一句话是："当官就得为民，虽然我只是个小村官，不过带领全村增收致富是我的大梦想。"

旷树红（左）在查看种苗情况　图源：衡阳新闻网

＞ 扎根乡土，一心一意为乡亲

　　旷树红是土生土长的开云镇建胜村人，他生于斯，长于斯，对这片养育他的土地有着非常深厚的感情。1997 年高中毕业后的旷树红一直在家务农，在这个过程中，他也体会了作为农民的不易和艰辛。所以，他总想有一天能尽己所能，为家乡干点事。他一边做好自家农活，一边积极努力学习，向村委组织靠拢。功夫不负有心人，2014 年，他成功当选为村支两委成员。自此，旷树红不仅是一名共产党员，还是一名村干部。他深感自己不能辜负乡亲们对他的信任，立志一定要带领乡亲们过上更好的生活。他报名参加"农民大学生培养计划"，系统学习了农村行政管理和农村产业发展的相关课程，并根据建胜村的气候和土壤条件，努力摸索适合村里的农业产业。

> 兴办产业，多元发展有活力

旷树红当选村干部后的第一件事，就是走出去学习种植。2014 年，他跑到湖南农业大学拜师学艺，引进了衡山县第一批黄桃。为了发展好这项种植，他白天进行种植管理，晚上学习种植知识。但还是因为缺少技术等原因，最终以失败告终。旷树红并不气馁，又重新栽上了黄桃，四处请教学习种植技巧。2017 年，旷树红终于吃到了自己亲手栽种的第一个黄桃。随后他扩大种植规模，2018 年黄桃亩产近 500 公斤，2019 年亩产达到了 1500 公斤，2020 年亩产达到了 2500 公斤。

旷树红（左二）手把手教贫困户给黄桃套袋　图源：红网

旷树红认识到，单一的产业发展，风险比较大，必须发展多元产业。2016年，靠着一股子闯劲，旷树红又引进黑珍珠和紫香糯两个黑米品种，这些品种成本低、资金回笼快，均取得了不错的收益。之后，他又朝特色水稻种植、农家休闲旅游方向发展。2017 年，旷树红代种面积达 300 余亩，其中开荒 30 余亩，同年新建了一栋农家小院，发展乡村旅游。2018 年，经过市场调研，他在全村率先建起了 20 亩的蔬菜大棚基地，种植优质辣椒。通过刻苦钻研和科学管理，旷树红摸索出大棚蔬菜种植经验，实现了每座大棚蔬菜种植收入都在 1.5 万元左右。

2019 年，在省、市农业专家的指导下，旷树红又先后进行了特色稻米、湘莲、吊蔓西瓜等优质农作物的种植探索，获得成功后再引导村里的乡亲们种植。他成立春辉生态湘莲合作社，通过合作社的推广示范，辐射带动本村和周边 120 余户农户发展湘莲种植 800 多亩，辐射带动本村和周边 80 余户农户种植特色有机稻米 400 亩，种植户纯收入累计达 100 余万元。

近年来，旷树红又开启了以鳌江生态农庄为龙头的现代观光农业发展模式，吸引县内外众多游客前来观光旅游消费，建胜村的农业产业实现了从单一的水稻种植向多元化、高附加值农业发展，鳌江生态农庄被评为湖南省农业科学技术学院双联双创示范基地。

> 心系群众，带领乡亲共致富

作为建胜村的党支部副书记，旷树红除了是书记的左膀右臂之外，还是帮扶贫困户的"贴心人"。他结合自己学到的理论知识和多年积累的实践经验，摸索出一套简便易学的种植技术，举办培训班向乡亲们传授农业技术知识，带动村民依靠自己的双手致富，在农民朋友中树立起了很高的威望。

在脱贫攻坚战中，旷树红主动结对帮扶的贫困户 5 户 13 人已顺利脱贫。"有旷副书记大力帮扶，我家孙女不仅有书读，还给我们改善了住宿条件，真是太感谢了……"这是建胜村井塘组旷云昌老人的一番肺腑之言。65 岁的残疾老人周保国也是旷树红的扶贫对象之一，通过近 5 年的帮扶，周保国新建了一栋两层小楼，日子也是越过越有盼头，老人一家很是感激，逢人便夸："旷书记真是我家的大恩人，没有他就没有我家现在的好生活。"

迈入新征程，旷树红信心满满地说："现在国家政策好，只要踏实肯干，乡亲们共同奋斗，乡村振兴就一定能实现。"他用实际行动践行了一名共产党员的初心与使命。

周志强

▌人物简介

周志强，湖南"农民大学生培养计划"长沙分校2018级秋季行政管理（村镇管理方向）专科专业学员，长沙市浏阳市北盛镇亚洲湖村党总支书记、村委会主任。

▌所获荣誉

浏阳市第十八届人民代表大会代表、长沙市农民大学生年度人物、浏阳市优秀人民陪审员、浏阳市先进个人、浏阳市优秀共产党员等。

做美丽乡村画卷的绘就者

脱下军装，他依然初心不改，告别军营，他依然使命在肩。

他拼搏奋斗，深得村民的信任拥戴，高票当选村干部；他创新发展，推行"首厕过关制"，村容村貌换新颜。

他是推进乡村振兴、建设美丽家园的"兵支书"，在新时代新征程上乘风破浪，再立新功。

稻菽千重浪，欢笑十里闻。

走进浏阳市北盛镇亚洲湖村这个美丽乡村示范村，迎面而来的是金黄的稻田、平整的道路、掩映在绿树丛中的整齐院落。干净整洁、设施齐备、和谐宜居是亚洲湖村带给来访者的第一印象。很难想象，这是一个在 10 多年前还负债累累、发展困难的合并村。

村党总支书记、村委会主任周志强是亚洲湖村 10 年来跨越式发展的见证者、建设者与带头人。

＞ 用热情建设乡村

和同龄人相比，周志强有着丰富的人生履历。18 岁投身军旅，在中国人民解放军 51370 部队服役，3 年的军旅生涯让他百炼成钢，养成了坚毅的品格、干练的作风与奉献的情怀。退伍后，他又投身经济建设大潮，在广州经 10 多年，有了一份属于自己的事业。

不管身在何处，他总情系故乡，关心乡村的发展。2013 年他带着在外打拼积累的经验回到了亚洲湖村，与乡亲们一道发展经济、建设乡村。他在 2013—2020 年担任党总支委员期间，工作上勤勤恳恳、任劳任怨，积极出色地完成了上级交给的各项工作任务。他深入村组，和百姓心连心，了解群众生活生产情况，宣传上级政策法规，得到全体村民的一致好评和上级党委和政府的高度评价，曾多次被评为市级、镇级"优秀共产党员"。由于工作认真负责，有创新精神与服务意识，周志强深得老百姓的信任与拥戴，也得到镇党委政府的充分认可，2021年1月，他高票当选为村党总支书记、村委会主任。

> 用文化助推乡村建设

周志强深知乡村振兴离不开经济发展，更离不开文化建设。要抓住乡村振兴这一发展的重要契机，首先要用知识武装自己的头脑，提高农村行政管理能力，领悟党的政策方针，铺好发展的道路，做好群众的领路人。

2018年，周志强心怀充实自我、服务村民的志向报读了湖南开放大学"农民大学生培养计划"长沙分校行政管理（村镇管理方向）专业。学习期间，他善于思考、勤于实践，刻苦学习行政管理知识，并将书本上的知识充分用于工作，做到了理论与实践共进步。2021年1月，他修满所有学科学分，以优异的成绩顺利毕业。

上任以来，他团结带领村支两委班子成员认真学习党的路线方针政策，带领全村人民巩固脱贫攻坚成果，组织常态化疫情防控工作，一方面积极想办法、争项目，做强村级集体经济，夯实振兴基础；另一方面加强文化建设，积极建设宜居的美丽乡村，全面推进乡村振兴。

亚洲湖村原本经济基础薄弱，他和前任村干部们抓住了服务浏阳经开区（高新区）建设的契机，在服务园区的同时，争取更多园区的支持。如争取到了浏阳市烤烟育苗棚项目，确保每年有3万—4万元的收益；出租鱼塘，确保亚洲湖树每年增加2万元的固定收益。"今后我们在坚定为园区服务的同时，还需要进一步吃透政策，做大村级经济。"周志强说。

加强文化建设、建设宜居美丽示范乡村是他长期关注的工作。在他的带领下，村里先后建设了"湖南省首厕过关制"省级教学点、城墙堡美丽宜居屋场、澎古岭美丽宜居屋场、山上组美丽宜居屋场、塘家寨美丽宜居屋场、长沙市粮食生产"四高"（浏阳）示范基地等，并获得湖南省"卫生村"、湖南省"乡村振兴示范村"、长沙市"健康村"、长沙市"党员干部示范培训实践基地"、湖南省"两型村庄"、长沙市"绿色村庄"、长沙市"文明村镇"、长沙市"五优退役军人服务站"、浏阳市"先进基层党组织"等荣誉称号。目前亚洲湖村正在积极创建国家乡村振兴示范村。

散文家刘光明将亚洲湖村在乡村建设、文化建设上的成就收入"中国'网红村'文化丛书"之《走进亚洲湖村》，用振兴之路、古村人士、家乡情结、村中轶事四个篇章来描绘这个美丽乡村示范村的变迁和发展。

＞ 用辛勤工作来成就自我

乡村工作，需要用心、用力、用情。

周志强从担任村支部委员会委员开始，就牢牢践行这一工作原则。2021年，为探索粪污处理和资源化利用新模式，浏阳市"两治"办在亚洲湖村开展试点，把农村"厕所革命"作为农村人居环境整治的突破口，创新实施"首厕过关制"，以"首厕"过关带动"每厕"过关，走出一条以"厕所革命"撬动人居环境升级的新路径。为彻底改变乡村千百年来的生活习惯，周志强和他的同事们反复讨论，精心部署，走家串户，宣传政策。他们在镇政府的指导帮助下，对管网集中收集的生活污水进行处理，将污水变为菜地喷灌用水，既解决了污水乱排放问题，又减少了化肥使用量，极大实现能源再利用。通过此种举措，他们打消了农民的顾虑。"推动改厕难度很大，但是推动之后，不但减少了污染，美化了环境，还能够给村集体增加收入，这些辛苦现在看来都很值得。"周志强高兴地说。

雷朝霞

▶ **人物简介**

  雷朝霞，湖南"农民大学生培养计划"津市分校 2011 级秋季农村行政管理专科专业学员、2015 级秋季法学（农村法律事务方向）本科专业学员，津市毛里湖镇青苗社区党组副书记、津市市妇联兼职副主席。

▶ **所获荣誉**

  湖南省"最美妇联人"提名奖、常德市三八红旗手、常德市劳动模范。

"青苗"女儿绽芳华

气质美如兰，才华馥比仙，

心有鸿鹄之志，巾帼不让须眉。

雷朝霞，津市毛里湖镇青苗社区党组副书记，她牢记习近平总书记2017年新年贺词中的教导"撸起袖子加油干"，始终坚信"没有白流的眼泪，也没有白流的汗水"，坚信乡村振兴是时代赋予她们这一代人的使命，更是她们向未来作出的承诺。

她一边坚持充电，跟上时代发展的脚步，一边努力奋斗，实现了自我价值和自我能力的提升。

> 学以致用

2011年，雷朝霞参加湖南"农民大学生计划"津市分校2011级秋季农村行政管理专科专业学习，2015年，她又进入津市分校就读法学本科专业。作为一名社区干部，边工作边学习是一件非常辛苦的事情，一方面不能耽误日常工作，一方面又要坚持学习。

报名初期到入学前，雷朝霞心里一直隐隐有些压力，但是为了提升自身管理能力、丰富业务知识，她还是选择了坚持。

学习期间，她克服种种困难，从不放过每一次集中面对面学习的好机会，同时借助网络平台学习，把所学的管理知识与农村工作相结合，在推动乡村振兴中增光添彩，实现自己的精彩人生。

雷朝霞个子不高，但她巾帼不让须眉，心中有鸿鹄之志，干起事来风风火火，雷厉风行，丝毫不比男人差。她在担任社区妇女主任期间，搞过蔬菜大棚、养过花卉、办过幼儿园。

她常说："女人当自强，带头闯一闯。我要用所学到的管理经验让青苗百姓过上幸福美好的日子。"

2017年，她带头流转100亩土地，成立家庭农场，与津市市工业园蔬菜加工企业合作，发展扁豆等蔬菜产业，同时扩建了10多亩"早熟砂糖橘"采摘园，每年各项产业收入数十万元，成为当地致富带头人。

田间地头的雷朝霞　本人供图

> 打造旅游村庄

雷朝霞认为，青苗社区是平湖区，与集镇相邻，交通方便，又有砂土地，可以充分利用这一资源优势，带头打造"田园综合体"示范项目，让游客到青苗来体验农耕文化，同时促进乡村旅游发展。她的想法得到了社区两委干部的一致认同。

从2015年开始，她和社区主要负责人一道外出考察，敲定发展项目，争取项目资金。2017年成立了绿野青苗旅游产业发展有限公司。几年来，公司开发了大型文化广场、道路拓宽改造、庭院绿化美化、花卉苗圃基地、桑葚采摘园、蜜桃采摘园、大棚草莓采摘园、蔬菜采摘园、品荷采莲园及沙湖乐园等多个建设项目。

2015—2017年，她和社区干部围绕乡风、乡景、乡情，把美丽乡村建设与乡村休闲旅游结合起来，积极发挥山水田园资源优势，大力整合旅游资源，相继策划举办了青苗腊八节、农民丰收节等一系列具有乡土特色的旅游节庆活动。

青苗原生态黄牛肉、土家腊肉、石磨豆腐、绿豆皮、红薯片、手工糖、麦酱、花儿粑粑等一批农产品和民间文化通过旅游节庆活动得到了充分展示，并被外地游客及城乡居民认可。近年来，青苗社区每年接待游客近万人，年销售收入300万—500万元。

> 电商扶贫促销

在雷朝霞的带领下，近几年，青苗社区相继发展了几十家原生态农产品加工作坊，产品数量大了，销售问题又摆在了她和公司的面前。

雷朝霞利用开放大学行政管理知识和现代营销理念，找到了电商线上销售这一突破口。一方面，公司对社区加工作坊实行"统一原料、统一流程、统一规格、统一包装、统一品牌"五个统一管理，严把产品质量关；另一方面，成立社区电商平台工作室，与邮政部门实行快递合作，在线上四季销售社区群众的农副产品。

同时，公司积极开展电商扶贫，让社区贫困农户到公司生产加工农副产品实现务工增收，并优先解决贫困户农产品销售问题，赢得了社区贫困农户的一致好评。

雷朝霞（右）在工作现场　本人供图

> 最美娘家人

2018年下半年，经过层层筛选，雷朝霞一路过关斩将，在津市市妇联执委候选人考查中顺利通过了初试、复审，最终脱颖而出，被提拔为市妇联执委委员。

她关爱妇女留守女童，每年组织两次留守女童防性侵的宣传活动，邀请市检察院的专家来开展专题讲座，让留守女童们懂得怎样保护自己，让她们在健康的环境下苗壮成长。

她要带领社区姐妹们撸起袖子加油干，实现乡村振兴的美丽梦想。

雷朝霞说："正所谓'吃水不忘挖井人'，没有湖南开放大学的培养，我在工作上会失去很多机会，甚至看不到自己的未来。"

雷朝霞是一个积极乐观的人，她总是告诉自己要以饱满的热情迎接生活中每一天的挑战。面对未来，她充满信心。她说，她将和公司团队一道，加快青苗田园综合体建设步伐，进一步开发亲子度假、农事体验、家庭作坊、沙滩乐园、观光采摘等特色农耕文化项目，将青苗社区打造成集吃、住、行、游、购、娱于一体的农耕文化特色旅游村庄。

杨杰

人物简介

　　杨杰，湖南"农民大学生培养计划"益阳分校 2018 级秋季农业经济管理专科专业学员、2022 级秋季行政管理（村镇管理方向）本科专业学员，益阳市南县明山头镇三永村党总支书记、村委会主任，益阳市青年联合会第四届委员会委员。

所获荣誉

　　南县第十七届、第十八届人大代表，大美南县人，南县劳动模范，南县脱贫攻坚先进个人。

新时代"乡贤"

那些"树"与"富"的故事，

破解了"钱库密码"，

"植"出致富路，

圆了致富梦。

益阳市明山头镇三永村，连片的苗木高低起伏、郁郁葱葱。该村有位没当过一天村干部的年轻小伙子，在并村改革后的首次换届选举中直接被选为"班长"，乡亲们都说："就该选这样的能人治村！"

这个小伙子就是杨杰，他也是 2017 年村（社区）两委换届选举后全县最年轻的村党总支书记、村委会主任。

> 在创业发展中提升自我

2013 年，杨杰放弃自己在海口的物流公司回到家乡创业。深入附近乡镇认真调研后，他发现苗木产业前景好，组建了南县嘉诚苗木种植专业合作社。

在苦学种植技术时，他认识到电子商务在促进产业发展方面的重要性。杨杰说："通过学习，我认识到电子商务不仅仅是网上卖东西那么简单，还需要物流等多方面的协调推进，是比较复杂的系统工程。"

他大胆运用互联网平台推广，积极开拓销售渠道，形成了一条集苗木种植、苗木栽挖、合作社苗木销售于一体的完整产业链。2013 年，合作社年产值 700 多万元，苗木产品远销全国各地。

他引导种植户改良产品，将栽植品种由原来的单一苗木扩展到花木，涵盖水杉、池杉、落羽杉、垂柳、栾树、白杨树等 10 多个品种，并成立技术研发组，指导种植户培育高品质的苗木。

村民种植苗木亩产纯收入达到 8000 元以上，专业栽挖苗木的村民年收入达到 4 万元以上。

同时，他要求加大基础设施建设投入力度，疏通沟管渠道，改良苗木生长环境，确保种植户旱涝保收。

> 在扶贫帮困中赢得信任

2014 年，杨杰光荣地加入了中国共产党。时值脱贫攻坚工作伊始，他主动找到邻村党支部商讨产业帮扶事宜，承诺为该村贫困户提供就业帮扶，并无偿提供苗木种养技术及部分资金支持。

该村贫困户曹桂云一家几口仅靠几亩薄田度日。杨杰将他作为帮扶对象，提供树苗和种植技术，并招入合作社当劳务工，年劳务收入 4 万多元，3 亩苗木年收入 2 万多元，该户 2016 年成功脱贫。

近 4 年来，杨杰及嘉诚苗木种植专业合作社带动村内及周边村 400 余人就业，其中贫困户 30 多人，有 25 人已成功脱贫。

"责任重大，不容有失！"这是"新班长"杨杰跟村支两委讲的最多的一句话，也是他走访家家户户、行走田间地头的一个写照。

杨杰积极向老村干部讨教村级管理的重点、难点、关键点，邀请原建制村片区干部一起到贫困户家中上门了解第一手情况，并根据各户的情况制订行之有效的脱贫计划。同时，他积极利用小额信贷帮扶政策，为有苗木种植意向的贫困户寻求资金，真正帮助全村的贫困户早日实现脱贫。目前，全村 119 户精准识别户和建档立卡户实现走访全覆盖，一户一策一档全覆盖。

在镇党委的支持下，杨杰牵头联合村内及周边村多家苗木种植专业合作社和家庭农庄，进一步规范苗木产业统一发展与规划，优化行业竞争，实现全镇"一口价"，进一步完善"公司＋农户"经营模式，鼓励以土地入股、打包管理等方式参股分红，力争逐步实现公司化运作。

"形成苗木品牌，推动产业发展，带领群众致富，是我们的共同心愿和追求。"杨杰果断地说。

> 在务实奋进中谋划长远

为了得到更好的学习成长机会，2018 年，杨杰报读了湖南开放大学益阳分校农业经济管理专业。

无论是村级工作还是苗木销售都需要经营管理、网络操作方面的专业技能，杨杰努力学习各科课程，勤学善思、不懂就问。

2019 年 5 月，杨杰被南县电大工作站推荐到益阳市电大参加益阳市农民大学生创新创业演讲比赛，荣获三等奖。

2019 年 8 月，杨杰被选送至清华大学参加生态环境保护与美丽乡村建设培训。2019 年在南县农业专家评选活动中，杨杰荣获"十佳农业专家"称号。2019 年杨杰还入选南县第一届"新时代乡贤"。

杨杰入选南县第一届"新时代乡贤"   本人供图

2020 年新冠肺炎疫情暴发，作为村党总支书记的杨杰，带领村干部坚守工作岗位，风里雨里，镇守一方平安，获得镇领导和村民的一致肯定和赞扬。

"乡亲们，安心睡觉吧！只要你们白天坚持不出门、不聚集、不打牌，风里雨里我们来站岗！"2020 年 2 月 14 日晚 9 点，南县气温骤降，狂风大作，杨杰按时抵达村口执勤点，坐在车里发了一条朋友圈后，便穿好雨衣在风中坚守。次日凌晨 3 点，杨杰在完成 6 小时的执勤任务后回到家中，掏出手机看到一条条加油鼓劲的评论和一个个"赞"，会心地笑了。他在那条朋友圈下面回复道："身兼村支书与县人大代表双重身份，我深知自身责任重大。疫情当前，天气再恶劣也不能退缩，我必须担起责任，作出示范！"

目前村便民服务大厅安装了数字平台，可播放全村各主要路线的交通实况，具备了视频安防、智慧党建、广播宣传及信息发布等实用功能。

杨杰表示，数字乡村的打造创新了联系群众的方式，完善了三永村治安防控体系，推动了平安乡村、智慧乡村建设，有效助力乡村振兴。

吕莉婷

人物简介

吕莉婷，湖南"农民大学生培养计划"张家界分校 2015 级秋季乡镇企业管理专科专业学员，张家界一品花卉盆景园艺有限公司总经理。

所获荣誉

其公司获张家界市林业产业化"先进单位"，园艺产品金弹子盆景荣获湖南省花木博览会银奖及铜奖。

"金弹子"蹚出金路子

思乡情切，她从大城市返回小山村；

勇立潮头，她用小盆景撑起大梦想；

她变身"乡村振兴农艺师"，用勤劳和智慧谱写人生新篇章。

"早上好，让大家久等了，5号大血红来啦！直径22厘米的盆，高度25厘米，带盆包邮，还没有买到的哥哥姐姐们快下单……"造型各异、品种丰富的金弹子盆景相继入镜，主播小妹忙前忙后卖力推销。

张家界市永定区枫香岗乡村民吕莉婷创办的抖音直播账号"张家界一品花卉"已经有近10万的粉丝关注，视频作品近千条，保持每天1—2场的产品直播，直播间仅一物一拍嫁接苗成交销售量就已近1.5万次，销售额累计超百万元。

靠着网红盆栽金弹子蹚出了金路子，返乡创业的小女子吕莉婷身体里蕴含大能量，她用勤劳和智慧闯出了一片大天地。

> 艰难选择　回乡创业

吕莉婷和丈夫彭兴寒曾在深圳有着薪水不错的工作，轻松且稳定。2009年春节回老家过年的他们，却做了一个大胆的决定，放弃大城市的稳定生活回乡创业。

"家还是记忆中那个温暖的家，只是父母慢慢变老了，村里也越来越冷清，大过年的也没什么人，村里的年轻人都和我们一样，都去大城市了，剩下的基本都是些老人小孩。"吕莉婷回忆过往感慨道，"看着家乡荒芜的土地和日渐衰落的村庄，心中真是无奈又酸楚。"

当初就是因为在农村没有发展前途才去大城市的，可是努力学习，长大以后就是为了逃离家乡吗？梦想就只能在远方吗？孩子长大以后也会像我们一样背井离乡去外地打工挣钱吗？那谁来建设家乡呢？

年后，他们夫妻俩辞去了深圳的工作回到老家。在做了两个多月的市场调查和分析后，他们决定大力发展金弹子盆景种植。

金弹子，学名乌柿，古人又称其为吉庆果，在清代嘉庆年间苏灵著述的《盆景偶录》中，被列为"盆景十八学士"之一。近些年随着盆景花卉市场的繁荣，金弹子作为盆景素材，成为市面上广受顾客追捧的网红盆栽。

张家界地处武陵山脉腹地，植被丰富，这里的大山里生长着不少野生金弹子，开出的花奇香，结的果实颜色鲜红，长时间挂树上不落，是本土非常优良的园林绿化、园艺盆栽素材。他们流转了村里200多亩山地，打算大干一场。

> 因地制宜　产品面市

2010年5月，吕莉婷和丈夫成立了张家界一品花卉盆景园艺有限公司，主要开展苗木种植、本土优良品种选育、盆景造型及嫁接等技术性的业务。

创业初期十分艰难，一切都得从零开始。夫妻俩白天在基地忙生产，晚上回家还得查资料到深夜。苗木种植是一个非常漫长的过程，刚开始的三四年没有什么收益，还得不停地投资，基地建设、繁育种苗、人工、肥料等每一笔都是不小的开销。

2014年，他们栽种的第一批金弹子盆景可以出货了，他们想着终于可以有收益了，可上门收货的老板却把价格压得很低……不卖就要继续养着，继续砸钱，但又找不到更好的销路。为了及时止损，只好忍痛低价出售。

产品问世了，销路在哪里？这成为困扰吕莉婷的头等难题，性格要强的她暗暗下定决心，不管再苦再累，一定得为自家的金弹子蹚出一条金路子来。

> 加强学习　做大做强

吕莉婷开始反思，没有销路就意味着公司没有出路，勉强维持现状，企业只能是死路一条，想要做大做强必须要去学习新的农产品营销方式。

2015年9月，吕莉婷报读了湖南开放大学，开始系统学习乡镇企业管理和农村电子商务知识。在专业老师的分析和指导下，她很快明白了自己存在的诸多问题。

　　吕莉婷通过实践学习和成功案例学习，借鉴优秀乡镇企业的经营理念和管理方式，并和同学讨论交流，拓展思路，积极将所学的知识运用到自家盆景花卉的销售中来。

　　没想到，农村电子商务平台打开了农村创业的另一扇大门，在开放大学老师的指导下，吕莉婷报着试一试的态度在平台上注册了一个店铺，把家里的盆景都挂在了网上销售，短短半个月，就卖掉了300多盆金弹子盆景，赚了6万多元钱，这可是一笔大收入啊！

　　产品有了销路夫妻俩一下子信心大增。吕莉婷开始扩大金弹子种植面积，并带动越来越多的村民加入进来。现在，公司现有工作人员50多人，其中有20多人为当地留守妇女，公司长期为她们提供就业岗位，手把手教技能，每年每人可创收2万余元。

　　靠着金弹子蹚出金路子，吕莉婷的致富路越走越宽广。公司培育的盆景"澧水渔歌"和"独来独往"分别获2021年湖南省花木博览会银奖和铜奖。2022年，吕莉婷被认定为乡村振兴农艺师。

阳山奇

人物简介

阳山奇，湖南"农民大学生培养计划"衡阳分校2015秋季农村行政管理专科专业学员，2018级秋季行政管理（村镇管理方向）本科专业学员，衡山县亚奇红柚种植专业合作社理事长，湖南奇山农业发展有限公司董事长。

所获荣誉

衡阳市首届十佳新型职业农民、衡山县萱洲镇优秀共产党员、衡山县首届优秀科技工作者。其公司被认定为"湖南省绿色食品示范基地"。

青春挡不住"柚"惑

踏遍大江南北，还是家乡最美，

勤劳与智慧，变荒山为"柚"惑，

种下的是致富理想，收获的是振兴硕果。

"青春挡不住'柚'惑，我想重振衡山柑橘产业。"阳山奇谈到梦想豪情满怀。2011 年返乡创业种植红柚，阳山奇当起了"新农人"，他用勤劳和智慧变荒山为"柚"惑，用青春在家乡的红土地里种下致富的理想，种下乡村振兴的希望。

> 怀揣振兴衡山柑橘产业梦，返乡创业当果农

"我从小就在农村长大，对土地有一种特别的情怀。"1982 年 11 月，阳山奇出生在衡山县萱洲镇天水村一个普通的农民家庭，从小就跟着父亲上山开荒垦地。2001 年高中毕业后，阳山奇和很多农村伢子一样，选择离开家乡外出打工，之后从事水果批发，生意做得风生水起，足迹踏遍大江南北。

衡山柑橘历史上闻名遐迩，唐朝更是作为贡品专供皇室品用。20 世纪 80 年代末，衡山柑橘面积达 3 万亩，产量达 10 万吨，是全省闻名的柑橘大县。后经两次冰冻灾害，衡山柑橘树 90% 冻死，只剩下农民房前屋后零星的柑橘树。衡山人吃柑橘基本靠外调，衡山柑橘产业有名无实，这成了衡山人心中的痛。

2011 年，怀揣重振衡山柑橘产业梦的阳山奇放弃经营了 10 年的水果批发生意，开始返乡创业。通过多方考察并结合村支两委建议，阳山奇与天水村几个村民小组及周边的糖铺村签订了土地流转合同，先后流转了 500 多亩山地，选择了从原产地引进红心柚进行示范栽培，开启了逐梦之路。

> "红心柚 + 湘黄鸡"立体生态种养，"门外汉"变成"柚专家"

修枝、嫁接、浇水、施肥……熟练的动作、沾满泥土的双手、满是灰土的

衣服，很难让人将劳动中的阳山奇与他过去水果批发老板的身份相联系。

虽然从小在农村长大，但真的要发展农业，全然没有阳山奇想象中的那么简单。对农业技术不熟悉，尽管通过各种渠道学习到了不少种植技术，但还是走了些弯路，遇到不少挫折。有一年，阳山奇从福建买回几万株红柚树苗，由于管理不善和技术不到位，移栽的几万株树苗大部分死亡，损失 10 多万元。而且种柚子投资周期长、回收慢，柚子树苗种下 5 年后才开始挂果，部分农户看不到快速获利的希望就离开了。

家人的反对和合伙人的离去，没有击倒这个有血性的汉子，他赶赴福建运回树苗补救。这也让阳山奇意识到自己零碎化的培训是不够的，还需要深度、系统地学习。于是，2015 年他进入湖南开放大学衡阳分校行政管理专科专业学习，2018 年进入湖南开放大学农村行政管理（村镇管理方向）本科专业继续深造，并认真学习水肥管理、嫁接技术、病虫害防治、滴灌设备使用、农机驾驶等技能，想方设法把自己从"门外汉"变成"柚专家"。

阳山奇种植果树　本人供图

"按传统方式种植柑橘，一年忙到头落不到多少收益。"作为"新农人"，阳山奇决定不再走老路。乘着衡山县大力发展生态农业的东风，他从生态种养和特色着手，给衡山柑橘种植来个"大变身"。阳山奇参加县里组织的各种技术培训，前往省内外红柚基地参观，并向种植大户和农学专家请教，逐渐成长为一名新型职业农民。在他坚持不懈的努力下，果园终于起死回生。他还经常组织村民参加种养技术培训，引导村民发展林下经济和禽畜养殖，以多种方式促进村民增收。

如今的红柚基地不断发展壮大，衡山县亚奇红柚种植专业合作社和湖南奇山农业发展有限公司成立，逐步建立起了"红心柚＋湘黄鸡"立体生态种养模式，传统粗放、品种单一的柚园也升级为立体种养结合、生态循环的现代农业产业园，连片种养基地形成，合作社基地面积达 1005 亩，带动周边农户脱贫增收168 人，带领乡亲们栽培红柚致富。

> 延伸红柚产业链，现代农业产业示范综合体

作为农业创业者，阳山奇曾面临着技术、资金、市场皆缺乏的困境，即使在最困难的时候，阳山奇做生态农业的决心也坚持不变。亚奇红柚 2018 年通过中国农业农村部绿色食品各项指标认证，取得绿色食品证书，在第 20 届中国绿色食品博览会上被授予金奖。合作社 2022 年被认定为国家级农民合作示范社、湖南省林业产业化龙头企业，2022 年在中部六省农博会上获得金奖。

一分耕耘一分收获，希望的田野迎来丰收。阳山奇吃苦耐劳，骄阳下有他的汗水，寒风中有他施肥的足迹，他在劳动中实现人生价值。此外，他还义务为果农讲技术，免费为村民传授红柚管理方法，他用无声的行动诠释党员的责任与担当，是返乡创业的旗帜、农村党员的典范。

现如今，阳山奇创办的湖南奇山农业发展有限公司拥有集中连片红柚基地1538 亩，通过"公司＋合作社＋基地＋农户"模式推广"红心柚＋湘黄鸡"立体生态种养，拥有红柚蜂蜜茶、红柚蜜饯、红柚果酒、红柚白兰地等传统古法与现代工艺有机结合的生产线，是一家集红柚种植、示范推广、林下种养于一体，并创新融合第一、第二、第三产业的现代农业产业化龙头企业。2021年固定资产总额 1280 万元，产量 1600 吨，产值 1820 万元，实现利润 180 万元。公司 2017 年被认定为衡山县重点产业扶贫基地、衡阳市农业特色产业园，

2019 年和 2021 年被认定为衡阳市农业产业化龙头企业，2022 年被认定为湖南省科普教育基地、湖南省林业产业化龙头企业和国家高新技术企业。

重振衡山柑橘产业的路上，阳山奇一直在奔跑。他对未来满怀信心："要将基地打造成为集红柚栽培、生态种养、产业链延伸、科普体验、休闲娱乐为一体的现代农业产业示范综合体，今后还要争取上市。"

阳山奇在加工车间　本人供图

组织振兴篇

　　农村基层党组织是党在农村全部工作和战斗力的基础。要健全村党组织领导的村级组织体系，把农村基层党组织建设成为有效实现党的领导的坚强战斗堡垒，把村级自治组织、集体经济组织、农民合作组织、各类社会组织等紧紧团结在党组织的周围，团结带领农民群众听党话、感党恩、跟党走。

——习近平

　　要完善党组织领导的自治、法治、德治相结合的乡村治理体系，让农村既充满活力又稳定有序。要坚持大抓基层的鲜明导向，推动治理和服务重心下移、资源下沉，推动乡镇赋权扩能，整合力量、提升能力，确保接得住、用得好。要深化党组织领导的村民自治实践，创新乡村治理抓手载体，完善推广积分制、清单制、数字化、接诉即办等务实管用的治理方式。

——习近平

高亚

▶ 人物简介

高亚，湖南"农民大学生培养计划"益阳分校 2017 级秋季农业经济管理专科专业学员，益阳市桃江县赤塘村党支部书记、村委会主任。

▶ 所获荣誉

第十四届全国人大代表。赤塘村获评"益阳市集体经济先进村""桃江县无信访村""桃江县文明村""县级清廉乡村"。

俯身耕耘金色土　　立志领航振兴路

从边远贫困村到集体经济先进村，

赤塘村华丽转身；

从便民服务员到村委干部，

她把青春奉献给"金色"农业。

> 她把青春献给金色农业

地处桃江县北大门，掩映在山峦茂林中的赤塘，是一个典型的边远村。长期以来，赤塘村被打上了交通不便、经济落后的标签，曾是桃江县的脱贫攻坚重点村之一。

2016年，在外创业的高亚被聘为村里的便民服务员。从那时起，赤塘村发展停滞的根本原因是什么——这一问题就在高亚的心中扎了根。当便民服务员的4年多，她看到了赤塘村泥泞狭窄的路况，看到了荒废的山林，看到了村上困难群众的生活状况……以上种种，点燃了她的斗志。

"作为一名党员，作为赤塘村的媳妇，我心中产生了一种强烈的责任感，那就是习总书记教导的，当代青年要有不负韶华、不负人民的责任感。"高亚在2020年的村两委换届中成功当选为党支部书记、村委主任，怀揣着一腔热情，她开始了为赤塘村"改天换地"的征程。

> 创新思路强组织

在担任村支部书记后，高亚找到了问题的答案——不能充分将组织优势转化为发展动能的党组织是制约经济发展的症结所在。面对少数因循守旧的两委成员，面对部分懈怠懒散的党员同志，高亚深刻认识到：只有建好建强党组织，才能完成振兴赤塘村的重任。

高亚敏锐地认识到，必须要发挥村上德高望重、党性纯洁的离任村干部的作用。于是她立即行动，对村上 21 名离任村干部进行走访，既是取经，也是邀请他们成立一个离任村干部联合小组，继续为村上工作发挥余热。紧接着，她带领小组成员对全体党员开展谈心谈话，了解其想法，纾解其困难，赢得了党员的理解与支持。她带领全体党员，在主题党日、党员冬春训、志愿服务等活动中以身作则，积极发挥模范带头作用，提高了党组织的战斗力与凝聚力。

同时，高亚高度重视发展党员工作，与镇党委密切配合，将赤塘村设为三堂街镇入党积极分子积分管理办法的试点村，大幅提升了该村 7 名积极分子为民服务、提高自我的积极性。这在群众中得到了积极响应，掀起了一股在工作上评优争先、你追我赶的良好氛围。先后吸收了 10 余位有作为、有奉献精神、有带动能力的贤达人士进入发展党员与后备干部的储备行列，增强党组织的活力与动力。

> 因地制宜谋发展

解决了思想问题，装上了党建引领这一台强劲的"发动机"，高亚马不停蹄地开展了发展集体经济的工作。

"发展经济，不能好高骛远，要因地制宜。"有过创业经历的高亚心中十分清楚，不是制定一个大目标，写一个大规划就能搞活经济，她必须要充分发掘赤塘村的优势。

赤塘村地处丘陵，荒山较多，但这里曾种植着 2000 多亩的油茶树，是桃江县 20 世纪唯一的征购油供应基地。赤塘村工业基础薄弱，但土壤肥沃，阳光充足，是全县闻名的产粮区。经过调研，高亚确信，只有深耕农业，推动现代化、特色化农业发展，才能走通赤塘村的振兴之路。

说干就干，2021 年上半年，村支两委通过多次外出考察、下村调研，首先确定了要通过土地流转保证农业组织化、规模化的方向。在高亚的带领下，村委与离任村干部小组开始了挨家挨户的政策宣传，用 2 个月的时间，投入资金 20 多万元，流转了土地 1200 多亩，同时也解决了赤塘村 170 余亩土地抛荒撂荒的问题。

土地流转后，高亚结合村上实际，明确了要走发展"金色"农业的道路：一是引进种植900亩"阳光80"高油酸油菜品种；二是通过稻鸭共养的方式种植300亩优质稻；三是保护培育山林600余亩、开垦荒废山林1400亩种植油茶树，实施赤塘茶油品牌创建工程。

有了农作物还不够，还得解决产品与销售渠道的问题。赤塘村为此成立村级经济合作社，统一负责农产品的加工与销售。在加工方面，一是延长产业链，建成茶籽油生产线和菜籽油生产线各一条，共占地面积2760平方米；二是打造品牌，注册"黄栗山"商标，推出了高油酸菜籽油、原生态茶油等10多种产品。在销售方面，一是通过邀请专家并与村上外出创业人员积极沟通，联系大型粮企，实现了粮食直销；二是积极运用电商销售，加强微博、微信、微视频"三微"媒介宣传推广。高亚亲自上阵，开启"直播带货"模式。赤塘村通过深耕"金色"农业，为乡村振兴打下了坚实的经济基础。

高亚介绍赤塘村特色农产品山茶油　图源：中新网

> 以人为本保民生

"取之于民，用之于民。我们要时刻牢记发展经济的是为了提高村民的生活水平。"高亚不忘初心、牢记使命，为赤塘村的民生作出了巨大贡献。

一方面，通过发展集体经济倒逼基础设施建设。在高亚担任总支书记的 2 年内，通过以项目谋资金、以乡情引投资的方式，筹集并投入了民生工程建设资金 700 余万元；除险加固加宽公路 2 处、绿化主干道 1700 米；山塘除险加固扩容 12 处、修建灌水渠 2000 米；修建活动屋场 2 个、健身活动设施 2 处。同时，还为赤塘村曾经黯淡无光的夜晚点亮了 252 盏路灯，为赤塘村人居环境投入了 20 余万元的治理费用，极大地提高了人民群众的生活幸福指数。

另一方面，建立了困难群众就业增收保障机制。高亚带领村委建立了失业困难群众台账，在发展集体经济与基础设施建设中，积极引导困难人群参与就业。在油料加工、鸡鸭养殖、油茶林砍青追肥、工地建设与人居环境整治等方面提供了 50 多个工作岗位，让村民真正享受到集体经济发展的红利。同时，村委拿出部分收入充作村级救灾保障资金，为村上的抗旱救灾等工作提供了坚强保障，并且广泛开展了对老年人、困难群众的慰问工作。2022 年重阳节，村委拿出了 8000 余元慰问村上 20 名 80 岁以上的老人。"这是以前不敢想象的，不仅拿到了钱，支书还给我们这群行动不便的老人修了屋场、发了拐杖"，现年 80 岁的刘伏保老人感动地说。

桃江县委领导看望全国人大代表高亚（左三）　图源：中国政府网

从边远贫困村到集体经济先进村，俯身耕耘在这片金色的土地上的高亚，带领着村民初步完成赤塘村这改天换地般的华丽转身，并将继续大步领跑在乡村振兴的道路上，用青春理想描绘出农业农村现代化的美好明天！

张坤

▶ 人物简介

　　张坤，湖南"农民大学生培养计划"衡阳分校 2010 级秋季农村行政管理专科专业学员，2017 级秋季行政管理（村镇管理方向）本科专业学员，衡南县松江镇松竹村党总支书记。

▶ 所获荣誉

　　湖南省第十二次党代会代表，湖南省劳动模范、湖南省优秀共产党员。

湘江畔橘橙黄

心系百姓，慷慨解囊，带富一方。

他"种"下脱贫硕果，百姓安康，

苦尽甘来的"脐橙"，只留下沁人心脾的香甜、成熟的芬芳。

"我们的张支书一心为老百姓着想，是个好支书。"衡南县松江镇松竹村的脱贫户张泽喜已经70多岁了，他逢人便这么夸赞。

张支书名叫张坤，是衡南县松江镇松竹村党总支书记。

松竹村位于湘江河畔，黄壤沙土、光照充足、水源丰沛、昼夜温差大，是种植水果的好地方。走进衡南县松竹村，宽阔的水泥路、连片的太阳能路灯、一口接一口的硬化池塘，让人印象深刻。

张坤接受衡阳电视台采访　图源：衡阳广电网

> 一心为公　心系百姓

要想富，先修路。村长湖、塘门、周家3个村民小组的大约2公里的通组公路年久失修，塘坝倒塌影响全村人出行，给群众生产生活造成极大不便，大家怨声载道。

2008 年当选为松竹村党总支书记伊始，张坤便将修路事宜提上日程。为解决修路所需的 40 余万元资金，他不分白天黑夜，向村籍企业老板、社会名流和热心人士拉赞助，不畏辛苦走村串户，往返奔波于市县相关部门，最终筹措到全部资金。

资金到位后，他立即组织动员修建塘坝，硬化 2 公里通组公路，解决了困扰村民多年的出行问题。

电力保障是经济活动的基础，受 2008 年冰灾影响，村里电压低、线路老化，村民生活用电不正常，村民的正常生产生活受到影响。

为彻底解决这一问题，张坤多次向县政府及电力部门反映本村实际情况，积极争取电力改造项目立项整改。2012 年村所有电力设施和线路得到更换，群众用上了安全放心的正常电。2016 年安装太阳能路灯 330 盏，老百姓安全出入问题得到保障。

水利是农业的命脉。该村是松江镇一个干旱死角村，自担任村党总支书记以来，张坤发动全村群众兴修水利，自筹资金新挖、硬化水塘 8 口，清淤 10 口，新修水渠 2 公里，彻底改变了干旱缺水的局面。

2020 年疫情袭来，张坤冲在防疫第一线，大年三十带领村支两委干部逐一走访排查本村 25 名外地返乡人员，建立疫情工作台账，严格落实"六包一"责任制，在村重要出入口设立疫情防控服务点，对进出车辆和人员进行排查、劝导，积极加强防疫知识宣传，确保了全村人民生命健康安全。张坤还带头到县慈善总会捐款 5000 元，支持全县疫情防控工作。

> 投身一线　脱贫攻坚

他重视扶贫工作，制订针对性工作计划。按照"因地制宜，因户而异，因人而为"的原则，实行"点对点"服务、"一对一"救助、"多对一"帮扶的措施，坚定"不脱贫不脱钩，扶上马送一程"的思路，制订年度帮扶计划。

他积极投身一线，将精准扶贫贯彻到位。为确保对象识别精准，张坤经常进村入户，了解贫困户生活的真实情况，掌握第一手资料，并及时将相关资料建档立卡，上传上报，确保扶贫对象识别到位。根据实际情况为贫困户量身定制发展计划，对症下药，对本村 38 户贫困户 99 人按不同层次、不同致贫原因进行归类，列出需求清单。

村里 64 岁的贫困户张泽喜与妻子相依为命，生活困难。张坤便引导张泽喜在家发展养鸡产业，并免费提供鸡苗和饲料，又亲自传授技术。如今，两老生活越来越好，逢人就说："我们的张支书一心为老百姓着想，是个好支书。"

2016 年张坤成立扶贫"湘健"基地，安置贫困劳动力 136 人，"湘健"基地因地制宜发展水果产业，从技术、销售上给予村民帮助。在扶贫基地的带动下，村里大部分贫困户都种上了葡萄、脐橙、红心柚等水果，10 人顺利脱贫。他个人还累计资助困难群众和贫困学子 20 多人次，捐款捐物达 5 万余元。

10 余年间，张坤创办的合作社先后帮扶贫困群众 600 多户 1800 多人，范围遍及松竹、黄塘等 18 个村和社区。

他积极响应市县人大常委会组织开展的"脱贫攻坚""五个一"等活动，引导 15 户贫困户加入扶贫基地，采取金融扶贫，每户贫困户每年至少可分红2000 元。他对接帮扶的 8 户贫困户提前脱贫，生活达到小康水平。

张坤与村民一起种果树　图源：搜狐网

＞做优品牌　狠抓经济

当上村党总支书记后，张坤用心抓好了村集体经济。

初冬时节，正是橙黄橘绿时。在松竹村的脐橙基地，一颗颗比拳头还大的脐橙缀满枝头，在冬日暖阳照耀下散发出诱人光芒。

2007 年，张坤曾在松竹村创办了湘健有机果卉禽畜渔业产销合作社，积累了丰富的种植经验。经过多年的不懈努力，松竹村已经建成了 1600 多亩的果树基地，葡萄、脐橙、红心柚等都已经到了挂果期。水果基地的名声打响后，张坤为脐橙注册了"潇湘"品牌，靠着良好的品质和品牌效应，松竹村的脐橙供不应求。近年，张坤带领大伙将村里另一处荒地重新种上了砂糖橘、丑橘、葡萄柚等优质水果，不出几年，这片果园又将为村集体经济带来 15 万元以上的收益。

在"迎接党代会，谱写新篇章"建言献策活动中，张坤建议，通过党建引领发展壮大集体经济，更加系统地打造好"一村一品"，培育农产品自有品牌，以产业为链接，将脱贫攻坚与乡村振兴无缝衔接，带领乡亲们把日子越过越红火。

张坤表示，下一步将继续因地制宜，发展全村水果深加工产业，带领全村人民走上富裕之路。

彭育晚

人物简介

彭育晚，湖南"农民大学生培养计划"娄底分校 2013 级秋季农村行政管理专科专业学员，开放教育 2018 级秋季行政管理本科专业学员，新化县吉庆镇油溪桥村党总支书记。

所获荣誉

获"中国好人""全国十大爱故乡年度人物""共和国最美村官风度人物""全国新农村致富带头人""全国金镰刀奖""全国旅游发展人物""全国改革创新先锋""湖南省劳动模范""湖南省扶贫帮带模范""湖南省最美退役军人""湖南省百名最美扶贫人物""湖南省敬业奉献道德模范""湖南省优秀政治工作者"等 48 项省级以上荣誉称号。

时代先锋

他发扬新时代"红旗渠""挑山工"精神，

创新推行积分考评，

一传二帮三带，七次修订村规民约。

抬头看花，伸手摘果，下田有鱼，山地绿化，

"油溪桥"成为致富的"桥头堡"。

位于穷山恶水之上的油溪桥村曾以"烂、懒、散、穷"出名。"有女莫嫁油溪桥，一年四季为呷愁"，这是以前的油溪桥村最真实的写照。而如今油溪桥村陆续成为县级、省级、国家级的基层党建、脱贫攻坚、乡村振兴、美丽乡村建设、乡村基层治理的典范，被誉为"油溪桥现象"。原来是自 2007 年起，有一位愿意放下千万身家的土生土长的村支部书记带领近 1000 名父老乡亲演绎了一首致富乐曲。

彭育晚，1994 年参军入伍，1995 年入党，4 次荣立三等功。退伍后，他下海经商，成就了千万身家。2007 年，他当选为新化县吉庆镇油溪桥村党总支书记，带领乡亲脱贫致富。

> 富不能只富自己　穷不能穷了乡亲

当彭育晚决定担任油溪桥村党总支书记时，受到了家人的极力反对。亲戚朋友们个个都骂他是神经病，妻子甚至还拿离婚来要挟他，与他一起经营贸易公司的妹妹甚至抛出"你走，生意，我就撒手不管了"的话来威胁他，在这种情况下，彭育晚顶着巨大的压力留在村里。他当时心里只有一个信念：富不能只富自己，穷不能穷了乡亲，一定要带领乡亲们脱贫！于是，在乡亲的期盼中，在亲人的万般不解中，在他自己的坚守奋斗中，彭育晚的油溪桥村党总支书记一干就是 10 多年。

> 村事村民管　小袋子管出大文明

村里事，村民管。彭育晚带领村支两委，广泛征求村民意见，7 次修订村规民约。在村里实行禁赌、禁炮、禁烟、禁渔、禁塑、禁伐、禁猎、禁铺张浪费等"10 禁"。据统计，全村每年因禁赌、禁燃、酒席从简等节约开支 550 余万元。在移风易俗的过程中，彭育晚是面临着巨大压力的。彭育晚的妻子经常替他担心，说："你禁炮让卖炮的人恨，禁渔让捕鱼的人恨，禁赌让无业游民恨，你想把天下人全得罪吗？"面对村民们的指责和不解，彭育晚只能一次次地做说服工作。

10 多年来，彭育晚累计组织和参加会议达 2000 余次。他也不是铜头铁臂，忙碌的工作让他头发花白、近视加深、脸庞憔悴，他还瞒着村里人独自到广州看病……面对这一切，彭育晚没有后悔和退缩，时刻牢记留在家乡的初心和使命，全身心谋划油溪桥村的致富和发展。

走在田间地头的彭育晚　图源：红网

> 以五星闪耀　建设美丽村庄

2007 年，油溪桥村村民年人均收入不到 800 元，村集体经济负债 4 万余元。彭育晚发扬不等不靠、自力更生、艰苦奋斗的新时代"红旗渠""挑山工"精神，始终坚持群众主体地位，走群众"内源式"发展之路。他坚定地认为，一个能战斗、会战斗的党支部的作用，远比一个项目、一笔资金的作用大得多。为了建好油溪桥村的村两委领导班子，彭育晚不断到县、镇党组织咨询学习，与村民促膝谈心，并根据自身多年的公司管理经验，通过两委委员公开竞选，吸收有学识、有能力、有担当的乡村精英和年轻党员进入村组班子。目前，村两委委员平均年龄不到36岁，其中大专以上学历6人。

村支部推行"三先规定"，即拆除乱搭乱建先从党员开始，义务筹工先由党员带头，兑现处罚先从党员实施；倡导党员干部"戴袖上岗亮身份、发展致富当能手、学习生活贴群众"；建立党员廉政勤政档案，设置党员公益事业和捐款筹工公示栏等。彭育晚创新推行积分考评管理，将村民在脱贫帮扶、产业培育、出工出力、遵守村规民约等生产生活中的各类表现，量化为奖励指标35项、处罚指标41项，年底考核积分的高低与干部绩效挂钩、与评优推选挂钩、与股份分红挂钩。积分制管理有效促进了党员干部争着干、村民群众比着干、大家朝着目标一起干。

作为村党总支书记，彭育晚笃信与坚守对基层的党建，在他的带领下，油溪桥村的村两委真正成为该村致富的桥头堡。2016年起，油溪桥村被确定为娄底市党员干部教育实践基地和村干部培训基地、湖南省基层党组织建设示范基地、娄底市先进基层党组织。

彭育晚（右二）指导黄瓜种植技术　图源：红网

> 产业转型出奇招

人们都说油溪桥没有资源，但彭育晚认为，有眼光就有资源。他与村民一起整合山水、生态、农业、民俗等产业元素，推动休闲农业与旅游深度融合，探索"旅游+"发展模式。现在油溪桥村基本形成江景观赏区、民俗观赏区、农耕研学区、文化交流区、生态体验区、互动拓展区、餐饮服务区七大功能区，打造了10余个农事体验项目，形成10多种注册"油溪桥"商标的农产品，创立了4个专业合作社，实现了由"省级特困"向"全国示范"的蜕变。

彭育晚倡导富帮穷、先帮后，在油溪桥村建立起"一传二帮三带"工作机制（一传，传产业技术；二帮，帮产业发展，帮管护、销售；三带，党员带、能人带、模范带），实现产业开发经营"三全覆盖"（覆盖全村人口、全村土地、全村项目）。为贫困村民创造年福利收入4万余元，发放村扶危济困基金救助金62万余元，帮助困难家庭改造危房36套。每年儿童节和老人节，村里都要相继召开少儿及老人座谈会。截至2021年，油溪桥村村民年人均收入28600元，村集体经济收入2611万元。

彭育晚说："带领村民致富不是唯一的目的，探索乡村可复制可推广模式是我毕生的追求。"他愿意为了脱贫攻坚、乡村振兴奉献自己的全部力量，始终在群众最需要的地方落地生根。如今，油溪桥村先后获评全国文明村、全国乡村治理示范村、全国最美休闲乡村等国家省市级荣誉称号62项，成为乡村振兴的示范样本。

龙四清

人物简介

龙四清，湖南"农民大学生培养计划"怀化分校2008级秋季农村行政管理专科专业学员、开放教育2011级秋季行政管理本科专业学员，湖南省妇联兼职副主席、芷江侗族自治县禾梨坳乡古冲村党总支书记。

所获荣誉

全国党的十七大、十八大代表，湖南省第十三届、十四届人大代表，全国三八红旗手，全国劳动模范，全国模范人民调解员，全国优秀党务工作者等。

把"茅草窝"变成"金银山"的女当家

扎根农村，风雨兼程，构建"一主四辅"多元化村域特色产业群；

不忘初心，甘于奉献，用一腔热情温暖村民心扉；

求学创新，砥砺前行，实现一个落后村庄的美丽嬗变。

她是党的好干部。

"有女莫嫁古冲坡，嫁了也是受罪多。山上只有茅草窝，山下只有泥水喝……"十几年前，一首当地广为流传的过山谣，唱尽湖南省芷江侗族自治县南部边远山区古冲村的贫穷与落后。

如今行走在古冲村，宽阔洁净的水泥路、漫山遍野的柑橘树、漂亮实用的小别墅，再也不见过往"路难行、地难种、水难喝、饭难饱、信难通"的贫穷面貌。截至 2022 年，该村村级、组级公路 100% 硬化，水泥路到组率 100%，入户率 100%；安全饮水用户覆盖率 100%，清洁能源入户率 100%；电视、电话、手机信号入户率 100%。村集体固定资产近 500 万元，年收入 50 余万元，农民人均纯收入 2 万元以上。而让这个偏远的侗乡山寨发生翻天覆地变化的离不开一个朴实的农家女子——古冲村党总支书记龙四清。

> 摸清家底、谋篇布局、带领群众脱贫奔小康

2002 年，古冲村村集体负债达 5 万元，村民年均收入不到 900 元，村里穷得连一部电话、一条好路都没有。这一年，党员推选服装生意做得红红火火的龙四清担任村党总支书记。有人劝龙四清："村里欠了那么多债，是个烂摊子，人心又不齐，千万莫往泥坑里跳。"龙四清是个不服输的人，好心人的相劝和冷言冷语，反而激发了她当好村支书、改变古冲村的决心。

"要想脱贫致富，关键要对症下药，不能蒙着头把钱往泥滩子里砸。"龙

四清敏锐地意识到了这点。在古冲村大力发展村级集体经济工作中，为进一步摸清家底，掌握村情，科学合理推进经济发展，她带领村支两委多次召开村班子、党员、村民代表会议，积极把全体村民、党员和村干部的思想统一到经济发展大规划的工作中来，科学制定工作方案，集中精力组织党员、村干部分片到组入户了解村民基本信息（包括家庭成员、联系方式、种养情况、家庭条件、收入来源、年收入等），掌握了村经济第一手资料。

龙四清在丰收的果园　图源：中国村庄

在准确了解村经济现状后，她带领村民们找准贫困"根子"、找对致富"路子"，立足古冲村情，大力发展以柑橘种植为主导，以侗家山地猪和绿壳蛋鸡养殖、优质猕猴桃和南方红豆杉种植为补充的"一主四辅"多元化村域特色产业群，促进村域个体经济、私营经济和村集体经济走向良性发展轨道。特别是在她的带动下，古冲村注册了"舞水牌柑橘""和平橙"以及"冲石草"商标，其中舞水牌柑橘被评为"全国农产品十佳品牌"，成功打入上海、广州、成都等10多个城市的超市和商场，让古冲村实现从"负债"到"富裕"的蜕变。

> 崇学重教、苦练本领、喜建古冲新风尚

全面小康，不仅要让乡亲们的钱包鼓起来、精神富起来、生活乐起来，还应让广袤的乡村美起来。

　　只有高中文化的龙四清清醒地意识到，只有自身的思想素质、知识水平、工作能力跟上了时代发展的要求，才能建好组织、抓好队伍，才能带民致富。为补齐知识的短板，更好地为村民服务，她在2008年报读了湖南开放大学"农民大学生培养计划"怀化分校2008级秋季农村行政管理专科专业，2011年专科毕业后，接着报读了开放教育2011级秋季行政管理本科专业。龙四清重拾书本，整装启步，利用工余时间，刻苦学习农村党建、种植养殖、村镇管理、政策法规等知识和技术，不断锤炼自身素质，提升农村行政管理能力。

丰收的喜悦　图源：中国村庄

　　6年的学习让她能够高效有序地管理村级工作、处理纠纷、流转土地、招商引资、发展产业，还掌握了利用网络信息技术查找资源、发布农产品销售信息、与客户洽谈业务的技能，借着"互联网+"的春风，把村里的农产品推向了全国各地。

　　她严谨的求学态度深深地感染了其他人。在她的示范带动下，全家6口人中有4人报读了湖南开放大学，村干部和村民中也有6名农民大学生，她笑着说："现在，我和村主任都是农民大学生，我还让儿子、村民也参加了开放大学的学习。因为我觉得这样的好项目，不应该只局限于村干部的培养，而应该让更多的农民受益。"为此，她提出"把古冲村建成大学堂，把村民变成读书郎，让读书之风吹遍全村"的口号，投入 20 多万元建成的 6 个农家书屋和"开放大学书屋"，成了村民新的聚集地，借阅图书成为村里的新时尚。村里打麻将的人少了，看书读报的人多了。通过看书学习，村民们逐渐改变了"等、靠、要"的落后思想，养成了学习、思考和实践的习惯，开始尝试将书中的技术应用到实践中来，大大促进了古冲村乡风文明建设，使古冲村成为全省新农村建设示范村、全国生态文明村。

"凿井者，起于三寸之坎，以就万仞之深。"就是用这样的努力和坚持，龙四清实现了从一个普通农妇到农民大学生的蝶变，打下了为民服务的坚实基础。

> 坚守初心、甘于奉献、服务百姓永无悔

龙四清用一名女子的柔弱肩膀，带领村民脱贫致富，增强百姓获得感，提升群众满意度。这一切，都源于她心系百姓，都源于她对这片土地深深的爱。

在她的眼里，村里的每一位村民都是自己的亲人，每一位村民的冷暖疾苦，都时刻萦绕在她的心头。

村里 80 余岁的五保老人许修进无人照顾，生活起居有困难，她便主动担起照顾老人的义务，经常为老人买菜买米，打扫卫生。许修进家离村里的水源较远，用水不便，她便从家中拿出 1000 元为他接通了自来水。通水的那天，许修进老人热泪盈眶连声说："龙书记真是共产党的好干部！"

许修进老人感激的话语却并没有让龙四清高兴起来。她意识到，村里年轻劳动力外出务工，孤寡老人不止一个，随着时间的推移还会不断增多，自己作为村党总支书记，有责任也有义务让这些老人安度晚年。为此，她多次向芷江侗族自治县民政部门汇报工作争取支持，希望能在村里修建一所养老院，为孤寡老人筑个"安乐窝"。在她的努力下，古冲村养老院顺利竣工并投入使用，成为怀化市第一个标准的村级养老院。她还特别关心留守儿童，让古冲村成为留守儿童的港湾。

有群众问龙四清："龙书记，你这样照顾别人家的老人，为的是什么呢？"

龙四清说："老吾老以及人之老，幼吾幼以及人之幼。作为村支书，我有责任让古冲村的老人都有一个幸福的晚年，让古冲村的儿童有一个快乐的童年，这是我永远不变的初心！"

经过 20 多年的风雨磨砺，古冲村发生了翻天覆地的变化，现在乡亲们的日子过得越来越红火，道路越来越宽广，房子越来越漂亮。

谈及未来的蓝图，龙四清说："希望百姓生活充满欢乐，希望古冲村充满人情味，充满橘香花香，成为村民心中的最美乡村。"

为了这幅蓝图，为了这份梦想，龙四清又整理起行装，开启了一名基层党员的新征程。

陈剑

人物简介

陈剑，湖南"农民大学生培养计划"长沙分校 2015 级秋季农村行政管理专科专业学员，宁乡市大成桥镇鹊山村党总支书记、村委会主任。

所获荣誉

湖南省第十一次党代会代表、全国优秀党务工作者、中国农村十大新闻人物、农村旅游创新发展领军人物等。

唤醒鹊山的好支书

带着建设家乡、回报家乡、服务村民的初心和决心，投身乡村振兴的时代大潮；他与村支两委创新唤醒村里"沉睡的资本"，开创出了农业、文化、旅游三位一体的"鹊山模式"，让小小山村成为央视关注报道的焦点。

2017 年 12 月 6 日，中央电视台经济频道龙头栏目《经济信息联播》以《湖南鹊山：三权分置唤醒"沉睡资本"》《湖南鹊山："职业农民"挑担子专业化经营保收益》为题，在《新时代新气象新作为》板块对长沙市宁乡市"鹊山模式"进行了集中报道。这个模式，离不开鹊山村党总支书记兼村委会主任陈剑的辛勤奉献。

"我是一名入党 20 多年的共产党员，建设家乡、回报家乡是我的责任，自己富了，也希望带领乡亲共同富裕。"陈剑是土生土长的宁乡市大成桥镇鹊山村人。2014 年 3 月 8 日，鹊山村村支两委换届选举，在外经商的陈剑不顾家人反对，放弃了自己经营 10 多年的公司，参选村党总支书记并全票当选。

> 让农村土地"活"起来

刚上任的陈剑开始逐户了解情况。当时正值春种，农田抛荒的现象却非常普遍，这让他十分痛心。党的十八届三中全会提出要全面深化改革，鼓励农村土地承包经营权有序流转，这让陈剑产生了一个大胆的设想：推动土地经营权整村流转，通过土地合作经营提升土地效益。村支两委经过充分讨论研究，一致决定启动土地合作经营的改革工作。当时在全国农村还没有先例，也没有经验可借鉴，为了完善实施方案、统一群众思想，那一段日子，陈剑和其他村干部每天早上 6 点开始到组上进行走访，一直到晚上 12 点后才休息，有时一天要开五六个会，一年零三个月共召开了 900 多个屋场会。要在短时间内扭转群众思想观念，接受经营权流转入股并不容易。如红旗组黎义成年近 70 岁，家中有 11 亩田，儿子在长沙发展事业有成，老两口也经常住在长沙，但不乐意把承包田流转出来。为了消除他的顾虑，陈剑 6 次上门解释并做他儿子的工作，告诉他农田所有权是村集体的，承包权是个人的，经营权可以流转并获得收益。陈剑经过耐心的解释，终于说服了黎义成，而且在黎义成的带动下，红旗组全组实现土地合作经营。功夫不负有心人，通过党员带头签约，重点攻坚难点户，逐一上门做深入细致的思想工作和政策解读，截至 2015 年 8 月，99% 的农户签完了土地合作经营协议，全村 4200 多亩农田实现集中流转。至此，以土地所有权、承包权、经营权"三权分置"为前提，整村土地实现统一开发经营的"鹊山模式"逐步成型，有效解决了"有人无田种、有田无人种"的难题，也为鹊山村的迅速腾飞奠定了坚实基础。

陈剑（右一）在介绍经验　图源：宁乡市人民政府网

> 让民心民智"聚"起来

如何将民心民智"聚"起来，考验的是组织管理能力。出于这种考虑，2015 年，陈剑入读了湖南开放大学"农民大学生培养计划"农村行政管理专科专业。

忙时务农经营，闲时上课读书，村支两委、田间地头既是他的课堂，也成了他的专业与课程实践基地。陈剑带领村支两委班子走家串户逐一走访村民，与党员群众商量脱贫致富的方法，村民逐步参与村级事务。

通过创新支部设置，加强党员教育管理，探索建立"支委统筹、村委实施、群团组织参与、社会服务"的工作机制，以及推广"功德银行"积分制管理，鹊山村基层党组织的凝聚力、向心力得到大幅提升。在村级基础设施建设过程中，党员群众自觉拥护、积极参与，全村公路拓宽提质，共有 147 户群众自愿无偿拆除围墙，1.2 公里的金鹊路拓宽绿化工程，党员组成义工队带头筹工筹劳，仅仅通过 3 个昼夜的连续奋战就圆满完成。

在群众心目中，陈剑是舍小家为大家、一心为公、做实事、有韧劲的好书记；在党员看来，他是有情怀、有担当、有作为、值得信赖的带头人。鹊山村的变化是翻天覆地的，群众的幸福感和收获感是实实在在的。在村级治理中，近年来鹊山村实现了零上访、零事故、零案件。

陈剑在人民大会堂前留影　图源：宁乡市人民政府网

> 让乡里乡亲"富"起来

土地集中流转之后，关键是要把土地用好用活，提升土地的亩均产值和效益。

陈剑带领村支两委班子制定了全村水系路网、美丽乡村、产业发展 3 个规划，并着手筹划了"现代农业观光园、特色产业园、休闲旅游民宿区、养老服务中心"的"二园一区一中心"建设。经过几年的培育，23 个农旅结合项目相继落户鹊山村。现代化果蔬采摘基地、亲子体验园、户外自助体验餐厅、现代农业展厅等休闲体验项目也形成规模，建成了 1000 余亩种养基地、180 亩的垂钓休闲基地、100 亩的亲子体验基地，吸引了大批周边游客，鹊山乡村旅游慢慢声名远播。

人才也逐步回流。随着产业发展，鹊山村先后吸引 21 名高学历、高素质人才到村创业。2016 年，在陈剑一个月 40 多个电话的动员下，原在北京某上市公司工作的毕业于中南大学的博士丁伟来到鹊山村当起了"泥腿子"。

村民越来越富了，近几年全村产业投入资金 1.2 亿余元，新增就业岗位 600 余个，村民享受土地流转收益"保底分红 + 二次分红"达 650 元 / 亩，7 年来村民年人均纯收入从 1.9 万元增长到 3.9 万元，村级财务从负债 213 万元到盈余 114 万元。

7 年时间里，鹊山村在陈剑的带领下，从一个社情民意复杂、脏乱穷差的软弱涣散村，蜕变为一个产业兴旺、生态宜居、乡风文明、治理有效、生活富裕的乡村振兴明星示范村。鹊山村土地合作经营的"鹊山模式"入选"2016 年度中国改革十大案例"，鹊山村获得了湖南省先进基层党组织、湖南首届改革创新奖、全国乡村振兴示范村、湖南省美丽乡村示范村、全国文明村等荣誉。

向往

人物简介

  向往，湖南"农民大学生培养计划"怀化分校 2016 级秋季农村行政管理专科专业学员、2019 级秋季行政管理（村镇管理方向）本科专业学员，中方县桐木镇半界村党总支书记。

所获荣誉

  国家残疾人工作先进个人、湖南省优秀共产党员、湖南省最美扶贫人物、湖南省百名阳光致富带头人、中国成人教育协会百姓学习之星、湖南省百姓学习之星等。

只手撑起一片天

山林、村民、农舍，肢残人士，

园林、民商、客舍，富甲一方。

他慈心为民，善举济世，

独手撑起"半界"一片天。

桃花节赏桃花、看文艺演出、品农家菜、购土特产……自 2018 年被中央、省市等新闻媒体报道以来，怀化市中方县桐木镇半界村这个小山村已经成为当地有名的旅游观光地。让这个山村发生蜕变，带领村民走上科技兴农、生态富农、品牌发展之路的是村党总支书记向往。

身残志坚的向往奋斗在基层　图源：红网

> 我要为村里做些什么

"我小时候很自卑，但别人越是看不起我，我就越要做好。"向往 5 岁时，左手被炸伤，导致左手腕以下全部截肢。高中毕业后，向往当起了代课老师，所教班级学生成绩在全镇排名第一。后来他又做过泥工、当过包工头，单手干活的速度和质量让老匠人都自愧不如。

2008年，向往入了党，在村里任文书。2016年，向往报读了湖南开放大学"农民大学生培养计划"农村行政管理专科专业。在一次实践教学活动中，向往跟随老师参观学习了芷江侗族自治县古冲村和麻阳苗族自治县楠木桥村脱贫致富的先进经验，他被深深震撼了，活动结束后，他一直在苦心思索：同样地处偏远的山区，为什么他们能因地制宜、脱贫致富，我们村却不能？我该为村里做些什么？

带着这个疑问，向往边学边想边行动，撰写了《半界村创新创业报告》，描绘了将半界村打造成令人向往之美丽乡村的新蓝图。这份报告让班主任眼前一亮。在班主任的支持鼓励下，向往报名参选了村党总支书记并顺利当选。

当选以后，向往遍访村里的党员、村民代表、贫困户，组织开展"夜访农家""露天恳谈"等活动，宣传政策、听群众说话，针对梳理出的意见建议制订任期工作目标，修订完善半界村委会工作制度、村民代表会议制度、村民会议讨论决定事项、村务公开制度、村规民约等，创新性地提出普通党员设岗制、工作积分制等激励机制。因为学习认真长了本领，工作踏实有了成绩，向往很快取得了班子成员的拥护，得到了群众的认可，为改变个人和村子命运奠定了坚实的基础。

＞ 我为半界村形象代言

半界村平均海拔600米以上，素有"桐木青藏高原"之称。怎样因地制宜发展半界村产业？带着疑问，向往多次前往周边古冲村、楠木桥村等农民大学生创新创业基地进行学习，最终确定"抓住山地做文章，立足实际抓特色"的发展思路。根据半界村昼夜温差大、水果甜度高的特点，向往决定走"水果种养＋观光旅游"的道路，突出"果旅结合"特色，形成生态农业产业和乡村旅游互补的产业模式。

"水果种植是半界村的特色，但过去没有规模化，没有品牌，卖不起价。"在农民大学生同学古冲村支书龙四清的建议下，向往以村为单位注册了"半界村"商标。同时半界村成立天沐种养专业合作社，村民入股变股民。同时，村里建立"党员创业示范基地"，注册"半界"商标，致力精品化、标准化和市场化，扶持发展大米、鸡蛋、黄桃、葡萄等项目。向往还把原先在县城做电商的大学生"挖"回来任村文书，分管电子商务、信息化办公，开通了"掌上半界"公众号，推介当地农产品，搭上了"互联网+"的快车。向往也拍摄了短视频《村支书为半界代言》参加怀化全民导游大赛。

2018年半界村依托漫山遍野的桃林，举办第一届"桃花节"，引来大批游人。当年，半界村接待游客2200人次，实现旅游收入约12万元。

几年下来，半界村的"桃花经济"已经形成了一条集农业观光、餐饮娱乐、农资生产配送为一体的产业链，"蔬果+旅游"生态共享模式成了农民致富的大产业。

向往（左一）叮嘱村民们做好预防冰冻天气的准备　图源：中方新闻网

> 扶贫帮困、扶残解难的好支书

在村民心目中，向往不但是村里的主心骨，而且是一位扶贫帮困、扶残解难的好支书。

向往自己是残疾人，对残疾人的困苦深有体会。为了更深入地了解贫困残疾人的状况，他多次开展全村贫困残疾人情况调查和城乡最低生活保障对象调查，充分了解村民们的所想所思、所需所盼，有针对性地帮助他们拔掉穷根。

授人以鱼，不如授人以渔。向往认为，让更多的残疾人学得一技之长，可以带动一大批人勤劳致富。他主动邀请种植养殖专家在村里举办果蔬类培育管理及畜禽类养殖技术培训班，对残疾人进行免费的技能培训，帮扶残疾人发展山地水果、生态种养产业，带动一批贫困残疾人成功脱贫。2019 年，向往自筹资金，注册成立了中方县向往农业开发有限公司，安置 10 余名残疾人就业，他号召党员发挥模范带头作用，结对帮扶贫困户、残疾人发展产业，公司探索出"支部＋合作社＋大户＋党员＋贫困户＋残疾人"的经营模式，形成了助残扶残共同体，开启了共筑共享小康生活之旅。

　　"改变村里落后的面貌，脱贫致富奔小康，一切为了村民对美好生活的向往！"这是向往在任职村支书时许下的诺言。他一直在践行他的初心。在向往的带领下，如今的半界村逐步实现"山林变园林、村民变股民、农舍变客舍、上山变上班"的跨越，乡亲们创业有动力，事业有希望，日子有奔头。

翦爱华

◢人物简介

翦爱华，湖南"农民大学生培养计划"常德分校2015级秋季农村行政管理专科专业学员，常德市桃源县枫树维吾尔族回族乡维回新村村民委员会妇联主席、科协主席。

◢所获荣誉

中国科学技术协会第十次全国代表大会代表，湖南省第十三届、第十四届人大代表，湖南省民侨外委专委组成员，常德市优秀人大代表，桃源县优秀人大代表，桃源县优秀科技工作者、特聘监察委员。

伯赞故里的乡村振兴"领头雁"

了解实情察民意，加强沟通听民声，办事公道聚民心；她用实实在在的成效赢得百姓的口碑，在平凡的岗位上尽显巾帼风采，凝聚起千千万万"她力量"，撑起美丽乡村建设半边天。

"在充满西域风情的伯赞故里，吃牛全席、烤全羊，赏民族舞，让您不用去远方就能完完全全体会到新疆风情。"常德桃源县枫树维吾尔族回族乡维回新村村民经常向远方的游客热情介绍自己的家乡。

占地 2000 余亩的枫林花海美景，浓厚的维吾尔族民族风情，更有著名史学家教育家翦伯赞故居、明朝开国将军哈勒·八士陵园、600 多年历史的清真寺坐落其中，让这个素有"中国维吾尔族第二故乡"之称的美丽乡村名扬三湘大地，年均接待游客 100 多万人次，创造旅游综合收益近 10 亿元。

谁能想到，就是这样一个拥有枫林花海国家 4A 级景区的全国乡村旅游重点村，在 10 年前竟还是与其他乡村小镇毫无二致、仅靠养殖维持生计的普通农村？这翻天覆地的变化在维回新村妇联主席兼科协主席、原村主任翦爱华的奋斗中一点点实现。翦爱华以女性创业领头雁的独有姿态，带领广大村民同"枫林花海"旅游品牌共同成长，亲身实践了一个普通乡村的巨变。

＞ 因地制宜　让村民吃上"旅游饭"

枫树维吾尔族回族乡维回新村面积 2.3 平方公里，总人口 2269 人，距离桃源县城 16 公里，常德市区 20 公里，黔张常铁路穿梭而过，是我国著名马克思主义史学家、教育家、维吾尔族杰出代表翦伯赞的故乡。

如何铭记革命先辈的光辉历程，讲好革命先辈的家乡故事，抒发革命先辈的民族团结情怀，大力弘扬红色文化、培育家国情怀、守牢红色底线？翦爱华与村支两委党员干部认真谋划，一致认为只有深入挖掘翦伯赞生平事迹业绩，汲取思想道德营养与传承其精神内涵价值，才能实现村子"产业富村、文化活村、旅游兴村、生态美村"，最终确定了乡村旅游"伯赞故里，唯美乡村"特色主题，打造品牌"枫林花海"。

翦爱华（左一）入户宣传上级政策　图源：中国政策网

2013 年，占地面积 18 亩的"翦伯赞故居"景点落成，由祖居、伯赞大道、广场三个部分组成。该景点自开放以来，累计接待游客 130 万人次，现已成功创建为省级国防教育基地、省级爱国主义教育基地、市级党性教育基地、市民族团结教育基地。

占地 400 亩的"枫林花海"拥有各色花卉，四季花开，姹紫嫣红，展现着一片生机勃勃的怡人景色。2019 年这里被确定为国家 4A 级旅游景区。"枫林花海"火了，老百姓的腰包鼓了。村里 300 多人吃上了"旅游饭"，村民们真正实现了远眺有青山、触手有碧水、抬头有蓝天的美丽乡村安居梦，幸福感和自豪感不断攀升，现在村民人均纯收入已超过 2 万元。

> 创新方式　倾听民声疾和苦

作为党和政府在农村工作的一名代表，村主任能力和素质直接影响着村级班子的战斗力、百姓生活改变的提升力。

担任村主任期间，翦爱华不断加强学习，坚持参加县委中心组、人大党组、机关集中学习，报名参加湖南开放大学"农民大学生培养计划"常德分校 2015级秋季农村行政管理专科专业系统学习，坚持个人自学不松懈。对政治、理论、民情的全方位学习，已是翦爱华生活的常态。

为了突破地域局限，学习优秀经验，她积极参加省、县、乡各级人大组织的培训与交流，并前往浙江大学学习，同时，省、市人大组织主办的各类培训班她也是一个不落，将所学所获积极灵活运用于维回新村各项建设之中。

翦爱华（左）推介水果种植技术　图源：中国政府网

除此之外，翦爱华还想群众所想、急群众所急、做群众所需，积极为民排忧解难。2018 年 10 月 6 日，燕国平、杨善初两位村民找到翦爱华，反映他们所在小组灌溉沟渠及机耕道年久失修，水利灌溉不到位，影响稻田及其他农产品的种植，希望得到解决。看到村民们焦急等待的神情，翦爱华了解事情来龙去脉后，第一时间组织召开专题工作会并到现场查看，及时将情况上报乡、县级各相关部门。一个多月后，县农业局安排项目资金 130 万元解决该问题，确保了广大群众该年度双抢期间的水利灌溉。"能够为老百姓解决实实在在的困难，是一名村干部的职责所在，也是村干部最幸福最有价值的时刻！"翦爱华心生感慨。

＞ 忠实履职　善提建议

2017 年 12 月，翦爱华当选湖南省第十三届人大代表。她把"人民选我当代表，我当代表为人民"铭刻于心，深入基层贴近百姓，倾听群众呼声，切实解决群众最关心最直接最现实的利益问题，真实反映群众愿望，真情关心群众疾苦。

多年来，不管日常事务多忙，她都会以饱满的热情按时参加省代会的各次会议。每次会前，她都深入群众进行广泛而深入的调查，充分了解民情、倾听民声、广纳民意，准确掌握人民群众在各个时期的关注和期盼。

作为桃源县人大代表，她积极参加代表会议，认真审议各项工作报告，并积极参与代表调研。她针对本辖区的水库灌溉区配套设施年久失修，跑、冒、滴、漏相当严重的问题，提出了《关于加快少数民族地区灌溉区配套设施建设的建议》，并于 2019 年 5 月得到了省水利局的积极回应，解决了长期困扰群众的"有水放不出，有田耕不了"的难题。

"我感到责任重大、责任光荣，我要当好贴心人，为群众谋福祉，为家乡谋发展！"如今，43 岁的蒉爱华一如既往地用满腔热情投身在乡村振兴中，履职尽责促发展，用时间和汗水浇灌着民族幸福之花。

刘云华

▶人物简介

　　刘云华，湖南"农民大学生培养计划"衡阳分校 2016 级秋季农村行政管理专科专业学员，衡阳县司法局法治研究督察室主任，衡阳县杉桥镇白石园村驻村第一书记。

▶所获荣誉

　　被人民日报社评为全国"最美全面小康建设者"，获衡阳市优秀共产党员、衡阳市五一劳动奖章、衡阳市最美"衡阳群众"等荣誉称号。

"种"风景、富乡亲，80后村支书"不简单"

选择乡村，他把根扎在基层，把群众的意愿摆在首位，把爱心和责任洒向每家每户，用大爱演绎人间真情。

刘云华，出生于20世纪80年代，1999年从部队转业后到衡阳县机关工作。2015年8月，他到白石园村挂职第一书记，2018年任职期满。由于工作成效显著，2020年9月，再次被派驻到白石园村任乡村振兴第一书记，继续完成乡村振兴与脱贫攻坚有效衔接的伟大使命！

"他真的是一位好支书，到我们村任职以来就把这里当作自己的家。睡在破旧简陋的村部办公室，有时候几个月都不回家……"白石园村村民为村支书刘云华的真情"点赞"。

> 贫瘠山村变"度假天堂"

白石园村地处杉桥镇偏远的西北角，由原来的杨桥、石园、白石3个村合并而成，辖30个村民小组，耕地多、林业资源丰富，但地处偏远、基础设施落后，村民大都靠在家务农或者外出务工养家糊口。如何改变白石园村的贫困状况，为这片土地带来希望？这是刘云华一直在努力解决的问题。

到了白石园村后，刘云华第一时间建起了60平方米的村支部，并在里间支了一张床，一个最初的根据地就这样建立了。3年来，1000多个日日夜夜，他基本吃住在这里，奔走在路上。刘云华上任后的第一件事，就是拓宽村道。可80余万元的巨额资金哪里来？刘云华一边发动村里在外发展的乡贤捐赠，一边动用自己所有的社会资源筹集资金。几经努力，资金全部到位。2016年，村道从原来的3.5米拓宽至6米。

在白石园村挂职的2年时间内，他多方筹资上百万元，把偏远贫瘠的白石园村建设成为衡阳地区小有名气的旅游度假村。在他的带领下，白石园村建水库、建雷祖峰观景台、举办油菜花节，成为附近乡村旅游的首选地和品牌路线。深得广大群众的喜爱，游客量最多时达到一天 5000 人次。央视《春天的中国》也展播了关于白石园村的专题片，市、县电视台和多家媒体争相报道，昔日默默无闻的白石园村先后获评"衡阳县乡村旅游示范村"和"衡阳市文明村"。

＞ 以旅游带动产业发展　以产业促进旅游

刘云华团结村支两委一班骨干，身先士卒修桥扩路、加固水利、改造危桥、搞景区建设，制定"以旅游带动产业发展，以产业促进旅游"的发展目标。"事好做，钱难筹。"刘云华坦言，初期为了筹集建设资金，他四处"化缘"，经历了不少酸甜苦辣，但终究收获了支持和理解。

2017 年 4 月，为了给白石园村村道提质亮化，村道两旁栽种樱花需资金 20 余万元。刘云华通过"杉桥镇精英微信群"向本地企业老板和地方乡贤发出筹资倡议，他的勤勉务实和真情实意得到了大家的一致支持，短短一个星期款项便筹集到位。2800 棵樱花树为白石园村打造出了"十里樱花"长廊的美丽胜景。

现在，白石园村已形成春看花、夏戏水、秋登高、冬咏雪的全年旅游特色。乡村美了，人气旺了，村民们的口袋也渐渐鼓了起来。白石园村的乡村旅游业不断发展壮大，村民们纷纷开起了农家乐，卖起了土特产，在家门口吃上了"旅游饭"。

刘云华整合有效资源，积极招商引资，探索寻求农村新型产业模式与发展之路。帮助扶持脱贫户发展种植业、养殖业和乡村旅游服务业，有效衔接脱贫攻坚和乡村振兴项目。他克服资金、技术、人才等各方面的困难，积极引进项目建设，促成角山米业和湖南农业大学校企合作，建立稻鱼、稻鸭生态共养创新试验基地，引进瓜蒌、湘莲等经济作物产业化规模化种植，带领村民建设油菜、有机硒米、油茶基地，推出传统优质特产中草药糯粑、米皮、土薏米、红薯片、湖之酒等，点面带动，建立农家乐餐饮接待点 10 余个，真正做到强村富民。

刘云华参加中国民生发展论坛　本人供图

刘云华为留守儿童发放防溺水资料　本人供图

> 精准扶贫　让贫困家庭"站"起来

　　尽管工作很忙，但帮扶困难家庭、留守儿童、孤寡老人等弱势群体，他总是乐此不疲。白石园村杜冲组的肖某患有严重的神经性萎缩，几乎丧失劳动能力，其婆婆又患有阿尔兹海默症，她家里两个小孩都在上学，全家生活仅靠老公一人打工维持，家庭经济特别困难。刘云华得知这一情况，自己带头捐款的同时，还通过微信朋友圈、家人群、同学群等发动自己的朋友、亲人和同学一起帮助，共为她家捐得爱心款 15000 元。

白石园村的罗某是个孤儿，家庭经济十分拮据，初中毕业后面临辍学。刘云华看在眼里，急在心里。他第一时间联系广州铁路机械学校一黄姓负责人，对罗某进行一对一助学。一番努力后，罗某终于顺利进入广州铁路机械学校就读。开学时，刘云华亲自将她送到学校，并帮她把进校的所有事情安排妥帖后才放心回来。如今，每学期刘云华都会定期给罗某打电话，在生活上给予帮助，白石园村在他的争取下先后有 17 个贫困学生得到春秋两季外界爱心助学资助。

刘云华用科学有效的方法带领村民致富，村民们说："刘云华书记给我们村带来了改变与希望，我们真诚地希望他留下来。"对于百姓的肯定和支持，刘云华表示，自己将加倍努力，为白石园村实现小康、村民实现共同富裕贡献自己的一切力量。

喻彩飞

　　喻彩飞，湖南"农民大学生培养计划"长沙分校2013级秋季农业经济管理专科专业学员，长沙市宁乡市灰汤镇双建村党总支书记、新三萍木业有限公司董事、宁乡市女企业家协会副会长。

　　全国十佳青年致富带头人、省巾帼英雄、省种粮大户、长沙市最美创业女性、宁乡市劳动模范、宁乡市优秀人大代表等。

彩凤翩翩兴农家

　　她用心抚摸土地，用情回报乡邻。她犹如一只翩翩飞舞的彩凤，以巾帼英雄的豪气，舞出了不一样的精彩人生。

　　喻彩飞，宁乡市灰汤镇人，1975年生。2013年秋进入湖南开放大学"农民大学生培养计划"长沙分校农业经济管理专科专业学习，2016年1月毕业。现为新三萍木业有限公司董事，宁乡市人大代表，担任宁乡市女企业家协会副会长、灰汤镇商会党支委员及常务副会长等职务。

喻彩飞（左二）在工作现场　本人供图

　　喻彩飞一直扎根于农村种养业，带动当地农民致富，解决农村剩余劳动力问题。2008年，她与朋友合伙创办了长沙市雪皇粮油有限公司，坚持"企业＋基地＋农户"的现代农业产业化经营模式，以产业化推进企业发展，以企业发展带动基地建设。基地通过"企业＋基地＋农户"模式流转土地2700余亩，并组织附近农民参与糯稻种植，实现订单种植5000余亩，使1000余户农民从中受益。2016年，喻彩飞在夏铎铺镇租赁土地3000余亩，注册成立了长沙俏农女农业科技有限公司和长沙香山韵农业科技有限公司，解决就业人口 2000余人，为当地群众的增收和地方的发展作出了较大贡献。

喻彩飞的企业做大了，自己富了，可她不忘初心，坚持回报乡邻。她个人十年如一日拿出资金对困难农户及五保老人进行慰问，对在校优秀学生则进行奖励助学，并予以资助。她还多次救助贫困患者，解决不少贫困大学生学费和贫困户危房改造费用，联动多家企业慰问孤寡老人、退伍军人遗孀及部分重病村民。她不仅多次自掏腰包捐款，还积极主动奔走于多个协会组织，先后组织灰汤商会、宁乡市女企业家协会募捐，为社会排忧解难。

喻彩飞不但工作上有激情，政治上也有情怀，担任市人大代表期间，积极调研走访，为群众代言，为政府出言献策。她深入选区，走访选民，广泛听取选民的意见，领衔或附议的议案和建议主要有：《关于大中型水库退出投肥养鱼的建议》《关于全县粮食有利销售和粮食增收增效的建议》《关于进一步规范农资市场提高农民效益的建议》《关于加强农村用电保障的建议》《关于加强蔬菜农产品质量安全管理和产业升级的建议》《关于维护环卫工人权益的建议》等 10 余件。

喻彩飞 2012 年入党以来，一直以一名优秀共产党员的标准严格要求自己，其社会担当精神与无私奉献精神，得到了周围群众及上级领导的一致认可与好评。

喻彩飞（左）慰问困难农户　本人供图

2020年通过镇党委层层选拔，喻彩飞跨村担任双建村党总支书记，任职以来，紧跟党中央决策部署，自觉把对农业、农村、农民的情怀变为一种社会责任，积极参与国家的乡村振兴战略。她多方奔走，向人防、能源、公路等部门争取各类项目资金，用于村级基础设施建设。下沉基层对100余户建档立卡贫困户开展帮扶，通过扶资金、扶岗位、扶技术来带动脱贫。

大事难事看担当，危难时刻见品性。新冠肺炎疫情暴发之后，喻彩飞勇于担当，主动加入防疫志愿者队伍中，坚守防疫第一线，主动承担起防疫检查劝导、防疫知识讲解、防疫物资发放等工作。

喻彩飞，一个从农村走出来的企业家，一个朴实果敢的人大代表，用自己的言行赢得了职工、赢得了群众、更赢得了事业。她坚持"干在一线、干到一起、干出一流"，在服务市委"四个打造"战略部署中尽展巾帼风采。

她犹如一只翩翩飞舞的彩凤，为周边农家带来了生机与活力，她务农、助农又兴农，带动了一帮立志改变家乡落后面貌的乡亲奔向新希望，开创新未来！

赵辉

▸ **人物简介**

赵辉，开放教育邵阳分校 2011 级春季工商管理（市场营销方向）专科专业学员，"农民大学生培养计划" 邵阳分校 2017 级春季行政管理（村镇管理方向）本科专业学员，邵阳市双清区火车站乡春风村村主任、"两新"组织支部书记，邵阳市春风种养专业合作社党支部书记兼理事长，乡村振兴农艺师。

▸ **所获荣誉**

全国百姓学习之星，其事迹被《人民日报》、《湖南日报》、学习强国平台、红网等媒体报道。

一身星辉的赶路人

凤夜在公，一心为民。他的全部心思，只为让他的村民们过上美好幸福的日子，让更多的人像他一样，成为推进乡村振兴的赶路人。

赵辉，男，1977年5月16日出生，2008年6月加入中国共产党，湖南开放大学"农民大学生培养计划"邵阳分校2017级春季行政管理（村镇管理方向）本科专业学员。

2015年11月，经村委换届选举，赵辉担任了邵阳市双清区火车站乡春风村主任。作为村主任的赵辉克服困难，放弃休息和与家人团聚的时间，访民情、问民需、谋发展。一上任，他就入户走访，了解村情民意，真心融入群众百姓中，真切解决群众需求。他带领贫困户成立邵阳市春风种养专业合作社，流转土地20多亩，种植无花果；他发展农产品初加工产业，注册了"韵辉果缘"商标，打造了自己的品牌。他的努力得到越来越多村民的认可，村民纷纷加入合作社，在荒废的土地种上了无花果，全村实现了无花果种养植、加工、市场销售一条龙。

赵辉把荒废的土地种上了无花果　图源：新湖南

他发现春风村一组没有单独的变压器，150多名村民，用电是从邻村搭线分流过来的。由于电压仅有 150 伏，每到中午和晚上用电高峰期，村民的电器无法用，这一问题已困扰村民 20 多年。于是他多次向上级有关部门打报告、反映情况，经过不懈努力，终于在 2016 年，春风村 1 组装上了功率 200 千瓦的独立变压器，村民从此用电无忧。《邵阳日报》报道了他为民解忧的事迹。

赵辉（左二）走访贫困农户   图源：邵阳日报

虽然工作取得了一定的成绩，但他却想有更好的谋划，有更好的发展。于是，他一边工作，一边在湖南开放大学学习，获得了本科学历。为了将知识转换成效益，2017 年，他考察了各种农产品种植，觉得无花果挂果快、收益高，非常适合村里的土地种植条件。于是他带领贫困户抱团发展，成立邵阳市春风种养专业合作社。2019 年，赵辉带领的春风合作社和国网湖南省电力有限公司邵阳供电分公司机关食堂，签订了食材配送合同，每年赢利 120 万元，用赢利转化为投资，降低了农业投资不赢利的风险。

为提高社员的服务标准和技术水平，赵辉每个月在基地举办一次农业指导培训，加强农业面源污染源治理，实施化肥农药减量增效和有机肥替代，以及测土配方施肥行动。每年组织一次农田作业标准和作业安全点评研讨会，这不仅提高了社员的专业技术水平，还增强了为农民服务的能力。

2018 年 9 月，双清区委组织部任命赵辉为"两新"组织支部书记，赵辉把党的十九大精神融入本职工作中，持续以"坚持党建引领，助推企业高质量发展"，即以党的精神促企业凝聚力、战斗力，助推农村第一、第二、第三产业融合发展。2020年2月，赵辉带领党员成立了杨柳村党员疫情防控突击队，党员志愿者还主动当起了"组织员""宣传员""勤务员""调研员"和"统计员"，积极主动为农业产业发展出谋划策。

2020年2月，在非公党委和火车站乡党委的领导下，赵辉带领杨柳村防疫突击队给村民宣讲疫情防控知识，并将750多公斤消毒液送到村民家中。赵辉还参加双清区委疫情防控指挥部的志愿者服务，支援双清区石桥办事处秀峰社区，劝阻扎堆聚集、劝导测量体温等，登记车辆70多台，排查200多人。赵辉说，"疫情不退，我不退岗"，展现了共产党员强烈的政治使命和疫情防控责任担当。

在新冠肺炎疫情防控特殊时期，也是春耕备耕的关键时节。赵辉组织社员集中采购农资，带领春风合作社党员，把化肥逐一送到社员家门口，全力保障春耕生产，不误农时。赵辉说："我们要发扬忘我精神，激发进取锐气，奉献自己的力量，让雷锋精神照亮抗疫之路。他用一次又一次的实际行动证明着共产党员的决心和承诺。"

2020年11月，赵辉被教育部评为"全国百姓学习之星"，先后参加全国各省市的巡回演讲。在12月2日邵阳电视台新闻联播报道中，赵辉说："作为一名共产党员，我们要养成爱读书、读好书的好习惯！做到学史明理、学史增信、学史崇德、学史力行，为全面建设社会主义现代化国家，实现中华民族伟大复兴中国梦而不懈奋斗。"

通过不断学习，他开阔了眼界，对乡村振兴发展规划有了更高层次、更直观的认识，更积累了成功的种养殖技术，以及农业人如何规避风险等经验。2021年，赵辉被邵阳市委组织部评为"市级党员干部教育培训讲师"，课件"关于乡村振兴产业发展若干实践与思考"被纳入市级党员干部培训教材。在市委党校授课时，赵辉深受学生们的喜欢，学生们觉得他授课内容很实用。课后，学生们纷纷加他微信，邀请赵辉为他们出谋划策。2021年起，赵辉奔忙于市委党校，到目前为止，共培训了3000多名乡镇党员干部、致富带头人、优秀村干部，给他们输入了乡村振兴产业发展新理念、新思路，期待他们学有所成，学有所用，学有所为。2022年9月，赵辉被湖南省人力资源和社会保障厅评为"乡村振兴农艺师"。

疫情期间，赵辉更忙了。2022年4月，赵辉化身"大白"，在抗疫一线，做核酸检测样本转运"快递员"。仅4月23日当天，就转运核酸检测样本3089份。10月，当疫情再次侵袭邵阳，火车站乡杨柳村党支部书记在杨柳村网络微信服务工作群发布了党员招募通知，赵辉立即向杨柳村唐军红书记请缨："我对路况非常熟悉，而且我有车辆。"在火车站乡党委的统一安排下，他和市直单位下沉基层党员肖攀登一组，在杨柳村罗家坪卡点。10月25日中午12点到下午6点，赵辉一直忙碌于严格执行凭通行证放行、凭相关工作证明出入、禁止随意出入等工作，劝退小车数台，劝退骑电动车人员10余人，减少了人群扎堆，扭转了卡口疫情防控难的不利局面，把疫情防控的接触传播风险降至了最低，为打赢这场战"疫"提供了坚实的基础。

赵辉说："人的一生很短暂，一百年也就3万多天，我们要珍惜每一分时光，让人生过得更有价值、更有意义。我们犹如黑夜当中的一颗流星，但我们要留下最灿烂的光芒。"

赵辉还在忙，他是一身星辉的赶路人。

沈守志

▌人物简介

　　沈守志，湖南"农民大学生培养计划"岳阳分校2017级秋季农村行政管理专科专业学员，2019级秋季行政管理（村镇管理方向）本科专业学员，云溪区长岭街道臣山村支部委员、村委会委员。

▌所获荣誉

　　第六届中国国际"互联网＋"大学生创新创业大赛湖南赛区银奖，武警甘肃省森林总队陇南市支队迭部大队"优秀士兵"，岳阳市"优秀共青团员"，岳阳市云溪区人大代表，岳阳市云溪区武装部"优秀民兵连长"，岳阳市云溪区长岭街道"优秀党务工作者""优秀共产党员""优秀个人"。

在乡村振兴的主战场建功立业

军营的磨砺，铸就了你果敢坚毅、友善诚信、担当奉献的品性。脱下戎装，扎根乡土，将工作摆在首位，把人民群众放在心中，你的身上，又集聚了热情、纯朴的乡土气息。你用一点一滴的实际行动，在乡村振兴第一线书写让党放心的动人篇章。

习近平总书记说："奋斗是青春最亮丽的底色，行动是青年最有效的磨砺。"国家实施乡村振兴战略以来，沈守志满腔热情投身"三农"工作，解放思想，刻苦钻研，敬业爱岗，任劳任怨，用自己的智慧和汗水推动了当地农业增效、农民增收、农村发展，在青春的赛道上跑出当代青年的优异成绩。

> 拥抱时代　乡村治理显身手

沈守志出生于 1993 年，曾在甘南藏区当过武警，转业后做过自由职业者。回到家乡创业四五年来，他目睹了农村的巨大变化。2017 年，党的十九大提出农业农村农民问题是关系国计民生的根本性问题，必须始终把解决好"三农"问题作为全党工作的重中之重，实施乡村振兴战略。沈守志敏锐地意识到，农村是个干事创业的大舞台。只有 24 岁的他参加了村委会的选举工作，并顺利当选为村委委员，先后负责党建、移风易俗、精准扶贫、综治维稳、安全生产、城建国土、青年民兵、退役军人、重点工程协调、疫情防控等方面的工作。

走上村干部岗位后，沈守志迅速转变角色，一心扑在工作上，努力为村里办实事，为群众办好事、解难事。在他的推动和努力下，臣山村先后投入 500 多万元修建了农田灌排水渠和机耕路，使村民耕种更加方便，也为大家增收增产打下了坚实基础。所有村组道路全部硬化，并安装路灯和监控装置。臣山村变得更亮了，更美了，也更安全了。

　　工作中，沈守志勤于思考，注重创新。考虑到臣山村流动党员人数较多，且基本都在外务工，为了帮助这些党员严格落实"三会一课"制度，他在云溪区率先采用"流动党员视频会议"形式，组织流动党员视频同步参加支部学习，这种方式使这些流动党员既没有耽误手头工作，又能过好党内生活。为了推动移风易俗，他推出"家庭小聚，谢绝百客"专项行动，鼓励引导村民严格遵守村规民约，节俭办酒，避免出现滥办乱办大办现象。这一举措获得云溪区政府点赞，"掌上云溪"也专门做了宣传报道。

　　沈守志始终保持军人雷厉风行的作风。2020年的大年三十，他接到上级通知，需迅速做好返乡人员的疫情摸底调查。他立刻放下饭碗，挨家挨户上门对返乡人员进行摸排，伴随着辞旧迎新的钟声一口气排查完400多户，并第一时间报告了指挥部，虽错过了年夜饭，但赶上了新年的美好开局。他严格落实上级防疫要求，在全区率先完成疫苗接种工作，疫情防控优化二十条施行前，整整3年臣山村无一人感染。

﹥ 登高望远　抢抓机遇兴产业

　　近年来，岳阳市顺应农业供给侧改革新形势新要求，坚持以生态理念发展现代农业，以稻虾产业调整种养结构，围绕稻虾产业百亿工程规划建设"洞庭虾世界""稻+生态共生种养""湘米工程基地"，形成了第一、第二、第三产业融合发展的大格局。

　　沈守志认为，这是带领村民发家致富的好机会。在经过认真规划后，他牵头成立了益强稻虾养殖专业合作社。他通过土地流转的方式，承包水田3220亩，开展稻虾种养。

　　为了办好合作社，他认真钻研稻虾种养技术，通过网络、书籍广泛查阅资料，仔细研究养殖中的每一个细节，很快成为行家里手。他率先在当地利用无人机来进行投食和管理，不仅节省了时间，还节约了成本，有效提升了养殖户的收益。他依托合作社，积极帮助困难村民脱贫脱困，先后解决了21人的就业问题。

　　在沈守志的带动下，附近的稻虾养殖基地不断出现。他又和参与稻虾种养的22户贫困户签订生产、购销协议，为他们提供技术支持，并帮助他们销售产品，有效解决他们的后顾之忧。

稻虾种养的广泛推广，为臣山村注入了新动力，臣山村驶上了乡村振兴的快车道。

先在当地利用无人机开展稻虾种养　本人供图

> 刻苦学习　提升境界向未来

沈守志高中毕业即参军入伍，一直没有机会接受高等教育。2017年，刚刚当上村干部的沈守志，为了丰富理论知识、提升业务能力，报读了湖南开放大学"农民大学生培养计划"农村行政管理专科专业。

作为村干部，工作面广，事多事杂，边工作边学习是件辛苦的事情，既不能耽误日常工作，又要坚持学习。在最初的一段时间，沈守志感到了很大的压力，有时甚至有些不知所措。在班主任的积极引导和耐心帮助下，他很快解决了工学之间的矛盾，进入了工作、学习两不误、两促进的状态，生活也变得越来越充实。2019年，他还报名参加了中国国际"互联网+"大学生创新创业大赛，并获得了湖南赛区银奖。

专科毕业后，沈守志又接着报读了本科，并于2022年1月以优异的成绩完成学业。在2021年，他还获得了一个光荣的身份——岳阳市云溪区人大代表。回顾在湖南开放大学5年的学习，他感慨地说，没有开放大学为他提供的好平台，没有"农民大学生培养计划"这样的好项目，没有老师们的精心培养和热情帮助，他在工作上会失去很多机会，甚至看不到自己的未来。

新时代催人奋进，新征程重任在肩。迈入而立之年，沈守志表示，自己将继续抱着一颗为民服务的心，积极投身乡村振兴主战场，以奋进之笔书写人生的壮丽诗篇。

陈万东

人物简介

陈万东，湖南"农民大学生培养计划"湘西分校 2015级秋季法学（农村法律事务方向）专科专业学员，吉首市太平镇排吼村党支部书记、村主任。

所获荣誉

全国基层农技推广养殖业科技示范户、湘西土家族苗族自治州劳动模范、湘西土家族苗族自治州优秀共产党员、湘西土家族苗族自治州扶贫开发先进个人、湘西土家族苗族自治州最美脱贫攻坚先进个人等。

回乡创业的好支书

心怀故土，返乡创业，

他是最美脱贫攻坚先进个人。

扎根基层，无私奉献，

他是远近闻名的好支书。

> 心怀故土　毅然决定返乡创业

"每年回家目睹家乡人民生活在贫困线上，为一日三餐的温饱而操心忧愁，我很早以前就发誓，有朝一日有一定经济实力时，一定要回家乡，带领乡亲们脱贫致富。"陈万东被这个念头牵绊多年，随着年龄增长和事业发展，这种念头愈发强烈。

1988年高中毕业后，陈万东和当时许多青年一样选择南下广东打工。打工期间，我先后干过电工、中粮公司业务员、报关员、办公室干事、车间主任、副厂长等职务，每一个岗位都做得认真、敬业。2008年，40岁的陈万东已经在深圳买车买房，而且拥有一家不小的汽车4S店，生活过得红红火火、有滋有味。然而他过得并不开心，总是梦到老家的房子垮了、儿时经常走的那条小路被山洪淹了等与家乡有关的情景，醒来泪流满面。对家乡的思念和为家乡脱贫致富贡献力量的心情再也无法抑制，陈万东说服家人，卖掉了店和车，带着广东籍妻子和孩子毅然回到了家乡。

> 履职尽责　带领群众共同致富

陈万东深知，要脱贫致富必须结合当地实际情况，因地制宜地发展可持续项目。回乡后经过市场调查，他了解到竹鼠在我国大中城市有很大的消费市场，价格也一路走高，而且竹鼠饲料以粗饲料为主食，包括山竹、芭茅杆、树根茎等，而当地山竹、芭茅资源丰富，能够为养殖竹鼠提供丰富的饲料来源，于是他选择了竹鼠养殖项目。他一边深入基地学习一边钻研书本，从最初因经验缺乏，2个月内就死掉了70%的竹鼠，到不断学习、潜心钻研由外行变成内行，陈万东在摸索中逐渐掌握了竹鼠养殖技术。2009年，竹鼠养殖场开业。2010年，陈万东被全村村民推选为中百村村支书，正式开始了他的创业扶贫之路。他多次开办竹鼠技术免费学习培训班，也到一些偏远乡镇为当地村民上课，讲授竹鼠养殖技术，为湘西地区竹鼠养殖业的快速发展贡献力量。

> 勤奋读书　争当开大好学生

2015年，陈万东报读了湖南开放大学"农民大学生培养计划"湘西分校法学（农村法律事务方向）专科专业。"我心中最大的遗憾就是没有上大学，开放大学的学习圆了我的大学梦，我倍加珍惜这来之不易的学习机会。"陈万东深情地说，"记得当时，我是利用休息时间啃读专业书籍；利用面授的机会向老师提问，巩固知识；利用实践教学的机会学习别人的先进理念和管理经验；利用和同学讨论交流的机会拓展思路、开阔眼界，将所学的知识运用到工作当中，确实让我这个村支书当得得心应手。"开放大学的学习，不仅丰富了陈万东的法律知识，还提高了他的文化素养、基层党建管理水平。

在开放大学老师的启发下，陈万东组建的合作社采取"合作社＋协会＋基地＋农户"养殖发展模式，由合作社养殖基地培育竹鼠良种，再将种苗分配到入社入会的农户家庭饲养，协会负责技术指导，合作社跟养殖户签订回收合同，解除了农户的后顾之忧，直接带动合作社、协会农民脱贫致富。

这些年来，他带领村民发展竹鼠养殖产业、板栗育苗产业，种植青蒿和水稻、油菜等农作物，每年销售额达900万元以上，群众年均增收3000元以上。为了改善村居环境，他还累计争取项目资金800余万元，硬化村组道路，修路建桥，建蓄水池、垃圾池，配置路灯，为群众解决了出行难、饮水难等问题。曾经的排吼村是在贫困线上苦苦挣扎的偏远小山村，如今的排吼村村容村貌发生了翻天覆地的变化，老百姓的幸福指数不断上升。

曾俊杰

▶ 人物简介

曾俊杰，湖南"农民大学生培养计划"长沙分校2008级秋季农村行政管理专科专业学员，2017级秋季行政管理（村镇管理方向）本科专业学员，长沙市望城区靖港镇福塘村党总支书记、村委会主任。

▶ 所获荣誉

全国优秀农民工、长沙市现代农业产业领军人才（B类国家级）、湖南省"创新创业先进典型"、湖南省"模范退役军人"、长沙市"优秀共产党员"、长沙市"乡村振兴好支书"、长沙市党代表、望城区党代表、望城区"五好"干部等。

学习铸就"狮子型"干部

脱下的是军装，褪不去的是拼搏与担当。

他为民求学，学以致用，将课堂知识运用于乡村治理实践；

他亲力亲为，甘于奉献，打通服务群众的最后一公里。

不一样的战场，他永葆一样的为民初心。

> 为民求学，激发党组织新活力

从求学、参军到返乡创业，曾俊杰一直怀揣致富乡邻之梦。2017 年他高票当选靖港镇福塘村党总支书记、村委会主任。刚接手靖港镇福塘村时，这里的一切百废待兴，基层组织治理一盘散沙，曾俊杰当时处于"求医无门"的境地。经组织推荐，他报读了湖南开放大学"农民大学生培养计划"长沙分校行政管理（村镇管理方向）本科专业，成为一名大学生村官。"能在家门口上大学、学本领，甚至把课堂直接搬到'田间地头'，这样新颖的方式以前闻所未闻。"曾俊杰感叹道。他边读书、边实践、边探索，把在大学学到的乡村治理及基层党建工作方法应用到福塘村管理治理中，并将基层党建工作中遇到的棘手难办的问题和案例在课堂上分享，寻求老师和同为支村两委的同学的帮助。湖南开放大学的"扶志、扶艺（技艺）、扶学"的"三扶"课程体系和教学方式让他受用，曾俊杰永远是班上提问积极、学习认真的那一拨学生之一。

"无规矩不成方圆，想要有好的发展，就要用完善的制度规范每一位党员干部。"曾俊杰深深记得开放大学老师在教授"农村党建实务"这门课时说过的话。他开始从规范党员日常管理着手。"要充分尊重、肯定党员的身份，让党员自己有优越感；又要监督、鞭策党员作用的发挥，让党员有责任意识。"2018 年，福塘村里每一名党员家的大门口都挂着一块党旗模型的牌匾，党员在群众中亮出身份，置身于广大群众的监督之中。面对防汛抗旱、疫情防控、重大项目建设等中心工作，党员的模范带头作用的发挥有了明显增强，支部更是在群众中有了好的口碑，树立了主心骨的地位。

> 点亮心灯，铺就福塘村共富路

"人民群众对美好生活的需求就是我们奋斗的目标。"曾俊杰立足具体实际，在工作中亲力亲为，打通服务群众的最后一公里。他采取分片区包干的办法，构建以党支部为核心、党小组为主阵地、党员为主力军的志愿服务机制，一年的时间，为群众提供协办、代办等便民服务 240 余次，解决各类矛盾纠纷、信访诉求 60 余起，帮助 28 户贫困家庭协调解决生产生活方面的困难，福塘村76 户 181 名建档立卡贫困户全部脱贫。此外，曾俊杰还一直坚持参与邵阳城步、洞口，岳阳平江、临湘等地产业扶贫工作，获得了当地群众的一致好评。

此外，他还创新构建网格化管理模式、推进机关党建与农村党建的跨界融合，提升全村党员的自信心，增强支部同志的党性；以共建项目为突破口，打开了共建共享、互融互促的新局面。共建的红十字博爱家园与居家养老服务中心服务项目，受益 750 余人。他以村级公共服务中心建设为平台，提高村级公共服务能力。在曾俊杰的带领之下，2019 年福塘村党总支摘掉了软弱涣散基层党组织的"帽子"。

> 精心谋划，引领村集体新发展

曾俊杰深知发展才是硬道理，只有发展才能解决前进中可能出现的问题。他切实发挥党员示范作用，成立村级兴田土地专业合作社，盘活土地资源，实现全村 2600 余亩土地经营权预流转。村集体土地合作社先后引进 6 家企业，实现连片规模经营，土地的附加值进一步提升，建成的基础设施、机台泵站等提供给企业有偿使用，将土地流转金的 10% 作为村集体提留，每年可稳定增加村集体收入 63400 元；他注重村民自治实践，采取三方筹资的办法，建设了瓦雀园示范片区和树山湾美丽屋场；通过将道路两厢的绿化改种为集观赏、食用和药用于一体的经济作物，让受益群众共建共管，以经济作物产生的收益作为报酬的形式，每年为村级道路养护节约资金近 20 万元。

　　曾俊杰同志带领班子多方学习，多次探索，积极发展村级特色产业。他提出了"依托本村资源优势，打造特色产业强村"的发展思路，发挥本地中药材企业本土人才优势，引进龙头企业联营成立拓创专业种植合作社开发新项目，建立中药材种植基地，带领广大村民发展迷迭香、皇菊、芍药等特色作物种植，走出了一条因地制宜、创新突围的产业发展新路子。在他的带领下，村民群众第一次尝试种植富硒皇菊，经过品种引进选育和技术改良，无论品相还是口感均属上乘，赢得了市场认可，完善了种植、观赏、加工、销售一体化的产业链条，年集体经济收入超过 100 万元，经营性收入达 70 万元，产业发展被中国政府网、新华社、《人民日报》、学习强国等主流媒体宣传报道。在曾俊杰的带领下，皇菊加工厂房、党群服务中心、"乡村振兴馆"相继建设，激活了农旅融合"一池春水"。仅 2022 年下半年，福塘村便以最佳的精神状态，先后迎接全国政协，以及省、市、区各级调研 30 余次。乡村品牌的知名度和美誉度不断扩大，福塘村登上了乡村振兴的主舞台，发挥着强大的辐射效应。2023 年，中央党校、省人大常委会等专家调研团亲临福塘村调研集体经济发展情况。新型农村集体经济发展模式和基层治理机制被省、市、区三级组织部门推介，福塘村的产业发展案例入选《长沙市集体经济发展百村案例》一书。

　　曾俊杰知重负重、善作善成、甘于奉献，用拼搏奋斗的狮子精神为推动福塘村高质量发展作出了积极贡献，用实际行动彰显了新时代干部应有的政治品格和精神风貌，将"共建田园居，同享幸福家"的美好愿景播撒在福塘村的每一寸土地上，点亮村民心中灯火，逐梦乡村振兴。

陈磊

▲人物简介

陈磊，湖南"农民大学生培养计划"衡阳分校 2016 级秋季行政管理（村镇管理方向）本科专业学员，湖南省耒阳市阳塘村党支部书记、村民委员会主任。

▲所获荣誉

湖南省十二次党代会代表、湖南省优秀城乡社区工作者等。

这十年，敢叫旧村换新颜

老树赋能，煤矸石变废为宝。

十年的坚守，他贡献青春与智慧；

十年的付出，他迎来家乡巨变。

唯有凌云多壮志，敢叫旧貌换新颜。

湖南省耒阳市黄市镇西北部的阳塘村，曾经是一个增收难、留人难、村容差的经济落后村。近年来，该村开辟了一条以老树板栗、老树茶油、沃柑、香椿等特色种植业为代表的土地经营型和以煤矸石资源化利用为代表的资源合作型集体经济发展新路子，摇身一变成了远近闻名的"集体富、农业强、农村美"的美丽新农村，这转变的背后离不开 34 岁年轻党支部书记陈磊长达 10 年的坚守和付出。

> 支部强起来　党员动起来

2012 年，23 岁的陈磊回村创业，次年加入村干部队伍，2016 年进入湖南开放大学"农民大学生培养计划"衡阳分校行政管理专业（村镇管理方向）本科专业学习，取得本科学历。陈磊同志扎根农村，在村干部的岗位上一干就是10 多年。

村看村、户看户，群众看党员干部。发展壮大村集体经济，必须注重激发和调动党员主动性、积极性。陈磊充分发挥党组织的战斗堡垒和党员干部先锋模范作用，通过技能培训、能人引入、代办服务等方面的措施，把致富带富作为推选村支两委干部、发展党员和党员积分管理的重要指标，鼓励和支持党员学习技术、领办创办致富项目，充分发挥党建在发展壮大村级集体经济中的引领作用。

近几年，阳塘村党支部培养发展带富能力强、懂技术、会经营、善管理、能团结带领群众发展村级集体经济、共同致富的青年党员和村后备干部 10 余名；从村后备干部、致富能手、外出务工经商返乡人员、本土大学毕业生、退役军人、农民专业合作社负责人等群体中择优推选村支两委干部 3 人。村干部及后备村干部队伍中 85 后占比超过 50%，大专及以上学历占比超过 50%。

2019 年，村支两委干部通过多次走访、咨询、研究，对村集体流转的老板栗树 200 棵和老油茶林 100 亩进行提质改造增产，充分挖掘阳塘村老树板栗林和老树油茶林价值，助力村集体经济发展获得第一桶金，对推动农户增产增收起到了很好的示范作用。

阳塘村采取"党支部 + 村集体经济合作社 + 示范基地"模式，将分散的小农户和林地有序地集中。通过支部带头、村集体经济合作社实施运营的方式，把党员群众组织起来，把资源集中利用作为股份发展规模经营，实现村集体和群众双增收，促进乡村振兴。村集体经济收入从 2019 年不足 5 万元，到 2020 年 10 万元，2021 年 18.4 万元，2022 年突破 20 万元，2023 年预计可突破 25 万元。

> 管理出效益　机制生活力

每月初，在阳塘村村务公开栏，都可以看到上一个月村集体经济合作社收支明细；每年底，党支部书记、村主任、集体经济合作社负责人会向党员群众和镇党委述职汇报集体经济情况，接收党员群众提问和评议。

"村集体经济直接关系群众利益，实现集体经济可持续发展，关键靠精细的管理和健全的机制，建立一个全员、全过程的精细化管理机制，让党员群众参与，才能得到党员群众的广泛支持。"陈磊如是说。

为规范集体组织管理，他推动村集体经济合作社开设独立账户，建立村集体经济合作社财务账目，实行村社分账，独立核算，做到收入应收尽收；他推动建立村级集体经济组织财务收支管理黄市镇财政所、农经站备案监督制度，严格审批支出；他把村组级鱼塘、土地发包等集体收入，村集体投资，入股新型农业经营主体和企业的分红，统一纳入村级集体经济收入管理。此外，村集体大额开支和重大投资决策全部通过"四议两公开"程序研究确定。

陈磊说："集体事，村民议，村民定，村民管。在重大决策、项目实施、经费管理中做到公平公开公正，提高了村集体资金收入和使用的透明度，村民的主体作用也得到了充分调动和发挥。"

陈磊参加党代会　本人供图

> 没用变有用　废物变宝物

坐落于阳塘村的湘煤集团红卫矿业公司坦家冲煤矿从20世纪60年代开矿以来，产生的煤矸石堆积如山，既占用土地，又污染环境，群众投诉不断。

陈磊通过实地走访和市场调研，发现该煤矸石山蕴含较高比例的硅、铝元素，是水泥生产的优质原料。2021年8月，村集体经济合作社和耒阳市南方水泥厂合作，将煤矸石以24.8元/吨的价格销售给南方水泥厂，成功变废为宝，实现了经济效益和生态效益双赢。

为了巩固村集体经济发展成果，陈磊借力扶持政策，积极争资金跑项目。2021年，争取中央扶持和壮大村集体经济项目资金50万元，村集体经济合作社与引入的耒阳市安源农业有限公司合股，共同出资1000万元，建成年出栏1万头生猪的养殖场，将场地出租给湖南新五丰集团，村集体按年收取租金，风险小，收益稳定。该项目2021年9月建成投产，为村集体每年增收6万元。

在乡村振兴的大背景下，发展绿色农业是大势所趋。陈磊结合阳塘资源特征、产业结构，通过前期市场调研和技术分析，发现有机肥可以有效提高老树板栗和老树油茶产量，降低种植成本，实现良性循环，减少资源消耗，减少环境污染，也可以对外销售产生更大价值。于是他确定"再利用、减量化、资源化"原则，以循环农业为着眼点寻找增收之路。2023年拟成立阳塘村有机肥厂，计划利用现有养猪场产生的猪粪，通过生物发酵和环保技术处理，批量生产有机肥，进一步壮大村集体经济。

＞ 筑巢引凤栖　花开蝶自来

习近平总书记指出，要推动乡村人才振兴，把人力资本开发放在首要位置，强化乡村振兴人才支撑。阳塘村集体经济的快速壮大，在增强组织服务能力的同时，进一步提升了在外村民回村发展的信心，越来越多在外创业的村民主动向村干部咨询相关政策。

陈磊思考着在能人引入上苦下功夫，一方面开展了摸排建档，对全村、全镇甚至是周边乡镇在外的优秀人才建立了详细档案，由村干部分工负责常态联系；另一方面出台激励措施，制定能人返乡创业支持计划实施方案，由支部书记牵头负责，所有投资项目注册、审批等都由村干部代办，提供保姆式服务，吸引能人带技术、资金、资源等优势回乡创业发展。

2020年以来，阳塘村的能人引进计划已小有成绩。在中山市开办灯饰厂的欧阳安平回村投资设立安源农业有限公司，在长沙开办律师事务所的许小飞回村投资设立律飞种植养殖农民专业合作社，类似的还有顶嘎嘎养殖专业合作社、新概念植绒厂、振兴玩具厂等，已带动100余人就业，年产值超3000万元。阳军军回村注册电商公司，并代理了周边3个乡镇的顺丰快运派送业务，建立起了快速的城乡物流通道，拓宽了农产品的销售渠道。

10年来，陈磊在农村这片希望的田野上不断奔跑和探索，无私奉献，全心全意为人民服务，贴近群众、依靠群众、引领群众，得到了党员群众和组织的认可。阳塘村的集体经济发展模式还入选了中共湖南省委组织部、湖南省农业农村厅编写的《湖南集体经济百村案例》。

"下个十年，一定会是发展的十年，更加美好的十年！"当谈到阳塘村的未来时，陈磊脸上绽放出自信的笑容，眼里闪烁着坚定的光芒。

刘自武

　　刘自武，湖南"农民大学生培养计划"益阳分校2015级秋季农村行政管理专科专业学员、2020级秋季行政管理（村镇管理方向）本科专业学员，益阳市沅江市四季红镇阳雀洪村党支部书记、村主任。

　　湖南省第十四届人民代表大会代表，益阳市第七次党代会代表，湖南省脱贫攻坚先进个人、益阳市劳动模范等。

人民代表一诺千金

"党员夜话"解民忧聚民心，

"稻虾共养"编织绿色致富路，

他创新乡村治理，只为"一诺千金"。

刘自武说："可能很多人都在怀疑我到底行不行。但是我向大家承诺过，我有一颗积极向上的心，我可以通过不停的学习，把我们的家乡建设成一个美丽的家园。"

刘自武，46岁，中共党员，做了10来年照明和建材生意，年收入相当可观，2016年当选为沅江市四季红镇人大代表，2023年当选湖南省第十四届人大代表。

> 人大代表回村任职

2017年，在镇村干部的动员下，刘自武回村竞选上了阳雀洪村党支部书记、村主任。

刘自武当选后面临的压力不小。当时阳雀洪村被列为省级贫困村，村党支部被列为沅江市软弱涣散基层党组织。

上任伊始，他牵头成立稻虾种养专业合作社，流转土地、挖虾沟。他和20多个养殖大户投入300多万元，发展稻虾共养。但到了小龙虾上市时，田里却出现了成片的死虾。

有村民说刘自武作为人民代表说话不算话，拿着死虾找刘自武算账。刘自武第一时间请来农业专家分析研判，最后结果显示，问题出在了养殖管理上。

专家分析，5月以后，气温上升，龙虾基数大，饲料投喂多，水中氧气含量偏低，所以龙虾大量死亡。

找到症结后，刘自武带领村民们换水，添置增氧设备，降低养殖密度，减少饲料投喂次数。第二年，小龙虾迎来大丰收，全村产量达到了 150 吨。

打赢了第一仗，刘自武打算建一个能储存上百吨小龙虾的冷库，将其打造成十里八乡的小龙虾收储中心。但数十万元的建设费用，把村民们难住了。

刘自武咬咬牙，撸起袖子，拿起铁锹，带头干了起来，水泥和沙石先赊账，村民和党员当起了泥瓦匠，不到一个月就把冷库建了起来。

刘自武还创新开展"党员夜话"模式，围绕"我要做什么，我能做什么，我该怎么做"与党员面对面交流。党员们逐渐开始变被动为主动，成为党支部工作的谋划者、实施者。

他成立党员志愿者义工队，实施党员积分制管理。2018 年起，党员和群众每年平均贡献 1000 余天义务工，形成了"党员干部带头、村民共同参与"的乡村治理模式。

2019 年，党支部牵头发动党员群众号召本村能人志士参加群英会，围绕乡村振兴、村集体经济等议题建言献策，党员群众渐渐把"支部事、村里事"当成了"自家事"，形成了上下同心，共谋振兴的强大合力。

刘自武在紧要关头启动了"党建＋疫情防控"工作模式，党员、村民志愿者分片区开展疫情防控宣传、排查、场所码申请、疫苗接种等工作，做到不落一户、不漏一人，守好第一道防线。

> 当上农民大学生

2020 年，在朋友的介绍下，谦虚好学的刘自武报读了湖南开放大学"农民大学生培养计划"农村行政管理专科专业。

他克服工学矛盾，按时参加线下课程学习。身为班长，他模范带头，尽职尽责，是老师们交口称赞的好干部，深受同学们信任。

2021 年，他在沅江市四季红镇阳雀洪村组织策划了湖南开放大学沅江分校教学实践活动，80 余名 2020 级农民大学生参加了此次实践活动。

交流会上，他回顾了阳雀洪村从贫困村到益阳市乡村振兴示范村的蜕变历程，畅谈了打造省级乡村振兴示范村的建设思路。

> 助力产业振兴

刘自武带领村支两委成员，多次走访群众，召开班子会议、支部党员大会，研究阳雀洪村洪涝灾害的治理对策，牵头实行整村土地流转，大力发展虾稻共作，克服小龙虾产量的季节性影响，实现全年创收800余万元，村民人均增收2000元。

他以企业入股49%、村集体入股51%的占股模式建成阳雀洪印刷有限公司，主营各类农副产品包装盒、礼品盒、彩色印刷和办公打印纸，每年为村集体创收超20万元。

他成立阳雀洪村食品加工厂，自产自销中秋节月饼、葡式蛋挞等糕点美食，为群众解决就业岗位10余个。

2022年他着力开发艾草产业，种植20亩苗圃，2023年租赁种植面积将达1000亩以上，每亩可产生利润2600元左右，可解决劳动力近百人。

如今，阳雀洪村彻底甩掉了贫困和组织软弱涣散的帽子，村集体经济年收入达24.8万元，成为益阳市先进基层党组织、沅江市乡村振兴示范村、基层党建红旗村。

"村民的信任是我最大的动力，为了全村家家户户都过上富裕的日子，我愿意继续带着大伙干，带领大家伙共同致富。"这是刘自武的初心与使命。

刘自武围绕"乡村振兴""共同富裕"积极探索，奋力前行，用"守初心、担责任、重诚信、同致富"的人生追求，照亮了自己的人生道路，也温暖着身边的人。

聚民心，听民意，人民的力量必将凝聚成砥砺奋进的磅礴动力，展开一个波澜壮阔的美好未来。

段华

人物简介

段华，湖南"农民大学生培养计划"郴州分校2016级秋季农村行政管理专科专业学员，郴州安仁县金紫仙镇羊脑乡源田村支部书记、金紫仙镇副镇长。

所获荣誉

湖南省优秀共产党员、湖南省最美扶贫人物、郴州市好人、郴州最美退役军人等。

乡村振兴"赶考路"上再寻"焦裕禄"

他用一百多个日夜换来了整村的土地流转，

他用十年的时间完成了穷山窝到国家级示范村的跨越，

他虽是辍学的初中生却成为给博士生硕士生上课的"土教授"。

他不忘初心、永不懈怠，誓做新时代乡村振兴赶考路上的"焦裕禄"。

路通了、村民富了、返乡创业的也多了……10 年的发展变化令人惊喜，在安仁县金紫仙镇党委副书记段华看来，这来之不易的巨大变化，是他做梦都没有想到的。

2010 年，在部队摸爬滚打 12 年后退伍回来的段华拿出 50 余万元积蓄，租了 100 余亩抛荒地，买回了 50 头肉牛，建成了一个现代养牛场，开始了"养牛梦"。一年后，养牛场获纯利 10 多万元。

看着段华因养牛成了村里首富，2011 年，村民们推选段华当他们的"领头羊"，希望他能带领大家共同致富。于是，不曾当过官的他被推上了村支书的岗位。

段华（左一）为村民传授肉牛养殖技术　本人供图

> 穷山村摇身变国家级示范村

当时的源田以"穷、偏、乱"而著名，距离县城65公里，位处茶陵、安仁、炎陵三县交界之处。全村贫困户占到三分之一，40岁到60岁之间的光棍汉就有30多人，是在国务院扶贫系统挂了号的名副其实的重点贫困村。

村里山多地少，人均耕地不足半亩，一家一户分散经营没有效益，土地抛荒严重，人员大都流落他乡务工。要想脱贫致富，必须搞产业化、集约化经营。

经反复讨论，他决定推行整村土地流转改革，集中土地发展产业，打破原有的生产模式。消息一出，一些村民不理解，其中一个在深圳务工的村民打电话称，谁敢流转他的地，就把谁的脑袋拧下来。

他不惧威胁，迎难而上，第二天就坐大巴车到了深圳的建筑工地上，把附近的村民都集中起来，他们在工地上开会座谈，动之以情，晓之以理，工作终于做通了。

就这样，经历100多个忙碌的日日夜夜，换来了全县"整村土地流转第一村"的称号。

段华（右一）动员村民进行土地流转　本人供图

流转后的土地果然勃发生机。2020年源田村连片产业园共1167亩，其中富硒香米839亩，韭菜花100亩，百合花100亩，沃柑70亩，砂糖柑42亩，葡萄16亩。年产值800余万元，其中村民务工收入300余万元。除去务工与分红，村集体每年收入可达20万元。通过发展，源田村先后获得湖南省文明村、湖南省卫生村、湖南省美丽乡村示范村、湖南省先进基层党组织、全国脱贫攻坚先进集体、全国民主法治示范村等荣誉。

> 初中生也能当"教授"

段华小时候，学习成绩不太好，在班里基本处在中等偏下，加上家庭条件不好，初中毕业后便外出务工。因为没有知识，在务工期间饱受歧视。

当村干部后，他开始发奋学习。段华利用业余时间，克服重重困难，报读了湖南开放大学"农民大学生培养计划"2016级秋季农村行政管理专科专业。靠着"勤奋"二字，每次考试均名列前茅。经过3年的在职学习，顺利通过了农民大学生的各项考试，获得了大学毕业证，又一举成功考取了公务员。

他将开放大学课堂所学的专业知识与管理方法成功地运用到工作实际中，逐步成为给博士生硕士生们授课的"土教授"。

在"干"与"闯"的基础上，他也善于"教"，无私分享工作经验，多次受邀参与县、市各类培训班教学。

2016年以来，段华50余次受省委组织部邀请参加全省抓党建促脱贫攻坚专题培训班教学活动，主讲的"农村基层工作方法和群众工作艺术"深受学员欢迎。

2017年4月，段华受邀参加中央组织部举办的村党支部书记培训班教学活动，累计为数千名基层干部传授农村工作经验，也接待了近千人来源田村参观学习，交流工作经验。

自2017年以来，段华连续4年为省直单位选调生授课，面对1500余名来自清华、北大等名牌大学毕业的博士生、硕士生，他收放自如，每次都能在课堂上起到轰动效应，成为现实版的"土教授"。

> 是支部书记更是"英雄"

2019年7月8日，刚好是农历六月初五，是段华的生日，母亲在家张罗了一桌子饭菜，等他回家。

那天，金紫仙镇连降特大暴雨，雷、雨交加，山洪咆哮。据老辈人回忆，比 1998 年的那场百年不遇的洪水还大，红岩村团塘组一处河道因杂物阻塞，洪水上涨，即将淹没上游几栋村民房屋。

上午 9 时，段华与同事们赶到受灾现场，现场情况非常紧急，几乎没有时间考虑。简单分工后，他自恃身体好，抢过安全绳系在腰上，冒雨跳入一人深的洪水中，在同事们的配合下将树木、木板逐一清除。

当时，虽然他身上系了安全绳，但在翻腾的洪水中很难站稳，挣扎踉跄的身影不时被洪水吞没。这令人泪下的情景刚好被岸边的村民拍成视频，瞬间在微信群中疯传。

网络的速度真快，家中的母亲也看到了，耳背的母亲，听不清视频中村民们在呼喊"书记"，只是感叹怎么还有这么不要命的人。当后来得知水中的人就是他的儿子时，她心如刀割瞬间崩溃。

自从担任基层干部以来，段华不忘初心、牢记使命，永不懈怠、身先士卒。正如乡村振兴工作队队长向宽云所说："还没见过干工作这么玩命的干部！"

张咏晖

▌**人物简介**

　　张咏晖，湖南"农民大学生培养计划"岳阳分校 2015 级春季农村行政管理专科专业学员，岳阳市岳阳楼区吕仙亭街道鄢家冲社区党支部书记。

▌**所获荣誉**

　　省级先进个人、市级先进个人、区级劳动模范，被区委区政府记三等功，其带领的社区获全国人口和计划生育基层群众自治示范村（居）、湖南省最充分就业社区、岳阳市先进基层党组织、岳阳市总工会模范职工之家、岳阳市群众文化活动组织先进社区等荣誉称号。

社区小舞台彰显为民大情怀

为者常成，行者常至。三十年如一日奋战在社区，调解纠纷、困难帮扶、创新争优、披星戴月、废寝忘食，她是居民的贴心人，彰显着为民大情怀。

提到张咏晖书记，岳阳楼区吕仙亭街道鄢家冲社区许多老居民都赞不绝口。张咏晖在社区工作整整 36 年，任社区书记也有 10 多年了。36 年来，她在为民服务的社区小舞台上默默奉献，实现了自己的人生价值。

> 爱学习的带头人

从事社区工作以来，张咏晖就一直在思考如何创新社区工作。

面对纷繁复杂的社区工作，她认识到要不断加强学习，与时俱进。一方面，她挤时间学习和社区工作相关的业务知识、常用法律法规；另一方面，她也想系统学习、及时充电。于是，2013 年她主动报名参加湖南开放大学"农民大学生培养计划"。

"感谢湖南开放大学实施的这个项目，不仅为村干部提供了一个很好的提升自我、广交朋友的平台，而且开设的信息技术应用、农村政策法规、土地利用规划等课程切合实际，学到的知识很实用，有助于我们在实际工作中提高工作效率。"

通过湖南开放大学老师的辅导和系统学习理论知识，结合社区工作实际，她总结出计生工作"四勤"工作法，使社区的人口计生管理长期处于先进行列。

她学以致用，摸索和创新的居民档案一季一复核工作制以及矛盾纠纷"五心"调解法，有效地夯实了辖区社会稳定的基础。她用所学农村政策法规知识加上自己辛勤的汗水与爱心的付出，赢得了社区居民的极大信任。沿湖风光带三期工程中，原岳港社区有 17 户拆迁户，通过张咏晖做工作讲政策法规，他们都按要求准时搬迁。

在开放大学学习期间，张咏晖荣获了岳阳市"新型农民大学生风采"演讲比赛三等奖，《弘扬长征精神，做"四讲四有"共产党员》一文荣获 2016 年湖南广播电视大学全民阅读活动比赛一等奖。

> 创先争优的实干家

原岳港社区没有独立办公场地，群众来办事很不方便。张咏晖想方设法、积极奔走协调，争取到 2000 多平方米办公面积。2013 年 1 月又筹资 30 万元，对办公楼进行改建。她结合所学知识和社区工作实际需要，设立了社区一站式服务大厅、职工群众文化活动中心、就业培训中心。

为了建设社区文化，她筹资 3 万元建立图书室，收藏图书 6000 余册，电子阅览室配备电脑 10 台，还建有棋牌室、市民学校等场所和设施。为了活跃群众文化，成立了 65 人的老街坊群众文艺队，40 人的腰鼓队。她精心组织的居民群众"红歌"赛、象棋赛、背诵《岳阳楼记》比赛，以及社区居民文化艺术节等活动开展得有声有色，让居民群众真正体会到社区就是自己的温馨家园。

为了美化社区环境，她争取资金 100 余万元翻修了 1000 平方米的水泥坪，硬化了 5 条小街巷，疏通提质改造 800 余米下水道，改造了公有存量房公厕 7 个。

张咏晖在工作中又是典型的"拼命三郎"。1998 年她因病住院做手术，医院要求她必须全休一个月，但是术后出院第三天她就拖着虚弱的瘦小身体，冒着酷暑，日夜加班，做好了计生工作迎省检工作。当年社区计生检查被评为市级先进，她还在市级研讨会上做了典型发言。由于没有休息好，她失去了做母亲的机会。

在她的带领下，社区党建工作、人口计生、综合治理、城管爱卫、网格化管理等工作均走在全市前列，2016 年她出席了岳阳楼区第五次党代会。

> 居民贴心的服务员

张咏晖十分关心和爱护居民群众。她是全区首个在社区普遍建立家庭档案的实践者，建起了以家庭为单位的居民家庭档案 1032 卷。几年来，她救济了

206 户困难家庭，为 401 户办理了低保，为 21 人办理了大病救助，为 285 人办理了失业登记，帮助 230 人参加社区下岗职工再就业培训，推荐了 126 人到华菱港务、小港粮库等单位就业，为 5 名孤寡老人办理了"五保"。

她结合在湖南开放大学学习的知识设计了便民服务联系卡，让居民办事更加方便。在一个暴雨夜凌晨一点，她接到日化小区低洼处空巢老人许定栽的求助电话，她连夜到他家帮助疏通排水。了解到老人的厨房厕所墙面严重开裂，她又主动筹资 3 万元在吕仙亭街道工委的指导下对许定栽的房屋进行了维修改造。老人感动地说："我自己的崽女都没得这么好，张书记就是我们的贴心人，我们只信她。"

李方

人物简介

　　李方，湖南"农民大学生培养计划"益阳分校 2009 级秋季农业经济管理专科专业学员、2015 级秋季法学（农村法律事务方向）本科专业学员，益阳市赫山区泉交河镇三阳村村主任。

所获荣誉

　　获益阳市首届"村官风采杯"知识竞赛一等奖，被评为益阳市赫山区"一村一大"优秀学员。湖南原省委书记周强考察其所在村庄，给予高度评价。

农业示范村的"示范"村主任

坚持学以致用，带领乡亲致富，

深入走访群众，了解社情民意，

调解日常纠纷，关心留守儿童，

他让一个贫困村蜕变成农业示范村，

他在平凡的奋斗中展现一名村干部的不凡风范。

读还是不读？

2009 年 8 月，这个问题困扰了李方很长一段时间。

李方，益阳市赫山区泉交河镇三阳村人，2002 年起连续 9 年担任村主任。当他得知湖南开放大学"农民大学生培养计划"农村经济管理专业面向农村招生时，他既激动又有几分忐忑。因为农村基层干部工作面广事多，工作千头万绪，每天不是开会，就是深入田地间，串家走户，帮助村民解决实际困难，一天忙到黑，根本没有什么休息日和节假日。再加上上有年过古稀的父母，下有读书的儿女，妻子开了一家生活物资批发部，家里还种了 5 亩多田。这种情况下，还有时间和精力读书吗？

他召集家人开了个家庭会议，把参加湖南开放大学学习的目的、要求和困难一一道来。家人给予了全力支持：学习期间父亲帮忙种田，母亲协助操持家务，妻子做好生意补贴家用，负责带好儿女。家人的全力支持为他解决了后顾之忧，让他可以安心工作和学习。

他认认真真制订了一份学习计划，把工作和学习都安排在工作日程表中：每天晚上 9 点到 10 点为自学时间，保证每天 2 个小时以上的学习时间。每当要离岗集中学习时，他都会在面授学习前两天安排好工作，确保学习的时间和质量。

在 2 年的学习中，他从没缺过面授辅导课，是全班出勤率最高的学员。他自学时间超过 400 小时，上网学习不下 200 次。2010 年他被湖南开放大学益阳分校和区委组织部评为优秀学员。

李方的学习目的很明确：把所学习的知识运用到工作实践之中，带领乡亲们一起致富。

通过学习、反思，他对如何建设社会主义新农村想得更远，做得更实。

他带领党支部和村委会的同志，深入各个生产队，熟悉民情，了解民意。在几年的时间里，对本村的 20 多户贫困户进行摸底调查，制订了一系列的帮贫扶困工作计划。

他坚持每周走访 1—2 户家庭，加深与群众的感情，了解社情民意。他对 2 户特别贫困户进行"1+1"的特别帮扶，为他们送去冬季防寒衣物、米、面等生活必备品，还不时地把农村种植业和养殖业的各种资料发给他们。在他的帮扶下，这 2 户贫困户也以极大的热情投入到农业生产中，他们的热情也坚定了其余贫困户脱贫致富的信心。

他协调处理村民纠纷 200 多起，修好村级水泥公路 4.8 公里，组建了村级活动中心，紧紧抓住共青团育人的这个主题，深化青少年思想工作，加强对农村留守儿童的关心，让他们在成长过程中感受到社会对他们的关心。

在李方和村民们的共同努力下，一个贫困村蜕变成新农村的农业示范村，2010 年迎来了时任湖南省委书记、省人大常委会主任周强等领导的考察指导并得到领导的高度评价。2010 年 6 月，三阳村又迎来了来自 11 个国家和地区的农业专家来村里参观学习。这些都是全村人最值得骄傲的光辉时刻。

何培生

人物简介

何培生，湖南"农民大学生培养计划"郴州分校2008级秋季园林技术专科专业学员，郴州市汝城县三星镇旱塘村党支部书记。

所获荣誉

湖南省脱贫攻坚先进个人、郴州市优秀共产党员、郴州市十佳勤廉村主干、郴州市优秀村党组织书记、郴州市劳动模范等。

以茶兴村，一片茶叶带富一方群众

有这么一个人：

从绿丛中转身，双脚沾满泥土，

三十多年的宝贵光阴传承茶业，

用尽心血为旱塘注入不竭动力，

用一片茶叶带富一方群众。

何培生，郴州市汝城县泉水镇旱塘村人，先后担任村团支部书记、民兵营营长、村委会主任、村党支部书记，旱塘茶场场长、经理，旱塘茶叶专业合作社理事长等职务。30 年来，他勤于学习，善于钻研，脚踏实地，兢兢业业，以茶兴村，用一片茶叶带富了一方群众。

＞ 穷则思变，为寻出路，走南闯北学茶技

旱塘村位于郴州市汝城县三星镇西部的边远山区，距镇政府 10 公里左右，全村共辖 9 组、306 户、1100 余人。20 个世纪 90 年代前，旱塘村还是一个地处偏僻、交通不便、信息闭塞、群众生活水平极低（人均纯收入仅 200 多元）的典型老、少、边、穷行政村。穷则思变，1986 年高中毕业后，在家务农的何培生为改变旱塘村贫困落后的面貌，提高群众生活水平，思考如何因地制宜谋出路，他将目标瞄准在本村硒山茶叶项目上。他认为村民喜种茶，以茶致富是一条符合本村发展的好路子。但由于当时旱塘村茶叶种植分散，管理不当，产量低，加工技术落后，茶叶质量差（粗老、烧焦、烧边严重），有产品卖不出，村民种茶积极性低，严重制约着旱塘茶叶的生产与发展。

为了解决以上问题，他一方面报读湖南开放大学"农民大学生培养计划"园林技术专科专业，另一方面走出去学，先后多次到湖南农业大学、郴州市北

湖区华塘茶场、郴州市汝阳县东岭乡白毛茶示范基地，以及广东省韶关市仁化红山茶场参观学习，谦虚求教使他掌握了一套先进种植管理技术和加工制作技术。回来后，他将从学校学到的知识积极宣传推广，并组织全村党员、干部到东岭乡白毛茶示范基地参观学习，还率先示范推广茶苗短穗扦插，繁殖茶苗。克服重重困难，他终获成功，该村茶园面积不断扩大。到目前为止，该村茶园面积已达 5820 多亩，通过推行茶树整形修剪技术，茶叶产量大大提高，现最高产量高达亩产 200 多公斤。

> 技高胆大，"当官"办厂，富己富民又富村

过去，旱塘硒山茶是菜篮子上市，棕带子加报纸包装，色泽暗淡，品质粗老，汤色红黑，火烧味严重，价格低（3.5—4 元/公斤）。掌握了茶叶加工技术的何培生，在推广技术过程中得到了群众的认可，被群众选入村班子。为了增加群众收入，解决茶叶产量低、品质差、规模小的问题，何培生于 1992 年倡导创办村级茶叶加工厂，实行统一加工、统一包装、统一销售，走一村一品化道路，推行新的茶叶加工法，并以此为培训基地，培养了一大批加工技术人员，全村现有茶叶加工技术员 350 人。如今的旱塘硒山茶条索紧结弯曲，色泽翠绿，叶香持久，汤色明亮，并通过分级处理，大大提升产品附加值，现在最高品质的价格为 2360 元/公斤，平均 160 元/公斤，产品供不应求，村民种茶积极性高涨。旱塘硒山茶在何培生的苦心耕耘下，已获得国家商标总局的注册认可，还得到国家食品安全体系的认证。旱塘村办理了商品流通所需要的证照，成立了旱塘茶叶专业合作社。全村现有茶园面积 5820 多亩，产值 2500 多万元，仅该项收入人均达 2 万多元，并且每年为村集体创收 5 万元，闯出了一条"公司 + 农户 + 基地"的致富新路子，实现了产、供、销一条龙服务，固定资产总投资达 1500 多万元。

> 抢抓机遇，大干快上，凝心聚力建功业

为了家乡的发展和群众的利益，何培生无暇顾及家中事务，经常将长期卧病在床的妻子和读书的儿子交由兄嫂照顾，自己一心投入公事中。公路建设中，

为了维护公路，他风餐露宿 45 天；为了顺利施工，他从家中或从他处支、借资金达 17 万元，远赴广东调运水泥 800 吨；为了节省成本保证质量，他坚持对材料、数量、配方比例和质量斤斤计较、分毫不让，最终建成了不逊色于省道的高标准水泥路，各级领导和部门对此赞不绝口。

为了群众能正常用电，他经常带领村支两委沿线检修电路。2006 年春节，他是从腊月二十九始，翻越山路十多里，一直忙到正月初一才完成线路检修。为了全村能渡过冰雪、泥石流、滑坡等自然灾害难关，他带头修通损坏的公路、河堤、水渠和桥梁，及时报告灾情情况，筹运救灾物资，并将救命粮、油等物品背负到孤寡、五保户家中。为了帮助本村贫困家庭小孩能正常上学读书，他经常借款，且从不催促归还。

何培生在发展村级经济的同时，还抢抓机遇推动集体公共事业同步发展。近年共筹资 2000 多万元，大力改善村级基础设施，发展公益事业。其中，170 多万元用于修建长 6 千米、宽 4 米的通村水泥公路；50 多万元用于接通秀溪至本村长达 15 千米的高低压供电线路；140 多万元用于新建手机信号站；15 万元用于人畜饮水工程；150 万元用于新建校园校舍，改善办学条件；60 万元用于新建村级活动场所等。通过几年的努力，旱塘村一穷二白的落后面貌彻底改变，全村人均收入成倍增长，人民生活水平大大提高，各项事业蒸蒸日上，旱塘村正呈现出蓬勃发展的良好势头。

何培生，真正做到了以茶兴村，用一片茶叶带富一方群众。

李军开

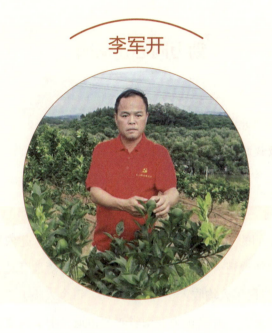

▲人物简介

　　李军开，湖南"农民大学生培养计划"永州分校2015级农村行政管理专科专业学员，道县上关街道龙江桥村党支部书记、村委会主任。

▲所获荣誉

　　永州市优秀共产党员、道县县委委员、永州市最美农民大学生、道县劳动模范等。

勠力同心建家园

三个三分之一"老中青"结合，创新治理机制，

退休干部参政议政，强化班子组织力，

县委委员村班长，带领百姓走向村美、民富、和谐、幸福。

走进龙江桥村，你会被眼前崭新平坦的路面、整洁干净的村庄所吸引，双语幼儿园中有孩子们的笑语。通水泥路、改造升级电网、建农民文化广场等一系列关乎民生的提质改造升级项目一件件在龙江桥村落地开花，村年收入稳定在 80 万元左右、村民年人均收入达到 2.2 万元，每个人脸上洋溢的都是发自内心的笑容。这些都是李军开当选为湖南省永州市道县上关街道龙江桥村党支部书记、村委会主任以来交给村民的答卷。

＞ 报读开大强能力，老中青结合增合力

时间追溯到 10 年前，彼时的龙江桥村还是一个毫不起眼的落后的穷村子，村里没有一条像样的水泥路，没有一口像样的水井。2014 年 2 月，李军开参加了龙江桥村支两委选举，以高票当选为龙江桥村党支部书记。起初村民们对他存有"是想圈地赚钱，还是想作秀赚名"的质疑。面对大家的这些质疑，李军开当众向大家承诺："不拿村里的一分钱工资，村里公益事业不要村民出一分钱。"打铁还需自身硬，当选村支书后，李军开认识到原来所学的知识，已不能满足现在新农村建设的各项工作，他急需补充村级治理相关的理论知识和专业技能。2015 年 9 月他报读湖南开放大学"农民大学生培养计划"农村行政管理专科专业，工作的同时挤出时间学习。通过 4 年的学习，李军开有很大提升，从公文写作到办公室业务再到乡镇行政管理，水平日趋提升。他撰写的各类请示、报告、总结，在基层党建述职评议中排名都是前列。

为了建设好龙江桥村，李军开着力打造班子，使之成为一个团结一心，凝

聚力、战斗力强的队伍。担任龙江桥村支书后，李军开着手做的第一件事就是重新组建一支强有力的村支两委班子。他带领 30 名党员、20 多名村民代表经过反复商讨、多轮走访调研，经村民大会集体投票，最终定下按"三个三分之一"原则配备班子成员，即本村推选的干部占 1/3，党政机关、事业单位聘请的退休干部占 1/3，大学生村官占 1/3。创新性地以"老中青"结合的途径搭建村支两委新班子，不但增强了班子合力，又拓宽了选贤任能渠道。

> 探索治村显效力，村集体经济赋实力

为了尽快改变龙江桥村落后现状，李军开当选村党支部书记的头 3 个月里，走遍了村里的每一片土地，走访了村里每一户人家，自掏腰包考察了周边十几个新农村建设示范村。经过大量走访调研，李军开发现这些示范村的发展模式"有的学不到，有的学不得，有的不能学"。李军开决心探索一条能自身造血、可持续发展的新路子。经过反复思考，李军开确定了"建设美丽乡村，发展村级集体经济，村富带民富，村、民共富"的龙江桥村建设新思路。由于工作出色，2016 年李军开被县委评选为党代表、道县县委委员。2017 年，他从上级争取资金 1052 万元，新建安置房，解困搬迁安置 136 户，人口 526 人，完善配套好各项基础设施，有效落实易地扶贫搬迁工作，进一步提升了百姓生活的安全感、幸福感。2019 年李军开投资 35.2 万元，新建幸福公寓 18 栋。2019 年在县委组织部的关心下，新修村服务中心大楼及周边配套设施 2000 多平方米，拆旱改厕 127 户、空心房 150 座。在他的带领下，龙江桥村 51 户贫困户共计 220 人全部精准脱贫。为丰富村民业余文化生活，村里还先后建起了党员活动中心、群众文体活动中心等。

> 特色产业激活力，村民共富稳定力

"再用几年时间，我们要建成真正意义上的美丽乡村。龙江桥村要发展，实现脱贫致富，必须发展集体经济。"李军开说。他利用龙江桥地处城郊优势和土地资源，狠抓招商引资，在产业结构上优化调整，在发展特色产业上形成自己的特色。2014—2020 年共引进 6 个大型环保砖厂落户，投资 8000 万元，

解决贫困户劳动力就业，增加村集体收入，也激发和带动了龙江桥村人的创业热情。2020年李军开带领村民抢抓市场机遇，大力发展脐橙产业，完成新园扩建420亩，搭建无病毒网棚7500平方米，每年可培育无病毒脐橙容器大苗10000株，光脐橙这项产业每年可为村集体带来20多万元收入。连片的脐橙基地让村民的生活越来越富裕，金黄的脐橙成了村民们的"致富果"，家家户户都过上了好日子。村集体有了钱，不仅仅花在扩大生产和改善村民生活环境上，李军开更重视村民的精神食粮和能力提高，他请来了技术人员、专家教授到村实地讲课，传授村民农业生产技术，为龙江桥村脱贫攻坚，建设美丽乡村增加了强大的内生动力。

龙江桥村万亩脐橙基地　图源：红网

正在果园采摘果实的村民　图源：红网

　　现在，李军开成天思索的就是如何充分运用龙江桥村地理位置及产业发展优势，因地制宜，大力发展特色产业，逐步打造一幅村美、民富、和谐、幸福的新面貌。李军开说："再用几年时间，龙江桥村要通过自己的劳动实现基础设施现代化、绿色基地科技化、自然风光田园化、人居环境社区化，建成真正意义上的美丽乡村。"

张万春

▲人物简介

张万春，湖南"农民大学生培养计划"岳阳分校2009级秋季农村行政管理专科专业学员，2015级秋季行政管理（村镇管理方向）本科专业学员，湖南张奇品米业股份有限公司党支部书记、董事长、总经理。

▲所获荣誉

湖南省生态农业杰出领军人物、岳阳市优秀共产党员、岳阳市农村实用人才带头人支持计划人选，湖南省职业经理人大赛二等奖（杰出职业经理人）。

挑起粮食生产大梁的"新农人"

他是新时代的新型农民，驰骋在科学种田的追梦路上；

他发扬工匠精神，精心打造出全新的"绿色"大米；

他把助力振兴乡村作为最大的快乐，成为带领乡亲致富的"领头雁"。

习近平总书记指出，农业现代化，关键是农业科技现代化。在平江县长寿镇原姜坳村，有这样一个人，他放弃优越舒适的企业工作岗位返乡创业，专心投入科学种田的追梦之路。他叫张万春，是湖南张奇品米业股份有限公司党支部书记、董事长、总经理。

> 为种田求学若渴

"种好田，必须依靠科学技术和新经营理念。"张万春认识到当今社会科技快速发展、知识更新快，人的思维观念和管理方法也要不断改变。要跟上时代步伐，唯有不断学习。他在家乡长寿镇姜坳村任村党支部书记，且有自己的农业项目。为了充实理论知识，提高工作能力，他报名参加 2009 年湖南开放大学"农民大学生培养计划"岳阳分校农村行政管理专科专业学习，2015 年又报名参加该校行政管理（村镇管理方向）本科专业学习。白天没有时间，就利用晚上时间学习。他把学习当作一项工作，把学习当作一种习惯，每天坚持学习，自觉完成学习任务。求学期间，张万春还担任班里的组织委员，与同学保持密切的联系，经常交流学习农业生产经营管理知识。他利用多年从事农村工作和农业种养的知识和技术，帮助同学解决难题。班上有一名同学想搞农庄休闲旅游项目，张万春多次到现场考察指导，指导农庄功能规划设计、人员组织管理和种养技术，使这名同学对农庄开发有了系统的理解，避免了战略失误，农庄建设得以有条不紊地开展。张万春除参加湖南开放大学的学习外，还经常参加农村经营管理和电子商务方面的培训学习，并把所学知识分享给同学，让大家共同发展。他这种乐于奉献的精神和品德，得到了同学和老师的交口称赞。而他本人觉得，用心服务"三农"，助力乡村振兴是自己最大的快乐。

> 靠科技产出精品

张万春将学习到的知识和技能运用到水稻种植中。从基地选择，到水稻种植，再到绿色培育，每一个环节他都仔细把控。通过改良种植技术、低温贮存和绿色加工一系列技术创新工作，水稻的品质和口感大大提升。公司生产的稻米，米质柔软、营养丰富、香滑爽口，每公斤能卖到 10—24 元，而且供不应求。2015 年，张万春成立公司注册"张奇品"大米商标，聘请长沙设计公司设计大米产品包装，建立基地监控和产品溯源体系，打响了"张奇品"大米品牌。如今，公司年加工高档优质大米 5000 吨，积极拓宽线上线下营销渠道，年营业收入超过 5000 万元。产品全国畅销，"合伙人"也越来越多。他先后在平江县 6 个乡镇 24 个村建有绿色食品（水稻）基地，实现了从选种、育秧、种植、收割到烘干、仓储、加工、营销的产供销一体化。公司和合作社也获得多项荣誉，"张奇品"大米 2016 年通过中国绿色食品发展中心认证（绿色食品企业认证编号为 GF161767）；2017 年评为湖南省示范农民合作社；2018 年评为岳阳市农业产业化龙头企业；2019 年评为湖南省扶贫合作社、国家粮食和生活物资应急加工企业；2020 年成为湖南省股权交易市场新四板挂牌企业（企业简称为张奇品，股权代码为 600372HN）；2021 年评为国家级示范农民专业合作社、湖南省放心粮油示范加工企业；2022 年评为湖南省知名品牌、湖南省农民大学生优秀示范基地、设施农业示范基地、岳阳市放心消费创建示范单位、岳阳市食品加工产业链党建联盟；2023 年获得"岳阳大米"地理标志证明商标授权，被评为湖南省第十二届大学生运动会优质服务企业。

> 带好头回报社会

担任村支书期间，张万春一心扑在岗位上，修路修水利搞基础建设，搞饮水工程、电网改造工程，完成道路硬化 3.1 公里，整修山塘 6 口，还完成全村饮水工程建设和电网改造，改变了姜坳村基础生活设施落后的面貌。他带动村民植树造林和发展养殖，全村 5 年植树 2500 亩，建设生态公益林 2000 亩。随着产业越做越大，他无暇顾及管理工作，于是辞去村支部书记职务。虽然工作变了，但他带领乡亲发家致富的初心没有改变。他先后成立平江县大可生态有机家庭农场，建起奇品种植农民专业合作社，采取"公司＋合作社＋农户"的发展模式，构建了"收益共享，风险共担"的利益联合机制，逐步解决农村土地抛荒，农民种粮、卖粮难题，带动 15 位农民入股成了"合伙人"，带动 400 多户农户参与水稻种植生产，带动平江县 6 个乡镇 24 个村种植双季稻 6000 亩，发展种植高档优质稻 15000 亩，其中 150 户农户走上了种田致富路。公司有总资产 3120 万元，固定资产 1860 万元，公司正在筹建总投资超过 6000 万元集粮食产前产后综合服务、粮食仓储、粮食初深加工的粮食综合示范园。公司将抓住农业现代化的历史机遇，实现产业兴旺的同时，在劳务用工、联农带农、股份分红等方面发挥龙头企业的带头作用，更好地回报社会。

张万春说，他是个地道的农民，全心全意发展粮食产业，他的梦想就是探索粮食现代化种植模式，带领乡亲们种好粮食，让更多的人不仅能吃饱，更能吃好。朴素的话语里，充满了对农业的热爱，展现了一位农民大学生的责任担当。

郑晖

▶人物简介

    郑晖，湖南"农民大学生培养计划"邵阳分校 2018 级春季行政管理（村镇管理方向）专科专业学员，邵东市九龙岭镇财神村党支部书记。

▶所获荣誉

    邵东市第二届人大代表、农业农村委员会委员。

我愿做乡村振兴的"筑路石"

疫情来临时，他逆向而行；

面对繁重的基层工作，他迎难而上；

在乡村振兴的新征程上，他愿意做一块平凡的"筑路石"。

和其他村支书站在一起，32 岁的郑晖显得格外年轻和精干。他于 2021 年 1 月担任邵东市九龙岭镇财神村党支部书记，同年 10 月当选邵东市人大代表、农业农村委员会委员。他凭着真情投入农村工作，真心融入群众百姓，真切响应群众需求，迅速成长为基层的中坚力量。

> 疫情防控的急先锋

2021 年，面对全国多个地区呈蔓延趋势的新冠肺炎疫情，郑晖积极响应号召，主动担起村级疫情防控信息员的责任，把自己归入村级疫情防控"五包一"责任网格，夜以继日奋战在财神村疫情防控的第一线。

入户宣传防疫知识、上门摸底人员名册、积极劝导返乡人员、接送群众接种疫苗……他奔走在各个小组院落。

为了实现全民接种，他多次上门宣讲防疫政策，对心怀顾虑、不愿意接种的乡亲，他晓之以理、动之以情，多次上门进行劝导；对出行不便的老人家，他就亲自开车往返镇卫生院接送；对长期卧床的弱势群体，他就一次次接送村医上门接种。正是有着这种"不破楼兰终不还"的决心，他与村支两委同心协力，高效完成全民接种的目标，筑牢了疫情防控屏障。

2022 年 10 月，新冠肺炎病毒卷土重来，全市进入静默状态，他再次主动挺身而出。为了守住村级这一片净土不受病毒的侵害，他每天天亮就赶到村部开展工作，发挥党员先锋模范作用，带头组建了一支 30 余人的志愿者服务队伍，忙碌在封村执勤守卡、全民核酸秩序维护、返乡重点人员摸排管控等各个方面。

当家人抱怨长时间看不到他人影时，他笑着说道："我是党员我先上，我知道你们需要我，但财神村的群众更需要我！"

> 基层治理的实干者

做好数据统计工作是做好各项基层工作的基础和前提。郑晖在刚接手这项工作的时候，面临的是从零起步的数据库。帮扶对象的数据变化较大，多人同时进行系统录入时，系统经常卡顿或瘫痪，增加了数据录入难度。为了避开各地登录的高峰，他和乡镇的专干人员、系统录入人员等10余人采取错峰录入的方式。他们利用每天早上三点至八点、午休时间、晚上七点至十点的时间录入数据，经常忙到头晕眼花、目涩流泪。

郑晖工作细致严谨。为做好帮扶对象的识别、动态管理、退出等系列工作，他带领村支两委一起，研究方案、琢磨流程、预设各种可能出现的困难和问题以及解决的办法。这项工作涉及广大农村群众的切身利益，具体的流程、环节把握不好，就容易引发矛盾，增加不稳定因素。为此，他严格按照规定的流程、步骤开展相关工作。在帮扶对象识别和退出上，他严格遵守识别和退出程序，确保工作经得起时间和群众的检验。

> 乡村振兴的筑路石

郑晖十分注重加强自身的学习，不断充实提高自己。他积极参加各类业务培训，到其他市县实地学习先进的经验，主动与业务人员进行沟通交流，学习他们好的工作方法。他的业务能力水平得到了广大基层干部的认可。

他把自己的全部热情和力量都投入到乡村振兴事业上，为了便于服务对象联系自己，他公开了自己的联系方式，大家有什么问题随时可以咨询，无论早晚、节假日都能得到他认真细致的解答。几年里，他没有休过年假，晚上经常加班到半夜，春节期间也仅休息了四天时间，"五加二，白加黑"成为他工作的日常写照。

他舍小家，顾大家。他的孩子还在读书，家中老人体弱需要人照看与陪伴，但工作已经耗去了他的全部精力，面对女儿的埋怨和妻子抱怨的目光，他总是耐心地做家人的思想工作，争取家人的理解和支持。

郑晖说："乡村振兴工作任重而道远，我愿做乡村振兴的筑路石。"他表示，将以更加饱满的热情继续投入到乡村振兴工作中去，不负时代，不辱使命。

向生有

人物简介

　　向生有，湖南"农民大学生培养计划"怀化分校2015级秋季农村行政管理专科专业学员，沅陵县筲箕湾镇五里山村党支部书记。

所获荣誉

　　怀化市第五届人大代表、沅陵县"老年教育工作者先进个人"、沅陵县优秀"兵支书"等。

退伍不褪色，优秀"兵支书"显战力

聚是一团火，散则满天星。他作为"兵支书"，聚焦群众所需所盼，织牢民生"幸福网"，用平凡的行动传递希望和力量。

走进筲箕湾镇五里山村，首先映入眼帘的就是敬老院里一派欢声笑语其乐融融的景象，而这番景象在当地人的眼里已经习以为常，因为群众眼中的好书记，老人们心中的亲人——向生有经常来敬老院看望老人们，每一次都能让他们感受到最贴心的关爱。

> 村干部有了"兵味儿"

2013年夏天，五里山村遭受50年未见的干旱，近2个月的干旱导致稻田严重受灾。面对严峻的抗旱形势，向生有带头垫资1万元，发动村民集资2万余元购买水管、柴油等抗旱设备和物资，组织村民对全村农田灌溉的主渠道田家坪水库西干渠进行彻底修补及清淤疏通，修缮山塘水库6座，硬化灌溉水渠达到三面不见泥的有3000余米。修复加固因灾害损毁的农田多处，使得2000余亩稻田不再靠天吃饭，村民们得到了实惠，连连为向书记拍手称赞。

向生有眼光独到，抓住县委扶贫队进村驻点帮扶的契机，积极完善村里的基础设施。近4年争取项目跑资金，用于建设村内道路的投入达到120万元以上，相继硬化了桃子冲、棕毛冲、团子溪组公路，修建新田组公路、村部到养鸡场公路，开通茅坡组至新田组319国道机耕道、桃子冲组机耕道。完成炉头组、团子溪组、黄山溪组、马路坳组的安全引水到户，完成桃子冲组变压器从50千瓦到200千瓦的改造提质，确保了湖南省重点工程筲箕湾35千伏变电站顺利开工直到投运。下组入户做农户思想工作，有序推进了全村11个组的安全饮水城乡一体化，解决了五里山村缺水的历史问题。

> 由"兵"变"帅"

向生有特别注重学习和自我提升。他 2015 年参加湖南开放大学"农民大学生培养计划"学习，学习勤奋，成绩优良。向生有注重理论与实践结合，学以致用，有效地把所学知识运用到实际工作中去，收到了很好的效果。

此外，他高度重视年轻党员发展和村后备干部培养工作，有计划、分步骤地把复转军人、回乡创业人员、致富能手考察培养成村后备干部，并积极鼓励和发动他们报读开放大学的学历教育，帮助他们在做好工作的同时，提升自己的业务能力与学识素养。近年来共发动 15 名干部群众参加各类学历教育与培训项目，发展入党积极分子 9 名，接收了大中专毕业生预备党员 1 人，如期转正党员 4 名，支部考察并报送上级党委的村级后备干部 3 人，党员队伍的质量与数量均得到了显著提升，为村里的建设培育了新鲜血液，增强了领导力量。

向生有接受记者采访　图源：沅陵县人民政府门户网站

> 关爱孤寡老人，传递爱心真情

老人、孩子和其他弱势群体始终是向生有的牵挂。他十分关心五里山敬老院的建设，向有关单位和热心企业"化缘"，改善敬老院条件。敬老院规划用地 15 亩，占地 1900 平方米，现有老人 50 名，设施齐全，管理规范，成了老人们的乐园。同时他发动有条件的党员结对帮扶敬老院孤寡老人，一对一地认亲帮扶慰问。在全村建立了空巢老人、留守儿童台账，联系南方医院等单位开展义诊活动。

向生有常说："村看村、户看户、群众看党员、党员看支部、支部看支书。"他这么说，也是这么做的。从就任村支书开始，他就全身心地投入到了事业中，起早贪黑，顾不上回城里的家，索性把因病体弱的妻子接到村部值班室居住，以方便照顾。村里经费紧张，他办事都是私车公用，往来办事从未向村里报销。在他的示范带动下，形成了团结务实、拼搏奋进的支部班子。

向生有（右四）经常到敬老院看望老人　图源：沅陵县人民政府门户网站

> 乡村振兴交出亮眼"成绩单"

向生有为突破五里山村发展瓶颈，寻找壮大村集体经济的路径，确立了"项目强村"战略，近年来建设成果喜人：

一是争取到国家涉农整合资金20万元、县级产业发展资金10万元，依托能人带办、村委会入股经营的模式，成立沅陵金达牧草种植专业合作社，引进优良牧草种植、加工、销售，基本解决了村民务工增收、农田流转收入的问题，实现村集体经济从2013年的0元，到2022年的年创收15万元。

二是利用五里山村交通方便的优势，引进沅陵县睿发牧业养猪场、沅陵县不差牛有限公司等企业来村发展，大大提高了农户家庭收入。全村人均纯收入从 2013 年的 4870 元提高到 2022 年的 17100 元，其中脱贫人口年均收入 14553.27 元，大大增强了全村经济实力，提高了广大群众的生活幸福指数。

三是鼓励引导富余劳动力外出务工，同时动员在外打工的有技术、有资金的能人回乡创业，支部积极培养党员致富带头人 3 人，成功建立了 2 个"扶贫车间"，形成了全村创业高潮，通过开展西瓜种植、苗木种植、牧草养护、山塘养鱼、建材加工、商业实体经营、运输等项目，解决了村里 260 多人的家门口就业问题。

自 2013 年向生有担任五里山村党支部书记以来，在他的带领下，村支两委班子齐心协力，开拓创新，村里的各项事业呈现出蒸蒸日上的景象。五里山村全村 488 户 2071 人，脱贫 146 户 537 人。他也成为产业结构调整、促进农民增收的"能人"，成为支部发展的"舵手"。

高林

人物简介

　　高林，湖南"农民大学生培养计划"张家界分校2019级秋季行政管理（村镇管理方向）本科专业学员，桃源县热市镇人民政府社会事务办公室干部。

农村天地广　奋斗自建功

积极进取，顽强拼搏是她的人生底色，

服务基层，造福桑梓是她的赤子初心，

无论务工、创业，她扎根基层，

以巾帼不让须眉之志，

静静地绽放着独特的绚丽芳华。

2022 年 8 月下旬，刚刚从湖南开放大学张家界分校拿到"农民大学生培养计划"行政管理本科文凭的高林，就赶到了新的工作岗位——常德市桃源县热市镇人民政府报到。1991 年出生的高林已是两个孩子的母亲，她的成长历程充满着向上和拼搏的韧劲，这个总是满脸微笑、充满阳光的女性，用自己的努力实现了服务乡村的人生"三跳"，赢得了人生的一次又一次精彩。

高林的老家在慈利县苗市镇，她跟着奶奶长大，童年在乡下度过，她了解农村，深爱农民，从小便立志发奋学习，为家乡的发展贡献自己的力量。然而由于高考志愿填写失误，虽然考了较高的分数却面临几乎无书可读的境地。为此，她特别地失落，看着身边的同学一个个背上行囊走进心仪的大学，她一度以为自己的人生从此就失去了颜色。但高林并没有放弃读书，2008 年 11 月，一次偶然的机会，高林通过成人高考进入湖南商务职业技术学院开始成人大专学习。她格外珍惜这来之不易的机会，两年半时间，不仅以优异的成绩获得了大专学历，同时顺利考取了全国计算机等级考试二级合格证书、会计从业资格证、普通话水平测试二级乙等等级证书。她的努力得到了一家企业的认可，她从普通小女孩转变为一名企业财务管理者，完成了人生的"第一跳"。

尽管有着不错的收入，但高林始终想着回到家乡，为家乡的发展贡献自己的力量。2014 年，她毅然放弃了来之不易的企业高薪工作，回到家乡创业，经营个体商店。同时积极向基层党组织靠拢，不断提高自己的综合素质。经营个体商店期间，她始终不忘初衷，坚持货真价实、薄利多销的原则，对一些经济上有困难的村民主动提供帮助，如赊欠商品给他们，甚至提供经济上的帮扶。高林的做法得到当地群众的认可与好评，也使她在村子里具有较好的口碑，赢得了村民的认可。

2019年9月，她被当地组织部门推荐到湖南开放大学张家界分校攻读行政管理（村镇管理方向）本科专业，在学校里，她刻苦学习，乐于助人，常常协助老师开展社会实践活动，她的表现得到了老师及同学们的一致认可，当选为该班学习委员，并获得奖学金。2021年1月，高林户籍所在地村委会——慈利县苗市镇东洋渡村村委会选举她为村委委员，她完成了从个体经营者到乡村基层服务者的人生"第二跳"，也走出了她回报家乡、建功基层的第一步。

有人问她："企业工作收入不错，创业开店也挺自由，何必到基层来吃苦呢？"面对大家的质疑，她总说："农村自有广阔天地，大有可为。有理论之书，也有实践之书，二者需要结合起来读。"

可是真到了村里，她才发现，基层工作并不简单。"在企业上班要解决的问题很单一，自己往一个方向奔跑就可以了，但基层工作却是千头万绪，家家都有自己的难处和诉求，村干部身份不高，权力不大，但群众对他们的期待却很高。"最难的是赢得村民的信任。高林说，"一开始，大伙多少有些信不过我。一个年轻的姑娘，放弃自己的商铺不经营，到农村来干什么，能干什么？要让他们放心，我就要发挥自己的优势，为大家办出点实事来。"

千里之行，始于足下。她花了近两个月时间走访调研，请教老师，结合村里的实际情况制订自己的工作计划。第一是做好自己分内的事，做应该做的事；第二是重点关注村里留守老人、儿童的生活情况，并热心为之服务。

2021年8月，张家界市突发疫情。面对突如其来的疫情，每个人都提心吊胆。在这个特殊时刻，高林毅然返回家中，不顾两个年幼孩子的阻拦，放弃了与家人团聚的美好时光，收拾好生活用品和衣服，住到了村部党建室，一住就是二十几天。从疫情开始的第一天起，一直坚持战斗在第一线。在大家足不出户居家隔离的时候，她每天带领村医向隔离人员宣传隔离知识，确认每一个群众的信息，宣传、督促群众做好消杀和测温，全力以赴把好村组健康关、隐患排查关，筑牢疫情"第一防线"；在进行全员核酸检测时，对没有主动来做核酸检测的人，她带领医护人员走过田间，来到床头，为行动不便的人做好核酸检测，做到不掉一户、不少一人。面对一些不配合的群众，她总是耐心细致地做解释，告知群众疫情的严重性和危害性，安抚群众的情绪，使他们能够正确认识此次疫情。她说，我们敲开的不仅是群众的家门，更是敲开了群众的心门，我们把党和政府的关怀传递到群众心里，群众才会更安心。

大家都说他们和去武汉的医务人员一样，是最美"逆行者"，她却笑着说："哪有那么伟大？就是平凡人加上一份责任，坚持做好本职工作，打赢当下这场特殊战役。"

在平时工作中，她一直重点关注留守老人和留守儿童的生活，群众对她从认识变成了认可。她时刻记得母校校训"敬学广惠 有教无类"。为了给留守儿童更专业的关爱，她在老师的鼓励下利用工作闲暇时间学习教育心理学、教师教学知识等，并成功考取了教师资格证。她说只有自己有了足够专业的知识，才能做好最本质的工作。上头千根线，下头一根针。村干部工作繁多而复杂，每次下户，她总是抽空往那些父母不在家的孩子家里钻，轻言细语地询问他们的生活和学习情况以及遇到的困难，走进他们的心中，关心他们的成长，为他们带去温暖。

2022 年 8 月，高林通过各项考核程序，被录取为桃源县基层公务员，实现了服务乡村的人生"第三跳"。当她收到桃源县组织部发来的录取通知后，村民纷纷向她道喜，有 100 多人通过微信向她表达了不舍和祝福。从村民的不理解到村民的不舍，一年多的时间，高林感受到了在基层被广大村民接纳的欣慰。

每个人都是平凡的人，在平凡的岗位上，做平凡的事。如今，高林正在桃源县热市镇政府的最基层的岗位上继续发光发热。有人问她，这么努力奋斗这才做了一名最普通的基层公务员，委屈吗？"现在基层的人才很多，我不算什么，但我想农村就是我们建功立业的大舞台。一步一个脚印地向前走，做成了很多自己想做的事，这让我很有成就感。我会继续一步一步往前走，尽我所能，让理想照进现实。"高林说。

　　2022 年 10 月启动出版计划以来，17 位作者参加编写，6 位专家进行审读，15 个市州分校全情参与，300 多个日日夜夜携手奋战，我们终于把这本散发着墨香的《乡村振兴　奋斗有我——湖南百名优秀农民大学生逐梦纪实》捧到了读者您的面前。

　　您翻阅的不仅仅是湖南优秀农民大学生的事迹，更是湖南开放大学 19 年致力于农民大学生培养的实践探索成果，是湖南开放大学扎根三湘大地、主动服务社会主义新农村建设和国家乡村振兴战略的创新有为之举，向全世界展现了湖南开放大学培养乡村本土人才的湖南经验、湖南样本。

　　党的二十大报告指出："加快建设农业强国，扎实推动乡村产业、人才、文化、生态、组织振兴。"由于农民大学生培养本身是乡村人才振兴的重要举措，我们将该书划分为产业振兴篇、文化振兴篇、生态振兴篇、组织振兴篇 4 个篇目，共收录了来自长沙、衡阳、岳阳、郴州等 15 个市州分校的 100 名优秀农民大学生典型。

　　我们编写人物事迹坚持典型性、可读性和经验可推广性原则，图文并茂、多视角展示农民大学生根植乡土、求学湖南开放大学、服务"三农"发展的风采。值得一提的是，我们还为每一位入选的农民大学生精心编写了人物信息页面，包含学籍信息、现任职务、所获荣誉、人物描述。其中，人物描述采用饱含温度和诗意的语言为人物画像，高度概括人物特点，力求成为每一位人物事迹的点睛之笔。

　　组织编写湖南百名优秀农民大学生的事迹不是一件容易的事情，从人物事迹材料征集、编写队伍组建，到信息核对、图片确认，各项事务千头万绪，纷繁复杂。在湖南开放大学党委行政的坚强领导下，学校成立编委会，组织钟金霞、徐志平、彭瑛、曾伟、李君、刘勇兵、吕宪峰、张兴良、曾永胜、黄韬、朱翠娥、邓恩、谢久祎、万金湖、刘新国、欧亚、戴科等同志完成初稿编写，并组建专家队伍，对所有初稿进行审读编校，不仅丰富了本书的内容，而且增强了本书的可读性和审美体验。

　　成书的过程中，湖南开放大学应用技术学院、系统建设与发展规划处、教务处、招生就业处等部门与各市州分校的老师们承担了资料收集、整理、核实等大量工作，付出了辛勤劳动……在此我们对所有关心和支持本书编辑出版的各位领导、各位同志表示衷心的感谢。编写过程中，我们参阅引用了一些已发表的文字和图片，已尽力注明其出处，在此对相关作者及媒体一并表示感谢。

　　鉴于篇幅，还有很多优秀农民大学生典型尚未收录。由于涉及面广、资料征集难度高、编写能力有限，书中难免有错漏之处，敬请读者批评指正。

编者

2023 年 9 月